BLゲームの世界に転生した悪役令息は、グレてしまいました

BL game no sekai ni tensei shita
akuyakureisoku wa gurete shimaimashita
written by Yae
illustration by Yumika Kanade

八重

奏ユミカ

contents

c t e r s

アルフレッド＝ガイシアス＝フリアリスト

フリアリスト王国の第二王子。
ファニアを側に置くためなら
手段を問わない裏の顔を持つ。
溺愛というより執着愛。

ファニア＝アージニア

BLゲームの世界に
悪役令息として転生し、
断罪エンド回避に悪戦苦闘する。
犬でいうとポメラニアン。

c h a r a

ゼルナイト

騎士団長の息子で、
剣術に優れ、
アルフレッドの護衛役でもある。

ジェイド

広大な領地を持つ
公爵家の嫡男。
情報収集を得意とする。

バイルアット

神官長の孫で、
芸術に造詣が深く、優美。
ファニアのオカン的立ち位置。

ルーイ・イシス

BLゲームの主人公キャラ。
平民だが、野心を胸に
フリアリスト学園に入学。

サラ・フォース

ファニアと同じく、異世界転生者。
ただし、BLゲームではなく、
乙女ゲームのヒロイン。

第1章 7歳

BL game no sekai ni
tensei shita
akuyakureisoku wa
gurete shimaimashita

1. 思い出しました

「くーやしかったら、ここまで来てみろ！」

美しく設《しつら》えられた後宮の庭。ことのほか枝ぶりのいい木に、俺はスルスルと猿のように登っていく。

「待てっ、コラー！」

そんな俺を捕まえようと手を伸ばすのは、この国、フリアリスト国の第二王子様であるアルフレッド＝ガイシアス＝フリアリスト様だ。

輝く濃い金の髪と、抜けるような空の蒼《あお》を瞳に宿す、キラッキラの美少年だ。

美形が多い貴族社会の中で、燦然《さんぜん》と輝き頂点に立つ王族様だ。その中でもアルフレッドは、段違いの美しさを誇っている。

アルフレッドの手は残念なことに空を切り、俺はスイスイと上へ上へと登っていく。そして、座りやすそうな枝まで来ると、ニヤニヤと笑いながら、下へ向かって、大きく手を振ってやる。

「きさまーっ！　王族である俺に向かって、そんな態度を取っていいと思っているのかっ!!」

木に登れず地団太を踏むアルフレッドは、顔を真っ赤にして、怒鳴り散らしている。

まあねぇ、王子様が木登りなんかできるわけないよねぇ。生まれながらの王子様は、木に登るどころか、木に触ったことすらないのでは？　せいぜいが、木陰でピクニック。そんなところだろう。

俺は木の下を向いて、フンッと鼻先でせせら笑うと、木の股にドッカリと座り込む。そうそう簡単には降りないぞという意思表示だ。


俺ことファニア＝アージニアとアルフレッド王子様は現在、同い年の七歳。

俺は公爵家の嫡男《ちゃくなん》ということもあり、王子様の遊び相手として選ばれた。それからは、俺の意志には関係なく、頻繁に王宮に連れてこられてアルフレッドの相手をさせられている。

アルフレッドは簡単に言えば『俺様』な暴君王子様だ。顔良し、スタイル良し、頭脳明晰《めいせき》、運動神経抜群《ばつぐん》。

これだけ揃《そろ》っていれば、七歳にしてジャ〇アンになるのは仕方がないのかもしれない。なんせ周りがチヤホヤしまくっているしな。

そんな暴君王子の相手をさせられている俺はといえば、極度の『内気』ちゃんだ。アルフレッドに何を言われても、何をされても頷《うなず》くことしかできない。究極のイエスマン。それが俺。

『お友達』に選ばれてから一年数か月。アルフレッドから殴られ、蹴られ、罵《のの》しられ。それでも唯々諾々《いいだくだく》と、アルフレッドの後ろに付き従っていた……。


先週まではなっ！

そう、先週のことだ。いつものように王宮に呼ばれ、俺は遊び相手をさせられていた。遊び相手と言っても、後宮の庭で走り回るアルフレッドの近くに、ただいるだけだったけれど。

アルフレッドは、文句も言わなきゃ反発もしない俺のことを、どんなことをしてもいい相手だと思っていたのだろう。

池に突き落としたのだ。

わ・ざ・と。

表向きは、自分が転びそうになって、とっさに俺を突き飛ばしてしまった、ってことになるんだろうけど。


後宮の中庭とはいえ、池はけっこう深く、護衛騎士に助けられるまで、俺は本気で溺《おぼ》れていた。助けられた俺を見て、アルフレッドは、ニヤニヤと笑っていたからな……マジ、根性腐ってる。

ひ弱で内気な俺は、それから三日三晩、高熱を出して寝込んでしまった。生死の境とまではいかなかったけど、酷い状態だったと思う。


そして、その衝撃で思い出した。

ファニアとして生まれる前の人生を。高熱の苦しみからやっと解放された時に、俺は思い出したんだ！

俺は日本人で男子大学生だった。元気に大学へ通っていたから、病気で死んだとは思えない。記憶が大学二年生の後期で終わっているから、その時期に事故にでもあったのだろう。

前世の記憶はハッキリとしたところと、曖昧《あいまい》なところがあり、自分の最期は、少しも思い出せない。

それでも二十年分の記憶が一気に蘇《よみがえ》った俺は、ファニアの魂《たましい》を食っちまった。いや違う。ファニアの人格を乗っ取ってしまったんだ。

ファニアの七年間の記憶は、しっかり残っているし、俺は自分がファニアだと自覚もしている。ただ、ファニアではあるが、日本人だった自分の中にファニアがいる。ファニアが自分の一部になった。そんな感覚だ。

そしてもう一つ重大なことを思い出した。

それは、この世界は、俺が前世で知っている、BLゲームの世界だということだ。

そんなことがあるのか？　自分の考えが、自分でも信じられない。それでも、状況があまりにもBLゲームと一致しすぎている。

前世の俺が、なぜBLゲームを知っているのか。同性愛者だったのか、腐男子だったのか、そこも思い出せない。それなのにBLゲームのことだけはハッキリと思い出せる。


『君の色に染まる僕と、僕の色を纏う君』

確か、そんな訳のわからない題名のBLゲームだった。ストーリーは、ありきたりなもので、貴族の子弟が通う学校に一人の庶民の少年が入学してくる。それが主人公。デフォルトネームはルーイ＝イシス。瑠璃《るり》色《いろ》の髪に深緑の瞳。飛びぬけて美少年というわけではないが、華奢《きゃしゃ》で儚げな雰囲気なのに、明るく元気で前向きな姿に、攻略対象者と言われる者たち全員が、ルーイに惹《ひ》かれていく。

ゲームでは一年間に起こる、様々なイベントをクリアし、ルーイが愛する一人を選びエンディングへと向かう。王道中の王道だ。

そんなテンプレストーリーの中の悪役令息。それが俺《ファニア》だ。

俺は悪役令息に転生してしまったようだ。

ファニアはアルフレッド王子の婚約者だ。自分の婚約者であるアルフレッドと恋仲になるルーイに非常に強い嫉妬心《しっとしん》を抱く。嫉妬心はだんだんと憎しみへと変わっていき、公爵家の力を使い、ルーイに様々な嫌がらせを行っていく。

そして、お決まりのエンディングでの断罪。

ルーイを殺そうとしたのがバレたファニアは、アルフレッドら攻略対象者たち全員から罪を追及され拘束される。公爵家からは、あっさり廃嫡《はいちゃく》され、そのまま北の強制労働所へと送られる。

悪役令息ファニアの出番はそこまで。それから先のファニアの消息は一切語られない。ルーイと選ばれた攻略対象者の幸せ溢《あふ》れるハッピーエンドが映し出されていくだけだ。

高位貴族の息子であるファニアが、労働所に送られて、無事に生活できるとは思えない。ＢＬゲームだから、小柄なファニアは労働所の囚人たちの慰み者にされるかもしれないし、慣れない労働で早々に身体を壊して儚くなってしまうかもしれない。


やってられるか！

俺は、目覚めたベッドの上で悪態をつく。ファニアのどこに非があるというのだ。ルーイに嫌がらせをしたことか？　バカを言ってもらっては困る。婚約者がいながら、他の奴に現《うつつ》を抜かす王子と、婚約者がいることを知っているのに、王子に言い寄るルーイに罪はないと言うのか？　婚約者の目の前で、常識のない痴態を繰り広げる奴らに、苦言を呈《てい》して何が悪いというのだ。

周りの者たちも呆《あき》れた奴ばかりだ。この国の第二王子の地位が怖いのか、王子やその取り巻きの言いなりだ。誰一人として、非難しない。

ファニアの実の父親であるアージニア公爵でさえ、家のためなのか、自分の保身のためなのか、問答無用でファニアを廃嫡する。

誰一人ファニアの味方になる者はいない。ファニアは言い訳一つ、抵抗一つする間もないままに強制労働所へと送られるのだ。


ベッドの上でギュッと手を握る。ゲームのストーリー通りに世界が進んでいったら……。

しかし、ゲームのストーリーには矛盾もある。ここがＢＬゲームの世界だとはいっても、ちゃんと女性はいる。女性の数が少ないということもないし、子どもも女性が産む。

王族の、それも王位継承順位が上位のアルフレッドの婚約者が、公爵家の嫡男とはいえ、男の俺というのは、おかしな話だ。

この国は同性婚を認めているのだろうか？

七歳の俺とアルフレッドは、今現在婚約はしていないし、婚約者になるとも思えない。この先、婚約者になるようなことがあるのだろうか？

もし婚約をすることになっても、俺はゲーム通りに生きていく気はない。

前世を思い出していなかったなら、内気なファニアは嫌とは言えずに、ゲーム通りの人生を送ったのかもしれない。残酷な未来が待つ人生を……。

俺は前世を思い出せた。これは不幸中の幸いなのだろう。これからは、誰に何を言われようと、何を強制されようとも、従う気はない。俺は、俺として生きていく。怒鳴られようと、殴られようと怖くはない。

だって、ゲームの結末ほど恐ろしいことはないのだから。


池で溺れてアルフレッド王子の『お友達』のお仕事を休んでいた俺だったが、わずか一週間で、またも王宮へと連れていかれた。アルフレッドにしたら、自分の言いなりになるファニアは、格好のうっぷん晴らしのオモチャなのだろう。

だが、残念なことに内気なファニアはもういない。今までのように、暴君王子に付き従う気は俺にはさらさらない。

「来たなファニアっ。一週間も休みやがって。生意気だぞ」

アルフレッドは人を指差し、偉そうにふんぞり返っている。会って早々これだ。俺はため息を吐く。もちろん隠すことなく堂々とだ。

「うざいわー。人を池に突き落としておいて、謝罪がないどころか、しょっぱなから何喚《わめ》いてるんすか」

自分の耳に指を突っ込んで、うるさいと表現してみせる。

「つっ、突き落としてなんかないっ。あれは転びそうになってっ」

「あーはいはい。そういうことにしておきましょうか」

「そういうこととはなんだっ！　いったいお前はどうしたんだ。いつもと態度がまるで違うではないかっ」

「いやぁ、こっちが地っすよ」

さもウザイと言わんばかりのジェスチャーをしてみせる。

アルフレッドだけでなく、侍従の皆様方も、驚きの目を俺に向けている。まぁ、いつものファニアだったら、『はい』と『ごめんなさい』しか、言葉を知らなかったからねー。

「生意気だぞっ。そんな言葉遣いをしていいと思っているのかっ。牢屋に入れてやるっ」

アルフレッド王子様は顔を真っ赤にして、怒鳴り散らしている。

周りを見回してみる。アルフレッドに付き添う侍従は何人もいる。それなのに、地団太を踏むアルフレッドをたしなめる者は誰もいない。

あーやだやだ。

アルフレッドは、まだまだ小さな子どもなんだよ。常識も知らないし、権力の意味も使い方も知らない。それなのに、アルフレッドに正しいことを教えて、間違ったことを正してやる人がいない。誰一人としていない。

こんなんだから、自分の婚約者が邪魔になったからって、冤罪《えんざい》でっちあげて強制労働所に叩き込むような奴になっちまうんだよ。

イライラとした俺は、一つの提案をする。

「そうだ、アルフレッド様、勝負しましょうか」

「へ、勝負？」

「そうっす。完全無欠で、尊き第二王子様であらせられるアルフレッド様なら、俺と勝負したって、絶対負けることはないっしょ。やりましょう、やりましょう、そうしましょう。それとも、勝負とか怖いですか？」

俺の提案に、癇癪《かんしゃく》を忘れてキョトンとこちらを見るアルフレッドに、ニヤニヤと意地悪く笑ってやる。

アルフレッドの周りには、自分より身分の低い者しかいない。王様や王妃様はいるだろうけど、会うのはせいぜい月に数回だろう。そんなんじゃダメだ。目上の人がいなくとも、せめて対等な者がいなければ。

「何を言うっ。怖いことなどあるわけがないっ。お前ごときに俺が負けるとでもいうのかっ」

「OK、OK。じゃあ俺が勝ったら、アルフレッド様って言うのが長ったらしいから、アルって呼びますね。アルフレッド様が勝ったら、俺のことを好きに呼んでいいですよ」

「ア、アル……そ、そうかアルか……」

簡単に挑発に乗ってきたアルフレッドは、なぜか少し赤くなって口ごもっている。

どうした？

「じゃあ、鬼ごっこやりまーす。アルフレッド様が鬼っすよー。俺が帰る時までに、俺を捕まえられたらアルフレッド様の勝ちー。捕まえられなかったら、俺の勝ちってことで、アルって呼びますからねー。よーいっ、始めっ！」

「あっ、こらっ、ずるいぞっ」

俺は、いきなり走り出す。アルフレッドが慌てて俺を捕まえようとするが、もう遅い。

ＢＬゲームが始まる頃には、身長があまり伸びていなかったファニアはアルフレッドと体格差があるが、七歳の今は、身長も体格も同じくらいだ。

俺はスタコラサッサと走り抜け、庭にある立派な木へと飛びついたのだった。


「こらーっ、いつまでそこにいる気だっ。早く降りてこいっ」

ん？

木の枝の上で、長いこと考え事をしていた俺は、怒鳴り声に我に返る。身体をずらして下を見ると、そこには悔しそうに俺を睨《にら》みつけるアルフレッドがいた。頭に葉っぱを乗せ、目を吊り上げて、激怒している。

アルフレッドは頑張った。何度も何度も木に登ろうとトライした。その前向きさと根性は素晴らしいものだった。だが、その努力は、ついぞ実らなかった。

よーするに、木に登れなかったのだ。

「待ってろっ、今度こそ登ってみせるっ」

またもアルフレッドは木にしがみついて、登ろうとしている。コツをまだ掴んでいないので、手はしっかりと枝を掴んでいるが、足場が悪い。

「うわぁあっ」

案の定、足が滑って、バランスを崩し、そのまま滑り落ちてしまった。そんなに高い場所までは登っていなかったが、落ち方が悪かったのか、その場にうずくまってしまった。

「アルフレッド様っ。大丈夫でございますか」

「殿下っ、ああっなんということでしょう」

何人もの侍従たちが、落ちたアルフレッドの周りに集まる。

「おーい、大丈夫かぁ」

俺もスルスルと木から降りると、アルフレッドの下へと近づいていく。

「騒ぐほどじゃない。足が少し痛いだけだ」

「おっ、偉いなぁ。ちゃんと我慢できているじゃないか。でも、怪我は本人が気づいていない場合があるからな。侍医に診《み》てもらおう」

俺はアルフレッドの頭をそっと撫でる。アルフレッドは、驚いたように俺を見上げる。

「そうです殿下、お部屋の方へ戻りましょう」

「侍医を呼んでまいります」

俺とアルフレッドの周りで侍従たちが走り回っている。侍従長は『失礼します』とアルフレッドに一声かけると、そのままアルフレッドを抱え上げる。

「ファニア、お前はなんで俺に優しくする？　お前は俺のことが……俺が嫌いじゃないのか」

「んー、俺が池に落ちたのは事故でしょう。それならアルフレッド様のことは嫌いじゃないですよ」

俺の返事に黙り込んだアルフレッドは、そのまま侍従長に抱えられて部屋へと向かう。

「ファニアッ。お、俺のことは、アルって呼んでいいからなっ!!」

少し離れたところから、アルフレッドのでかい声が聞こえてきた。

ふはっ。

俺は少し笑ってしまった。

大丈夫、まだ大丈夫だ。俺たちは七歳。まだ時間はある。

俺は、自分の胸に言い聞かせるのだった。


バシィッ!!

「ぐわっ」

殴られた俺は、反動で壁へと打ちつけられた。

家に帰り着き、親父の執務室に呼ばれたと思ったらこれだ。頭を打ったのか、クラクラする。立ち上がることができず、その場にへたり込む。

「ファニア様っ」

同じ部屋にいた家令のザイルが慌てて俺のもとへと駆けつける。

「そんな奴を庇《かば》うなっ」

尊大な態度で、俺を睨みつけているのは、この家の主《あるじ》アージニア公爵。俺の父親だ。

「貴様は自分が何をやったのかわかっているのか。アルフレッド殿下に怪我を負わせるなど、ありえないっ」

俺を睨みつけ、怒りが収まらないのか、もう二、三発は殴りそうな勢いだ。俺が帰ってくるより先に情報が入っているって、ある意味すごいな。スパイでも後宮に潜《もぐ》り込ませているのか？

「俺がアルフレッド様に危害を加えたわけではありま

せん。事故です」

ザイルの手を借りて、やっと立ち上がる。殴られた左頬が熱い、ジンジンする。口の中に鉄の味が広がっていく。

「そんなことを言っているのではないっ。お前のせいで、私はなんと陛下にお詫びすればいいんだっ。アージニア公爵家の面汚《つらよご》しめがっ」

親父は執務机の上に置いてあったクリスタル製の文《ぶん》鎮《ちん》を投げつける。俺にぶつける気はなかったのか、文鎮は俺からだいぶ離れた飾り棚に、耳障りな音をたててぶつかった。まあ、あんな固い文鎮が当たっていたら、今頃、俺は生きちゃいないだろうけど。

「せっかく王宮に呼んでいただいていたというのに、なんということをしでかしたのだっ。私の顔に泥を塗りおって」

「アルフレッド様は登ろうとした木から落ちられたのです。俺はアルフレッド様に触ってすらおりません。近づいてすらいません」

「うるさいっ！　減らず口を叩くなっ。口答えばかりしおってっ。お前はなぜ言われた通りにできないのだ。このできそこないがっ」

親父は、元から俺の話なんか聞く気はない。ただ、自分の憤《いきどお》りのままに、俺に怒鳴り散らしたいだけだ。

「……へえ、言われた通りねぇ、嗤《わら》わせる」

俺は口の中に溜まった唾をペッと吐き出す。足元の絨毯《じゅうたん》に赤い血だまりができた。敷きつめられたフカフカの絨毯は相当な高級品だろうが、知ったことか。

「俺は、あんたが言ったっていう言葉どころか、話しかけられた記憶自体、ないんだけどねぇ。じゃあさぁ、聞かせてもらおうか。俺があんたに何を言われたのか。あんたが言ったとかいう言葉を聞かせてもらおうじゃないかっ」

怒鳴る俺を見て、親父とザイルは驚愕の目を俺に向ける。俺が言い返すなんて、はなから思ってもいなかったのだろう。

そりゃあそうだ。今までのファニアだったら、俯《うつむ》いて、震えて涙を流すだけ。親父の怒りが収まるのを、じっと息をこらして待つだけだったのだから。

幼いファニアは言い訳一つさせてはもらえなかった。言える状態じゃなかった。こんな内気な性格になっちまったのは、いつも怒鳴り散らし、頭を押さえつけてきた、このクソ親父のせいだ。

左の頬はジンジンと熱を持ってきているし、けっこう腫《は》れてきているようで、喋《しゃべ》りにくい。まあ、腫れてこようが、痛みが来ようが、そんなことはどうでもいい。胸糞悪い怒りが膨《ふく》れ上がってきて、溢れ出そうとしている。

「あんたは俺に何も言っちゃあいない。指示を出すことも、何かを教えたこともなかったっ。ただ怒鳴って、喚き散らしていただけだ。何一つしていないじゃないかっ！　それで俺に何をしろと？　お前の望みなんか俺にわかるわけがないだろうがっ」

「うるさいっ、黙れっ。ベラベラと御託《ごたく》を並べおって」

親父が一歩前へと進み出る。俺と親父の距離が縮まる。俺を殴ろうと思っているのか、拳を握りしめている。

「あんたは俺に何をさせたいんだ。王子様に媚びへつらわせたいのか？　それともアージニア公爵様は素晴らしい人だと、王子様に吹き込めばよかったのか？　そんなに自分が大事か。自分の息子を駒《こま》にしてまで、王家に取り入りたいのかよっ」

「きさまぁっ、言わせておけばっ！」

親父は俺の胸ぐらを掴むと、俺目がけて拳を振り下ろす。

殴られる――。

「どうぞっ。どうぞおやめくださいっ」

すんでのところで、ザイルが俺と親父の間に自分の身体を割り込ませ、俺を親父から引き離してくれた。

「どけっ、ザイルっ。そんな奴を庇うというのかっ。身のほどを弁《わきま》えろ」

「旦那様、堪《こら》えてくださいっ。明日もファニア様を寄こすようにと、王宮から連絡が来ております。このままでは、明日、伺候《しこう》することが叶いません。どうか、どうか、旦那様」

頭に血が上った状態でも、王宮という言葉を聞いた親父は、少しは冷静になったようだ。

「いいか、ザイル。へたな庇い立てはするな。まったくもって、こんなろくでなしに育ってしまうとは。王宮から呼ばれていなければ、打ち据えて、徹底的に教育し直すというのに」

親父は、俺を忌々《いまいま》しそうに一瞥すると、部屋から出ていった。

力が抜ける。

フラリと足元が揺れる。

「ファニア様、大丈夫でございますか？　ああ、こんなに頬が腫れてしまって。今すぐ医師を呼びます」

ザイルが、よろけそうな俺を支えてくれる。

ＢＬゲームの中では、屋敷の使用人たちとファニアの関係は一切、語られない。

ファニアが慕っていたり、仲の良かった使用人がいたのか。それとも、ファニアは使用人たちに嫌われていたのか。

断罪の後、すぐに強制労働所に送られるため、屋敷に戻ることはない。使用人たちが、どんな反応をしていたのかわからない。現世でのファニアは幼すぎて、使用人たちが、ファニアに対してどんな感情を抱いているのかわかっていない。

「ザイルありがとう」

それでも、あの激怒した親父の暴力から身を挺《てい》して庇ってくれたザイルは、ファニアのことを大事にしてくれていると思える。胸の中が、温かくなっていく。

「ザイル、俺のことを庇ってくれるのは、すごく嬉しい。でも、あの親父はクソだ。何をするかわからない。俺のせいでザイルの立場が悪くなるかもしれない。そんなの俺は嫌だ。だからザイルは、俺に関わらない方がいい」

せっかく自分のことを好きでいてくれる人を窮地には、立たせたくない。それが自分のせいならば、なおのことだ。

「ファニア様……」

俺の言葉にザイルは目を見開く。そしてニコリと笑う。

「ファニア様。ファニア様は、まだお小さいのです。お子様なのです。お子様はそんなこと考えなくていいのですよ。さあさあ、怪我の治療をしましょう。お部屋へまいりましょうね」

ザイルはそう言うと俺を促して、親父の執務室を後にした。

頬を腫らし、自室へと歩く俺を見て、使用人たちが、次々と心配そうに声をかけてくる。ファニアは、使用人には嫌われていないらしい。皆の温かい態度に嬉しさが湧き上がる。

屋敷に自分の居場所があるのだと、俺は知ったのだった。


「お前っ、その顔はどうした」

親父に殴られた次の日、俺はまた後宮へと連れてこられた。俺を一目見たアルフレッドは、驚きに目を見開いた。

俺の顔は腫れ上がり、顔の左半分は、大きなガーゼで隠れてしまっている。

「お気遣いなくー。家庭の事情ってもんですぅ」

そう、病気でも事故でもなく、家庭の事情。侍従の人たちは、なんとなく感づいたのか、微妙な表情をしている。こういうところから家の悪い噂って立つもんだよねー。

あんなクソ親父は、家庭内暴力の児童虐待公爵って呼ばれればいいんだ。

「俺のことより、アルの足の具合はどう？」

「ア、アル。そ、そうかアルか。いいな。うん、いい」

アルがなんかブツブツ言っている。

おい、大丈夫か？

「足は軽い捻挫《ねんざ》だ。大したことはない大丈夫だ。それよりも勝負の続きをするぞ！　まさか、俺が負けたとか思っていないだろうな」

「いやぁ、アルが負けたと思ってはいないけど、勝負がまだ続いているとは思ってもいなかったよ」

「よぅし、昨日の続きだ。いいか、ファニアが急に走り出さなかったら、俺はすぐに追いついていたんだからなっ。本当は俺が勝っていたはずだったんだ。今度はズルはできないから、すぐに捕まえてやるぞ」

「いやいやいや。ちょっと待て待て」

「どうした？　怖気づいたか」

フンスフンスと鼻息荒いアルを慌てて止める。アルは今すぐにでも走り出しそうだ。

「怖気づきゃあしませんが。ご自分の足のことを忘れちゃいませんか？　それに、俺の顔。こんな顔で全力疾走はできませんよ」

「むぅ……」

アルは渋面を作る。おい、怪我人二人で鬼ごっこの続きをしようとか、やめてくれ。

「じゃあさ、違う勝負をしましょうか。今度も勝負っすよ。前回みたいに、負けたら、勝った方の言うことを一つ聞くっていうことで、どうっすか？」

「勝負？　よ、よかろう。俺はどんな勝負だろうとファニアごときに負けはしないからな。昨日の鬼ごっこにも、俺は負けてなどいないからな」

「そうですねぇ。じゃあ今日は、大人しく座ってやれる、お勉強をしましょうか」

アルの負けず嫌いに、俺はちょっと笑ってしまう。

「はあ、勉強？　おいっ、そんなんじゃあ、勝負にはならないだろうがっ。俺に勝てないと思って、勝負を辞めるのか」

アルは、俺の提案が酷くお気に召さないようだ。まあ、今の今まで走り回ろうとしていたんだから、そうだろう。

「いえいえ、そうじゃないっすよ。アルは勉強も、とってもよくできるって、家庭教師の先生たちから聞いているんすよ。だからこそ、俺はアルと勝負したいなーって。だって、いつも遊んでばっかで、お勉強姿のアルって見たことないですしぃ。きっと格好いいんでしょうねぇ」

「ぐっ……そ、そうか。まあ、俺は勉強も、もちろんできるぞ。家庭教師がいつも褒めているからな。俺の勉強姿か……ファ、ファニアが見たいと言うのなら、たまには一緒に勉強してもいいだろう。お前が言うからだぞ。俺はどうでもいいんだが、ファニアが言うなら、べ、勉強でもいいぞ」

妙に赤い顔をして、早口でアルがまくし立てる。どうした？

「じゃあ、そうしましょー。なんの勉強がいいっすか？　アルの得意な教科でいいっすよ」

「そうか……なら、算数をするか。俺は、もう掛け算も全部憶えているし、三ケタの計算もできるんだぞ。勝負には、ならないんじゃないか？」

「おお、すごいっすねぇ。じゃあ、算数にしましょう」

侍従さんたちに、木陰にテーブルを用意してもらう。今日は算数の授業はないらしく、家庭教師はいないので、家庭教師が置いていっている宿題と、家庭学習用の算数の問題集を出してもらい、その中から、一冊を選ぶ。

「アル。これがいいんじゃないっすか？　易しい問題から始まって、徐々に難しい問題になっていっている。最後の方なんか、すっごく難しい問題っすよ」

「ああ、なんでもいいぞ」

「じゃあこれで。うーんと、一時間でいいか。一時間で、この問題集のどこまで解けるか。先のページまで行けた方の勝ちっすね。じゃあ、よーいスタート」

二人の真ん中に問題集を置いて、勝負をスタートさせた。


一時間後。

もちろん、俺が勝った。

いくらアルが天才だともてはやされていても、あくまで七歳。前世大学生だった俺に勝てるわけがない。

ちゃんと一ページ先で勝つように、加減はしてある。

アルは、勝負の結果に、フルフルと震えている。

まあねぇ、初めての敗北ってやつだな。

「なぜだっ、なぜなんだ――――っ」

アルの絶叫が辺りに響いた。

知らんがな。

2．お友達

「初めまして、ローライト公爵の長男ジェイドでございます」

「お初にお目にかかります。ジグナイル侯爵の一子、ゼルナイトでございます」

「あの、祖父ガンイーストが神官長を務めておりますバイルアットです。よろしくお願いします」

三人の子どもが揃って深々と頭を下げる。

宰相の息子に、近衛騎士団長の息子に、神官長の孫だ……うん。全員が攻略対象者だね。あ〜、ＢＬゲームの呪いかよー。

算数の、勝負に勝った俺がアルに頼んだのは『お友達』を増やすこと。

俺とアルの二人の世界じゃ狭すぎる。

アルは難色を示したが、勝負に負けたんだから、言うことを聞いてもらおうか。侍従長にアルからの依頼として、お友達の数を増やすように、手配してもらった。

そーいや、ＢＬゲームの中では、攻略対象者である、宰相の息子、近衛騎士団長の息子、神官長の孫は、アルの幼友達という設定でしたねぇ。俺のバカぁ。自分でBLゲーム通りの流れにしてしまったじゃんか。

「いいか、お前たちに最初に言っておく。ファニアは俺のものだからな、手出しは許さない。よからぬ『ゴチィ』ぐごぅっ」

三人を前に、俺の右肩を抱き、得意満面で喋るアルに、動く左の腕で、下からアッパーを食らわせてしまった。

今度は暴行の実行犯だ。

せっかく親父から殴られた左頬が治ってきたのに、今度は右頬を殴られるのかなぁ。ため息を吐く。

アルは俺から殴られた顎《あご》をさすっているが、俺の肩を抱く手は離さない。なぜだ。

「誰がアルのものなんだよ。人をもの扱いしないでよね」

この頃、暴君王子は直ってきたと思っていたのにダメか。うーん、性格って、変わらないのかなぁ。

「アルフレッド殿下はファニア様のことが大好きなのですねぇ。僕のことも少しは好きになってくれたら嬉しいです」

バイルアットは、笑いを堪えながら、おっとりと喋る。金のサラサラの髪に濃い紫の瞳。少女めいた美貌の持ち主だ。

「えーっと、僕も仲間に入れてください」

ジェイドも少し赤い顔をして、話に加わってきた。茶金の髪に緑の瞳。鼻の周りにソバカスが散らばっており、元気いっぱいな印象を受ける。

「俺も、俺も、仲良くなりたい！」

ゼルナイトも声を上げたものの、あまりに大きな声が出てしまい、慌てて自分の口に手を当てた。

黒い艶のある短髪にこげ茶の瞳。キリリとした眉毛に大きめな口。この中で一番体格がいい。

全員が同じ七歳だ。BLゲームでは、全員が同級生だから当然か。

アルと今日から一緒の三人が、主人公と同級生の攻略対象者たちだ。あと、上級生の生徒会長と、担任の教師がいる。隠れ攻略対象者も一人いるはずだが、それが誰なのか俺にはわからない。

ゲームを最後まで攻略できなかったのか、興味がなかったのか。それとも、まだ思い出していないのか。

比べる者のいない世界で、いつも自分が一番だったアルにとって、新しく三人が加わった状況は、とても新鮮みたいだ。

アルが今までの生活では気づくことすらなかった世界を、他の者たちはアルに見せてくれる。

体格のいいゼルナイトは、騎士団団長の息子というだけはあり、剣術の腕はピカイチだ。アルは、どうしても剣術でゼルナイトに勝てない。

負けるたびに癇癪を起こしていたが、徐々にだが勝つためにはどうすればいいのかを考えるようになっていった。

芸術に造詣の深いバイルアットは、楽器の演奏をさせたり絵を描かせたら、右に出る者はいない。

皆で人物画を描くことになり、侍従長のノーザットをモデルとして描いたのだが、バイルアットが写実的な見事な絵を披露しているその横で、俺はどこに潜《ひそ》んでいるんだよと思える化け物を、アルは棒人間を描いていた。

アルの描いた絵を見て、『殿下が私ごときをっ』と、ノーザットが感動に涙し、家宝にすると、棒人間が描かれた絵を持っていこうとして、アルとひと悶着《もんちゃく》起こしていた。

田舎に広大な領地を持つ公爵家の嫡男ジェイドは、幼少の頃、喘息持ちのため、田舎で生活をしていたそうで、昆虫博士と言われるほどに、どんな小さな虫の名前も知っている。

俺がスルスルと登って、木の枝から採《と》ってきたカブトムシを見て、アルはビビッて、へっぴり腰で後ずさった。目を輝かせたジェイドから、カブトムシの生態を事細かに教えられ、アルはオズオズとカブトムシを手に乗せる。その途端《とたん》カブトムシが羽を出し、飛んでいってしまい、皆で大笑いをした。


ゆるゆると日々は、過ぎていく。

皆との毎日は、アルの閉ざされた世界を広げ、その目には色々なものが見えてきたんじゃないかな。自分の地位や権力。それに向けられる憧憬《どうけい》や妬《ねた》み。

アルは周りの者たちから、かしずかれ、おだてられ、なんでも一番だと言われてきた。自分の実力がどうなのか、今まで鵜《う》呑《の》みにしていた言葉が真実なのか。少しずつ、考えるようになってきたと思う。

暴君王子アルフレッドは、いなくなったと思いたい。

ファニアの未来は少しでも明るくなってきていると思いたいのだ。

◆◆◆

今日は皆で、お出掛けでーす。

イェーイ！

いつものように勝負に勝った俺は、後宮の外に出ることをお願いしました。いくら広くて贅沢《ぜいたく》な造りになっているとはいえ、ずーっと後宮の中だけじゃ、飽きますよね。

ハッキリ言って飽きました。ということで、外出です。

まあ、王子様と高位貴族のボンボンたちですから、行ける所といったら限られているんですけどね。

ちなみに今回の勝負は〝あやとり〟でした。案の定、全員が、あやとりを知りませんでした。俺の独壇場です。

全員で王族用超豪華馬車に乗って、御用邸の一つに向かっております。この御用邸は夏の避暑用として作られたものなので、水遊びができる広めの池や、涼を取るための、花房《はなぶさ》が垂れ咲くようにした棚などが設《しつら》えてあるそうな。今まで後宮でしか遊んだことがない俺たちは、すごく楽しみだ。

片道馬車で二時間ほどだが、皆テンションが上がりっぱなしだ。


「うっわー、広ーい」

御用邸に着いての第一声。

後宮も十分に広くて美しかったけど、この邸の美しさは格別だ。夏のほんの短い間しか使わないとは、あまりにも勿体《もったい》ない。決して口にはできないけど、税金の無駄遣いだな。

「さて、サクサク遊びましょうか」

片道二時間もかかるのだから、サッサと遊ばないと、すぐに帰る時間になってしまう。今は池の近くに、厚めの布を敷いてもらって、全員がそこに座っている。

「こらーっ。ファニア、何をしているっ」

「アル、うるさい」

わざわざ俺の横へアルがやってきて大声を出す。

「うるさいじゃないっ。なんで服を脱いでいるんだっ」

「え、水遊びするんだから、脱ぐでしょう」

俺はいそいそと服を脱ぎ続ける。

今は暑い夏。目の前には、安全で綺麗《きれい》な池。周りにはヤローだけ。

以上の条件により、水遊び決定っ！

この世界、水着の概念がない。子どもが水遊びするのなら素っ裸で決まりだ。

それに考えてほしい。こちとら七歳の男の子だ。素っ裸になんの不都合があるわけ？

「脱ぐなと言っているだろうが」

アルが俺の服を摑み、また着せようとしている。

なぜ妨害する？

「えーアル、服脱げないよ」

「脱ぐなっ。人前で服を脱ぐなっ！」

「なんでぇ、水遊びできないじゃん」

「ダメだダメだダメだぁっ」

アルが全然聞いてくれない。暴君王子そのものだ。

アルと俺が訳のわからない攻防を繰り広げているうちに、他の皆は、さっさと服を脱ぎ捨てて、池できゃあきゃあやっている。


「水遊びしたいぃ。アルのバカぁ」

恨みがましい上目遣いで、尊い王族に悪口を言ってしまったが、俺は悪くないと思う。

「ぐっ、お前、その顔は反則……」

アルは赤い顔をして横を向くが、手は俺の服を摑んだままだ。

「殿下、池のあちら側を見てください。木の陰になって、他の者には見えないようになっております。あそこでしたら、ファニア様が水遊びをされても、誰にも見えませんよ」

侍従長のノーザットが攻防中の俺たちの間に割って入ってくる。

「しょっ、しょうがないな。お、俺とファニアだけだったら、水遊びしてもいいぞ。そのかわりあそこでだっ。他の奴に見える場所ではダメだっ」

フンスと鼻息荒く、アルが俺の手を引いて、池の反対側へと連れていく。

「えー、皆と遊びたいぃ」

俺の意見は一切無視だ。なんだよ、この意固地は。『お友達』が増えて、暴君が収まってきたと思ったのに、まるでダメじゃん。

ふてくされる俺だが、水遊びはしたい。しぶしぶアルと一緒に池の反対側へと行くと、サッサと服を脱いで池へと入る。


「お、お前、なんでそんなに色が白いんだ」

「うおっ、こっちを向くな、少しは隠せ」

「だから、そのまま俺に近づくな」

「うわーっ、屈《かが》むな、しゃがむな、股を開くなーっ」

うるさい。アルが超うるさい。

赤い顔をしたままアルが延々と騒いでいる。いったい今日のアルはどうしちゃったんだ？　楽しい水遊びのはずが小姑と一緒にいる気分だ。


結局、帰る時間までアルはうるさくて、楽しいはずのお出掛けが台無しだった。

帰りの馬車の中、ふてくされたままの俺と、ずーっと赤い顔のアルを他の三人が心配そうに見ていたけど、心の狭い俺は取りつくろうことはしなかった。

だって七歳児だからな。

第2章

12歳

BL game no sekai ni
tensei shita
akuyakureisoku wa
gurete shimaimashita

1．12歳になりました

なんやかんやありながら、俺たちは十二歳になりました─。ワーッ、パチパチパチ。

皆とも仲良くやっています。いや～、みんな成長したよ─。

ゼルナイトは、飛びぬけて横縦しっかり大きくなった。まだ子どもなのに、顔も厳《いか》つくなってきちゃったよ。親父さんに連れられて、騎士団でけっこうしごかれているみたいで、剣の腕はピカ一だ。力も強く、俺たちは腕ずもうでは、一度もゼルナイトに勝てたことはない。腰には刃を潰してあるが、鋼《はがね》の剣を下げている。

バイルアットは、美しさに磨きがかかってきた。立ち居振る舞いも優美だし、柔らかい声と喋り方が聞く人をウットリさせている。おじい様を補佐して、教会の祭事を手伝っている。教会を訪れた人たちからは『聖女様』とか『天女様』とか言われている。本人は、なんで女なんだよっと、お怒りだが。

ジェイドは『昆虫博士』から生物全般に興味が広がっていったみたいだった。今じゃあ、動物、植物どころか自然全般に興味を持っている。自分の家が治める領地の家畜や田畑を改良しようと色々試行錯誤中だ。

そして、アルフレッド。

アルは見事な王子様に成長している。もともと美貌の王子様だったが、それに少し男らしさが加わってきた。目つきが鋭くなってきたと、周りからの評価だが、俺的には、眼差《まなざ》しは優しいなぁと、思うんだけど。この頃特に。

体格は、まだ十二歳とはいえ、背も伸びて、しっかりしてきた。俺との身長差が出てきてしまった。

アルのヤローは、自分が俺より少し、ほんの少しだけ、大きくなったからと、すぐに俺の肩を抱こうとする。腕を置くのに、俺の肩の高さがちょうどいいのかもしれないが、俺の成長を妨げるのは止めてくれ。アルのせいで、俺は伸び悩んでいるんだ。きっとそうだ。俺は近い将来、ゼルナイトを越えなければならないというのに。アルに文句を言えば、なおさら抱きしめようとしてくる。なんて意地悪なヤツなんだ。

マナーは完璧で、如才ない。頭もいいし、ゼルナイトと毎日のように剣の稽古もしているから、剣技も上達中で運動神経も優れている。完璧だ。完璧な王子様だ。

……ただなぁ、少々性格に難ありなんだよなぁ。

もともと、そういうきらいがあったけど。なぜか俺に執着している。

肩を抱こうとするのもそうだし、隙を見せると、抱きしめようとしてくる。幼馴染の四人組以外の誰かと仲良くしようとすると、邪魔してくる。なんだか成長とともにだんだんと酷くなっている気がする。

なぜだ？　それとも俺の気のせいだろうか。


「ファニアッ！　お前、五日も後宮に来ないで、どういうつもりだっ」

後宮に着いた途端にこれだ。

俺を見つけたアルが、小走りにやってくると、いきなり肩を抱かれる。

「いや〜、祖母の誕生祝いに出席するため、南ライオーズ地方に行くと連絡していたはずですがぁ」

あのクソ親父に爵位を譲《ゆず》った祖父母は、アージニア公爵家の領地を離れ、気候の温暖な、この国の南の地方に屋敷を構え楽隠居している。

そこまで、片道二日はかかる。二日ですよ、二日。祖母の誕生パーティーにも出席せずに、祝いを述べただけでとんぼ返りしてきたんですよ。褒められるならまだしも、責められるいわれはないですよね。

「そうじゃない。俺の元を五日も離れていいと思っているのか」

ぎゅうぎゅうと肩を抱かれて、身動きが取れない。

「えー、そんなん無理ぃ」

「無理じゃないっ。お前は俺と一緒にいなきゃダメなんだ」

性格はジャ〇アンのまんま。七歳から変わっていないのでは？　こんなにキラキラしている王子様なのに、なぜに悪役令息な俺にちょっかい出すのか……。


BLゲームの中では、アルフレッド第二王子は婚約者のファニアのことを嫌っていた。同じ学園に通っているのに、言葉を交わすことすらなかったと思う。

それどころか、嫉妬に狂っていくファニアに文句を言い、わざとファニアの目の前で、愛する少年ルーイと戯《たわむ》れていたと思う。

　このまま俺たちが、学園に通うようになると、アルは俺を嫌うのだろうか？　主人公ルーイに恋をして、俺を邪魔だと思うようになるのだろうか？

　ズキリ、と俺の胸に痛みが走る。今はこんなに近くにいて、俺を真っ直ぐに見てくれているのに……。

「まあまあ、アルフレッド様。ファニアが困っていますよ」

　フンワリと優しい声で、バイルアットが助け船を出してくれる。美しいバイルアットはおっとりした言葉遣いで、柔らかく微笑んでいる。

　今は後宮のアルの私室に皆でいる。何かと忙しくなってきた俺たちは、五人全員が揃うことは、なかなかできなくなってきた。

　一番忙しいのはアルで、会えないことが多くなってきたが、それでも誰かしら後宮に顔を出している。今日は珍しく全員が揃った。

「そうそう、あんまりしつこいとファニアに逃げられますよ」

「アルフレッド様は、ファニアのことになると見境がなくなるからなぁ」

　ジェイドとゼルナイトも俺たちに声をかけてくる。が、俺に助け船を出すというよりは、アルをからかっているような口調だ。

「お前たちうるさいぞ。ファニアは俺のだからいいんだ」

　アルは、そう言うと俺の頭にキスをする。

　うっぎゃー、やめれ。何すんじゃいっ。殴ろうと思うが、肩を抱かれているので、腕が上がらない。アルから逃れようとジタバタともがくが、拘束から逃れられない。

「あー、駄目だこりゃ」

「おいおい、ファニアが挙動不審になってるぞ」

　呆れる二人の横で、「うふふふ、アルフレッド様は、ファニアのことが大好きですものねぇ」と、バイルアットがおっとりと笑いながら、とどめを刺す。

　真っ赤になった俺は、なんとか身体をひねって、アルの束縛から逃げようとするが、なおさらギュウと肩を抱かれてしまい動けない。

　十二歳になり、体格差が顕著《けんちょ》になってきた。

　俺とバイルアットは小柄を争っているが、アルとジェイドは、同年代の平均よりやや大きいぐらい。ゼル

ナイトはずば抜けて大きくなっている。

　やや小柄な俺は、アルの拘束から逃げきれない。皆の視線の中いたたまれない。

「おい、そろそろ俺を解放しろ」

「えー、ヤダ」

「ヤダじゃねーよ」

　肩を抱かれたまま、そろそろ俺はキレそうになる。腕は上がらないが、頭突きでもかましてやろうか。

「あ、そうだぁ、アルフレッド様。〝帯剣《たいけん》の儀《ぎ》〟の招待状を受け取りました。ありがとうございます。喜んで出席させていただきます」

　俺とアルが熱い攻防を繰り広げていると、バイルアットが今思い出したと言わんばかりにアルに頭を下げる。

「俺も出席させていただきます」

「俺も、俺も」

　ジェイドとゼルナイトも出席の返事をする。

　この国では、男子は十二歳になると〝帯剣の儀〟というお祝いをする。

　まあ、前世の七五三のようなもので、子どもの成長を祝い、男の子が刀を腰にさげる儀式だ。もちろん、刀は刃を潰した、小さなものを用いるのだが、この儀式をした後から、帯剣が許されるようになる。

　すでにゼルナイトは〝帯剣の儀〟を終えて、帯剣している。

　昔はけっこうガチな儀式だったみたいだけど、時代とともに、だいぶ形骸化され、今では〝帯剣の儀〟をしない家も多くなってきたようだ。

　ゼルナイトのように将来、騎士や武官になりたい子は帯剣するけど、一般の子どもは帯剣しない方が普通だ。

　因《ちな》みに女の子は〝髪結いの儀〟というのを行う。この日を境に垂らしていた髪を結い上げて、大人の女性に一歩近づくということだ。

　王室ともなると、やっぱり行事は大切にしなきゃならないから、〝帯剣の儀〟は、けっこう盛大に行われる。

　アルの場合、第二王子だから、それほどでもないだろうけど、それでも偉い人たちを大勢呼ぶみたいだ。

　その上、俺たち『お友達』も、招待されている。俺たち子どもはパーティーに呼ばれることは、そうそうないから楽しみだ。

「そうだ〝帯剣の儀〟では、お前たちを正式に紹介する」

「え？」

アルの言葉に固まる。

アルは何気なく言っているが、正式に紹介するということは、俺たちが『お友達』から、アルの『側近』へと変わることを意味する。

この帯剣の儀が済むと、アルは、母親とともに住む後宮から、父親の住む本宮へと住まいを変える。王族としての役目を徐々に果たしていくことになる。

今までのように楽しく遊んでいるだけの『お友達』は必要なくなり、王族としてのアルを支える『側近』が必要となってくるのだ。

俺はどうする？　このままアルの臣下になる？


ここがBLゲームの世界だと気づいてから、俺は自分らしく生きると決めた。だが、将来どうなりたいのか、何になりたいのか、俺はまだ決めていない。

へたに前世の記憶がある分、俺は十二歳を、まだまだ子どもだと思っていた。子どもだから、将来を決めるには、まだ早いのだと……。

ジェイドやゼルナイト、バイルアットは、ちゃんと自分の将来を見据えて頑張っているというのに。俺だけが自分の将来を決めていない……。

というか、決めることができないでいる。どうしてもBLゲームのことが頭を過《よぎ》るから。


俺とアルは今現在、婚約をしていない。

このまませずに進んでいくのか、それとも、これから婚約をするのだろうか？　俺とアルがどうして婚約をしたのか、いつ頃婚約したのか、BLゲームの内容は鮮明に覚えているのに、このことに関して、俺は憶えていない。

学園に入学する時点では、すでに婚約をしているとしか、わかっていない。

婚約者ではなく、側近として学園に通うのならば、BLゲームのストーリーとは違うことになる。このままストーリーは変わっていくのだろうか。

もしBLゲーム通り、主人公が入学してきたとしても、俺がアルの側近ならば、主人公に関わることはないだろう。婚約者でもないのに、二人の関係に、どうこう言える立場ではないから、俺は嫉妬することもできないのだ。

アルが主人公に恋しても、ただ近くで見ていることしかできない。

胸がズキリと痛む。

俺がアルの側近になったなら、断罪されることはないだろう。俺がアルに恋心を持たないで、醜《みにく》い嫉妬をしなかったなら、強制労働所に送られることはないはずだ。それは前世を思い出した時からの、俺の願いだったはずなのに。

それなのに、なぜか胸が痛い。

なんでこんなに胸が痛いのか、俺はギュッと目を閉じることしかできなかった。

2. 帯剣の儀

「おおー、偉そうな人がいっぱい」

いつも見慣れた後宮が今日はキラキラしている。

もともと綺麗な場所なのだが、より一層煌《きら》びやかに飾り立てられている。

本日はアルの〝帯剣の儀〟のお祝いの宴が、ここ後宮で開催されている。いつもは男子禁制の後宮だが、今日だけは開放されている。

男子禁制の後宮とはいっても、俺たち子どもは、男子にカウントされていないので、今までは、出入り自由だった。だがそれも本日で終わり。

アルは今日から母親から離れ、本宮へと引っ越し、俺たちも二度とここへ入ることはできなくなる。

俺と幼馴染たちは、式典会場の隅っこで、後宮で過ごしてきた日々を、しんみりと思い出していた。


大勢のお偉いさんたちがアルのお祝いに駆けつけている。いわゆる第二王子派の人たちだ。

アルの生母、ジェーン正妃様は、この国から三つ他国を挟んだソティス王国の第三王女様だった。

両国の不可侵条約を結ぶために輿《こし》入れされた方だが、それほどソティス王国が強い後ろ盾になっているとはいえない。それでも様々な利権が絡み合い、アルフレッド王子を国王へと推す人たちは一定数いる。

まあ、アルの異母兄である第一王子のアンドリュー殿下を推す人たちの方が、圧倒的に多い。

アンドリュー殿下の生母アルガリーナ第二妃様は、この国の筆頭公爵家のご息女だ。幼い頃より婚約者として育てられ、国王陛下との仲も良い。公爵家の後ろ盾もあり、第二妃とはいえ、強い影響力を持っている。

第一王子ということで、周りからはアンドリュー殿下がこのまま立太子すると思われていたのだが、その勢力図が、近頃変わりつつある。

アルの成長だ。

もともと、顔良し、スタイル良し、頭脳明晰、運動神経抜群だと周りから注目されていたアルだ。素質は十分にあった。ただ、暴君王子だったから、それほど周りから好感を得られてはいなかったのだ。そんなアルが成長するに従い、徐々に暴君王子の影は消え、如才ない態度になり、見ほれるほどの美貌の王子へと変わってきたのだ。第二王子派が勢いに乗るのは当たり前だといえる。

兄であるアンドリュー殿下は大人しいタイプの方なので、なおさら兄弟の違いが浮き彫りになってきたのだ。


BLゲームでは、学園の生活が中心だったため、王家の実情や政治のアレコレなんて、チラリとも出てくることはなかった。学園を卒業すると同時にゲームはエンディングを迎えるため、どちらの王子が立太子するかはわからないままだ。

ファニアは、もうその頃には、強制労働所に送られているため、知る由もない。


ぼんやりと考え事をしていた俺は、大勢の拍手の音で我に返った。アルが国王陛下から剣を授《さず》けられているところだった。一番の盛り上がりの場面だな。

「はあ、アルフレッド様は格好いいですねぇ」

俺の隣で、バイルアットが惚れ惚れとため息を吐く。外に設えられた壇上に立つアルは、見ほれるほどに格好がいい。俺のいる場所からは、アルの横顔しか見ることはできないが、濃い金の髪が光を弾き、彫りの深い顔立ちを際立たせている。スッキリと背筋を伸ばした身体は、しなやかで、白い礼服がよく似合っている。

まだ十二歳とはいえ、凜《りん》とした姿は、流石《さすが》BLゲームのパッケージでセンターに描かれているだけはあると納得してしまう。

　あと四年でBLゲームが開始される。その時には、今よりももっと大人っぽく男らしくなっているのだろうな。その時、俺はどうしているだろうか。自分のことなのに、全然思い浮かべることができない。

　先ほど皆の前でアルから正式に『側近』として紹介されたので、このまま側近として、BLゲームのスタートを迎えるのだろうか……。


「ファニアっ」

　つい先ほどまで壇上にいたはずのアルが、こちらに向かって走ってきている。腰には貰ったばかりの美しい剣をさげている。

　おいおい、主役が来賓たちをほったらかしていいのか？　まあ、いつものことなんだけどね。

「ファニア、珍しいお菓子を貰ったんだ。一番にお前に食べさせてやる」

　アルは、薄い紙で包まれた、一口大の塊《かたまり》が何個も入った袋を持っている。

「それはなんなのですか？」

　バイルアットがアルの手元を覗《のぞ》き込んで、小首を傾げる。

「え、お菓子？」

　食いしん坊のゼルナイトも身を乗り出して、お菓子の袋を覗き込む。

「チョコレートボンボンと言って、チョコレートの中に酒が入っているのだと聞いた」

「え、お酒！　俺たちが食べてもいいのですか？」

「うわっ、旨そう」

　アルの答えに、ジェイドとゼルナイトが興味津々でチョコレートを見ている。全部で十個ほどあるだろうか。一個一個色の違う薄紙で包まれていて、可愛らしい。

「帯剣の儀も終わったからな、これぐらいはいいだろうと、父上から頂いたのだ」

　アルが嬉しそうに袋から一個取り出すと、俺へと差し出す。

　赤い薄紙に包まれたチョコレートを前に、俺は金縛りにあったように動けない。アルの手にあるチョコレートボンボンを見た瞬間、俺の心は悲鳴を上げた。

　嫌だ。

　嫌だ、嫌だ、嫌だっ!!

なぜだかわからない。でも嫌だ。

俺の全身がチョコレートボンボンを拒絶する。自分でもなぜ嫌なのか、なぜここまで拒絶するのかわからない。でも、チョコレートボンボンを見た瞬間から、俺の心には恐怖が溢れている。そして、その恐怖心は強くなるばかりで、抑えようがない。

このチョコレートは駄目だ。食べたら駄目だ。

――このチョコレートを食べたら、全てが変わってしまう――。

「どうしたファニア。ああ、大丈夫だ。酒とはいっても、チョコレートに入っているぐらいの少量だからな、気にするほどじゃないぞ」

アルは気がついていない。俺の心が恐怖でいっぱいなことに。チョコレートに対する、強い嫌悪感のために、動けなくなっていることに。

俺の態度は、アルには飲んだことのない酒に対する躊躇《ためら》いに見えたのだろう。アルは笑いながら、チョコレートの薄紙をパリパリと剥《は》いでいく。艶のある黒い塊が見えてくる。

「ほら、アーン」

チョコレートを摘《つま》んで、俺の口元へと持ってくる。

「違うっ！　俺はそのチョコレートが……」

俺は言葉を最後まで言えなかった。拒絶の言葉をアルに伝えることはできなかった。

それまで固まっていた俺が、いきなり喋りだしたから、開いた口の中に、アルがチョコレートボンボンをポイと入れたのだ。

勢い込んで話しかけていた俺は、とっさにチョコレートボンボンを嚙み砕いていた。口の中に広がる、甘くて馥郁《ふくいく》とした酒の香。

そして……。

強烈な熱さ、痛み、苦しさが、一気に俺を襲う。

あまりにも強い衝撃に、チョコレートを吐き出すことも叶わない。

俺は悲鳴を上げることができただろうか。それさえもわからないまま、喉を搔き毟《むし》る。

ゴポリ。

俺の口から何かが溢れ出る。真っ赤なそれが、自分の血だと、喉を搔き毟り続ける俺は気づくことはなかった。

「ファニアッッッ‼」

アルの悲痛な叫びは俺には届かなかった。俺はそのまま意識を手放してしまったからだ。

「ごふっ、ぐふっ」

目を開けた瞬間、見慣れぬ天井が見え、『え、ここはどこ？』と言いたかった俺だが、あまりの喉の痛みに、咳き込んでしまった。

喉も痛いが全身がだるい。

なぜだろう、ベッドに寝ているのだが、上半身すら起こすことができない。目だけでキョロキョロと辺りを見回したが、目を動かしただけで、酷い吐き気と、頭痛が襲ってきて、慌てて目を閉じる。

吐き気が強いが、動けない今、吐くわけにはいかない。なんとか、呼吸を整えて堪える。

少しだけ見えた景色から情報を整理すると、ここは後宮の客間のようだ。アルと鬼ごっこをした時に、何度か入ったことがある。なぜこんなところに寝かされているのか……。

徐々に記憶を取り戻していく。

ああ……チョコレートボンボンを食べたんだったな。倒れた俺を動かすわけにはいかず、そのまま後宮に寝かせているのだろう。あの喉を焼くような凄絶な痛みを思い出し、ブルリと身体が震える。

痛みとともに今まで思い出せなかったBLゲームのストーリーが蘇る。まるでせき止められていたように、思い出すことができなかった部分の記憶が蘇ったのだ。

あのチョコレートボンボンには毒が入れられていた。BLゲームの中では、犯人は最後までわからない。

ただ、アルフレッドを狙う敵がチョコレートボンボンの中に毒を仕込み、それをアルフレッドではなく、ファニアが食べてしまう。

この部分は学園に入学前のため、サラリと攻略対象者であるアルフレッドの過去として語られるだけだ。

アルフレッドのかわりにファニアが毒を飲んで死にかけ、その上、身体に障害が残ってしまう。その責任を取る形でアルフレッドはファニアと婚約しなければならなくなった。

アルフレッドは、そのことに納得がいかない。好きでもない、それも男と婚約させられてしまったと、主人公ルーイに心情を吐露《とろ》し、ルーイに慰められるシーンがある。ファニアが自分の人生に関わることが嫌なのだ。

学園に入学する時点で、すでにアルフレッドはファニアを嫌っている。ゲームのファニアは嫌われているのだ。

じゃあ俺は？

アルは俺のことを嫌っているのだろうか……。

眩暈《めまい》を堪える。

現状は、ＢＬゲームのストーリーそのままに進んでいる。俺が今までなんだかんだと頑張ってきたことは、何一つＢＬゲームのストーリーを変えることにはならなかった。なんの役にも立たなかったのだ。

笑ってしまう。なんて甘っちょろい考えだったのだろう。

ＢＬゲームの世界だと理解はしていた。だが、ストーリーは変わってきていると思っていたのだ。アルは暴君王子ではなくなり、自分はアルの婚約者ではなく側近になるのだと。悪役令息になどならない。そんな思いでいたのだ。ゲームの強制力。それを身をもって知ってしまった。自分の身に起こった悲劇は、もう変えようがないから、ＢＬゲームのストーリー通り、俺はアルの婚約者になるのだろう。

一筋、涙が頬を伝っていく。

毒を飲んで苦しい身体が辛いのか。それともＢＬゲームの通りに流されていくのが辛いのか。

このままＢＬゲーム通りに進んでいくのならば、俺は学園に入学する時には、アルに嫌われているのだろうか。アルにすれば、男との婚約など、嫌なことでしかないだろう。俺さえいなければとアルに思われるのだろうか。

俺は、アルに嫌われるのが辛い。それが一番辛いのだと気づいてしまった。

「ファニアッ」

アルが部屋へと駆け込んでくる。俺が身じろぎしたことに室内にいた侍女が気づいて、アルへと知らせたのだろう。

「ファニアッ、ごめん。俺がっ、俺がっ」

ポロポロと涙を流して縋《すが》りつくアルに、俺は『心配するな』とも『謝るな』とも声をかけることができなかった。声を出すことができないし、意識をしっかり保っていることも難しい。

それでも、泣くアルを見て、俺は安心する。アルは俺のことを、まだ嫌ってはいない。まだ大丈夫だ。そう感じることができ、俺は意識を失うように、眠ってしまったのだった。

「ファニア＝アージニア。お前をアルフレッド＝ガイシアス＝フリアリスト第二王子の婚約者とする」

見舞いに訪れた陛下の言葉だ。

陛下はアルにそっくりだ。違うか、アルが陛下に生き写しなのだ。王族特有の濃い金髪に、深い蒼の瞳。恐ろしく整った美貌《かんばせ》の顔に、四十歳を過ぎているとは思うが、その身体は、見事に引きしまっている。

アルが年をとったら、陛下になるんだな。そう思えるほどに似ている。

逆に第一王子のアンドリュー様は、母親似で、あまり陛下の面影はないらしく、本当に陛下のお子なのかと、口さがない噂を聞いたことがある。

チョコレートを食べてから半年近くが経《た》っていた。

覚醒《かくせい》したり、意識を失くしたり、そんな日々を繰り返しながら、俺はやっとベッドから上半身を起こすことができるようになっていた。

そんな俺への国王陛下の勅命《ちょくめい》だ。俺はただ頷いた。あがいたところで、十二歳の俺には何もできないのだから。

アルは王位継承権のある王子様で、ファニアは公爵家の嫡男だ。それなのになぜ二人が婚約するのか。

俺は毒入りチョコレートを食べて、死ぬことは免《まぬか》れたが、身体に障害が残った。俺は子どもを作ることができない身体になってしまったのだ。いわゆる種無しだ。もう俺は、自分の子どもに会うことは叶わない。

子どもができない身体になった俺は、公爵家の跡取りでいることはできない。かといって、この身体では、どこかに婿養子に行くことも無理だ。廃嫡されるのは決定で、平民に下《くだ》るしかない。

王家としては、偶然とはいえ、命がけで王子を護《まも》った公爵家の嫡男の末路がそれでは、あまりにも外聞が悪い。わずか十二歳の子どもの忠誠をむげにはできないのだ。

この国では同性婚は認められている。しかし跡取りの必要な王族や貴族が同性婚をすることは、ほとんどない。

だが今回は、この制度があるおかげで、俺はアルの婚約者になった。公爵家の嫡男でありながら、公爵家の跡取りにならないでいい立場。それがアルとの婚約だ。

この世界はBLゲームのストーリー通りに進んでいっている。

BLゲームの中では、アルフレッドはこの婚約を嫌っていた。はじめはファニアのことを憐《あわ》れんで、受け入れているようだったが、ファニアがアルフレッドに依存するようになってくると、徐々に嫌悪感を露《あらわ》にするようになってくる。

ファニアは純粋にアルフレッドのことが好きで、婚約者の立場に固執する。アルフレッドとともに人生を歩んでいきたいと思っていたのだ。だからこそ、主人公ルーイに嫉妬し、悪役令息へと転落していく。

ゲームの中でのファニアは、この婚約をアルフレッドが罪悪感を持っているから受け入れていると思っているが、疑うことを知らないファニアとは違い、俺には王家の真の思惑が透けて見える。


この婚約は、俺への救済のような体《てい》をしているが、実際は、俺をただの駒として使っているだけだ。この婚約はアルの命を守るためだけのものなのだから。

アルは毒入りチョコレートを陛下から貰ったと言っていた。国王陛下が下賜《かし》した品に毒が入っていたのだ。アルを殺そうとした相手は、国王陛下が自ら手渡す品物に毒を入れることが可能なほどに、王室の奥深くへと入り込んでいる。

あのチョコレートでアルが死ぬならそれでよし。生き残ったとしても、いつでも処分することができるとハッキリと示したのだ。

国王は、まずアルが死なない方法、生き残ることができる方法を考えたのだろう。

アルを殺害しようとしているのは、アルガリーナ第二妃。調べなくてもわかっている。全ての者が思っていても、口には出せない地位にいる女だ。

自分の息子を国王にするためならば、どんな非情な行為も厭《いと》わない。アルガリーナ妃の後ろ盾である筆頭公爵家の権力は、この国では強大だ。その上国王は、幼馴染のアルガリーナ妃に愛情を持っておられるようだ。

そのためにアルに男の俺と婚約させ、正室との間に次代を残せないようにした。そのうえ国王の圧力で、側室や妾をめとることは許されないのだろう。アルは正式な発表こそしていないが、王位継承権を放棄したことになったのだ。

アルガリーナ妃の息子、第一王子アンドリューが王位を継承することは決定となり、アルガリーナ妃は、アルを殺す必要はなくなったということだ。

……ただ、BLゲームではアルフレッドはファニアを断罪する。ファニアとの婚約を解消し、強制労働所へと追いやる。

このことでアルフレッドは、またアルガリーナ妃から命を狙われることになるのだろうか。それとも、同性のルーイとの愛を育《はぐく》むアルフレッドは、ファニアをルーイに挿《す》げ替えただけで、同性婚をし、安全な人生を送っていくのだろうか。

俺は頭を振る。考えても詮無いことだ。

ろくに動かない身体のまま、俺はアルとの婚約を受け入れるしかないのだから。

徐々に俺の身体は快復へと向かっていく。

もうベッドで寝ていなくてもいいし、体力はないが、食事を普通に食べることができるようになった。

そう、普通に食べることができるのだ。

「はい、あーん」

満面の笑顔で俺にスプーンを差し出すヤツに嫌そうな顔をしてみせる。

「アル。俺は一人で食べる」

「ほら、ファニアの好きなカブのスープだよ」

「聞け。お前の給仕は必要ない」

「大丈夫、ちゃんとフーフーしたからね。あ、それともステーキの方がいい？」

喜色満面のヤツは聞いちゃいない。ステーキを切り分けて、今度は一口大の肉を俺に差し出す。

俺が毒に倒れてから、アルは自分のせいだと泣き通しだった。

倒れてから二週間ほどして、やっと腕が動くようになった俺は、枕元で泣き濡れるアルの頭を殴った。力がまだ出なかったから、ヘナチョコパンチになってしまったが、殴られたアルはポカンと口を開けたままになっていた。

「聞くが、お前が俺に毒を盛ったのか」

「違うっ、そんなはずないじゃないか」

「じゃあ、お前が謝る必要はないだろう」

「でも、俺がファニアにチョコレートを食べさせたから」

「俺が食べなくても誰かが食べてただろうがっ。お前が食べさせようが食べさせまいが関係ない。いいか。謝る必要もないのにビービーうるせぇんだよ。泣く暇があるのなら、俺のお世話でもしやがれ」

俺の啖呵《たんか》にアルはピタリと泣きやむとなぜか顔を赤らめて上目遣いでこちらを見ている。

ん？　アルにビシッと苦言を呈したはずなのになぜにそんな顔をする。

「俺がファニアの世話をしても嫌じゃない？　俺のせいで苦しんだのに……いいの？」

「はあ、だからお前のせいじゃないって言ってるだろうが。それとも何か、お前は体調の悪い俺をほったらかしにするっていうのかよ」

俺はわざと尊大に言う。

いくら具合が悪くても、王族様に向かってしていい言葉遣いじゃない。だが俺は、まだまだ子どものアルの心に傷を残したくはなかった。

アルが悲嘆することも、負い目を感じる必要もない。アルは被害者なのだから。俺が先にチョコレートを食べていなければ、アルが死んでいた可能性だってあったのだ。

自分のせいだと思い込むアルの心を、違う方向に向けようと俺はとっさに、こう言ってしまっていた。俺の世話を焼くといったって、医師に看護師、侍従だっている。世話をするという気持ちだけでも持ってもらえれば、気が済むんじゃないかなと、そんな軽い気持ちだったんだ。

失敗だったと気づいたのは、すぐだったけどな……。

アルはその日から泣かなくなった。それに謝らなくなった。俺はホッとしたのだけれど、まさかアルが、これほどの世話好きだとは思ってもいなかった。

ほぼ二十四時間、俺の側《そば》を離れない。

おはようからお休みまで、それどころか、寝ている間さえも、俺のお世話をしようと、手ぐすね引いてスタンバイしている。食事介助はもとより、身体の清拭《せいしき》から暇つぶしの本の朗読まで。ありとあらゆることを嬉々《きき》としてやろうとするのだ。

断ってもやる。

俺が嫌がってもやる。

聞く耳は一切持たないっ！

いや、なんで病人のベッドで添い寝しようとするんだよ。

いやいや、風呂に一緒に入らないって。

いやいやいや、トイレ介助だけは絶っ対しなくていいからっ。

毒で弱った俺は、アルの介助でなおさら弱ってしまった気がするのだった。


「ほらファニア、あーん」

「だーかーらー俺は自分で食えるって、言ってるだろうが」

「今日のアップルパイはサクサクだよ」

通常営業のアルは聞いちゃいねぇ。今日も今日とて俺に笑顔満開でスプーンを差し出してくる。

「いや、元気そうでよかった……」

「うん、よかったな……」


ジェイドとゼルナイトが俺たちを見ているのに、遠い目をしている。

「仲良さそうでいいなぁ」

バイルアットはニコニコと無邪気な感想を述べる。

お茶の時間に三人は見舞いに来てくれた。皆、忙しいだろうに、後宮へと、ちょくちょく顔を見せに来てくれる。

俺はチョコレートを食べて倒れて以来、公爵家には戻っていない。その場（後宮）で治療され、動かさない方がいいと、後宮の客間にずっといる。

ベッドから起き上がれるようになり、公爵家へ帰ると申し入れたのだが、何故か俺の意見はスルーされ、今も後宮で生活している。

その上なぜか、アルも後宮に留まっている。アルは〝帯剣の儀〟の後、本宮に行くはずだったのでは？

「いや、仲良いとか違うし。こいつが無理やり、しつこくだな。そうアルが、ムグッ」

バイルアットの間違いを正そうとしているのに、俺の口の中にアルがスプーンを突っ込みやがった。アップルパイに生クリームが添えられていて、確かにサクサクで旨いが、ちょっと待て。

「アル、人が喋っている時にスプーンを突っ込むな」

「ん、次は紅茶を飲む？」

「人の話を聞け。俺は一人で食えるって言ってるだろう。人前で恥ずかしいことをするな」

「フーフーするね」

聞いちゃいねぇ……。

「お前も恥ずかしさを、我が身をもって知るがいい」

俺は自分の前に置かれているアップルパイを、フォークで一口分突き刺すと、アルの口元へと持っていく。

因みにアルはフォークを使わない。俺の口の中を傷つけるかもしれないからだと。

アルは俺の差し出したフォークをパクリと銜《くわ》える。そして、幸せそうに笑うのだ。衆人環視の中で、その顔は反則だろう。

「うーわー。俺、砂吐きそう」

「俺は砂糖を吐きそうだわ」

ジェイドとゼルナイトが口に手を当て、何かを堪えている。

「いいなぁ、俺も恋人が欲しい」

バイルアットは、こちらを見ながら羨《うらや》ましそうに呟《つぶや》く。

「ち、違うっ。これは違うしっ。恋人とかじゃっないしっ」

俺はバタバタと両手を振って否定する。顔が真っ赤になっているのは、言われなくてもわかっている。顔が熱い。

「ああそうだな。もちろん恋人だが、婚約者だからな」

俺の口の横が少し汚れていたらしい。優しい手つきでナプキンで拭《ぬぐ》いながら、アルは、それが当たり前のように話す。

婚約するよう陛下から勅命が下されたのは、俺が毒を飲んで半年ほど経ってからだったが、皆に知らせたのは最近だ。俺の体調が回復するのを待っていたのもあるし、婚約を結んだ理由が理由だから、知らせたのは、本当に内々の親しい者たちにだけだ。

「そうだ。ご婚約おめでとうございます。なんだか今更って感じがしますよね」

「遅くなり申し訳ありません。ご婚約おめでとうございます。まだしてなかったんだって思いました」

「おめでとうございます。結婚式が楽しみです」

三人は綺麗に揃って頭を下げる。

祝いの言葉の他に、何か色々と言っているが、俺は聞かなかったことにする。いや、聞こえていない。

絶対聞こえていないからな。特にバイルアット、お前だ！

◆◆◆

なんだかんだ反発しているように見えるが、結局はアルフレッドに、いいようにされているファニアを見ながら、バイルアットは思う。

この婚約の実情を知らないのは、この中でファニアだけだと。

ファニアとの婚約を望んだのはアルフレッドだ。国王陛下は最後まで反対した。

公爵家にいられなくなったファニアの処遇としては、身分は下がるが、新たに子爵あたりの爵位を授け、一生食べていける程度の領地を与えればいいと国王は考えていたようだ。

ファニアと婚約などしたらアルフレッドの王位継承の足枷になる。それだけは駄目だと国王や周りの者たちは総出でアルフレッドを宥《なだ》めた。しかし、アルフレッドは聞く耳を持たないどころか、事を荒立てると騒ぎだしたのだ。

今は時期尚早だ。犯人であろうアルガリーナ第二妃にも、黒幕であろうアルガリーナ妃の父親の公爵にも、証拠がなくて手を出せない。ここで騒がれると、非常にまずい。国王は渋々二人の婚約を許したのだ。

今はまだ罪悪感が強くて、ファニアとの婚約を望んでいるが、アルフレッドが、もう少し大きくなり、女性に目を向けるようになれば、婚約解消を望むようになるだろう。その時には、ファニアに領地を下賜し、遠くに追いやってしまえばいいだけだ。国王はそう考えたのだろう。

バイルアットは視線を前へと向ける。

蕩《とろ》けるような瞳でファニアを見ているアルフレッドが、自分の膝の上にファニアを乗せようとして、ファニアから殴られている。

国王陛下の思惑通り、ことは運ぶのだろうか。

「膝の上なんかに乗らないからなっ。だから俺の肩を抱くな。頭にキスなんかするんじゃねーよっ！」

ファニアの叫びを聞きながら思う。

無理だろうな。

　フフフ、と微笑んでしまうバイルアットなのだった。

3. アルフレッドの想い

「ファニアッッッ!!」

　目の前でファニアが倒れた。ゴプリと血を吐き出し、喉を掻き毟りながら。

　それからのことは、あまりはっきりとは憶えていない。

　ただただ、ファニアが死んでしまうのではないかという恐怖だけが俺を包み込んでいた。

　ファニアをこんな目に遭わせた奴に怒りを覚えたのは、ファニアが目を覚まして、少ししてからだった。ファニアを失うかもしれない恐怖がやっと収まってきたからだろう。

　犯人はわかっている。アルガリーナ第二妃だ。陛下の二番目の妻。この国の筆頭公爵家の娘であり、強大な権力を持っている女。

　幼い頃から国王陛下の婚約者だったアルガリーナは、国王との結婚を一年後に控えていた時に、ソティス王国の王女により正妻の座を奪われた。一気に第二妃へと格下げされたのだ。腸《はらわた》が煮えくり返る思いだっただろう。

　だが、正妃にちょっかいを出せば、外交問題に発展する。最悪、戦争が起こるかもしれない。アルガリーナの憎しみの矛先は、次世代へと向けられた。

　正妃の子を国王になどさせない。自分の息子《第一王子》を国王にする。国母《こくも》になるのは自分なのだと。

　それが、自分を第二妃に落としたジェーン正妃への見せしめなのだ。

　そのためには、俺を排除したかったのだろうが、かわりにファニアが傷ついた。死にかけたのだ。

　目の前で倒れたファニアの姿が忘れられない。あの絶望を忘れられない。その上、ファニアの身体には一生治ることのない障害が残ったのだ。

　許さない。絶対に許さない。

　しかし、今はアルガリーナを罪に問うことはできない。

　証拠がない。

子どもの俺が騒いだところで、握りつぶされるか、逆にこちらが追い込まれてしまうだろう。

国王陛下には、何度も直訴した。しかし、証拠がないだの、今は時期が悪いだのと、まるでらちがあかない。

陛下とアルガリーナ第二妃とは、幼い頃からの許嫁《いいなずけ》だったと聞いている。愛情があるのかもしれない。陛下は当てにはできない。

俺は王子とはいえ、力のない子どもだ。だが、大切な相手を傷つけられて、手をこまねいている気はない。俺の一番大切な相手を傷つけた奴を許さない。あと一歩でファニアを永遠に失ったかもしれないのだ。自分の手でやるしかない。徹底的にやってやる。死ぬよりも辛い目にあわせてやる。そのためには使えるものはなんでも使う。

アルフレッドの瞳の奥に仄暗い光が灯《とも》ったのだった。

アルフレッドが様々な策を弄《ろう》している最中に、『役に立ちそうな男が見つかった』と、バイルアットから連絡が入った。

バイルアットは教会をパイプとして、市井《しせい》と繋がっている。それにバイルアットを女神のように崇《あが》める狂信者たちが、手足として動いている。

バイルアットには、情報はもちろん、人だろうと物だろうと、求めるならば手に入らないものはないのだ。

アルフレッドは自ら、その男がいるという牢屋へと足を運んだ。牢屋に入れられていたのは、四十代後半ぐらいの、中肉中背のパッとしない、どこにでもいそうな男だった。平凡な容姿というよりは、どちらかというと、うらぶれた感がある。

「使えそうじゃないか」

アルフレッドの言葉に、牢の中の男は、身を縮こませるように、奥へと後ずさる。

アルフレッドの雰囲気や身なりから、高貴な人物だと気がついたのだろう。少しでも不興を買えば、自分の身がどうなるかわかっているのだ。

牢の中の男の名前はグイン。牢屋に入れられるのは三度目になる。罪状は全て同じ『結婚詐欺』。何人もの女たちの身も心も弄《もてあそ》び、金までも騙《だま》し取ってきた男だ。

グインがターゲットにするのは自分の容姿に自信が

なく、恋愛が苦手で中年になってしまった女たちだ。そんな女たちは、若く見目麗しい男が甘い言葉で言い寄ってきたところで、訝《いぶか》しがって相手にしないどころか逆に警戒心を持ってしまう。グインは、冴えない容姿を武器に、いつの間にか、そんな女たちを毒牙にかけていくのだ。

「お前にチャンスをやろう。なに、簡単なことだ。お前なら、見事にやってくれるだろうよ」

クックックッと笑う高貴な少年を、怯えた目でグインは見つめる。

詐欺を生業《なりわい》としてきたグインは、人となりを見極めることができると自負している。

目の前の少年は、幼いと言われる歳だろうに、あまりにも暗い目をしている。〝はい〟以外の返事をすることはできないのだと、グインは悟ったのだ。

グインに下された命令は、一人の女を籠絡《ろうらく》すること。相手は仕事にかまけていて、婚期を逃した中年女。どこぞの偉い奥様に侍女として仕《つか》えているらしい。

グインにしたら簡単なことだ。

この仕事が終わったら、ある程度の金を貰って、外国へと逃がしてくれるらしい。この国での最後の仕事になる。

グインは持てるテクニックの全てをもって、依頼主の要望に応えるのだった。

アルガリーナ第二妃が、侍女の持ち込んだ化粧品により、手の施しようがないほどに、無残に顔面が爛《ただ》れてしまったのは、グインが外国へと逃れて、すぐのことだった。

4．お泊り会

俺が毒入りチョコレートを食べてから、一年近くが経ちました。いやぁ～、もうすっかり体調も元通りです。普通に走ったり跳ねたりもできますよ。

元気モリモリの俺なのですが、約一名それを信じない奴がいます。

「ファニアッ、窓の側なんかに行くと寒いじゃないか。

風邪を引いてしまう。ほら暖炉《だんろ》の側においで」

窓の外を眺めていた俺にアルが近づいてくる。俺だって、窓の外くらい見ますよ。王宮の庭だけあって、見ごたえのある美しさなんです。

そう、俺は今、王宮で生活している。

なんとか動けるようになったから、公爵家に帰るとの、再度の俺の申し出は、綺麗にスルーされ、アルの婚約者として、本宮に連れてこられてしまったのだ。俺の身体を心配してのことだとは思うけど、もう元気になったし、なんでも自分でできるようになったのだから、家に帰してくれよ……。

アルだけが俺の快復を信じない。

いや違うか。体調が回復しようとしまいと、アルの中の俺は、病弱ちゃんキャラ決定らしい。どんなに、もう必要ないと言っても、俺のお世話をやめようとはしない。

どんだけ世話好きなんだよ。

俺に毒入りチョコレートを食べさせたことが、アルの心の傷になっていると思うと、俺もアルのお世話を強く拒否できずに、ずるずるとここまで来てしまった。

だが、ここらあたりでビシッと拒否せねばなるまい。


「いや、まだ外を見てる」

キッパリ！

「ほらほら暖かい方においで」

「いや、手ぇ繋がなくていいし。歩けるから腰抱くなっ。すぐそこじゃねぇーか。抱っこしようとするんじゃねぇっ」

窓際から暖炉の前まで、いくら部屋が広いとはいえ、自分で歩けるわっ！　手をワキワキさせるなっ。

「なぁ、これ延々と続くの？　俺ら帰った方がいいんじゃない」

「あー、俺も思うわ。こんなベタベタなのを見せられ続けるのは辛いわー」

「いいなぁ、僕も恋人が欲しい」

おなじみの三人が好き勝手言ってやがる。

「違うからなっ。これはアルが勝手にっ」

「「あー、はいはい」」

「いいなぁ、僕もイチャイチャしたい」

だから人の話を聞けっ。投げやりな返事をするな。

バイルアット、お前は特にだ。

アルに無理やり暖炉の前に連れてこられ、むくれている俺だが、本当はウキウキしている。なぜなら今日は、いつもの三人が、ここにお泊りに来てくれているのだ。

俺の無聊《ぶりょう》を慰めるためにと、アルが快気祝いを企画してくれたのだ。

いやぁ、アルも気配りのできる、いい奴になってきたじゃないか。

前世の修学旅行を思い出すよね。枕投げとかしちゃう？　それとも恋バナ？

まだ十三歳だから、恋バナは早いかな。でも前世でいうところの中学一年生ぐらいだからＯＫだよね。

それに、一番の楽しみは。

「一緒に風呂入ろーぜー」

風呂の時間は、まだ先だが、思わず声に出して言っちゃった。ここの風呂はでかくて綺麗なのだ。一緒に騒ぐのは楽しそう。

「うわっ、バカ」

「絶対ヤダ」

「ウフフ、無理だと思うよー」

え、俺なんか変なこと言った？　バイルアットは微笑んでいるけど、他の二人が青くなってる。


「なーなー、アル。あいつらなんかへ……ん……」

アルの方を振り向いた俺だったが、途中で言葉が止まってしまった。

どうしたのアルさん。顔が大魔神ですよ。

「へー、ファニアは皆と一緒にお風呂に入りたいんだ」

「そりゃあ、楽しそうだし……」

「俺と一緒は嫌だって、いつも言ってるよね」

「え……だって、アルと二人で入るのは変じゃん……」

「何が変なの」

ズイとアルが顔を寄せてくる。

なんなの？　なんでこんなに絡むの？　訳がわからないが、アルがめんどくさい。

「アル、顔が近い、どかして」

アルの顔をグイと押しのける。

尊き王子様相手だが、あんまりお世話されすぎて、距離感がわからなくなっている。扱いが雑になってもしょうがない。

めんどくさいアルから離れ、俺はテーブルの下に隠していた物を取り出す。今日のお泊り会のために、苦労して入手した逸品である。

まあ、料理長を拝み倒して貰ってきたんだけどな。

「じゃじゃーん、酒だよ、酒。皆も大人への第一歩をともに踏み出そうではありませんか」

皆に見えるよう、目の高さまで掲げる。綺麗な琥珀《こはく》色《いろ》の果実酒だ。

レッツパーリィナイト。楽しいお泊り会の始まりだ!!

◆◆◆

ファニアが泣いている。ややたれ目の大きな瞳からポロポロと涙を流して。

「ジェイド、俺もう帰りたいんだけど」

「俺もだよ」

ゼルナイトが俺に、こそこそと話しかけてくる。すごく居心地悪そうだ。

俺も同感だ。

目の前の光景を見ながら、微笑んでいるバイルアットはすごいと感心してしまう。

ファニアが毒を飲んで一年近くが経つ。

全快したから快気祝いをすると呼び出され、俺たちも喜んで参加したまではよかったのだが……。

酒を持ち込んだのは主役のファニアだ。それも、度数のひっくい、名ばかりの酒。料理長に頼んで貰ってきたと言っていたから、料理長が子ども用にと、気を利かせたのだろう。ほぼ酒じゃなかった。

それなのに……。

しっかり、ガッツリ、酒を持ち込んだ本人が酔いやがった。あんな匂いだけの酒で、よく酔うことができるなぁ。ある意味才能だ。

皆、こんな酒で酔うとは思ってなかったから、ファニアが泣き出した時は、ビックリした。どうやらファニアは泣き上戸らしい。

泣き出したファニアに大慌てでアルフレッド様が駆け寄っていったのだが……酔ったファニアに絡まれ、それからはデロデロだ。

見ているこっちは口から砂糖どころかハチミツが零《こぼ》れ出そうだ。

ファニアはアルフレッド様に抱っこを迫った。あのポメラニアン系のキャンキャンうるさいファニアが、自分からアルフレッド様に両手を上げて『抱っこして』と言ったのだ。アルフレッド様の表情が一気に崩れるのを見た時は、衝撃を受けた。

アルフレッド様に向かい合わせで膝抱っこしてもらったファニアは、それからは、やりたい放題だった。

「アルは俺のこと好きじゃないからぁ」

ポロポロと涙を流すファニア。

「そんなことはない。大好きだよ」

せっかくの美形を、デロッデロにしてファニアに言い聞かせているアルフレッド様。ファニアの背中を撫でたり、頬にキスしたり、忙しそうだなっ。

「俺、知ってるんだから。うぅぅ」

「ああ、泣かないで。ファニアが泣くと、俺はどうしたらいいのかわからなくなるよ。さあ、何を知っているのか教えて」

「お、俺のこと、嫌いになるんだ。俺のこと要らないって。うぅぅ」

ポロポロと涙を流しながら、アルフレッド様を仰ぎ見るファニアは、無自覚なんだろうなぁとは思うけど、命知らずだなぁとも思う。

アルフレッド様はグッと何かを堪えるような顔をした後『理性、理性……』と小さく呟いている。

「どうしてそんなことを言うの。俺がファニアのことを嫌いになることなんかないよ」

「だってだって、ゲームの中で他の人と、キ、キスするんだ。わざと俺の前でーっ」

ファニアは、ポカスカとアルフレッド様の胸を叩いた後、ギュウと抱きつく。

見ている俺たちの口からは、今度はメイプルシロップが溢れ出しそうになった。

「泣かないで、ゲームが何かはわからないけど、俺がそんなことをするはずないじゃないか」

「するもん。ゲームで俺に意地悪するために、他の人とイチャイチャして、キスするんだもん。絶対するんだもん」

アルフレッド様の胸に顔を押しつけイヤイヤと顔を振る。

『もん』ってなんだよ『もん』って。喋り方まで変わってるじゃないか。酔っ払いすごいな。

「うわぁ、ファニア可愛いですねぇ。持って帰りたくなる」

バイルアットは呑気《のんき》にそんなことを言っているけど、アルフレッド様に聞かれたら、生きて王宮から出られなくなるぞ。怖いからやめてくれ。

「今さっきから言っているゲームって何？　それに俺はファニアに意地悪なんかしないよ」

「お、俺にはチューしてくれないのに。他の人にはしても、俺にはしてくれないいんだぁ」

ファニアは、ポロポロと泣きながら、あろうことか、たこ口をしやがった。ファニアの、たこ口を見て、アルフレッド様は固まった。

ファニア。お前は、酒で身を滅ぼすタイプだな。

「まあ、婚約者同士なんだから、いいんじゃないですかぁ。素面《しらふ》に戻った時のファニアの反応が楽しみですねぇ」

バイルアットは綺麗な顔でウフフと笑う。なんだか笑顔が黒く感じたのは俺だけだろうか。

「なあ、もう行ってもいいよな。俺ここにいるの、そろそろ限界なんだけど」

ゼルナイトは口を押さえて、青い顔をしている。

同感だ。俺もそろそろ口から角砂糖が溢れ出そうだから、退室させてもらおう。

「あ、じゃあ僕も一緒に行くー。アルフレッド様。婚約者とはいっても未成年ですからね。ベロチューは禁止ですよ。ファニアに嫌われないよう、肝《きも》に銘じてくださいね」

バイルアットは笑顔のまま釘を刺す。

「わ、わかっている」

アルフレッド様の焦ったような返事を聞いた後、俺たちは別室へと移動した。


次の日。

「えぇっ、何？　首についてるこれは何ぃっ。もしかしてキスマークぅ？　うが――っ！　何がどうなったんだぁーっ！　あがぁっ、頭いてーっ」

ファニアの叫び声を聞きながら、俺とゼルナイトは、遠い目をするのだった。

バイルアットだけは麗しくウフフと笑っていたけどな。

第3章

16歳

BL game no sekai ni
tensei shita
akuyakureisoku wa
gurete shimaimashita

1．入学式前夜

とうとう俺たちは十六歳になった。明日は王立学園の入学式だ。

そう、ＢＬゲームがスタートする。

ＢＬゲームで俺の立ち位置は悪役令息だ。主人公ルーイに様々な意地悪や、嫌がらせを行い、最後にはルーイ殺害を企《くわだ》てる。そしてアルたちに断罪されて、強制労働所送りになってしまうのだ。

俺は、悪役令息《そんなもの》になるつもりはないし、ＢＬゲーム自体に関わりたくはない。

ＢＬゲームに関わりたくないというのなら、学園へ入学しなければいい。簡単なことだ。ＢＬゲームは学園の中で繰り広げられるのだから。

俺はできる限りの努力はした。

学園に入学したくないとハッキリと宣言したし、態度でも示した。入学試験も受けないと駄々をこねたし、入学せずに祖父母のいる、南ライオーズ地方に行って引きこもりたいと、家出もした。すぐに捕まったけど。

しかし、貴族の子息子女はフリアリスト王立学園に入学するのが義務であること。それに、アルの婚約者ともあろう者が学歴なしではアルに恥をかかせてしまうと言われてしまったこと。

俺は何を言われても、そんなもの〝へ〟でもないけれど、アルに迷惑をかけるわけにはいかない。

アルの婚約者になった時、ＢＬゲームの強制力が身に染みてわかったように、何をやっても俺が学園に入学するのは変えられなかった。俺の悪あがきは、実を結ぶことはなかったのだ。


「ファニア、少しいいか」

軽いノックの音とともにアルが部屋へと入ってくる。

自分の部屋でソファーに座って、アレコレ考えていた俺を、隣に座ったアルが、そっと抱きしめる。

俺の部屋とはいうが、ここは王宮の一室で、俺に与えられている部屋だ。毒を飲んで倒れてから、俺は公爵家には帰っていない。体調が戻るまでは、治療のためにと後宮にいたのだが、体調が戻り、俺が公爵家に帰ると言いだすと、アルの婚約者として、行儀見習いという名目で、今度はアルとともに本宮へと移された。

解《げ》せない。

俺はいつ公爵家《実家》に帰れるのだろうか。俺の意見は誰も聞いちゃくれない。まあ、あんなクソ親父に会わなくていいのなら、それに越したことはないのだが。

「どうした、そんな顔をして。まだ学園に入学したくないのか。何をそんなに思いつめているんだ」

「アル……」

学園への入学が近づいてきて、情緒不安定になっている自覚はある。散々嫌だとゴネた自覚もある。どうしても、BLゲームのことが気になってしまうのだ。

抱きしめてくれるアルに、そっともたれる。

毒を飲んでから、アルは俺の世話を焼いてくれるようになった。嫌な顔一つせず、かいがいしく。もう四年も経つのに、アルが俺の世話を焼くのは変わらない。

アルは自分のせいで俺が毒を飲んだと思っている。俺が死にかけたのも、俺の身体がこんなになったのも、自分のせいだと思っている。だから俺の世話を焼いてくれるし、俺に優しく接してくれる。

わかっている。

アルの態度は俺への罪悪感から来ているのだとわかっているのに。俺は……。

「そんなに学園が嫌なら、毎日通う必要はないだろう。ファニアは身体が弱いから、その方がいいかもしれない。ただ、俺は毎日通わなければならないから、ファニアと離れることになってしまうな……。もちろん、王宮から出ることは禁止だ。できれば、この部屋からも出てほしくはないな」

アルはそう言うと、俺を抱きしめる腕に少し力を込める。

「いや、ちゃんと通うよ。それに身体は弱くなんかないし。俺は丈夫だよ」

毒を飲んで以来、アルの中での俺は虚弱で病弱な存在だ。まるでお姫様のように大切にされている。

アルは思い違いをしている。毒を飲んで一年もしないうちに俺の体調は普通に戻った。子どもが作れない身体になったとはいえ、子種が無くなっただけで、俺のジュニアは元気そのものだ。今朝もちゃんと頑張って雄々しく勃ち上がってくれたしな。

俺が怖いのは自分がゲーム通りの悪役令息になってしまいそうなこと。

今はこんなにも優しく俺を見つめてくれているアルの瞳が、徐々に冷たくなっていくのを見たくない。アルが主人公を愛しそうに抱きしめるのを見たくない。アルに愛される主人公を妬んで恨んでしまう自分が嫌だ。

自分は悪役令息にはならないとBLゲームを思い出した時に決意した。それなのに主人公とアルの側にいたら、俺は醜い心に負けてしまう。

――俺はいつの間にかアルのことが好きになっていたから。

アルの腕の中から放り出されるのが怖い。アルから向けられる愛情を失くすのが怖い。断罪され、強制労働所にやられるのは嫌だが、それよりもアルに冷たく切り捨てられるのが怖い。

BLゲームは明日の入学式からスタートする。BLゲームの強制力が怖い。俺は今まで散々BLゲームのストーリーを変えようと頑張った。それなのに、一つも変わっていない。変えられなかった。

怖くて怖くてたまらない。俺には、ただ震えながら涙を流すことしかできないのだから。

「ファニアどうしたんだ！」

「え？」

アルの手が俺の頰を撫でる。その手が濡れていて、俺は自分が泣いていることに気がついた。

「泣くほど嫌だったのか……ごめん。そこまで思いつめているとは気づいてやれなかった。学園への入学は取り消そう。俺が学園へ連絡を入れる」

アルは両手で俺の頰を包み込むと、俺の目じりにキスをする。

「ううん、そうじゃない。学園には行くよ」

俺は頭をフルフルと振る。

アルは俺に優しい。どんな我儘《わがまま》でも叶えてくれようとする。俺が学園に行きたくないと駄々をこねた時も、今みたいに学園に行かなくていいように手を回してくれようとした。まぁ義務だと言われて、アルの力だけじゃあ無理だったけど。

BLゲームのことを知らないアルにすれば、俺が学園に行きたくないと言うのは、ただの我儘でしかないのに。

アルが俺の世話をするようになってからの四年の間

に、俺はアルに抱きしめられるのに慣れてしまった。

アルに頬や額にキスされるのも、素直に受け入れてしまっている。まぁ皆の前でされれば、恥ずかしくて暴れてしまうけど。

アルと手を繋いで散歩することも、『あーん』と口元にまで食事を運ばれることも、アルにもたれかかって安心することも、四年の間に、いつの間にか普通のことになってしまっていた。

いつもいつも、アルは俺とともにいてくれる。

俺に触れて、抱きしめて、キスを送ってくれる。

……でも、それだけだ。

それ以上のことは一切ない。親子のような優しい触れ合いしかない。婚約者だというのに……。

俺とアルは唇へのキスは、したことはない。無理やり一緒に風呂に入れられた時でも、ただ身体を洗われただけだった。何度も同じベッドで眠っても、ただ抱きしめられるだけだった。

やはり俺は男だからアルは、その気にはならないのだろうか。BLゲームの世界の中だから、ナチュラルに同性でも愛し合うと勝手に思っていたけれど、主人公のルーイ以外とは、そんな関係には、ならないのかもしれない。

俺は自分の両手をギュウと握りしめる。

自分の顔が赤くなってくるのがわかる。心臓も早鐘のようだ。これから自分がしようとしていることが恥ずかしくてたまらない。

「アル……あのぅ……ほら、アレだけど……」

「ん、どうした？」

俺の頬から離れたアルの手は、今度は俺の髪の毛を弄んでいる。

「き、昨日やった〝勝負〟だけど……」

「ああ、〝オセロ〟といったな。なかなか面白いゲームだった。バイルアットたちとも今度一緒にやろう。喜ぶぞ」

「う、うん、そうだね。それで俺が勝ったから……」

「ああ、初めてだとはいえ完敗だったからな。ファニア、なんでも言っていいぞ。いやぁ、勝負をするのは久しぶりだったな」

アルは負けたのにニコニコと楽しそうだ。俺が今から言う酷いことを聞いても、笑っていてくれるだろうか。

「アル……あの……あの……俺を、俺のことを抱いてほしいんだ」

「………えっ」

俺の言葉にアルが固まる。

「抱きしめてっていう意味じゃなくて……あの、せ、性的な……」

自分で言っていて恥ずかしい。顔が真っ赤になっているのがわかる。

アルが義務感で俺に付き合ってくれているのはわかっている。だけど、明日からBLゲームが始まる。アルが優しくしてくれるのも、アルが俺を見つめてくれるのも、今日が最後かもしれない。

アルが俺を嫌う前に。

俺が嫉妬に狂ってしまう前に。俺はアルとの思い出が欲しい。

アルから離れて一人で生きていくことになっても、その思い出があれば生きていけるかもしれない。

「ご、ごめん。アルが俺をそんな風に思ってないのはわかっているんだ。でも、一度でいいから……」

駄目だ、だんだん声が小さくなっていく。もうアルのことを見ていられなくて、俯いてしまう。

「お、男同士で気持ち悪いよな。め、迷惑だとはわかって……うわあっ！」

泣くまいと、ぎゅうっと目を瞑《つむ》っていたから、アルのことを見ていなかった。いきなり強く抱きしめられて、身体がのけぞってしまった。

「どうしてそんなことを言うんだっ！」

アルの強い言葉に身体が強張る。一気に涙が溢れて止まらない。

「ごめん。アル、ごめん」

俺はなんて自分勝手なのだろう。アルの優しさに付け込むなんて、最低だ。

「俺がどれほど我慢しているのかわかっているのか？」

「へ……」

「ファニアはそんなに華奢で、身体も弱いのに。無理をさせたらいけないと、俺がどれほどの我慢をしているのか、わかっていない。ファニアは全然わかってない！　俺の歯止めが利かなくなったら、ファニアを酷い目に遭わせてしまうかもしれないんだぞっ」

「あの……」

アルが何を言っているのか、理解できない。俺は流れる涙もそのままに、アルを仰ぎ見る。

「だから っ！　だから、その顔は反則だって」

アルの強い声に、俺はビクリと身体を竦《すく》める。もう、どうしていいのかわからない。

アルの手が俺の頬に添えられる。その手が震えているように思えるのは、気のせいだろうか。

「ファニア……ファニアも俺のことを好きだと思ってもいいのか。俺に抱かれてもいいほど、好きだと思ってもいいのか？」

あれほど、我儘王子だとか、傲慢《ごうまん》王子だとか言われていたアルが、自信なさげな声を出すのが不思議だった。

俺がBLゲームでどんなに醜い悪役令息になっても、この想いだけは変わらない。どんなに断罪されても、強制労働所に行かされても、俺はアルが好きだ。アルを恨むことはない。

「好きに決まってるじゃん……俺はアルが好きだよ。アルだけが好きだよ」

俺はアルの目を見つめて、初めて自分の思いを打ち明けた。俺の言葉にアルが、花がほころぶように笑う。

そっと宝物に触れるように優しい手が俺を引き寄せる。アルの顔が近づいてきて、自然に目を閉じることができた。

唇へのキス。

初めての感覚に、ドキドキと唇に神経を集中する。想像していたよりも柔らかい感触に、日々身体を鍛《きた》えて、しっかりした身体つきになったアルでも、唇は柔らかいのだと気づき、それを知ることができたことが嬉しい。

「ちゃんと息をして」

息を詰めていたのがわかったのか、唇を離したアルが促す。ぷはっと息を再開すると、それを待っていたかのように、アルの舌がスルリと俺の口の中へと入ってくる。

「ん……うぅん」

口の中の至る所をアルの舌が探っていく。翻弄される俺は、アルに縋りついて上着を握りしめることしかできない。

長いキスに翻弄され、縋りついていた手が、徐々に力を失くして滑り落ちていく。

散々動き回っていたアルの舌が、絡めるようにして俺の舌を強く吸った後、やっと離れていく。もう、ぼんやりとして意識を保っていられない。

そのままアルは俺を、お姫様抱っこで抱き上げる。

いつもだったら、恥ずかしがって暴れる俺だが、今だけは抱かれたまま、アルの首筋に顔を擦りつける。

「アル、我儘でごめんな」

痺れた舌で、なんとか言葉を紡ぐ。

「いきなり可愛すぎるからっ。そんなことを言うと、初体験が床の上になっちゃうよ。もうほんとギリギリだから。ベッドまで大人しくしてて」

赤い顔のアルが、足早に隣の寝室へと進んでいく。

ポフリとベッドの上に置かれると、そのままアルが覆いかぶさってくる。顔中にキスをされ、恥ずかしいのと、くすぐったいので、もぞもぞと動いていたのだが、気がついたら裸だった。

え、いつの間に脱がせた？　早業すぎない？

「綺麗だ……」

「見るなよぉ」

アルの熱い視線から逃れようと身を捩《よじ》るが、下半身にアルが乗っかっているので動けない。

俺は寝込んでいたためか、もともとなのか筋肉が付きにくいらしく、細っこいままだ。その上、過保護なアルのせいで、なかなか外にも出ないから、なまっ白い。男らしくない身体つきだ。

「すごく綺麗だ」

お前の目、腐ってるんじゃないか。アルの低い声に、そんな冗談めかした言葉を言おうと、逸《そ》らしていた目をアルに向けると、今まで見たこともない表情をしたアルがいた。

熱くて、ギラギラとした目が俺を見ている。まるで、今にも食いつかんばかりだ。

〝ああ、俺は食われるんだな〟

アルがこんな目をして俺を見るなんて……アルにこんな目をさせることが俺にできるなんて。誇らしい思いと、恥ずかしい気持ちが同時に湧き上がってくる。だが、もう目を逸らさないし、逃げもしない。俺はアルの首へと両手を回す。

俺が食われるのを望んだのだから。

◆◆◆

あれほど、アルのことが好きで、どんなことをされても、アルのことを恨むことはないと思っていた俺だが、簡単に考えを変えた。

アルを目一杯、恨んでしまった。

俺との体格差を考えろ。俺との体力差を考えろ。俺は初心者なんだ。俺から誘ったとはいえ、ものには限度があるだろうっ。

どんなに泣いて懇願しても、俺は気を失うように眠ってしまうまで、アルの腕の中から逃れることはできなかった。

アルのバカヤロー。

ヘロヘロのまま、俺は学園への入学の日を迎えることになってしまったのだった。

2．入学式

「裏切り者めっ」

俺はバイルアットを詰《なじ》る。

「え、どうしたの？」

俺の罵声《ばせい》にキョトリと首を傾げるバイルアットは美しい。淡い金髪はサラサラと腰まで流れ、濃い紫の瞳はどこまでも澄んでいる。麗人という言葉がこれほどピッタリくる人物はそうそういない。

こんな美人さんを詰るなんて、なかなかできることではない。しかし、俺はバイルアットに裏切られたのだ。それも手酷く。

「いつの間にデカくなってんだよっ！」

今日は王立学園の入学式だ。

久しぶりに全員が揃い、横並びに並んだら、なんと俺とドングリの背比べをしていたバイルアットがデカくなっていた。俺を抜くどころか、ジェイドの背まで抜いていたのだ。

ダントツにデカいゼルナイト。

平均よりは随分《ずいぶん》と大きいアルフレッド。

平均よりやや大きいバイルアット。

平均ぐらいのジェイド。

伸び悩んで平均よりやや小さい俺。

おかしいだろう。なんで俺が一番チビになってるんだよ。あれか、毒を喰らって伸び盛りの大事な時期を無駄にしたのか。

「ちくしょー、自分だけデカくなりやがって。ジェイド、お前も抜かれてんじゃねーよ」

「えー、俺に悔しさをぶつけないでよ」

「悔しくなんかないっ！　俺は大器晩成型なんだよ。これからゼルナイトを抜くぐらいになってやるんだからなっ」

「いや、目標が高すぎない？」

「うるさーいっ」

今まではバイルアットと並んでいたが、もう裏切り者のバイルアットの隣になんか行かない。ジェイドの隣に並び、くだを巻く。

「ファニアは今のままでいいんだよ。まぁ、どんなファニアになろうとも、俺は愛しているがな。身体は辛くないか？」

「うぎゃあっ」

いきなり背後からアルが俺を抱きしめた。最後の言葉だけ俺の耳元で囁く。

一気に全身が赤くなるのがわかる。渾身《こんしん》の力で身を捩るが、アルはびくともしない。

ムカつく。

俺の頭の上に顎を乗せるな。身長差が身に染みるだろうがっ。


「アル、離せ」

「えー、やだ」

「やだじゃねぇよ」

頭突きをかましてやろうか。

「お前らぁ、イチャイチャしてないで早く行くぞ」

「そうそう、イチャイチャで入学式に遅刻するとか恥ずかしいよ」

「いいなぁ、僕も恋人とイチャイチャしたいなぁ」

三人とも何を言っているんだ。

俺はバタバタと挙動不審な動きをしてしまっているのだが、アルに抱きしめられて、ろくに動けない。

「そうだな、会場に行くか」

なんだかご機嫌のアルがやっと俺を解放すると、俺の手を引いて歩き出す。アルの歩調がゆっくりなのに気がついてしまい、またもや顔が赤くなってくる。

「お前らー、ナチュラルに手を繋いでんじゃねーよ」

「学園での恋人繋ぎは駄目だと思いまーす」

「いいなぁ、僕も恋人とイチャイチャしたいなぁ」

後ろからの三人の言葉に、俺は慌てて手を離そうとするが、がっちり繋がれた手は離れることはない。

「アル、手を離せ」

「なぜ？」

「なぜじゃねーよ。恥ずかしいだろうが」

「ぜんぜん」

「うー」

駄目だ、アルには羞恥心が欠如している。真っ赤になった俺を楽しそうに見ているだけで、手を離そうとはしない。

「なー、俺、砂吐きそうなんだけど」

「えー、俺は砂糖を吐きそうだよ」

「いいなぁ、僕も恋人とイチャイチャしたいなぁ」

「うるさーいっ。お前らさっきから勝手なことばっか言ってんじゃねぇ。バイルアット、お前は何度、同じセリフを繰り返してるんだよっ」

俺の怒りの咆哮《ほうこう》を誰も気にしないどころか、微笑みやがる。俺は地団駄を踏む。


アルの側近の三人は、まだ婚約者がいない。

高位貴族の嫡男たちだから、本当だったら幼いうちから婚約者がいるはずなのだが、やはりＢＬゲームの攻略対象者だからなのだろうか。

しつこく恋人とイチャイチャしたいと言っていたバイルアットも、他の二人も恋人さえいないのだ。イケメン《美人》揃いなのに。

大騒ぎしながら（騒いでいるのは俺だけ）皆で、入学式が執り行われる講堂へと向かう。

俺とアルがゆっくり歩いていたからか、バイルアットが俺達を追い越して先に行く。

俺はバイルアットの背中を見ながら思う。ここは一つ、ビシッとバイルアットに言い聞かせておかなければならないだろうと。

さっきから『恋人とイチャイチャ』などと、ふざけたことを繰り返しやがって、まるで俺とアルがバカップルのようではないか。

俺とアルは、こ、こ、恋人どうしではあるが、人前で恥ずかしい態度をとるような男ではない。そこのところを、ちゃんと念押ししておかなければ。

バイルアットに追いつこうと、隣に並ぶアルを追い越して、前へと出た瞬間、いきなり身体に衝撃が走った。倒れそうになるのを、なんとか踏ん張る。

「うわぁっ」

男性にしたら高い声が聞こえた。俺にぶつかって転んだのはルーイ。ＢＬゲームの主人公、ルーイ＝イシスが目の前にいた。

　ＢＬゲームの最初のイベントの発生が、講堂へと向かう道のりだということを、三人にからかわれていた俺は失念していた。

　アルを押しのけ、前へと出た俺は、自らイベントを発生させてしまったのだ。ＢＬゲームの強制力なのか？　俺は呆然としてしまう。

　今まさにＢＬゲームがスタートしたのだった。


　瑠璃色の髪に深緑の瞳。ゲームの中より、実物は数倍可愛らしい。

　俺は見惚れてしまう。

　目をパチクリとさせて、俺を見上げている、ＢＬゲームの主人公、ルーイ＝イシス。俺とぶつかり、尻餅をついたままだ。

　ＢＬゲームの記憶が蘇る。

　王立学園のあまりの広さに、道に迷ったルーイは焦って講堂へと急ぐ。そして前方不注意で、人にぶつかってしまうのだ。その相手が悪役令息のファニアだ。

　ファニアは見るからに身分の低そうなルーイにぶつかられて、烈火のごとく怒り、ルーイを足蹴にして、自分だけ講堂へと行ってしまう。残されたアルフレッド王子がルーイに手を差し伸べる。

　最初のイベント『入学式の出会い』だ。

　しかし俺は思う。いくら怒ったからといって、なんで大好きな王子をほったらかして、自分だけ講堂に行くんだよー。それ、おかしいじゃん。

　俺はイベント通りにルーイを足蹴にする気はないし、アルを置いて一人で講堂へと行く気もない。というか、そんなことできない。

　ルーイにぶつかられて、俺は痛恨のダメージを受けてしまったのだ。

　そんなに強くルーイがぶつかってきたわけじゃない。ルーイは小柄で、俺とそう変わらない体形をしている。ただ、俺の方の問題だ。俺は昨夜、アルと……。

　初めてだったのに。初心者の俺にアルは、あまりにもしつこかったのだ。体力ありすぎ。とうとう泣いて許してって言ったのに、それなのに、やめてくれなくて何度も何度も……。

　無理な体勢をさせられすぎた俺は、今朝起き上がるのが、それはそれは大変だったのだ。アルを枕で殴ったら、ご機嫌だったのが、さらに嬉しそうになっていた。

解せない。

顔が真っ赤になっていくのがわかる。ブンブンと頭を振って、昨夜の記憶を振り払う。

ルーイを蹴るなんて、無理むり。

それどころか、腰へのダメージが残っていた俺は、軽くぶつかられただけなのに、重だるい痛みに、そのままましゃがみ込んでしまいそうになった。

「ファニア大丈夫か！」

よろめく俺の腰をアルが支えてくれる。女性に対するエスコートみたいで、俺はいたたまれない。

『お前のせいだ』アルにだけ聞こえるように、耳元で恨み言を言ってやる。それなのにアルは、ぱぁっと嬉しそうに笑顔を見せると、俺をお姫様抱っこしやがった。

公衆の面前でお姫様抱っこ!!

言っておくがアルは第二王子様なのだ。いつも注目の的だ。そして、今現在も、周りの者たちからもちろん注目されている。キャーとか、うわぁっとかの声が聞こえてくる。

恥ずか死ぬ。

「ぐあぁっ、何をするっ。アルッ、離せぇ」

「体調悪そうだからね。ほらほら暴れない」

「誰のせいだとっ」

「もちろん俺のせいだとも。責任をぜひとも取らせてもらうからね」

アルは上機嫌で俺を離す気が、全然なさそうだ。俺も落とされるのは怖い。落とされたら、腰が死ぬのがわかっているからな。

仕方なく。ほんとーに仕方なく、アルの首に自分の腕を回す。ニコリと笑んだアルは俺の頰にキスしやがった。周りからまたも歓声（？）が上がる。

こちらを見ている多くの生徒達だが、距離は遠い。王族であるアルの周りに近づくことはできないからだ。随分と離れた場所から、歓声を送っているから、俺が認識されているかどうかは分からない。これが近くからだったなら、俺は羞恥のために、発狂していただろう。

だからといって、恥ずかしいことに代わりはない。

「ぐぎゃぁっ。だから、それやめろって言ってるだろっ！」

「何を？」

「ひ、人前で、キ、キ、キスとか、するなっ！」

「えー、無理」

「無理ってなんだよ無理って!!」

「あー、お前たち早く行くぞ」

「いいなぁ、僕も恋人とイチャイチャしたいなぁ」

講堂へと歩きだしたアルに、先に歩き出したゼルナイトがウンザリと促す。その隣でバイルアットがホンワカと微笑んでいる。

お前は何度同じセリフを繰り返せば気が済むんだよ。俺にはお前の言葉は聞こえないからなっ。

◆◆◆

事の成り行きを、尻餅をついたままルーイはポカンと見ていた。

アルフレッドたちはワーワー騒ぎながら（主にファニア）さっさと行ってしまったのだ。

あっけに取られ動けないでいるルーイにジェイドが手を差し伸べる。ジェイドだけが、その場に残っていたのだ。

「大丈夫？　立てる？」

「あ、ありがとうございます」

おずおずと、その手を取るルーイ。

「怪我してないみたいで、よかった」

人懐っこそうな笑顔でジェイドは笑う。ルーイは恥ずかしいのか、少し赤い顔をして下を向いてしまう。

主人公ルーイと第二王子アルフレッドのイベント『入学式の出会い』は、主人公ルーイと公爵家嫡男であり、現宰相の息子、ジェイド＝ローライトとの出会いのイベントへと変わってしまったのだった。

ＢＬゲームのストーリーにヒビが入った瞬間だった。

◆◆◆

「ルーイ＝イシス。王都に店を構えるイシス商会の一人息子です」

「平民なのか？　よくこの学園に入学できたな」

「成績優秀者の特待生枠のようです」

「ふーん。で、何か出てきたか？」

「今のところは何も」

「そうか」

ジェイドからの報告をアルフレッドが受けている。

王宮のアルフレッドの私室だ。

部屋の中にはアルフレッドと側近の三人。ファニアの姿はない。学園での入学式が終わり、王宮に戻ってきて、休んでしまったのだ。

――昨日、無理をさせたからな。

アルフレッドは、ファニアを思い、その顔に優しい笑みを浮かべる。


今日、ファニアにぶつかった新入学生ルーイのことをジェイドに調べさせた。尻餅をついたルーイの元にジェイドを残したのは、そのためだ。

側近の三人は基本、アルフレッドから離れることはない。アルフレッドからの指示を受け、ジェイドはルーイから情報を引き出すために、その場に残ったのだ。

ジェイドは背こそ、そこまで高くはないが、整った顔をした本物の貴公子だ。自分の魅力を十分にわかっている。高位貴族なのに人懐っこい雰囲気と、明るく気さくな態度で、どんな人とでも、すぐに打ち解け、仲良くなることができる。ジェイドは、人からの情報収集を得意としている。アルフレッドの側近の中では、情報収集担当といえるのだ。

アルフレッドたちをめがけてぶつかってきたルーイの行動を、アルフレッドはもちろんだが、側近たちも、ただの事故などとは思っていない。

『王族であるアルフレッドの近くに寄ることは、まかりならぬ。王族にはどんな高位貴族であろうとも、一線を画す』

それが不文律だ。

側近と認められた者たち以外、傍《かたわ》らに控えることは許されないのだ。それなのに、アルフレッドに向かって突進してきたルーイ。いくら平民だからとはいえ、常識なしでは済まされない。どんな思惑があり、誰が背後にいるのか。徹底的に調べる必要がある。

アルフレッドに向かってきたルーイだが、実際にぶつかったのはファニアだった。

ルーイにすれば、ファニアがアルフレッドを庇うだろうと、最初からわかっていたのかもしれない。

ぶつかった後のルーイは、少しもアルフレッドに意識を向けはしなかったのだから。

もしかして、アルフレッドではなく、ファニアに対して、何かしらの意図があったのかもしれない。

それならばなおのことルーイを警戒する必要がある。

二度とファニアを傷つけさせたりしない。アルフレッドは、その思いを強くする。


同じ部屋の中にいて、ゼルナイトは項垂《うなだ》れていた。

ゼルナイトはアルフレッドの側近の中では、護衛の立場にある。自分の身を盾にしてでも、アルフレッドを護る。それがゼルナイトに課せられた使命だ。

それなのに、ルーイがアルフレッドに突進してきた時、ファニアが身代わりになった。ファニア自らがアルフレッドを庇うように前へと出たのだ。ゼルナイトは動くことすらできなかった。

ルーイが刃物を持っていたら、ファニアは命を落としていただろう。それでなくても、華奢なファニアは人から突撃されれば無事では済まない。

ゼルナイトの失態だ。

自分の身より、ファニアを大事にするアルフレッドから、どれほどの叱責を受けても仕方がない。ゼルナイトは自分の不甲斐なさに歯嚙《はが》みする。


しかし、アルフレッドはゼルナイトを責めなかった。

それどころかゼルナイトを気遣い、ポンと一つ肩を叩いたのだ。

ファニアに至っては、ゼルナイトの罪だとすら思っていないようで、ぶつぶつと『ゲームがスタートしたよぉ』『うおー、イベントがぁ』と、訳のわからないことを呟いていた。

ゼルナイトは思う。

ファニアは強い。あんなに小柄で華奢なのに、アルフレッドを護るためならば、自分の身を簡単に差し出すのだ。

そして、それをさも当たり前のように行ってしまう。驕《おご》ることもないし、見返りを要求することもない。

毒入りのチョコレートを食べた時もそうだったが、ただ事態を受け入れるのだ。障害が残るという悲惨な目にあったのに、悲嘆すらしない。決して、人のせいにはしないし、罪も問わない。

ファニアは強い。そして潔《いさぎよ》い。

簡単に真似できるものではない。アルフレッド様が溺愛されるのも頷ける。

別室で夢の世界へと旅立っているだろうファニアの

ことを、ゼルナイトは考えるのだった。

3．ジェーン正妃の想い

「おーひ様ぁっ」

元気な声が聞こえる方に顔を向けると、ファニアが手をブンブンと大きく振りながら、走って近づいてきているのが見えた。二人の護衛騎士が、少し遅れて伴走している。

「護衛が、たった二人などと、アルフレッドも脇が甘いこと」

扇《おうぎ》で隠した口元から、呆れたような言葉が漏れる。

ファニアが毒を飲んで倒れたのが約四年前。息子の〝帯剣の儀〟での出来事だった。よくぞ生きていてくれたと思う。

あの時までは、ファニアのことは、息子の一番のお気に入り程度に思っていた。仲の良い友達なのだと。

泣き喚き、取り乱す息子を見て、それだけではないのだと、すぐに気がついた。

陛下が下賜するために用意した菓子に毒を入れた犯人は、すぐに捕らえられた。毒の入手経路も判明したし、犯人に自供もさせた。それをもとに、芋づる式に関与した者も複数見つかった。

だが、そこまでだった。

黒幕だと思われるアルガリーナ第二妃や、アルガリーナの父親である筆頭公爵の関与を証明できるものは出てこなかったのだ。犯人の自供しか証拠はなく、自供は証拠とはならない。嘘の自白だと言われれば、それで終わりなのだから。

結局、トカゲの尻尾切りで捜査は終了することになってしまった。

もちろん納得のいかないアルフレッドは、散々国王陛下へ直訴したらしい。だが、国王陛下は何一つ沙汰を下すことはなかった。できなかったのだ。

アルフレッドが自分を頼ってきたのは、ファニアが毒を飲んでから半年近くが経ってから。悔しいと自分の前で泣く息子にも驚いたが、あまりにも打ちひしがれた姿に息を呑《の》んだ。

アルフレッドはファニアに毒を飲ませた者に憎しみ

を募らせていた。それなのに、何もできない自分の無力さに歯噛みしているのだ。それでも諦めきれずに母親である正妃ジェーンを頼った。

ジェーンは自分の息子であるアルフレッドを慈《いつく》しんでいる。王族には珍しく、母と子として強い絆で結ばれているのだ。


「アルガリーナも馬鹿な女だこと」

ジェーンは扇で口元を隠したまま、独《ひと》り言《ご》ちる。ジェーンの大切な者に手を出さなければ辛い目に遭わなくても済んだだろうに。大切な息子を害されそうになって、見逃すほど、ジェーンは甘い女ではない。

ジェーンは王族として生まれ、政略結婚も受け入れた。嫁いだ先の夫に、幼い頃よりの婚約者がいて、自分と婚姻を結んで三月もせずに、その女を第二妃として召し上げようと、何も思うことはなかった。

ほぼ義務でしか訪れない夫との間に王子を産むことができ、自分の役割は果たしたと、ジェーンはホッとしたのだ。

ジェーンがアルフレッドを授かるまでに、アルガリーナは三人の姫と第一王子を産んでいた。勝ち誇ったような視線を投げてくるアルガリーナにジェーンは思う。

アルガリーナはなぜ気づかないのか。国内の貴族ごときが産んだ王子が次代の国王になれるわけなどないのに。ジェーンが嫁いできた時に、国同士の密約で、ジェーンの産んだ子が必ず次の国王になることが、決まっているのだ。

ソティス王国の血が入ることが二国間の同盟を結ぶ条件なのだから。


アルガリーナは本当だったら、自分を殺したかったのだろうから、仕返しにアンドリュー王子を毒殺するのだとアルフレッドは、息巻いた。

もちろんジェーンは、アルフレッドを諌《いさ》めた。アンドリュー王子を殺害しても、アルガリーナを死ぬよりも辛い目に遭わせることはできないのだと教えたのだ。

アルガリーナは母親というよりも女だ。アンドリューを失っても、また産めばいいと思うだけだろう。まだ三十代、十分間に合う歳だ。

それよりも、アルガリーナが恐れているのは国王陛下の寵愛《ちょうあい》を失うことだ。

国王は、ジェーン正妃の他に三人の側妃を持っている。その中には少女といえる年頃の娘もいる。アルガリーナが一番恐れているのは、老いにより、自分の容姿が衰えることだ。

復讐はアルフレッド自らが成し遂げなければならない。そうしなければアルフレッドの心の傷は膿《う》んだままだ。ジェーンはアルフレッドに復讐するための手段と金を与えた。


アルガリーナが一番信頼している侍女は、アルガリーナの乳母の娘で、いわゆる乳兄弟といわれる者だ。

幼い頃から側におり、成長し、アルガリーナの侍女になった。アルガリーナの側に仕えるため、結婚すらしていない。

侍女としては有能かもしれないが、世の中のことには疎《うと》い女だ。

結婚詐欺の常習犯、グインはいい仕事をしてくれた。侍女に言いよると、すぐに深い仲になった。行かず後家の女を落とすなど、グインにすれば、赤子の手をひねるようなものだったろう。


次にグインは薬の卸《おろし》の仕事をしているのだと、侍女に特別な化粧品を使わせるようになった。愛する男に言われ、侍女は喜んで化粧品を使うようになった。

その化粧品はジェーンの生国のもので、王族でさえなかなか使うことができない、高額で希少なものだ。

ジェーンはそれを金に糸目は付けずに取り寄せた。金は国王陛下から貰った宝石類を売り払って作った。国王陛下からの宝石はなくなったが、生国から持ってきている宝石は山のようにあるので気にもならない。

特別な化粧品を使うようになった侍女は見る見るうちに美しくなっていった。グインに入れ上げ、身なりに気を遣うようになったこともあるだろうが、化粧品を使うことによって、肌が透き通るように美しくなっていったのだ。

もちろんアルガリーナは食いついた。

侍女から化粧品の話を聞き出すと、自分にも渡すようにと言ってきたのだ。

グインは渋るフリをしながら化粧品を渡すようになった。もちろん、その化粧品には毒など入れていない。はじめは化粧品を徹底的に調べられるからだ。毒など入れていたら、すぐにバレてしまう。

アルガリーナが常に使うようになった頃から、徐々に化粧品に毒を入れだした。その頃には、化粧品の検査はされず、侍女の手から直接アルガリーナへと渡るようになっていたからだ。

毒は遅効性のもので、すぐに効果が出るものではない。徐々に身体へと染み込んでいき、骨の髄まで染み込んでから、その効果を発揮する。

気づいた時には、どんな手を使っても治すことは叶わない。そんな毒だ。今頃は、爛《ただ》れた顔で、のたうち回っていることだろう。

アルガリーナが病気療養のために人前に出てこなくなってから、二年近くの月日が経つ。陛下の渡りも断り、自分に与えられた宮の奥深くから出てくることはなくなった。

すでに何度か自殺未遂も起こしていると、入り込ませている手の者から報告も受けている。

自分を不幸だとアルガリーナは思っているかもしれないが、とんでもない。

もし、アルフレッドが死んでいたら、この国はジェーンの生国、ソティス王国から、これ幸いと戦争を仕掛けられ、アンドリューが国王になる頃には、国自体がなくなっていたかもしれないのだ。

ソティス王国が、この国から三つの国を隔てた場所にあるからと、脅威を感じていないこの国の者たちは、なんとうつけなことか。

当時、王位を継いだばかりだったアーノルド陛下は、ソティス王国の動きに気づいたのだろう。

ソティス王国は周りの国を巻き込み、狙った国を奪い取る。残忍な手を使い、相手国を焦土と化すことも厭わない。だからこそ、アーノルドはアルガリーナとの結婚が、あと一年と迫っていたのに、ジェーンを正妃として迎え入れたというのに。

ジェーンは扇に顔を隠したまま、ニンマリと嗤う。

アルガリーナが勝つことなどありはしなかったのだ。はじめから負けていたのだから。

「王妃様、お久しぶりでございます」

ジェーンの前にたどり着くと、息を弾ませながら、ファニアはペコリと頭を下げる。

「珍しいところで会うこと。ファニアちゃんに会えて嬉しいわ」

にこやかなジェーンの言葉にファニアはパァッと明るい笑顔を見せる。

ファニアは、ジェーン正妃が大好きなのだ。アルフレッドのお母さんということもあるが、ファニアの前世の母親にそっくりなのだ（特に体形が）。おぼろげな記憶しかない前世だが、母親のことが大好きだったのは憶えている。

「ファニアちゃん」

ジェーンが微笑みながら両手を広げてくれる。

「ウへへへ～」

ファニアは遠慮なくジェーンに抱きつくのだった。

ジェーンは政略結婚をし、アルフレッドを産んだ。夫である国王には、ジェーンの他に側妃が三人もいる。そのうちの一人は、明らかに国王から寵愛されている。ジェーンは思ったのだ。『もう、よくない？』自分は正妃だが、国王と閨《ねや》をともにする必要は、もうないだろうと。

ジェーンは今まで我慢していた楽しみを解禁することにしたのだ。この国に嫁いできて、一つだけよかったことがある。それが食べ物だ。生国より食べ物が美味しいのだ。ジェーンの口に合う。

そこからは加速度的にジェーンの体形は変わっていった。今では嫁いできた時の二倍。いや二・五倍の体重があるのではないだろうか。

たまに式典などで会う生国の者は、驚愕に目を見開いている。

アルガリーナや側妃たちからは馬鹿にしたような目で見られるが、それがなんだというのだろう。息子とは変わらず仲が良いし、嫁（予定）は、可愛らしい上に、慕ってくれている。

姑としては勝ち組なのではないだろうか。


「王妃様はパーティーには出席されないのですか？」

ファニアは抱きついたまま顔を上げ、ジェーンに問うてくる。その顔が、あまりにも可愛かったので、ムギュとまたジェーンはファニアを抱きしめてしまったのだ。

今日はアルフレッド第二王子の入学祝いのパーティーが、ここ王宮にて開かれている。パーティーには、国王陛下の他、大勢の貴族たちが我先にと詰めかけてきている。アルフレッドを推す、いわゆる第二王子派といわれる人たちだ。

あんなタヌキやキツネが雁首《がんくび》揃えているところに行きたいとは思わないわね。ジェーンは扇で口元を隠しながらしかめっ面をする。

パーティーには、アルフレッド第二王子と側近三人が出席している。ファニアはお留守番だ。

普段ファニアの側には、できるだけアルフレッドがいるようにはしている。しかし四六時中、一緒にいられるわけではない。アルフレッドは、徐々に公務を任せられるようになってきており、多忙になってきているからだ。そんな時には、側近たちの誰かがファニアの側にいることになるのだが、側近たちも色々と仕事が増えてきた。

ファニアが一人でいないといけない時は、できるだけ部屋の外に行かないようアルフレッドから言いつけられてはいるのだが、ファニアはあまり聞く気はない。

城の外に出ることはないが、これ幸いと部屋を出て、王城内を探索して回っているのだ。

あまりにも危険な行為だ。

あれほどファニアを溺愛しているアルフレッドは、何をしているのか。ジェーンは何も気づいていないファニアの両の肩に手を乗せる。

「ファニアちゃん、お聞きなさい。あなたはアルフレッドの婚約者なのよ。それなのに、なぜパーティーに呼ばれなかったと思うの」

「へ？」

キョトンとした顔で見上げてくるファニアは、やはり何もわかっていないのだろう。

身の安全のためには、自らが気をつけなければ駄目だ。周りの者たちが、いくら気を配っても、本人が無謀な行為をしたら、元も子もない。

そう、今のように。

「パーティーに参加しているのは第二王子派といわれる人たちよ。派閥の者たちにとって、ファニアちゃんは目障りで邪魔者以外の何ものでもないの。ファニアちゃんがアルフレッドの婚約者でいる限り、アルフレッドの王位継承の足枷になると思っているからよ」

ジェーンの言葉にファニアの顔がみるみる曇っていく。

「いいことファニアちゃん。今まで第二王子派の者たちは、あなたたちの婚約を、子どものおままごとのように捉えていたの。どうせ大人になれば気持ちは変わるだろう。そうなれば婚約解消すればいいと、軽く考えていたのよ。でも、あなたたちが一線を越えたことで、思惑が外れて焦っているはずよ。あいつらが何を仕掛けてくるかわからないわ。自衛をすることは大切なことよ」

「え……」

ジェーンが何を言ったのか、ファニアは少しの間、理解できなかった。

「え、え……、え、え。えええ――っっ。いっ、一線。一線を越えたってて。えええー、な、なんで皆知っているのぉ？　なんでぇっ」

見る見る顔を真っ赤にしたファニアは、まだまだ何かを言いたいようだが、口をハクハクと開閉させているだけで、次の言葉が出てこないようだ。

ジェーンは首を傾げる。

ファニアのこの反応は、なんなのかしら。まさか自分たちが閨をともにしたことが誰にも知られていないとでも思っていたのかしら。

部屋の前で護衛している者。

ベッドを整える者。

シーツを洗う者。

風呂の準備をする者。

その他の多くの使用人たちが自分たちの周りに控えているということに気づいていないとか……まさかねぇ。ファニアは公爵令息として生まれ育ってきているせいで、侍女や侍従が身近なところにいるのが当たり前になりすぎて、存在を感じていなかったのかもしれない。王家や公爵家の使用人たちは、教育や訓練が徹底されてはいる。しかし、その全ての者たちの口が堅いなどと、まさか思っていないでしょうね。

「もちろん皆が知っているはずよ」

ジェーンは、重々しく頷く。

「お、俺とアルが……俺とアルのことが皆に……皆に知られて、お、俺とアルが……うがぁ――っ！」

「あっ、ファニアちゃん」

ファニアは頭を両手で押さえて、いきなり走りだしてしまった。護衛騎士たちが慌てて後を追う。

ジェーンはファニアへと手を伸ばしたのだが、すでにファニアは脱兎のごとく、どこかへと駆けだしてしまっていたのだった。

その日、気疲ればかりのパーティーから帰ってきたアルフレッドは、癒しを求めてファニアの部屋へと向かったのだが、ファニアの部屋の扉は決して開くことはなかった。

4. お昼休み

「ほらファニア、よそ見は駄目だよ。あーんして」

アルがスプーンを差し出してきた。

「あむ」

反射的にスプーンをくわえる。今日は鶏のクリームシチューだ。ンまい。

「あ、口の横に付いいちゃったね」

アルが、俺の口の横をペロリと舐める。

「お前らー、学園内で不純交友すんなー」

「人前でキスなんかすんじゃねーよ」

「いいなぁ、僕も恋人とイチャイチャしたい」

ジェイドとゼルナイトはウンザリとした表情で、バイルアットはキラキラとした目をしてこちらを見ている。

「ち、違うっ。これは口の横が汚れていたからで……ムグッ」

「ほらほら、早く食べないと、昼休みが終わってしまうよ」

俺が慌てて否定しているのに、アルは次のスプーンを口に突っ込みやがった。


今は昼休みで、昼食を食べている真っ最中。

ここは、おしゃれなレストランなのだが、驚くことに、王族のアルには、学園内に、専用のレストランがある。

そこまで大きいというわけではないが、美麗な造りの立派な建物だ。警備の都合もあり、ここで食事をとることが決まっている。

王宮のシェフが派遣されており、ウエイターやウエイトレスも王宮の者たちだ。

このレストランは、アルが卒業するまでは、アルと側近以外は使用しないそうだ。王族はんぱない。

俺もアルに呼ばれて、ここで一緒に昼食をとるんだけど、このレストラン、俺にすれば、とっても不便な場所にあるのだ。

第一校舎の近くにあり、俺の教室のある第三校舎からは遠い。そのうえ、レストランまでの道のりが、人通りもなくて寂しい。

毎回昼食をとるためだけに、一人寂しく歩くのは嫌だ。最高級のシェフが腕を振るっているので、味はとっても美味しいのだけど、それよりも、俺は第三校舎の近くの食堂で食事をとりたい。なんなら売店で弁当を買ったっていい。

まあ、アルがうるさいので、しぶしぶ来ているのだけれど。


入学式の後、クラス発表があったのだが、俺は三組だった。

このフリアリスト王立学園は、王族、貴族のための学校だ。いくらフリアリスト国が他国に比べて大きいとはいえ、そんなに貴族がいるわけではない。平民に比べれば一握りの人数だ。ましてや、同じ歳の貴族の子どもとなると、数は限られている。そのため、今年の新一年生の教室は三クラスのみである。

王族と高位貴族だけが在籍する一組。

中堅層の貴族が在籍する二組。

下位貴族や富裕層の平民、特待生の平民が在籍する三組。

クラスによって、生徒の人数はバラバラだ。一組など十名にも満たない。アルや側近の三人組は、もちろん一組に在籍している。

そして、俺は三組だ。

なぜ？

こう見えても俺は、公爵家の嫡男だ。まあ、跡取りではないが、公爵家の息子に変わりはない。公爵家といえば、貴族の中では最高位に位置する。もちろん一組になるだろうと思っていたのだが、蓋《ふた》を開けてみれば、なんと三組だった。

俺は、そりゃあ驚いた。ＢＬゲームの中で、悪役令息ファニアはアルフレッド第二王子と同じクラス、一組だったのだから。

まとわりつくファニアと同じクラスのために、離れることができないアルフレッドのいら立ちがゲームの中では描かれていたから、間違いない。

俺だけが三組になったことを、アルや側近たちも不思議がってくれた。が、それだけだ。俺はアルが怒ってくれると思っていたのだ。なんなら学園にクラス替えを掛け合ってくれるのではと期待していたのに。

一組と三組は校舎も離れているし、特別授業では違う教室を使う。王立学園だけあって、敷地は広々としているため、校舎が違うと遠い。無茶苦茶遠い。授業の合間の休みの時間だけでは、行き来は無理だ。学園内でアルと会うのは昼食の時だけとなる。

なかなか会えなくなるのに、アルは『残念だね』と、一言いったきりだった。なんだかモヤモヤする。

そして、もっとモヤモヤすることに、主人公のルーイは一組だったのだ。アルと同じクラスだ。平民の特待生が一組など本来ならばありえない。本当ならば三組のはずだ。少なくともゲームの中では三組だった。

こんなことがあるのだろうか。

アルとルーイが同じクラスということに、俺はショックを受けている。

皆から愛される主人公のルーイがアルと同じ教室にいるのだ。二人の距離が近い。このまま二人が近づいていってしまったら……。

あれほど頑張っても、ＢＬゲームのストーリーを何一つ変えられなかったのに、こんなところで違ってくるなんて……。

ＢＬゲームは変わっていくのだろうか？


ポロリ。

ファニアの頰を涙が落ちる。

「ああ、ファニア泣かないで」

アルフレッドが頰に落ちた涙をキスで受け止める。

「アルは、アルは、俺と会えなくなってもいいんだぁ。俺のこと、もう要らなくなったんだぁ」

隣に座るアルフレッドへと、ファニアは縋りつく。

「そんなこと、あるわけないだろう。こんなにファニアのことが好きなのに」

アルフレッドはファニアを向かい合わせで膝抱っこすると、せっせとファニアの頰にキスを送っている。

「アルフレッド様、何をしやがりました？」

ジェイドがアルフレッドを睨みつける。

「あー、コップが酒臭いですね」

ゼルナイトが手を伸ばして、ファニアの前に置いてあるコップを取って匂いを嗅《か》ぐ。

「少ししか酒は入れていない」

アルフレッドは側近たちの冷たい視線に、しれっと答える。

「午後の授業はどうするんですか」

「昼間っからファニアに酒を飲ませて、何考えてんですか」

「うるさいなぁ、俺がどれだけファニア不足になっているか、お前たちはわかっていないんだ。同じ学園に通っているのに、一緒にいられないんだぞ。こんなことが、あってたまるか」

アルフレッドは眉間に皺《しわ》を寄せて、側近たちへと怒りを露にする。が、ファニアが身動きしたのに気づき、いきなり柔らかい微笑みをファニアへと向ける。


学園に入学するまで、ファニアのお世話はアルフレッドがほとんどやっていた。それこそファニアに侍従も侍女も近寄らせないほどだ。

アルフレッドにすれば、大切で愛おしいファニアを人の手になど任せられないし、ファニアのお世話は喜びでこそあれ、面倒などと思ったことは一度もなかった。ファニアも、ワーワー恥ずかしがっていたのは最初の頃だけで、すぐに慣れてしまい、アルフレッドに世話を焼かれるのは、当たり前になっていたのだ。

ファニアの世話といっても幼い子どもではないし、食事や洗濯などは担当の者がやる。四六時中時間を取られるわけではなかった。

それに、ファニアは、まだまだ成長期の子どもだからなのか、よく眠る。一日八時間以上は眠っている。逆にアルフレッドは、そこまで眠りを必要とはしない体質のようだった。だから、アルフレッドには時間の余裕があった。徐々に増えていく、陛下から回される公務も、こなすことができていたのだ。

それが学園に入学して一変してしまった。

学園に拘束された上に、公務の量は変わらない。いや、多くなったかもしれない。

時間がなくなったのだ。学園から戻ると、公務、公務、公務。ファニアのお世話どころか、イチャイチャもできない。

せっかくファニアと思いが通じ合ったのに。毎日でもファニアに触れたいと思っていたのに……。

「学園で会えなくたって、同じ王宮に住んでいるじゃないですか」

「学園で会えないって、毎日お昼休みに会っているじゃないですか」

ジェイドとゼルナイトは、アルフレッドへと申し立てるが、『お前たちは何もわかっていないのだ』と、アルフレッドは聞いちゃいない。いや、聞く耳は元からない。

この王子ろくでもねーな。それが側近たちの共通認識だ。


「アルぅ、アルぅ」

「なに、ファニア」

アルフレッドの胸にしがみついていたファニアが、アルフレッドを仰ぎ見る。

「アルは、もう俺のこと要らないの？　もう俺に飽きた？」

大きな瞳からポロポロと涙を流し、縋りつくその姿は、あまりにも庇護欲をくすぐる。

「そんなこと、あるわけないじゃないか」

アルフレッドはもうデロデロだ。せっかくのイケメンが残念すぎる。


アルフレッドは、ファニアを抱えたまま椅子から立ち上がると、お姫様抱っこへと抱き方を変える。

「俺はアルフレッドのことが好きなのにぃ」

抱き上げられたファニアは、いつもだったら恥ずかしがって暴れているはずなのに、今は暴れるどころか、アルフレッドに縋りつくように、グリグリと頭を擦りつけている。


「アルフレッド様、どちらへ？」

今まで黙っていたバイルアットが、ファニアを抱えたまま、どこかへ行こうとしているアルフレッドへ声をかける。

その声は低くて……威圧感がある。

「…………合意の上だ」

アルフレッドは誰とも視線を合わせずに、ぼそりと呟く。

「何が合意ですか。酔っ払いの戯言《たわごと》を真に受けてはいけません。自分の都合のいいように解釈しないでください。言っておきますが、前回ファニアは熱を出して三日も寝込んだのですよ。華奢なファニアに何してくれちゃっているんですか」

バイルアットの怒りは根深い。

バイルアットはポメラニアンなファニアが自分から誘うなんて、はなから信じてはいない。暴走したアルフレッドが、とうとう襲ってしまったのだと思っているのだ。

まだまだお子ちゃまなファニアを襲うなど言語道断。王子様だろうが許せるものではない。

ファニアは、なんとか入学式には出席したが、翌日から三日も熱を出したのだ。

憤るバイルアットだが、真実を知らない。

ファニアとアルフレッドの初体験では、ファニアは筋肉痛にはなったが、それだけだったのだ。だからこそ入学式にも出席できた。ただ次の日、ジェーン正妃から聞いた言葉が、あまりにも衝撃的すぎて、部屋に駆け込んだファニアは引きこもりになり、ついでに知恵熱（?）を出してしまったのだ。

しかし、ファニアとジェーンとのやり取りを知らない幼馴染たちは、華奢なファニアをアルフレッドが抱きつぶしたと思っている。

「いや、前回は初めてだったから加減がわからなかっただけだ。今度からは大丈夫だ」

「何が大丈夫ですか。またファニアを欠席させるつもりですか。もう二日も学園を休んでしまっているのですよ。それでなくても入学早々休むだなんて」

バイルアットは、それだけ言うと、両手を広げる。

「なんだ?」

訝し気な表情をするアルフレッド。

「ファニアを渡していただきましょうか」

ニッコリと微笑むバイルアット。

「いや、だが……」

「アルフレッド様」

「ぐ……」

「ほらファニア、こっちへおいで」

アルフレッドへと向けていた厳しい顔から一転して、聖母のごとき表情をファニアへと向ける。

「俺はぁ、忘れてないんだぞぅ。バイルアットの裏切り者めぇ。俺よりデカくなりやがって。俺はチビじゃないんだ。断じてチビなんかじゃないぃ」

「はいはい」

バイルアットはポメラニアンの叫びを聞いているのかいないのか、さっさとアルフレッドの腕からファニアを奪い取る。

「くっ」

アルフレッドの悔し気な表情など、無視だ。

「まったく明日ファニアが二日酔いになったら、どうすんですか」

「ほらほらファニア。水を飲んでおけ」

ジェイドとゼルナイトがバイルアットの腕の中のファニアを覗き込んでいる。誰一人としてアルフレッドを気遣う者はいない。


放課後。

目が覚めたファニアはなぜ自分が保健室に寝ているのかがわからず、病気になってしまったのではないかと、プチパニックに陥《おちい》るのだった。

5. イベント発生？

俺は高位貴族である公爵家の息子だ。しかし、下位貴族や平民のクラスといえる三組に在籍している。

解《げ》せない。

だが、このことは俺的には超ラッキーだったといえる。俺の前世は、庶民の大学生だったのだ。いくら赤ちゃんからの転生とはいえ、貴族の生活に、たまに疲れる時だってあるのですよ。

いやぁ、このクラスはいいっ！

「おはよーっ」

俺は元気に教室のドアを開ける。朝の挨拶《あいさつ》は大切だよな！

「おう、おはよぅ」

「はよー」

けっこうな数の返事が返ってくる。うん、嬉しい。

この三組には下位貴族と平民が混在しており、身分制度など存在していない。皆がフランクで、いい奴ばっかりだ。

俺は皆に、自分の姓を堂々と名乗ってはいるのだが、誰一人として、俺が公爵家の息子だとは思っていない。

あの公爵家ではなく、どっか田舎に住んでいる男爵家あたりだと思っているようだ。庶民ではなく一応貴族とは思ってくれているようだから、まだマシか。

しかし、俺の溢れ出る高貴さに気づかないとは……。

まあ、しょうがない。三組にいるという時点で、下位貴族だと思われるのは当然なのだから。

高位貴族の俺が三組になったというのもおかしいことなのだが、もっとおかしいことがある。

「ねーねーファニア、歴史の予習してない？　今日私当たりそうなんだけど」

俺の肩をいきなりバシバシ叩いてくるのは、サラ＝フォース。同じクラスの女生徒だ。

「サラは特待生だろ。なんで予習してこないんだよ」

俺は叩かれた肩を庇いながら、サラへと歴史のノートを差し出す。

今年度の特待生枠で入ってきたのは、ＢＬゲームの主人公ルーイ＝イシスと俺の隣にいるサラ＝フォース、それと、同じクラスの男子生徒のガイ＝ローウェイ。この三人だ。

「特待生って言ってもさ、私頭悪いのよ」

「嘘言え、じゃあなんで特待生なんだよ」

「それはほら、私がヒロインだからなの」

サラはしれっと、そう答えると、俺のノートを写すべく、隣の席にどっかと座る。

「前世から勉強は嫌いだったのよぉ。なんの因果で、また勉強しなきゃいけないのよぉ」

サラはブツブツ言いながら、必死でノートを写している。

おいおい、ただノートを写すだけってどうかと思うぞ。それじゃ予習にならないじゃないか。

俺は、アルと一緒に勉強をしているから、成績はいい。アルはけっこうスパルタだ。その上、間違った時も、正解した時も、キ、キ、キスしてくるから困るけどな。


入学してすぐ、教室の中で、日本語の鼻歌を歌っているサラに気がついた時、俺は驚きのあまり、その場でサラの腕を取って、階段の裏へと引っ張り込んでしまった。そして、問いつめた。

するとなんと、サラは自分のことを転生者だと言ったのだ。俺は興奮しまくりで、俺も転生者であり、前世は日本人だったと告げると、サラは驚き、いきなり俺に飛びついてきた。嬉しいのはわかるけど、力強いし、ワイルドすぎるだろう。

「この世界ってさぁ、乙女ゲームの世界なのよ。で、私はヒロインなの」

サラの言葉に俺は固まる。

は？　乙女ゲーム？

「いやいやいや、ここはBLゲームの世界だろう」

「何言ってんのよ。学園の名前も、ヒロインである私の名前も、攻略対象者たちもぜーんぶ同じなのよ。こんな偶然なんてあるわけないわ。それにBLゲームって何よ。え、ファニアって、腐男子だったの？」

人が来ないのをいいことに、俺とサラは延々と話し込んだ。次の授業をサボってしまったが、そんなことはどうでもいい。

初めて、自分と同じ転生者に出会ったことは嬉しい。

だが、サラはこの世界を乙女ゲームだと言う。

「なあ、じゃあ攻略対象者って誰なんだよ」

素直にすごく嬉しい。

俺はサラに問いかける。心臓がうるさく騒いでいる。

サラは可愛らしい。ピンクゴールドの髪に、バッサバサの睫毛《まつげ》に囲まれたスカイブルーの瞳。シミ一つない滑らかな肌に、華奢な体形なのに、胸だけはプルンプルン。綺麗よりも可愛い系だが、さすがヒロインというだけはあってメチャクチャ美人だ。


BLゲームの主人公であるルーイにも、俺は勝てないと思っていたのに、乙女ゲームのヒロインが出てきたら、欠片も勝ち目はないだろう。

アルは女性であるサラを選ぶに決まっているから。女性のサラが相手では、俺は悪役令息にすらなれないじゃないか。

俺とアルの婚約が歪《いびつ》な分、周りの者たちはサラを喜んで迎え入れることだろう。いくら身分が違うとは言っても、どこぞに養子に入れば済むことだ。問題は簡単に解消される。

何よりサラは、男の俺とは違って、子どもが産める。

「うーんとね、攻略対象者は、アンドリュー第一王子様と大臣の息子のフェルナンド＝アーリィ様と大公殿下の孫のシュリ＝ザーザイナ様と……」

「ちょっと待てぇ。違う、全然違うっ」

「いきなり大きな声を出さないでよ。ビックリするじゃない。何が違うのよ」

俺がいきなり大声を上げて、サラの話を遮ったので、サラは目を大きく見開いている。

「違うんだ。攻略対象者たちが全然違う。BLゲームでは、アルフレッド第二王子に近衛騎士団団長の息子、宰相の息子に神官長の孫なんだよ」

「え……じゃあ、じゃあ、乙女ゲームとＢＬゲームが同時進行ってこと？」

サラは驚愕の表情のまま、俺へと顔を向ける。

「ありえない……」

俺はポツリと言葉を漏らす。

この世界は乙女ゲームとＢＬゲームが同時に進行している世界らしい。そんなことがあるのか？　俺とサラは、呆然《ぼうぜん》と階段裏に立ち尽くすのだった。


俺はサラと行動をともにするようになった。

だって、前世の話ができるのは楽しい。チョー楽しい。サラも嬉しいと言ってくれている。

「なー、サラは乙女ゲームのイベント、クリアしてる？」

「えー、するわけないじゃん。攻略対象の皆様は、第一校舎にいるんだよ。あんな遠くまで、わざわざ行かないって」

「するわけがないって……サラは攻略対象者の誰かを好きじゃないの？」

「いやぁ、会ったこともない人を、好きとかないし。頑張れば玉の輿に乗れるかもだけど、わざわざ乗ろうとは思わないなぁ」

「どうして？」

「だって、私は生まれも育ちも庶民だよ。礼儀も知らないし、価値観も違う。常識さえ違うと思う。そんなアウェイの中に飛び込むほど根性たくましくないわ」

そう言ってサラは、カラカラと笑う。外見が儚げな美少女な分、ギャップがすごい。

「ファニアはどうするの。悪役令息街道を驀進《まいしん》して断罪されるの？」

「やめてくれよ。強制労働所に送られるんだぞ。断罪とか嫌だし。それにサラが言うように、攻略対象者と主人公は、第一校舎にいるんだよ。意地悪するために、わざわざ行こうとは思わない。俺は意地悪なんかしないよ」

ズキリと胸が痛む。アルもルーイも第一校舎にいるのだ。なかなか行くことのできない、離れた場所に。

「なぁに暗くなっているのよ。大丈夫、美少女と言われる私より可愛いファニアが悪役令息だなんて、だーれも思わないわよ」

サラがバシバシと肩を叩いてくる。

「可愛いってなんだよ」

「やーめーてー、そのむくれた顔。メチャクチャ可愛いんですけど」

前世でアラサーだったらしいサラは、人をすぐ子ども扱いする。今生じゃあ同級生だっていうのに。


ピーピーピー。

「ん？」

なんの音だろう。

今、俺とサラは図書室へと向かっている。図書室は校舎内にはなく、特別棟と呼ばれる場所にある。特別棟は、第一校舎と第二校舎の中間あたりにあり、俺たち《三組》のクラスからは、けっこう遠い。

頭の悪い特待生のサラは、先生たちからよく追加の宿題を出されている。で、そのたびに泣きつかれるのは俺だ。今もこうして、サラの宿題をするために図書室へと向かっているわけだ。

校庭に沿う並木道を進んでいると、前方の木の根元から音が聞こえてくる。

「ねぇ、鳥の鳴き声じゃない？」

サラの言う通り、よく聞くと雛鳥の声のようだ。巣から落ちてしまったのだろうか。

そのまま声のする方へと近づいていくと、そこには男子生徒が立っていた。木の陰になって見えなかったのだ。

男子生徒の足元には雛がいて、やはり巣から落ちていたらしく、鳴きながら、身体を震わせている。男子生徒は屈んで、雛へと手を伸ばそうとする。

「だめ――っ」

俺はいきなり走りだすと、男子生徒を突き飛ばす。残念なことに、俺のけっこうな力を込めての突きは、まるで効かなかったらしい。男子生徒は屈んでいた姿勢を直しただけで、尻餅をつくわけでもなく、後ろへ下がることもなかった。

「ファニア、何やってんのよ」

「あ、ごめんなさい」

サラの声に我に返り、慌てて頭を下げる。相手は、どう見ても年上なうえに、貴族。それも高位貴族に見える。

柔らかいミルクティー色の髪に、深い緑の瞳。落ち着いた雰囲気のイケメンさんだ。

　イケメンは困惑した顔はしているが、怒っているようには見えない。

　考えてみれば俺は公爵家の息子だから、そうそう押し負けることはないのだが、年上だと思うと、やはり腰が引ける。

「あの、あの、違うんだ……です。野生動物は触ったらダメなんです。動物はすごく匂いに敏感で、雛を触って、人の匂いが付いてしまったら、親鳥は雛のことを自分の子どもだと認識できなくなることがあるらしくて、そうなると最悪、親鳥が雛を排除してしまうんだ……です」

　俺はしどろもどろになってしまった。なんとかわかってもらおうと、イケメンを縋るように見てしまう。

『それアカンやつ。めっちゃウルウルがキュートですからぁ。即落ち二コマの必殺技ですからぁ』

　後ろでサラが何やら騒いでいる。それも、わざわざ日本語を使っている。なぜ？　俺が一生懸命なのに、うるさい奴だ。

「ああ、そういうことか。よく動物のことを知っているんだね。さて、この雛をどうするべきか」

　イケメンは足元で鳴き声を上げ続ける雛を思って思案顔だ。穏やかそうな人でよかった。俺が突き飛ばしたことも気に留めてないみたいだ。

　ただ、なぜか顔が赤くて、視線を逸らされているみたいだが。

「ジェイ……友人が動物のことに詳しくて。色んなことを教えてくれたんです。あの、俺がやってもいいですか？」

「できるの？」

「はい」

　俺はハンカチを取り出すと、そっと雛を包んで持ち上げる。

　雛とはいえ野生動物だ。俺に怯えて身を捩ると、小さい口を開けて威嚇《いかく》してくる。

「もう少しだけ我慢してね」

　言葉が伝わらないのはわかっているけど、できるだけ優しい声を出して、雛に笑いかける。

『それ、アカンやつ。聖母や、聖母が、ここにいまっせー。可愛いうえに聖母って、惚れてまうやろー』

　俺の後ろでサラが、なぜかまたも騒いでいる。エセ関西弁を喋っているのはなぜなのか。うるさい。

俺はうるさいサラのことは放っておいて、ハンカチに包んだ鳥の雛をそっとポケットへと入れる。

そして、木を仰ぎ見る。だいぶ上の方に、鳥の巣らしきものが見える。

あれかな？

俺は木にワシッとしがみつくと、スルスルと登っていく。

「え、おい危ないだろう」

イケメンが、慌てて声をかけてくるが大丈夫。俺、猿だから。

「大丈夫です。木登りは得意ですから」

そのままスルスルと巣のあるところまで行くと、ポケットに入れていた雛を取り出し、巣へと戻してやる。巣の中に戻された雛は、安全な場所に戻ったことがわかったのか、大人しくなった。巣の中には他に三羽の兄弟雛がいた。

振動が伝わったのか、親と勘違いして、一斉に口を開けて餌をねだってくる。

可愛い。

さあ、親鳥が戻ってくる前に早くこの場から離れないと。俺は、慎重に木から降りていく。登る時よりも、降りる時の方が危ないからな。

木の下では、イケメンがオロオロと俺を見上げている。心配しているらしい。

いい人だ。

随分と降りてきたが、飛び降りるには、まだ距離がある。そんなところで頭に痛みが走った。

「え、痛い、何？　わわわわー」

親鳥が帰ってきたらしい。自分たちの縄張りに入ってきた俺に攻撃を仕掛けてきたのだ。親鳥夫婦の見事な連携攻撃に、俺は、なすすべもない。けっこう大きな鳥なのだ。鳩ぐらいはあるかもしれない。

痛いし、怖いし。顔を庇おうと手を思わず木から離してしまった。

「うぎぁー」

そのまま落下して、大惨事！　……には、ならなかった。

「へ？」

襲ってくるだろう衝撃を思って、目を瞑っていた俺だが、いつまで経っても衝撃も痛みも訪れることはなかった。恐る恐る目を開けると、そこにはイケメンの、どアップが。

「うえっ!!」

「大丈夫？　どこか痛めたところはない？」

心配そうなイケメンに、なんと俺は姫抱っこされていたのだ。

いやいやいや、いくらチビッコ（自分としては認めてはいない！）とはいえ、落ちてきた男子を、こんなに軽々と受け止められるものだろうか。イケメンは、そんなにマッチョというわけではないのに。

だが現実は姫抱っこされてしまっている。なんという恥辱《ちじょく》。

「あの、あの、ありがとうございました。ご迷惑をかけてしまって。もう大丈夫です。降ろしてください」

俺は顔が赤くなるのが恥ずかしくて、下を向いてしまう。

アルからは頻繁にされている姫抱っこだが、初対面の人にされるとは、恥ずか死ぬ。いや、もちろんアルにされても恥ずかしいのだが。

『うおーっ、恥じらいの清純な乙女ですからぁ。なんなの、なんなのこの可愛らしさぁ。庇護欲マシマシですぜぇぇっ』

サラが後方で叫んでいる。毎度毎度日本語で叫ばなくていいから。サラうるさいって。

「あ、ああ、そうだね。立てる？」

イケメンは、俺をそっと降ろしてくれた。しかし、なぜかそのまま腰を抱かれている。いや、女の子じゃないから。手を離してくれ。

「血が出てるじゃないか」

「ん？」

自分では気づいてなかったが、親鳥にツツかれて、手の甲から血が出ていた。

「いやぁ、このくらい、舐めときゃ治りますよ」

ハハハ。軽く手を振って、笑い飛ばそうとしたら、イケメンは俺の手を取って、あろうことか舐めやがった!!

「ぎゃわおぅっ」

「舐めれば治るのだろう？」

何くそ真面目な顔してセクハラかましてんだよっ。ん、野郎同士だと、セクハラとは言わないのか？　いやいや、そんなことはどうでもいい。それよりも人の手を舐めるとか、ただの嫌がらせだろう。いい人だと思っていたのに、何がイケメンの気に障ったのだろうか。

『うおー、一歩進んだぁ。恋の花が咲くのかぁ。しかぁし、ヒロインは鈍感と相場は決まっているのだぁ。あと一押し。あと一押しがないと、進展は難しいぞぉ』

サラが今度はプロレス実況のような声を張り上げている。いったいサラは、どうしてしまったのか。

俺は首をひねるのだった。


「殿下ーっ」

「殿下、探しましたよ」

数人の男子生徒たちが、こちらに向かって走ってくるのが見える。上級生っぽい。

ん、殿下？

あの男子生徒たちは、このイケメンのことを呼んでいるのだろうか？　思わずイケメンを仰ぎ見ると、バツの悪そうな顔をしている。

「ま、まさか……」

この学園にいる王族といえば、アルフレッド第二王子様と、アルの兄君である、アンドリュー第一王子様だけだ。

「お、王子様……」

俺は呆然と呟く。


自分が公爵家の息子だから、自分より爵位の低い者ばかりだと、高を括《くく》っていた。それなのに王族だとぉ。

「いや、違うのだ。隠していたわけではない」

アンドリュー殿下が慌てたように、顔の前で手を振って言い訳をしているが、こっちはそれどころじゃない。アンドリュー殿下の手が離れた隙をついて、一気に距離を取る。

「も、申し訳ありませんでした。ご無礼のほど、どうぞお許しください」

深々と頭を下げる。

そして……。

「サラっ。行くぞっ」

サラの手を取って、ダッシュを決めた。

やばいやばいやばい。これアカンやつ。不敬罪とか簡単に言われちゃうやつ。まさか王子様が一人でいるなんて思わないじゃないか。

優し気な、いい人だと思ったのにぃ。俺は青くなりながら、サラを引っ張って走り続ける。

「もう、無理ぃ。走れないから。もう、走れないからぁ」

サラの悲鳴に、やっと立ち止まる。

「サラ、どうしよう」

俺が首を突っ込まなければ……。俺はしょうがないとしても、サラまで処罰されるかもしれない。

「あぁぁん。しょんぼりとした風情《ふぜい》が、庇護欲ドーン」

「もう、サラってば、ふざけている場合じゃないよ！」

「大丈夫、処罰なんてされないわ」

「え、どういうこと？」

サラのふざけた態度に本気で怒っていた俺へ、サラはウインクを投げて寄こす。

「今さっきのやつはイベントだよ。乙女ゲームのイベント。アンドリュールートの『木の下で』っていうやつ。イベントでは、アンドリュー王子様が雛を拾って困っているところに、ヒロインが通りかかって、仲良くなるっていうやつだったのよ」

サラは楽しそうにキョロリと俺を見る。

「え……乙女ゲームのイベント？」

「そう。ヒロインとアンドリュー王子様の親密度がアップするやつ。でもさぁ、アンドリュー王子様は、私《ヒロイン》がいたことにすら気づいてもいないと思うよ。フアニアは、いい仕事をしてくれたわよ」

笑いながらサラは、俺をバシバシと叩く。

地味に痛い。

俺は思い出す。ＢＬゲームのイベントが少しおかしかったことを。

ＢＬゲームのイベント『入学式の出会い』では、アルフレッド第二王子と主人公ルーイの出会いのはずが、公爵令息ジェイドとルーイのイベントへと変わっていた。

どういうことだろう。

あれほど、何をしても変えることのできなかったストーリーが、ＢＬゲームと乙女ゲームが混在することによって、変わっていっているのだろうか？

俺はただ、首をひねるしかないのだった。


「つ、疲れた……」

俺とサラはなんとか図書室へとたどり着いた。

まさか王子様と出会ったうえに、イベントに巻き込まれるとは思ってもいなかったので、疲労感が半端ない。もう帰ってもいいだろうか。

とはいえ、サラの宿題の提出日は明日だ、なんとか今日中に終わらせておかなければならない。

「出された宿題は、その日のうちにやっとけよぉ」

「うっさいわねぇ。やれるもんなら、こんなに苦しんでないわよ」

サラは唇を突き出すと、文句タラタラだ。せっかくの美少女なのに台無しだ。


この特別棟にある図書室は贅沢な造りで、広々としている。

入ってすぐのところには、テーブルと椅子がいくつも置かれており、自由に使うことができる。けっこうな数の生徒たちがテーブルを使っており、なかなか空いている場所がない。どこかに座れないかと、俺とサラは辺りを見回す。できれば、図書室で宿題を片付けてしまいたいのだ。

「ん?」

キョロキョロと視線を彷徨《さまよ》わせていると、その途中で見知った顔を発見した。テーブルは六人掛けなのだが、そこに一人で座っている人物。

(ゼルナイトじゃないか)

いつもはアルと一緒で、アルの側を離れることがないゼルナイトが、一人でテーブルに着き、本を読んでいるようだ。

ＢＬゲームの中のゼルナイトは、決して成績が悪いわけではない。ただ、アルフレッドや他の側近たちが優秀すぎるだけだ。

それでも周りに付いていこうと、ゼルナイトはこうして時間を見つけると図書室に来て、勉強をしているのだ。

「これ、イベントだぁ」

いつの間にか、俺の口から呟きが漏れる。

俺の脳裏に、記憶が蘇ってくる。ＢＬゲームのイベント、ゼルナイトルートの『図書室にて』。

特待生のため、成績を落とすわけにはいかない主人公ルーイは、勉強をしようと図書室へとやってくる。だが、そこには悪役令息のファニアもいて、いつものようにルーイは、ファニアから因縁《いんねん》をつけられるのだ。なんとか逃げようとするルーイを、ファニアは突き飛ばす。倒れそうになるルーイを、近くにいたゼルナイトが助け、ファニアに苦言を呈してくれるというやつだ。

でも、この場には、悪役令息のファニア《俺》はいるけど、主人公のルーイはいない。

思い出したスチルそのものなのに。

いくらルーイがいないとはいえ、いつイベントが発生するかわからない。俺はＢＬゲームには、関わり合いたくはないのだ。ゼルナイトには悪いが、ここは見なかったことにさせてもらおう。

「ファニアっ、あそこ、あそこが空いてるよっ」

サラがゼルナイトの座っているテーブルを指差して、俺の服を引っ張る。

やめて、大声出さないで。

ここは図書室だよっ。っていうか、俺の計画を、さっそく潰さないで。

「ああ、ファニアか。珍しいな」

サラの大声に、こちらを見たゼルナイトが俺に気づいて、片手を上げる。あああ、俺の思惑がぁ。

俺はキョロキョロと辺りを見回して、ルーイがいないのを確認してから、ゼルナイトへと近づいていく。

「え、ファニア知り合いなの？　でも、席が空いていてよかったねぇ」

うん、サラは悪くない。こんなに可愛らしく言われたら、俺たちが座る席を探していたってゼルナイトにわかっちゃうよね。ここに座らなきゃいけなくなるよねっ。

「失礼しまーす」

サラはテーブルの上に教科書を置くと、椅子を引いて、さっそく腰掛けようとしている。

だが、俺は諦めが悪かった。だってＢＬゲームだろうと、乙女ゲームだろうと、絶対に関わり合いたくはないのだ。

図書室に長居したくはなかったし、この席だけは嫌だった。

「ねえサラ、やっぱり……」

俺はサラの上着を引っ張った。それも、ちょっぴり。

「きゃあっ」

俺に引っ張られた瞬間、いつものサラらしからぬ、可愛らしい悲鳴を上げ、サラは倒れそうになる。

「あっ、サラっ！」

俺は慌ててサラに手を伸ばす。もちろん助けようとしてだ。それなのに俺の手は倒れそうなサラを押してしまった。そう、突き飛ばしてしまったのだ。

なぜにぃっ！

「危ないっ」

反射神経抜群のゼルナイトは、二つ隣の席に腰掛けようとしていたサラを抱きとめる。

ゼルナイトに向かって、一礼して席に座ろうとしていたサラ。倒れそうになったサラを身をひねって助けたゼルナイト。

両者、正面を向いた形だ。

だからといって……。

「いやぁぁぁ」

「うわおっ」

なぜにゼルナイトが両手でサラの胸を鷲摑《わしづか》みにするの。そんな助け方ってある？　訳わかんない。

慌てて離れる二人。

両手で胸を押さえて赤くなるサラ。ワタワタと両手を振って焦っているゼルナイト。

うーん。乙女ゲームって、十八禁じゃないよねぇ。そんなことを二人の隣で俺は呑気に思ってしまったのだった。


「すまないっ!!」

ゼルナイトが勢いよく頭を下げる。

「だ、大丈夫です」


いくら胸を摑まれたとはいえ、事故だとサラは理解している。ところかまわず騒いだり文句を言ったりはしない。さすが元アラサー。落ち着いている、とは言っても、サラも今生では十六歳の乙女だ、真っ赤になって、下を向いている。

「な、なんとお詫びすれば」

「あなたが私を助けようとしてくださったことはわかっています。どうか、謝らないでください」

頭を下げ続けるゼルナイトに、サラが、か弱い声で答えている。

へ？

おかしくない？　サラの態度がおかしいよ。

サラのキャラが別人のようだ。どうしたサラ、まるで乙女ゲームのヒロインのようじゃないか。俺は呆然とサラを見つめる。

「ファニア、もう行こうか。……あの、失礼します」

サラはゼルナイトにペコリと頭を下げると、俺の手を取って歩きだす。

「え、ちょっとサラ、引っ張らないで」

グイグイと俺を引っ張って歩くサラ。俺は、引きずられるようにして歩いている。力強すぎ。

サラの顔は赤いままだから、恥ずかしくて、いたたまれないのだろう。

そのままズンズンとサラに引っ張られ、図書室から出ようと、出入口へと向かっていると、入ってこようとしている人たちとすれ違った。

図書室の出入口は、さすが王立学園といえる広い造りだから、ぶつかることはなかったのだが、その人たちは見知った顔ぶれだった。

「アル……」

アルとジェイドにバイルアット。……そして、ルーイ。

アルの隣にはルーイがいた。ルーイは楽しそうに、アルに笑顔を向けている。

なぜ？

どうして？

サラにグイグイと引っ張られ、立ち止まることもできない。声をかけようにも、唇は震えるだけで、動かない。

ＢＬゲームのストーリーは進んでいるのだろうか。

俺は三組にいて、知ることはできないけれど、二人は愛を育んでいるのだろうか。

怖い。怖くてたまらない。

俺の中にいる悪役令息が暴れ出しそうだ。あれほどなりたくはないと思っていた悪役令息に、飲み込まれてしまいそうだ。

ぎゅう。

サラに掴まれていない方の手で、自分の制服の胸の辺りを握りしめる。

大丈夫。入学式の前夜、俺とアルは気持ちを伝え合った。アルは俺の気持ちを受け入れてくれた。

だから、大丈夫。

俺は、自分に言い聞かせる。

アルを信じる。俺を好きだと言ってくれたアルを信じる。アルの言葉を疑うのは、アルに失礼だ。

それなのに。

どんなに思い込もうとしても、ＢＬゲームのストーリーが俺を苦しめる。

ある程度、図書室から離れた場所でサラに腕を離してもらう。

「びっくりしたよね。でも、あれってＢＬゲームのイベントだと思う」

「え、本当に？」

「うん。ゼルナイトルートの『図書室にて』。少し遅れたけど、主人公のルーイも来てた。ただ、悪役令息に突き飛ばされたのがサラになっちゃったけど」

「あれは突き飛ばしたとは言わないいんじゃない？」

「でも、俺はサラを助けようと手を伸ばしたんだ。それが逆に突き飛ばすことになってしまった。やっぱりさ、ＢＬゲームの悪役令息だからだと思うんだ」

「ゲームの強制力なのかなぁ」

「サラが乙女ゲームのヒロインで、俺がＢＬゲームの悪役令息。なんだかゲームはおかしな風になってきてるけど、注意するに越したことはないよ」

「うん……」

サラは思案気だ。

「なんだか、いつものサラとは違うよね」

「え、そう？」

「うん。どうしたの？」

「えっとぉ、うーん、あの、ゼルナイト様って、すごく素敵じゃない」

「うげご？」

サラの言葉に、思わずカエルのような声が出てしまった。

「ちょっとファニア、その態度は何よ」

「いや、意外だったから」

「ま、まあ、自分でもビックリだけど、乙女ゲームの攻略対象者にはいないタイプなのよ。乙女ゲームの攻略対象者って、絶対、ムダ毛の処理してそうな男子しかいなくてさ、私的には無理っていうか……」

「ぶはっ」

サラの言葉に笑ってしまう。ムダ毛処理って。

「なによぉ、少女漫画の王子様みたいなのは、私的には無理なの……あっそうだ！　そうだったわ。ファニアの方はＢＬゲームなんだよね」

サラは思い出したといわんばかりに、俺の方へと顔を近づけてくる。

「じゃあさ、可愛い男の子じゃないと駄目なんじゃない？　そうかぁ、駄目かぁ。あーあぁ女の私はお呼びじゃないですよね。なぁんだぁ、がっかりぃ。まあねえ、私よりファニアの方が断然可愛いし。そりゃあ、そうなるか」

サラはがっくりと肩を落とす。

「え、なんで俺が出てくんだよ。俺はＢＬゲームの主人公とは違うぞ」

でも、そう言われれば、そうだった。ＢＬゲームだもの、主人公ルーイに、みんな恋しちゃうんだったよ。ということは、全員、同性が好きだということ？

俺は首をひねる。

「いや、俺は女性が好きだぞ」

いきなりゼルナイトが話に加わってきた。

「うきゃあー」

「うおっ」

サラも俺も、いきなりのゼルナイトの登場に二人抱き合って飛び上がってしまった。いつの間に来てたんだよっ。ぜんっぜん、気づかなかった。

「ゼ、ゼ、ゼルナイトっ、いつの間にっ！」

「教科書を忘れているぞ」

ゼルナイトの手には、サラの教科書が握られている。そういえば、サラはテーブルに教科書を置いていましたね。

「ど、どうもです」

ゼルナイトからサラが教科書を受け取る。赤い顔をしたサラはゼルナイトの顔が見られないのか、キョロキョロと挙動不審だ。

いきなり登場したゼルナイトに何を言えばいいのか。いったいいつから話を聞いていたのか。俺もサラも言葉が出ない。

「じゃあな」

ゼルナイトは目的を果たしたからか、片手を上げると、さっさと退場してしまう。登場も突然だったが、退場も突然だ。

と、思ってゼルナイトの背中を見送っていたら、ゼルナイトがクルリと振り返った。

「俺はファニアより、君の方が可愛らしいと思うぞ」
フ、と唇を片方だけ上げげた、笑顔（？）を残して、ゼルナイトは行ってしまった。

なんなのー！

ゼルナイトのキャラってそんなんだったっけぇ。小さい頃はわんぱく系だったけど、今は、無骨系無愛想イケメンじゃなかったのかよぉ。俺は、バイルアットに続いてゼルナイトにまで、裏切られたような気がするじゃないかぁ。

「マッチョすてき……」

サラの呟きは聞かなかったことにした。

乙女ゲームのヒロインが、乙女ゲームの攻略対象者以外を好きになるって、ありなの？　だんだんとゲームのストーリーが変わってきている気がする俺なのだった。

6．浮気の検証―アルフレッド

「ファニア、少しいいか」

ファニアの私室へと入っていく。

ファニアはソファーで本を読んでいたらしく、俺を見ると驚いたように目を見開いた。ファニアが驚くのも無理はない。俺がファニアの部屋を訪れるのは久しぶりなのだから。

学園生活が始まり、俺は多忙を極めた。入学前までやっていた公務の量を減らすことなく、そのまま引き続きやらされているからだ。昼はびっしりと授業があり、仕事をすることはできない。必然的に、下校してから、毎日毎日、夜遅くまで仕事漬けだ。

あのクソ親父は、俺に重点的に公務を振り分けやがる。意地悪なのか。いじめなのか。一度、死なない程度の毒でも仕込んでやろうか。

せっかくファニアと想いが通じ合ったというのに、少しもイチャイチャできない。それどころかファニアのお世話も全然することができない。

ファニアを抱きしめていない。ファニアとキスしていない。ファニアに愛を囁いていない。ああ、ファニアを抱きたい。

その上、学園でもクラスが分かれてしまい、昼休みの短い時間の中でしか触れ合うことができない。

ファニア不足でどうにかなりそうだ。

俺は頑張った、ここ三日、睡眠もとらずに公務を前倒しで処理したのだ。ファニアに会うためだ。どうしてもファニアと会って、直接聞かなければならないことができたためだ。

「アルッ、今日は来てくれたんだ」

部屋に入った俺にファニアは抱きつきそうな勢いで近づいてくる。抱きついてはくれないけど。

「ああ、今日はファニアとゆっくりできるよ」

俺の言葉にファニアはパァッと笑顔を見せてくれる。可愛すぎる。

その場に押し倒す……のは、脳内だけにしておく。俺はソファーに座ると、自分の膝をポンポンと叩く。膝の上においでという意味だ。

ファニアは赤くなると『膝抱っこなんて、されないから』と、ブーブー文句を言いながらでも、俺の隣へ座ってくれる。思わず小さく笑ってしまった俺は、ヒョイとファニアを抱き上げて、向き合う形で膝抱っこする。

「うわっ、アルっ」

いきなりだったから驚いているファニアを、そのままギュウと抱きしめる。

「ファニア不足でどうにかなりそうだった」

俺の真摯《しんし》な告白にファニアは暴れるのをやめる。そして、顔を俺の胸に押しつける。

「……………うん、俺も」

小さな声が聞こえてくる。ファニアも俺と会えなくて、寂しいと言ってくれた。嬉しい。

そっとファニアの顔を上げさせて、唇へのキス。はじめは触れるだけで、すぐに離す。ファニアが寂しそうに、物足りなさそうに、俺を仰ぎ見るから、抑えが利かなくなってしまう。

ファニアの唇を舐めて、開かせると、舌を中へとスルリと入れる。

今度は深く。

「ん、んぅぅ」

ファニアの口から声が漏れるのすら、勿体ない。全てを奪い取るように、ファニアの唇を気が済むまで貪る。銀色の糸を引いて唇が離れると、ファニアは潤んだ瞳のまま、トロリと蕩けている。今だったら本当のことを言ってくれるだろうか？　今聞くのは卑怯《ひきょう》だろうか？

それでも、俺の心は臆病で、ファニアに笑いながら切り捨てられたらと思ってしまうのだ。

ファニアに、どうしても聞きたいこと。聞かなければならないことがあるから。

ファニアを三組に入れた。

俺と側近たちは、学園の決まりに逆らってまで押し通した。ファニアの安全のためには、それが正しいことだと思ったからだ。

公爵家嫡男のファニアを下位貴族や平民の混在クラスである三組に入れるならば、すぐに身分がばれてしまい、クラスでファニアが孤立してしまうかもしれないという心配をするべきだろうが、それは杞憂《きゆう》だと皆が分かっていた。

――ファニアは秘匿《ひとく》された存在だから――

ほとんどの貴族たちが、ファニアは帯剣の儀の時に毒を飲み、死んでしまったと思っている。

帯剣の儀の式典で、ファニアは側近として紹介されたのを最後に、表舞台には一切出てこなくなってしまったから。その上、貴族たちが毎年購入する『貴族年鑑』から削除されている。

それまでは、貴族年鑑には、アージニア公爵家の嫡男であり、後継者だと、明記されていたのに、あの事件の後からは、アージニア公爵家には、後継者無しと記載されているのだ。

毒の後遺症で子どもを作ることができなくなったファニアは、アージニア公爵家の子どもではあるが、跡取りではなくなってしまったからなのだが、貴族年鑑を見た者たちは、亡くなってしまったと思うはずだ。

事件からすでに四年が経ち、貴族たちの記憶から、アージニア公爵家のファニアの存在は無くなってしまっている。

だからこそ、ファニアを三組に入れたのに……。

俺は間違ったのだろうか？

「ねえファニア、クラスメートのサラって、ファニアにとってなんなの？」

ファニアの返答によっては、俺は変わってしまうかもしれない……。

学園に入学して、ファニアはすぐにサラと仲良くなった。それも、二人で手に手を取って、教室から出ていき、次の授業をサボるくらい。いったい二人で何をしていたのか……。

それから二人はいつも一緒にいる。昼休みには、昼食をとりにレストランに来てはくれるが、それ以外の時間は、ほぼサラと過ごしているらしい。

ファニアの在籍する三組には、数人の監視……ゴホゴホ。ファニアの警備のために、人員を紛れ込ませている。

あくまでも護衛だ。ファニアの浮気防止が目的では断じてない。その者たちから上がってくる報告を受けながら、俺はどうにかなってしまいそうだった。『やれ眼福《がんぷく》すぎて幸せ』だの、『一体のビスクドール神すぎる』だの、訳のわからない報告も多かったが。

今すぐにでもファニアのいる三組に行きたい。

そして、ファニアは自分のものだと周りに宣言して、ファニアに近づく者たちを排除したい。

三組は下位貴族と庶民の混在クラスだ。王族の自分が行くと混乱をきたす。側近たちに止められて、行くことも叶わない。

俺のことを好きだと言ってくれていることを疑ったりはしない。それでも、ファニアは男性で、抱かれるよりは抱く方がいいに決まっている。

「サラ？　いい子だよ。ちょっとガラは悪いけど。サラのことをよく知ってるね」

キョトンと不思議そうに聞いてくる。

「サラのことが好きか？」

「うん」

迷いなく即答するファニアに自分の心が黒く染まっていくのがわかる。俺の膝の上で、微笑みながら答えるファニアに、どうしようもない感情が渦巻《うずま》いてくる。

もう、ファニアを学園に通わせることはできない。

入学前に学園に行きたくないとファニアは言っていた。どうして俺は、その望みを叶えてやらなかったのだろう。いくら貴族の子どもにとって、義務教育だとはいってても、やりようはあったはずだ。その時の自分に反吐《へど》が出る。

このまま抱きつぶして、部屋から出さないようにしようか。自分たちは婚約しているのだから、そうしてもいいはずだ。

俺とファニアの婚約をほとんどの者が知らない。

それどころか知っているのは、限られた者達だけだ。

国王陛下がそう仕向けたから。

親父は、俺が皆の反対を押し切ってファニアと婚約したのを、毒を飲んだファニアへの罪悪感だと思っている。時間が経てば罪悪感も薄れ、婚約を解消するだろうと。

どうせ破棄される婚約を知らせる必要はないと、俺とファニアの婚約は公表されていない。

側妃達はもとより異母兄弟たちにも知らされていない。知っているのは、母上だけだ。

俺は皆に言いたい。ファニアは俺の婚約者なのだと、俺のものなのだと。

それなのに側近達から止められる。これ以上ファニアを危険に晒すことはできないと。

知らされていない婚約なのに、嫌な奴らが嗅ぎ付けてしまったから。


俺は暗い瞳をファニアへ向ける。

「本当はプライバシーの侵害だから、言っちゃだめなんだけどね、アルだけには特別に教えてあげる。他の人には言っちゃだめだからね」

俺の暗い心のことなど知る由《よし》もないファニアが、いたずらっぽく俺の唇に指を当てる。

「サラはね、ゼルナイトが好きなんだよ。俺が見る限りでは、ゼルナイトもまんざらでもないと思うんだよねぇ。俺よりサラの方が可愛いって、わざわざ言ってたし。いやさぁ、わかりきってることだから、言う必要ないはずなのにね」

ファニアの言葉に、俺は固まってしまった。

「いや……ファニアの方が可愛いだろう」

「え、そこ？　そこに突っ込むの？　アルはサラを見たことがないから、そんなことを言うんだよ。サラはメチャクチャ可愛いんだから。いやいや、それよりゼルナイトだよ。ゼルナイトに春が来そうなんだって。楽しみだねぇ」

フワフワとファニアが笑う。

「ファニアは、それでいいのか」

「何が？」

「サラを好きなんだろう」

「なんだよ好きって」

俺の言葉に膝の上でファニアがわかりやすくむくれた。頰がリスのように膨れている。可愛い。

「お、俺が、そういう風に、す、好きなのは、アルだけだから。アルってば、失礼なヤツっ」

「ファニアッ!!」

ポカスカと俺の胸を叩く華奢な身体を抱きしめる。心の中に澱《おり》のように溜まっていた暗い思いが、霧散していく。


もう夜と言える時間だ。

ファニアは入浴も済ませて、あとは寝るだけだったようで、寝間着だけの格好でいた。そっと上着の裾から手を滑り込ませる。

「あっ……」

俺の手の動きに、ピクリとファニアは身体を震わせるが、嫌がるそぶりは見せない。それどころか、そっと俺に縋りついてくる。

ファニアが縋りついてくれるから、両手が使えるようになった。大胆にファニアに触れていく。脇腹から背中、そして胸の突起へと手がたどり着く頃には、ファニアの上着のボタンは全て外され、真っ白な肌が、俺の目の前に晒《さら》されている。

思う存分唇を寄せる。

首筋から鎖骨。胸の突起へと。

「あ、アル。アルぅ」

ファニアは震えながら、俺に縋る手に力をこめる。

「渡さない。誰にも渡さない。俺のものだ」

小さい頃、同じことを言って、ファニアに怒られたことがあった。人をもの扱いするなと。何度ファニアに怒られても、それでもファニアは俺のものだ。誰にも渡すことはできない。

「フフフ、小さい頃、アルから言われたことがあったよね。俺は怒ったけど。でもさ、俺にも言わせて。アルは俺のものだよ。誰にも渡さない」

笑いながら言っているくせに、縋る手は震えているし、その瞳はあまりにも真摯な色を湛《たた》えている。

たまらない。

ファニアの着ているものを全て剝ぎ取る。

「だ、駄目だよアルッ」

初めてファニアが抵抗を見せる。唇を寄せる俺の肩に手を突っ張る。

「嫌か？」

俺の問いに、赤い顔のまま、フルフルと頭を振る。

『ここはソファーだから』と、小さな声が聞こえる。

ぐっと何かが溢れそうになるのを堪えると、ファニアを抱えたまま、立ち上がる。

そして、足早に寝室へと向かう。

なんとか理性が切れてしまわないうちに。


ファニア様が泣いていると連絡が入ったのは、深夜を回った時だった。

侍従の仕事は、基本三交代で、お側に仕えるようになっている。しかし、侍従長である私、ノーザットは、アルフレッド殿下が目覚められる前から控え、お休みされるのを見届けてから、お側を離れることにしている。

それは当たり前のことなので、なんら問題はない。

今宵《こよい》、殿下は久しぶりにファニア様の元を訪ねられ、侍従一同、嬉しく思っていたのだ。殿下のファニア様への執ちゃ……ゴホン、ゴホン、寵愛は深い。

お小さい頃からファニア様一筋で、それはそれは重……ゴホン、ゴホン、大切にされている。

ファニア様も殿下に寄り添われ、仲睦まじくされているのだ。

今宵は、ファニア様のお部屋に入られるのを見届け、夜勤の者と交代したのだが……失敗だったと言わざるをえない。お部屋の外で、控えているべきだった。

いったい何があったのだろうか。

初めてお二人が結ばれた時のように、ファニア様を抱きつぶしてしまわれたのだろうか。次の日は学園への入学式ということもあり、時間を見計らって、部屋の外から声をかけさせていただいたのだが、なかなかお返事してはいただけなかった。

結局、ファニア様は気を失ったのか、眠ってしまわれたのかわからない状態まで、殿下に、しつこ……ゴホン、ゴホン、愛を深められたのだ。

次の日、怒り心頭のバイルアット様に、殿下は正座させられ説教されていたのだが、殿下の顔がにやけて崩れており、バイルアット様の怒りは倍増したらしい。

私はファニア様のお部屋へと急ぐ。

何があったのかはわからないが、ファニア様の憂いを少しでも早く取り除いて差し上げなければ。

「ファニア様、ノーザットでございます。お部屋に入ってもよろしいでしょうか」

「うー、ううう……」

くぐもったようなファニア様の泣き声が聞こえてはくるが、入室の許可は頂けない。連絡してきた護衛騎士も部屋の外でオロオロとしている。

「失礼いたします」

怒られるのは覚悟の上だ。不敬だと、どんな罰を与えられようとも、ファニア様の泣き声を聞きながら、何もしないわけにはいかない。

「ファニア様、勝手に入って申し訳ございません。後でいかようにも罰をお与えください」

部屋の中に入ると、暗いままだ。手に持った燭台をベッドの近くのチェストの上へと置く。

ファニア様はシーツをかぶっていらっしゃるらしく、ベッドの上に丸い塊が見える。

「どうされましたか？　ノーザットに何かお手伝いができますでしょうか」

「……うぅ、アルが、アルがぁ」

小さい声だが、ファニア様が、お返事してくださったことに、ホッとする。

ファニア様の言葉に、ベッドの殿下を窺《うかが》う。

殿下は……ぐっすりと眠っている。それはそれは幸せそうに。

「ど、どうすればいいのかわからなくて……恥ずかしくって、でもアルは寝ちゃってるし……う、ううう。よ、汚れちゃったから……うぅ。皆に知られちゃったら、恥ずかしいし……知られたくないのにぃ。うぅぅ」

シーツから顔も出さずに、ファニア様が、か細い声を出される。心細い思いをされたのだろう。おいたわしい。

「大丈夫でございます。この場にはノーザットだけしかおりません。ノーザットだけしか知りません。ノーザットのことは気にすることはございません、空気のように、お思いください。大丈夫でございます。全てノーザットにお任せください」

羞恥に震えているファニア様をお慰めする。少しの嘘は、ファニア様のため。許していただきたい。


殿下は頑張られたのだ。

公務が立て込み、『ファニア不足でどうにかなる』が口癖になっていた殿下の元に、ファニア様が同じクラスの女生徒と仲睦まじくされているという報告が届いたのだ。殿下が三組に、よくぞ怒鳴り込みに行かなかったものだと侍従一同、ホッとした。

それから殿下は、ファニア様に真偽を問うため、三日も寝ずに公務を処理された。そして、やっと今宵ファニア様の元を訪れることができたのだ。

ファニア様が、殿下以外の誰かに、お心を寄せられることはないと、周りの者たちは皆、わかっていた。ファニア様の殿下を慕われているお姿を見て、疑う者などいなかったのだ。

だから、そのままファニア様と寝室に入られた時は、これでひと安心だと思ったのだが……。

殿下は、ファニア様と仲睦まじくすることができ、気が緩んだのだろう。三日寝ていない疲れと、ファニア様が他の方に心を移されていなかった安堵と、久しぶりにファニア様に触れることができる喜びと。

……仕方がない。

ファニア様より体力がなかったのは、仕方がないとしか申し上げようがない。

ちゃんと結ばれはしたが、ファニア様より先に寝ておしまいになったのだろう。

初体験の時に、気を失ってしまったファニア様は〝事後処理〟などということは、ご存じない。お小さい時から王宮へと連れ込まれ、閨教育など受けさせてはもらえなかったのだから。

殿下も、ファニア様を大切にしすぎて、そういうことは一切教えてはいらっしゃらない。

汚れた身体をどうすればいいのか。

自分の身体の中の残滓《ざんし》をどうすればいいのか。

汚れた寝具を替えるにはどうすればいいのか。

服をどうやって調達すればいいのか。

それら全てを誰にも知られずにしたいのだ。殿下を揺すって起こそうとしても、ぐっすり眠っていて、起きる気配がない。とうとうファニア様は、泣いてしまわれたのだろう。

「ノーザットに全てお任せください。ファニア様が恥ずかしがるようなことは何もいたしません」

シーツ団子のファニア様に向かい、私は力強く請け合うのだった。

もちろん、バイルアット様に、事の顛末《てんまつ》をお話しして、殿下を説教していただけるよう、ご連絡することは、やぶさかではないですがね。

ニンマリ笑うノーザットだった。

7. 新入生歓迎舞踏会―ファニア

入学式から三週間が経った今日、新入生歓迎舞踏会が開かれている。

新入生はもちろん、学年を問わず、全ての生徒が参加する。入学式に使った講堂で開かれている舞踏会は、学校とは思えないほどの本格的で大規模なものだ。

最初に新入生代表としてアルが挨拶をして、舞踏会は始まった。

一応、新入生は胸に学園のシンボルカラーである緑のリボンを付けるのだが、それだけだ。装いは自由になっているため、女生徒たちは、思い思いのドレスで参加している。

学園が主催なので、制服での参加もＯＫだ。サラのような平民や、ドレスを用意できない下位貴族の女生徒は制服で参加している。ただ、制服で参加していると目立つし、自分の家が貧乏だと申告しているようなものなので、本人にすると嫌だろうなぁとは思う。

いっそ舞踏会自体に参加したくないのでは、とも思うが学校行事なので強制参加なのだ。

もう少しするとダンスが始まるようだが、今は至る所でグループができて、談笑している。まあ、入学間もない俺にすれば、誰が誰だかわかりゃしないのだが。

一応貴族の息子の俺だが、毒を飲んだり、男の身でアルの婚約者になったりと、色々あったものだから、幼馴染たち以外の人付き合いがほとんどない。

他の貴族たちは、幼少の頃から様々な人脈作りをしているらしいから、知り合いが多くいるみたいだ。

特に上位貴族になればなるほど、その傾向は強いようだけど、俺は例外中の例外なのだろう。それに、俺は今、三組に在籍しているから、誰一人俺のことを高位貴族だとは思っていないようだ。まあ、三組の皆が仲良くしてくれるから、別に気になんかしてないけどね。


「うげー、もう死ぬ、めんどくさくて死ぬ」

俺の横で、サラがぐったりと壁にもたれかかっている。

「大丈夫？」

「もうね、乙女ゲームのヒロインなんて、やってられないわよ。この会場に来るまでに、何個のイベントに強制参加させられてきたと思っているの」

サラはそのままズルズルとしゃがみ込み、いわゆるヤンキー座りになってしまった。可憐《かれん》な美少女が、やさぐれた姿は、ある意味シュールだ。

「もう、本当に勘弁してよ。まず最初に、乙女ゲームの悪役令嬢のルクレツィア様に『パーティーに制服で参加するなんて、オーホッホッホッ』って、馬鹿にされて。次に、何もないところで転びそうになったのを大臣の息子に助けられて『可憐なあなたに怪我がなくてよかった』とか言われて手にキスされて。そんでもって、会場に入ろうとしたら、入口を塞ぐ邪魔な大男がいたから、押しのけようとしたら、それが大公殿下の孫で『可愛い子猫ちゃんが、威勢がいいな』とか言われて、腰を掴まれて会場に一緒に入場させられたわよ」

サラは遠い目をする。

えーっと、お疲れ様？　どう、声をかければいいのかわからない。

「もういい。もうお腹いっぱい。私はここから動かない。もうイベントなんかやってらんない」

まだ舞踏会は始まったばかりなのに、サラはごねて、梃子《てこ》でも動かないと座り込んだままだ。

「ファニア、なんか持ってきて。確か料理が出てたわよね。やけ食いしてやるわよ」

「なんで俺をこき使うんだよ。自分で行けよ」

「これ以上、イベントになんか参加したくないの。ね、ファニア様、お願い」

サラに拝まれ、俺は渋々料理の置かれたテーブルへと向かう。

本当ならアルのところに行きたい。

今も、なかなかアルとは、会うことができていない。公務を減らしたいとアルは言っているけど、思うようにはいかないようで、未だにアルは大忙しだ。

会えないと、BLゲームのストーリーをどうしても思い出してしまい、臆病な思いが、俺の心の中に出てきてしまう。アルの隣で笑っていたルーイを思い出す。同じクラスだから、ルーイはアルの側にいるのだろうか？

俺はわかりきったことを思い悩む自らを嘲笑《ちょうしょう》する。アルは王族だ。アルが許可した者以外、近寄ることはできない。アルの側でルーイが笑っているということは、アルが許したということだ。

俺とアルは婚約者同士だが、男同士だということと、婚約までの経緯が経緯なので、婚約のことは、知る人ぞ知るという感じだ。

お偉いさんたちは知っているだろうが、その子どもたちは、ほとんど知らないだろう。だから、フリーだと思われているアルはモテる。すごくモテる。

ＢＬゲームの中でのファニアは、自分はアルフレッド第二王子の婚約者だと皆に触れ回っていた。俺はなんだか言えなくて……そこは違うな。

料理のテーブルから、何品か皿に取ると、キョロキョロと辺りを窺《うかが》う。

たぶんアルの周囲には人だかりができているだろう。それでも、ちょっとだけ、一目だけでも、アルを見たい。アルに近づきたい。


実は今着ているタキシードは、アルからの贈り物だ。全体が淡いクリーム色で、襟やポケットにアルの瞳の色の蒼が差し色として入っている。

俺はすごく気に入っている。似合っているか、アルに見てほしい。

俺は、アルを探して、視線を彷徨《さまよ》わせるのだった。

8．新入生歓迎舞踏会―ルーイ

片手に料理の皿を持ち、キョロキョロと辺りを窺っているファニアを見つけた。

入学式でぶつかって以来、改めてその姿を見た。あの時は一瞬で、よく見られなかったけど、今度はじっくりと見る。自分と似たような姿形だけど、雰囲気は随分と違う。

「何あれ。くっそ可愛いじゃん」

思わず独り言が零れる。


この学園に入学するため、大概の苦労はした。

そこまで成績はよくなかったから、通っていた町の学校の校長先生や他の先生たちに、媚《こ》びを売りまくった。自分の外見が大人、それも男性に好まれるのは知っていた。最大限に利用して、なんとか特待生の枠を手に入れた。


俺の家は布地の卸《おろし》を生業としている。

店は王都にあるとはいえ、小さな商会で、いつ潰れてもおかしくはない。

両親と数人の従業員での細々とした商《あきな》いだ。贅沢なんて絶対無理で、余裕は少しもない。

――それなのに、俺を拾ってくれた。

浮浪児だった俺を行商帰りの親父が見つけてくれた。お腹がすいて、彷徨《さまよ》っていたところをヒョイと抱えられた記憶がある。

たぶん五歳。

俺の戸籍は、そこから始まっている。拾われた日が五歳の誕生日。そう申請したと親父が笑っていた。ルーイっていう高級織物を卸した帰りだったから、俺の名前はルーイ。

最高級の織物の名前なんて、反物《たんもの》屋の息子には相応《ふさわ》しいって、親父は得意顔だ。なんだよ、織物の名前って。

犬や猫じゃないんだから、そんなに簡単に拾うもんじゃないだろう。それなのに、俺は拾われてから、可愛がられた記憶しかない。

お袋に抱きしめられて、兄貴に頭を撫でられて。汚れまくったガキをなんで可愛がるんだよ。全てに警戒する野生動物みたいだった俺を、なんの躊躇いもなく家族に迎え入れてくれた。

俺にさぁ、何ができると思う。

どこの誰ともわからない俺を、こんなに可愛がってくれた家族にさ、何が返せると思う？　俺の取柄《とりえ》って顔しかないんだよ。当たり前だけど、家族の誰にも似ていない、可愛らしい顔。

じゃあ、これを使うしかないじゃん。これしかないんだから。

俺が王立フリアリスト学園に入学して、パトロンを捕まえてやるよ。コネを作って、商売をデカくしてやるさ。

王都で商売をしてのし上がるには、伝手《つて》がなければ難しい。だからこそ、貴族の後ろ盾は必要だ。

平民が貴族と知り合いになろうと思っても、そうそうなれるものじゃあない。だからこそ、この学園に入りたかった。この学園で、貴族のボンボンをたぶらかしてやろうと思ったんだ。

俺は男だが、そっちの趣味の奴は多いだろう。

いくら顔が可愛かろうと俺は平民だ。貴族相手では、どうせ使い捨ての相手にされるだけだろう。愛人だろうが、遊び相手だろうが、なってやるよ。

男に身を任せるなんて、死んだ方がましだけど、死ぬ前に恩返しはちゃんとしてやるさ。

入学前から、今年の新入生の中に王族がいるのはわかっていた。だからこそ、入学式の日にわざと第二王子様にぶつかるように突っ込んでいったのに、なぜかぶつかったのはファニアだった。

俺は大げさに転んでみせたのに、周りの皆はファニアの方を気遣って、最後はお姫様抱っこで退場してしまった。おかしいだろう、こっちは尻餅をついているのに。

唯一残った奴が手を貸してくれたけど、にこやかに接してくるが、奴の目は笑っていなかった。

俺も小さい頃から伊達《だて》に商売を手伝ってきたわけじゃない。何か目的があって接してきている目だ。商売人によくいるタイプ。近寄らない方がいい。当たり障りのない会話をしただけで、俺は逃げ出した。


クラス分けで一組になったとわかった時は、もちろん喜んださ。運が味方したと思ったから。

それなのに、上手くいかない。なぜか王子様が俺に関わろうとしてくる。

入学式の日にわざとぶつかって、あいつらには関わらない方がいいってわかったから、距離を置こうとしていたのに。

王子様が俺に関わるから、他のクラスメートたちは、俺に近づいてこない。俺から行っても、逃げられる。

時間は有限だ。早く取り入って、縁を結ばなければ。

なんの目的で俺に関わってくるのかはわからないが、こちとら自分の人生がかかっているんだ。焦った俺は、不敬もそっちのけで王子様へと異議を申し立てた。

どんな罰を与えられるかはわからないけれど、このままでは、なんのために苦労して、この学園に入り込んだかわからない。苦労が水の泡になってしまう。

すると、王子様から、思いもかけない提案をされた。

相手は王族だ、断ることなんかできない。でも、この提案に協力すれば、事が終わった暁《あかつき》には、商会への援助を約束してくれた。

だから、俺はどうなってもいいんだ。

恩返しができるなら。そう、死んだっていい。

俺は、アルフレッド殿下の提案に協力を申し出た。

それから俺は王子様の隣にいる。そうしろと言われているから。だが、それだけだ。

同行していても、誰一人俺に話しかける者はいない。皆の話題は〝ファニア〟。いつもいつもファニアだ。

常日頃ニコリともしない王子様は、ファニアの話題の時にだけは、柔らかい表情を見せる。側近の皆も笑顔になる。

キョロキョロと何かを探しているらしいファニアを、俺は少し離れたところから見ているだけだ。ファニアの元へ行くことはできない。

そういう約束だから。

あの可愛らしい存在は、皆に守られて、辛いことも苦しいことも、きっと何も知らずにいるのだろう。

それが当たり前で、そのことが幸せだと知りもしないで。

俺はファニアに背を向ける。

そして、そのまま人ごみの中へと入っていくのだった。

9．新入生歓迎舞踏会――アンドリュー

片手に料理の皿を持ち、キョロキョロと辺りを窺っているファニアを見つけた。前回は制服を着ていたが、今日は白に近いクリーム色のタキシードを着ている。よく似合っていて可愛らしい。


側近に調べさせた。

ファニア＝アージニア。新入生で、三組に在籍している。たぶん、王都から随分と離れた田舎に領地を持つ男爵家あたりの子息なのだろう。

たぶん、というのは、はっきりとはわからなかったから。家名で調べると、アージニア公爵家しか出てこない。だが、三組に在籍しているということは、貴族ならば低位貴族、もしくは平民だ。所作が垢抜《あかぬ》けているから、平民ということはないだろうが。

学園側に問い合わせても、個人情報は開示されなかった。

だが、ファニアの行動は、貴族とは思えないほどに、のびのびとしている。あの木の下での出来事を思い出して、笑みが零れる。華奢な身体を抱きしめた感触が忘れられない。

ポン。

こちらに気づいていないファニアの肩を叩く。

「で、殿下……」

私を見て固まるファニアの態度は新鮮だ。私が声をかけると、ほとんどの者たちは、媚を売りだすか、顔色を窺いだす。こんなに素直な態度を取る者は、そう

そういない。

「身体は、もう大丈夫？」

私の言葉に頭に？マークを浮かべるファニア。その表情といい、動作といい、いちいち可愛らしい。

私はファニアの手を貴族令嬢を相手にするように取ると、『ああ、傷は残っていないようだ』と、そのまま口づける。ファニアの手は白く華奢で、鳥にツツかれた跡は残っていなかった。

「うぎゃおうっ。殿下、何をされるのですかっ！」

反対の手に料理の乗った皿を持っているファニアは、大きな動きができない。自分の手を引っこ抜こうと奮闘しているらしいが、私はファニアの手を離すつもりはない。

ファニアは外見や性格、その全てが好ましい。こんな存在は初めてだ。この可愛らしいファニアを側に置きたい。いつも見ていたい。声を聞いていたい。

離したくない。

「グゴゴゴ、殿下、離してください、グギィギィィ」

華奢な身体を抱きしめてみたくなり、摑んだ手をそのままに、自分へと引き寄せていく。ファニアは必死に抵抗しているようだが、少しも私を制止することはできていない。

「アンドリュー様、何をなさっているのですか」

背後から聞こえてきた声にうんざりする。撒《ま》いてきたはずだったが、思ったよりも早く追いついたようだ。

声をかけてきたのは、ルクレツィア＝デンハーグ。デンハーグ公爵家の息女。同じ年の私の従兄妹《いとこ》であり婚約者候補だ。

母や祖父からは再三婚約を結ぶよう言われているが、私は決して頷かない。どうしてもルクレツィアの性格が嫌なのだ。

政略なのだから、本人たちの了承など関係ないのだろうが、ルクレツィアと初めて会った幼い頃から、どうしても受け入れられない私の拒絶に、母も祖父も無理強いまではしてこないので、そこは感謝している。

学園に入学した頃から徐々にルクレツィアが変わっていった。いや、そうではない。もともとの性格が強く出てくるようになったのだ。二学年に進級してからは、特に顕著になってきた。

自分の身分を笠に着ては威張《いば》り散らし、周りの者たちを馬鹿にするようになってきた。それどころか、自分より目下と思えば、残酷な仕打ちを平気な顔でするようになってきたのだ。

幼い頃より、そういうきらいがあり、私は嫌っていたのだが、この頃は酷すぎる。もうルクレツィアの周りには、常識的な考えの者はいなくなってしまったというのに、まるで気がついてはいない。


「嫌だわ、そんな下賤《げせん》の者と関わってはいけませんわ」

ルクレツィアは扇で顔を隠すようにしているが、眉を顰《ひそ》めているのがわかる。私がファニアと親しくしているのが気に喰わないのだろう。

ルクレツィアは私と婚約したがっている。王子の婚約者は王族に準じた扱いを受ける——つまりルクレツィアはアンドリューという私個人を好きなのではなく、王族という地位を切望しているのだ。

だからこそ、私がルクレツィア以外に目を向けないよう、いつも私の周りを嗅ぎ回り、少しでも私が興味を持った者を排除しようとしている。ファニアのことは、もちろん調べているはずだ。ファニアが三組に在籍していると知って、見下しているのだろう。


「私のすることに口を出すな」

いつもはルクレツィアを面倒と思い、あまり相手にはしない。しかし、ファニアを下賤の者と言われて、黙ってはいられない。私の強い物言いに、ルクレツィアは目を見開く。

「なっ、なんですのっ。そのような者を庇われるとおっしゃるの」

「ファニアには、お前に蔑《さげす》まれるいわれはない。不愉快だ、早くどこぞに行くがいい」

いくら高慢なルクレツィアとはいえ、王族の私には反論できない。恥をかかされたと思っているのか、真っ赤な顔をして、こちらを睨んでいる。だがこの場から動こうとはしない。

「お前が……お前のような者が、いつまでアンドリュー様にまとわりついているのですかっ。早く離れなさいっ！」

私に向けることのできない怒りをルクレツィアは、ファニアへと向けた。あろうことか持っている扇でファニアを殴りつけたのだ。

ファニアは私に片腕を摑まれていたこともあり、とっさに料理を持っていた手で扇から自分を庇おうとした。ルクレツィアの扇は、ファニアの手に持たれていた皿を強く叩く。

「うわぁっ」

扇に弾かれた皿は、料理とともに、ファニアの胸元にぶつかり、派手な音をたてながら足元に落ちていく。

「……え」

何が起こったのか、一瞬わからなかったのか、ファニアは呆然としていたが、自分の胸元の惨状に気づく。

淡いクリーム色のタキシードの胸元には、ソースやクリームがベッタリと付き、滴《したた》り落ちていっている。

「ルクレツィアっ、お前はなんということをしたのだっ」

「嫌ですわ、そんな下賤の者がなんだというのですの。こんな場違いな場所にいる方が悪いのではないですか。早く追い出してくださいまし」

ルクレツィアは、なんとも思っていないのか、謝ることもせず、そっぽを向いている。

「あ……タキシードが……アルからのプレゼントなのに、俺……」

ファニアは汚れた胸元を見たまま、何か小さく呟いている。

「大丈夫か、こんなことになってすまない」

摑んでいた手を離し、俯くファニアの肩に手を回そうとする。

「ファニアに触るなっ！」

鋭い声にビクリと身体が震えた。回そうとした手はそのままに、そちらに顔を向ける。

私とルクレツィアの諍《いさか》いに、周りには相当な数の人だかりができていたのだが、その人だかりが綺麗に左右に分かれ、そこから現れたのは自分の弟だった。

アルフレッド第二王子。

母親は違うが、血の繋がった弟。外見も纏う雰囲気もまるで違う。美しく、尊大な存在。

「ファニア、大丈夫か？」

厳しい雰囲気を纏っていたアルフレッドだったが、ファニアの前に来ると、柔らかい表情をして、両手を広げる。

「アルっ！　アルごめんなさい。せっかくプレゼントしてもらったタキシードなのに」

ファニアは堪えていたのか、ポロポロと涙を流しながら、アルフレッドへと駆けていき、躊躇いもなく、その腕の中に飛び込む。

ファニアの肩へと回そうとしていた私の手は、宙に浮かんだまま残された。

「ファニア泣くな。来るのが遅くなってごめん」

「うー」

アルフレッドはファニアを抱きしめると、自分の肩にファニアの顔が来るよう抱き上げた。

私は混乱する。

なぜ王族の弟が低位貴族のファニアを抱きしめているのだろう。なぜファニアは、躊躇いもなく、アルフレッドの腕の中へと飛び込んでいったのだろう。

なぜ愛しい者にするように、アルフレッドは涙で濡れたファニアの頰へ、キスをしているのだろう。

「そこの女。よくもファニアに狼藉《ろうぜき》を働いたな」

威圧感のある低い声。無表情に近い美しい顔は、アルフレッドの怒りの深さを知らしめる。

「まあ、これはこれはアルフレッド様、お久しぶりでございますこと。嫌ですわ、平民ごときに王子であるアルフレッド様が関わるなど。平民は会場の隅で大人しくしていればいいものを。このような場所までしゃしゃり出て、浅ましいにもほどがありますわ」

まるで何も感じていないのか、ルクレツィアは、見事なカーテシーをアルフレッドの前で披露する。

「ファニアは平民などではない。俺の婚約者だ。お前も知っているだろう、王子の婚約者は準王族になるのだと。たかだか公爵家の娘のお前が王族のファニアに不敬を働いたうえに、暴力を振るったのだ。許されることではない。ゼルナイトっ！」

「はっ」

アルフレッドは恐ろしく冷たい表情のまま、ルクレツィアへと沙汰《さた》を述べる。後方に控えていた側近は、素早く動くと、ルクレツィアを拘束する。

「きゃあっ！　何をするのっ。離しなさいっ。私を誰だと思っているのですかっ、無礼者めっ、離しなさいっ。アンドリュー様っ、助けてくださいませっ、アンドリュー様ぁぁ」

ルクレツィアは、相当抵抗していたようだが、そのまま連れていかれてしまった。私はルクレツィアを擁《よう》護《ご》する気も、助ける気もない。ファニアがアルフレッドの婚約者というのならば、当たり前の処置だ。

本当ならば、ルクレツィアを戒《いまし》め、罰しなければならなかったのは、私のはずだったのだから。

「ファニアは、お前の婚約者なのか？　お前が婚約していたとは、聞いたことがなかったのだが……」

「ええ、ファニアは正真正銘私の婚約者です。十二歳の時より婚約しておりましたが、内々のことでしたので、兄上にも紹介しておりませんでした」

　ファニアの背中を優しく撫でながら、こちらを見つめる目には底冷えするような光が灯っている。アルフレッドは、私も許してはいないのだろう。

　フリアリスト《この国》では、同性同士での婚姻が認められている。だが、王族や高位貴族たちが、同性同士で婚姻したというのは見たことも聞いたこともない。ましてや、王位継承権のあるアルフレッドに男の婚約者など……。

「まさか同性と婚約したのか？　本当にファニアが婚約者なのか？」

　信じられない私は、再度問うてしまう。

　私とアルフレッドは王位継承を巡って微妙な立場にいる。後宮で強い勢力を持っていた、私の母アルガリーナ第二妃が表舞台に出てこなくなって二年以上が経つ。私の王位継承を危ぶむ声も出てきてはいるが、祖父である筆頭公爵の力はまだまだ強い。

　そんな中、アルフレッドには男の婚約者がいるというのか。

「俺の最愛の人ですので」

　アルフレッドはそう言うと、抱きしめたファニアの頭にキスを送る。愛しくてたまらないという風に。まるで、その行為が当たり前だというように。

　なぜだ。

　なぜアルフレッドの婚約者がファニアなのだ。どうしてファニアなのだ。

　あんなに可愛らしく、素直に自分を見てくれる者などいなかったのに。あんなにいじらしく、微笑みかけてくれる者などいなかったのに。

　何も摑んでいない自分の手を見る。ファニアに届くことのなかった手を。

　同性のファニアを婚約者にすることで、王位継承争いで不利になるのは決定的だ。

　自分にそれができるのか。

　自分を取り巻く者たちの思惑に反することが、自分にできるだろうか……。

弟の強い瞳を思い出す。自分は手に入れることの叶わないものを、弟がなぜ手にしているのか。

アルフレッドたちがいなくなった会場に、アンドリューは立ち尽くすのだった。

10. 噂

「おはよー」

今日も元気に学園へと登校する。

週末の舞踏会はハチャメチャなうちに終わってしまったが、今日から仕切り直しだ。

「あ、ファニア、おはよー」

席に着いているサラが俺にヒラヒラと手を振る。

「サラ、週末はごめんな」

「気にしなくていいよ、大丈夫だよー」

俺は週末の舞踏会で、サラを置いて、さっさと帰ってしまった。というか、タキシードを汚して泣きべそをかいてしまった俺を、アルが王宮へと連れ帰ってくれたのだ。

気が利くアルは、俺が先に帰るとサラに使いをやってくれたらしい。俺はベソベソとアルにしがみついていただけで、待っているだろうサラのことを、すっかり忘れ果ててしまっていた。申し訳ない。

王宮へと戻った俺を、先に連絡が入っていたのか、侍従長のノーザットが待ち構えており、タキシードの汚れは完璧に落とすから心配はいらないと、請け負ってくれた。

一緒に王宮についてきてくれたジェイドやバイルアットからも散々慰められ、あれよあれよという間に俺はベッドへと送り込まれてしまった。そして、眠るまでアルが手を繋いでいてくれた。

俺はタキシードを汚してしまい、プレゼントしてくれたアルに申し訳なくて、落ち込んでいたはずなのに、周りの人たちが、あまりにも俺を甘やかしてくれたので、泣いてしまったことなどコロリと忘れて、微笑みながら眠ってしまった。

俺ってチョロいな。朝、目が覚めて一番最初に思ったことだ。

「ねえねえそれよりファニアは知ってる?」

「何を？」

「私も壁の花をしていたから、実際は見ていないいんだけど、メチャクチャ性格が悪い高位貴族の息子がいるらしいのよ。ファニアが帰った後なのかな？　大暴れしたらしくって、今日は、その噂で持ち切りなのよ」

「へぇ」

サラの言葉に驚きを隠せない。

学園《ここ》は、大多数を貴族が占める学園だ、皆がきちんとした教育を受けているはずなのに、そんなヤツがいるなんて。

「なんでもさぁ、平民の生徒を罵倒したうえに、料理を投げつけて、止めに入った人を殴りとばしたらしいのよ」

「何それ、酷いな」

いくらなんでも、パーティー会場でそんなことをするヤツがいたとは。それって悪役令息ってやつじゃないのか？　BLゲームでは俺の役だが、まさか俺の他にもいたのか。

BLゲーム、乙女ゲームの他にも何かゲームが混ざり合っているとか……もうこれ以上混乱したくないのだが。

「でしょう。なんでも名前がファニア＝アージニアっていう、公爵の息子らしいのよ」

「ぶはぁっ、なんじゃそりゃぁっ!!」

サラの言葉に、俺は素っ頓狂《とんきょう》な声を上げてしまう。

「どうした。うるさいぞ」

「何騒いでいるんだよ」

「なんだなんだ」

少し席から離れたところにいた三人のクラスメートが大声を上げた俺たちの方へとやってくる。

「ほら、今噂のわがまま公爵子息の話をしていたのよ」

「ああ、あのファニア＝アージニアっていう」

「高位貴族だからって、威張り散らして、やりたい放題らしいな」

「すごいらしいよな。そんなのとクラスメートにならずに済んで、俺ら三組でよかったよ」

みんな口々に言っている。

「いやいやいや、皆待て。ファニア＝アージニアって、俺じゃんか」

「あ？」「へ？」「ん？」「はあ？」

全員が俺の顔を見る。

噂の悪役令息って、俺か、俺なのか？

だが、この学園にはファニア＝アージニアって俺以外にはいないはず。俺ってば、パーティーで、そんな酷いことをしたっけか？

いや、俺は被害者なはず。料理をぶつけられ、泣いて退場した……って、うわぁ、改めて振り返ってみれば、俺は子どもか。情けなさすぎる。

それなのに、学園中に流れているらしい、俺の噂。俺の行動は、自分の意志とは関係なしに、周りからは悪役令息に見られていたのか。

「やっぱり俺ってば、悪役令息だったんだ」

思わず呟いてしまう。

ゲームの強制力だろうか、主人公をいじめなくても、悪いことをしなくても、噂は広がる。

そして、俺はだんだんと皆に嫌われていき、最後にはＢＬゲームのストーリー通り、断罪へと続いていってしまうのだろうか。目の前が暗くなってくる。

「やだぁ、ファニアったら、何言ってんのよ、こんなに可愛い悪役とか、笑っちゃうじゃない」

「無理むり無理。ファニアが悪役だなんて、迫力なさすぎだって、やれるわけないじゃん」

「腹いてー。ファニアが悪役とか、逆にいじめられるだけだって、やめとけやめとけ」

「ファニア、話を聞いていたのか？　噂の主は公爵令息だって言っただろう。お前みたいな下っ端貴族の息子じゃないって」

全員が全員、俺の話を否定する。それどころか、何気に馬鹿にされているような気がする。

「いやいやいや、お前ら言ったよな、ファニア＝アージニアだって。それって、俺でしょうが。俺の名前はファニア＝アージニア。お前らが噂していたのが、俺なんだよっ！」

俺は声を大にして言う。

フルネームが同じなのに、なんで別人判定なんだよ。お前たちの反応はおかしいじゃないか。

「「「あー、はいはい」」」

「おざなりな返事をするなーっ！」

もちろん悪役令息になどなりたくはない。だが、ここまで否定されると、逆に腹が立つのはなぜなのか。噂も解せないが、周りの反応は、もっと解せない。悪役令息の役のはずなのに、この皆の反応はなんなのか。これってどうなの。いいことなの？　悪いことなの？

悪役令息として認められないって……俺は、出来損ないの悪役令息なのか？

首をひねる俺だった。

◆

「もー、今までの苦労が水の泡ですよぉ」

バイルアットが文句を言ってくる。一応俺は王子なのだが、バイルアットはファニアが絡むと、不敬極まりなくなる。まあ、ジェイドやゼルナイトも似たようなものなのだが。

「なんのためにファニアとルーイのクラスを入れ替えたと思っているんですか。それなのに皆の前でラブシーンなんかしてくれやがって、台無しですよ」

プンプンと絵に描いたように膨れた頬のバイルアットは、自分の主《あるじ》であるはずの俺に向かって、言葉遣いもぞんざいになってきている。

俺とファニアの婚約は公表されてはいない。ほんの一握りの関係者しか知らないはずなのに、嫌な奴らに嗅ぎ付けられてしまった。

第二王子派のジジイどもだ。

俺を国王に祭り上げ、うまい汁を吸おうと考えている奴らだ。奴らにとって、男の婚約者であるファニアは、俺の王位継承の足枷以外の何ものでもない。ファニアを排除しようと動くことはわかっている。

だからこそ、ファニアを三組に入れた。下位貴族と平民しかいないクラスに隠すことにしたのだ。

ジジイどもでファニアに会ったことのある者は、そうそういない。俺が会わせなかったということもあるが、ジジイどもがファニアを嫌い、会おうとはしなかったのだ。

ジジイどもは三組に在籍するファニア＝アージニアを俺の婚約者だと思うだろうか？

その代わりとして、ルーイを一組に入れた。姿形がファニアに似ているルーイを。

一組に在籍し、俺の側にいるルーイを見てジジイどもは、どう動くだろうか。

学園は自治が認められている場所であり、外部からの関与は一切拒否される。王族でさえ、学園に命令したり、指示したりはできない。情報一つですら、取り出すことはできないのだ。

外部からの一切の関与を許さない学園で、ファニアを三組に入れるなど、本来ならば、できることではない。できるはずはないのだが……。

王立フリアリスト学園の学園長は国教の熱心な信者として有名だ。実際は、教会で祀《まつ》られている女神オフィーリアよりも、バイルアットを女神として拝《はい》し奉《たてまつ》る狂信者というのが本当のところだ。ファニアを三組に入れるのは、バイルアットにすれば簡単なことだったと、あっけらかんと言っていた。いいのか教育者。まあ、利用できるものは利用するが。

そんな手を使ってまで、わざわざ三組に入れて、ファニアの存在を隠していたのに、俺がバレるようなことをしたからバイルアットは怒っているわけだ。

「じゃあ聞くが、お前はファニアが泣かされているのに、指を銜えて見ていろというのか」

「え、何を言っているんですか。僕だったらファニアが泣く前に、対処するに決まっているでしょう」

俺の問いに、さも当たり前だという顔をするバイルアット。

「泣くまで放置とか、何やってんですか」

ジェイドが横から口を挟む。

「まったく、ファニアを泣かせてしまうなんて、情けない」

ゼルナイトも呆れたような口ぶりだ。

怒ってもいいよな。

お前たちは一体全体、俺に何をさせたいの？　ファニアがアンドリューたちに絡まれだして、俺がどれだけ我慢していたか見ていたよな。とうとう我慢ができなくなって飛び出してしまった俺を全員で責めたくせに、なんだよその二枚舌は。

「まあ、噂を流しておいたから大丈夫でしょう。高慢な公爵令息が平民に不当な態度を取ったってことにしときました」

ジェイドは、独自のネットワークを使って、情報操作をしたらしい。高慢な令嬢がやったことを公爵令息に置き換えたのだろう。

ファニアは俺を探して会場の中央あたりに来ていた。会場の中央には一組か二組の生徒たちしかいない。身分の低い三組の者たちは会場の中央には近づかないからだ。

だから、俺が助けたファニアの素性を、ギャラリーと化して見ていた者たちは知らない。俺が小柄な男性を助けたことしか情報はないはずだ。

ただ、相手が悪い。

第一王子とその婚約者候補では、痴情のもつれと思われてしまう。そこに第二王子が乱入して、愛人を奪い取っていったと。

だから、ルクレツィアを公爵令息に置き換えた。そうすれば、傲慢な公爵令息にいじめられていた平民を助ける第二王子という構図になるからだ。

「あーあ、結局ルクレツィア嬢は無罪放免ですか」

「仕方がないだろう。噂ではルクレツィアは、現場にいなかったことになるからな」

バイルアットの残念そうな声に俺は答える。だが、ルクレツィアの使い道はまだある。

アルガリーナ第二妃の件から慎重になっている筆頭公爵を追い込むための、いい駒になってくれるだろう。このままルクレツィアの躾《しつけ》ができないのなら、何かしらしでかすのはわかりきっている。ルクレツィアは筆頭公爵の内孫。アンドリューの従兄妹にあたる。

身内のしでかしたことが、自分の足元を崩してしまうということに気づくべきだ。


「ルーイの方はどうなっている?」

俺はゼルナイトに聞く。

「暴漢に三度ほど襲われそうになりましたが、それだけです」

ルーイには、第二王子派のなかでもファニア排除派の者たちを炙《あぶ》り出すための餌になってもらっている。見えないだけで多数の警護を付けてはいるが、一歩間違えば、命の危険もある。自分の養家《ようか》を援助してもらうために、そんな立場を受け入れているのだ。あんなに小柄なのに、漢気《おとこぎ》がある奴だ。

「まだ尻尾は摑めないか」

「さすが御大《おんたい》というところですね」

第二王子派も全てがファニアを排除したいと思っているわけではない。ファニアとの仲を応援してくれている者たちも多くいる。ただ、第二王子派の筆頭といわれている者が、絶対的なファニア排除派なのだ。

不思議に思う。

俺は第二王子派の者たちに、散々ファニアのことを愛しいと、大切にしていると伝えているのに、ファニア排除派の奴らは、聞く耳を持たない。

ファニアを排除したことにより、俺が王位についたとして、ファニア排除派が、俺から恩恵を受けられると思っているのだろうか。あり得ない。

ファニアの安全を脅かす、御大と呼ばれる第二王子派筆頭を一刻も早く処分する。ファニアを傷つけることは許さない。

俺は固く決心するのだった。

11．乙女ゲームのヒロイン

サラ＝フォース。

それが今生での私の名前。平凡な平民の娘。前世の記憶がある、いわゆる〝異世界転生者〟。

まあ、前世も今生も女の子だし、やや貧乏な家庭に生まれたのも同じ。前世の便利な世界から、中世ヨーロッパみたいな不便な世界への転生だったけど、赤ちゃんからのスタートだったから、慣れることができたわ。前世を憶えていたからといって、貧乏な平民が何かできるわけもなく、ただただ無難な幼少期を過ごしてきた。前世で見ていたラノベみたく、貴族のお嬢様や神子様なんかに生まれてきたわけじゃないからね。

だけど転生して、不可思議というか、引っかかることが一つだけあった。

それが自分の容姿だ。

ピンクゴールドの髪に、バッサバサの睫毛に囲まれたスカイブルーの瞳。シミ一つない滑らかな肌で、華奢な体形なのに、胸だけはプルンプルン。綺麗よりも可愛い系だが、メチャクチャ美人。

おかしいじゃん！

ピンクゴールドの髪って何よ。キモイキモイ。

両親ともに茶色の髪にこげ茶の瞳。それどころか、親戚、ご近所、町中が茶色の髪にこげ茶の瞳だ。王都に行けば金髪ぐらいはいるかもしれないけれど、ピンクゴールドはないわー。

それに、私は美人。いやありがたい。自分で言うのもなんだけど、桁違いの美人。美人っていうのはありがたいんだけど。片田舎の町で、誰一人垢抜けない田舎者の中で、一人だけ飛びぬけた美人。両親に欠片も似ていない。

それなのに、父さんは母さんの不貞をチラリとも疑わないし、町の人たちも、こんなピンクゴールドの頭の子どものことを何一つ疑問に思わないようで、普通に接してくれている。

本人だけが、違和感を感じていたけど、それでも平々凡々とした生活を送れていた。


「ここって乙女ゲームの世界じゃん」

そう気づいたのは王立学園に入学が決まった時。平民の私が貴族学校になぜに入学するのよ？　と、一人ツッコミを入れた時だった。

通っていた町の学校で、私は成績優秀とは言えなかった。せいぜいが中の上。何かしらに特出しているわけでもないし、取り組んでいるものもない。

逆に、外見が人とは違うから、できるだけ目立つことはやりたくなかった。

それなのに、成績優秀者として王立の貴族学校へ特待生としての入学が決まってしまった。

なぜ？

いつ言いました？　私が行きたいって、いつ言いました？　言っていませんよね。絶対に言っていません。それに推薦の希望なんて出していませんよ。我が家は貧乏なんです。上の学校に進学しようなんて思ってもいません。行けるわけなんかないんですから。

王立フリアリスト学園に平民なのに特待生として入学するサラ＝フォース。ピンクの髪の可愛らしいヒロイン。

あ、知ってる。記憶に残ってる。

「これって前世でやってた乙女ゲームじゃん」

前世の記憶は持っていたけど、まさかこの世の中が乙女ゲームの世界なんて思うわけがないじゃない。

それもヒロインだなんて。悪役令嬢への転生が主流じゃなかったの？　ラノベと違う。

そう思いながらも流されて、学園に入学した。

親が喜んだというのもあったし、特待生で授業料が免除だということが大きかった。親孝行の一環として通うことにしたのだ。

低位貴族と平民の混在したクラスは思ったよりも居心地がよくて、嬉しい誤算だった。

田舎では貴族なんて見たこともなくて、どんな理不尽なことをされるかと戦々恐々としていたから、気が緩んだんだと思う。思わず鼻歌を歌ってた。それも前世の日本語で。

いきなり腕を取られ、ビックリしたけど、もっとビックリしたのは、相手がメチャクチャ可愛らしい子だったこと。よく見ると男子生徒で二度ビックリ。

自分がヒロインで可愛いのは理解しているけど、男の子でこんだけ可愛いって、ちょっと反則だよね。

その子に手を取られて階段裏に連れていかれて、話をすると、なんとその子も転生者だった。

その子が言うには、この世界はＢＬゲームの世界なんですって。

ちょっと待って何よそれ。この世界が乙女ゲームの世界だっていうのでさえ信じられなかったのに、それプラスのＢＬゲーム？　ありえない。運営何考えてるのよ。

ファニアのＢＬゲームのストーリーを聞くと、さすがはＢＬゲーム。悪役令嬢役が男性だった。もちろん攻略対象者の婚約者、それがファニア。

いや、無理でしょう。悪役令息には、なれないでしょう。

外見が可愛いだけならいざ知らず、もうね、性格が可愛いのよ。ちょっとたれ目の大きな瞳をパチリと見開いて、笑ったり怒ったり。すぐ拗《す》ねるし。抱きしめて、頭をグリグリしなかったのを褒めてほしいぐらいには可愛らしいの。

ちょっとツンデレなのがツボだわ。

ファニアは詳しく言わなかったけど、アルフレッド王子様と婚約するまでは、けっこうなすったもんだがあったみたい。

なんとファニアは、王子様の婚約者なだけあって、公爵家子息で平民の私なんか話しかけられない相手だった。まあ、今更だから、そこはスルーするけど。

なんで三組にいるのか聞いたら、本人もわからないと言っていた。学園のミス？

ファニアいわく、どんなに頑張っても、ゲームの強制力で、ゲーム通りにストーリーは進んで行っているんだって。

目の前で項垂れるファニアを見ていると、疑問しか浮かんでこない。

ついさっき、学園のミスとか言ってなかった？　すでにＢＬゲームのストーリーが違ってきてますけど！

それなのに、ファニアはこの先、婚約者のアルフレッド王子様から断罪されて、仲のいい幼馴染たちから見捨てられるって本気で思っているみたいだった。

悪役令息ファニアとつるむようになってから、おかしなことが起こりだした。乙女ゲームとBLゲームが混在するようになってきちゃったの。

　それだけならまだしも、役柄がおかしくなってきた。ファニアがまるでヒロインのような扱いを受けている。まあ可愛いからわかるけど。

　そして私の方にも、けっこう迷惑なことが起こっている。


「ちょっとファニア。生徒会長って、BLゲーム《お宅》の方だったっけ？　面倒くさく絡んでくるんですけど。超迷惑なのよ、そっちでどうにかしてよ。え、乙女ゲーム《うち》？　そうだっけ、いったいどっちなのよ？　はぁ、そっちはそっちで対処しろですってぇ。こっちは今、手一杯なのよ、いやでも毎日イベントが発生しているんだから、よそまで相手にしてらんないわよっ」

　ゲームが混在したせいなのか、乙女ゲームどころか、BLゲームの攻略対象者まで、こっちへやってくるようになってしまったのよ。

　お前ら、男の子が好きなんじゃなかったの？　なんでこっちに来るのよ。めーわくなんですけど。


　一体全体これからゲームはどうなっていくのか、随分とおかしなことになってきた。だけど、ファニアが気にしている断罪なんて、起こるのだろうか。

　私はアルフレッド王子様に直接会ったことはない。せいぜい遠目でみかけるぐらい。幼馴染たちでは、ゼルナイトだけにしか会ったことはない。

　ゼルナイトとは、図書館で会ったのだけど、挙動不審だったファニアが心配だったのか、教科書を届けるフリをしてまで、後を追って来るほど、ゼルナイトは過保護だった。ファニアの話を聞いていると、他の幼馴染たちだって、ファニアへの態度は似たり寄ったりみたい。

　まあ、ファニアと仲が良いというだけで、遠くから私に殺しそうな視線を向けてくる王子様が、ファニアを断罪なんてできるとは、到底思えないけどね。

　ケケケ。乙女らしからぬ笑い声を上げるサラなのだった。

12．お忍び

「なーなーサラ、もう帰ろうよ」

俺は灌木《かんぼく》の茂みの中にともに身を隠しているサラの上着の裾を引っ張る。

「うっさいわねぇ。仕方ないでしょう、私ら三組は、どうあがいたって、第一校舎に行く用事なんてないんだから」

サラは、俺の方をチラリとも見ないで、前方に意識を集中している。


今、俺とサラは、第一校舎の出入口近くに植えてある灌木の茂みの中に隠れている。いくら小柄な二人だとはいえ、灌木はそこまで生い茂っているわけじゃない。隠れきれているとは、到底思えない。絶対外から見えているはず。

こんな無謀なことを、なぜしているのか。それは、サラがとうとう我慢の限界を超えてしまったからだ。乙女ゲームのヒロインのはずのサラは、あろうことか、BLゲームの攻略対象者を好きになってしまったのだ。


相手は、俺の幼馴染でもあるゼルナイト。ガチムチ系のイケメンだ。サラいわく、乙女ゲームには、いないタイプらしい。

だが残念ながら、ゼルナイトは第二王子の側近をしているし、自身も侯爵家のご子息様。バリバリの高位貴族だ。同じ一学年だが、ゼルナイトのクラスはもちろん一組。俺やサラの在籍する三組とは、校舎が違う。それも校舎同士は遠く離れているし、特別教室などでかぶることもない。

要するに、一組と三組では、接点がまるでないということ。サラがいくら恋焦がれても、ゼルナイトに近寄るどころか、チラリとすら見ることもできない。

サラ自身、平民の自分が、ゼルナイトとどうこうなれるとは、少しも思ってはいない。それでも、恋するサラはゼルナイトのことを一目だけでも見たいと、こんなところにまで来てしまったのだ。


――俺を巻き込んで。

まあ、俺もサラの気持ちはよくわかる。俺が、なんやかんや言いながらもサラに付き合ってしまっているのは、もしかしたらちょっとでも、アルを見ることができるかもと欲を持ってしまったからだ。

というわけで、一組の生徒は、この出入口を使うだろうと、二人して、こんな茂みの中に入り込み、アルやゼルナイトが出てくるのを今か今かと見張っているわけだ。

外から見ていると、第一校舎を使っている生徒たちは、さすが一組と言える垢抜けた者たちばかりに見える。俺は公爵家の息子なわけだが、なんだか近寄りがたく思えるのは、三組に馴染みすぎてしまったのだろうか。

「お前たち、こんなところで何をしているんだ？」

いきなりかけられた声に、俺とサラは、二人して、驚きに飛び上がってしまった。二人揃って声の方へと視線を向けると、そこには……。

ゼルナイトキターーーッ！

なんだか渋い顔をしたゼルナイトが立っていた。葉っぱだらけになって待っていた甲斐《かい》があったよ。

「ファニア、お前は三組だろう。なんでこんなところにいるんだ」

ゼルナイトがため息を吐きながら、俺を茂みの中から引っ張り出してくれる。

俺は興奮気味にサラの方に視線を向ける。

ゼルナイトは次に茂みから引っ張り出そうと、サラに手を差し伸べている。

サラっ。ほらサラ、ゼルナイトだよ、ゼルナイト。待ちに待ったゼルナイトだよっ！

そして驚く。

誰？

愛らしく顔を赤く染め、俯き加減にもじもじしている、まるで乙女ゲームのヒロインのようなサラがいた。なんなの可愛いんですけど。

「こんな用事もないところに来るんじゃない。早く三組に帰れ」

そんな可愛いサラを、さっさと茂みから引っ張り出すと、ゼルナイトは冷たい言葉を、俺たちに投げかける。サラの気持ちを押しつける気はないけど、ちょっと冷たすぎない？　俺たちの努力も知らないで。

ゼルナイトの対応に内心、文句を言っている俺だが、アルがいない。アルに会いたいのに、アルがいない。

俺はキョロキョロと辺りを窺う。

「アルは？」

俺は思わず聞いてしまう。ゼルナイトは、俺の問いにムッと眉間に皺を寄せる。

ファニアは知らない。ファニアたちに最初に気がついたのは、アルフレッドだということを。すぐにファニアのもとへと飛び出そうとしたのを、次に気づいたジェイドが羽交い締めにした。

ジェイドだけでは心もとないので、隣にいたバイルアットも加勢しており、結果ゼルナイトがファニアのところへ行くことになったのだ。

「ねえ、アルはどこ?」

「……………駄目だ。いくらファニアが可愛い顔をしても、俺には通用しない。小首を傾げようと、上目遣いをしようと。駄目なものは駄目だ」

ゼルナイトは、けんもほろろで取り付く島もない。

が、何を言っているんだ。サラでもあるまいし、俺が可愛い顔なんか、するわけがないじゃないか。ゼルナイトは変な勘違いをしている。

それに何が駄目なのだろう。アルに会うことが駄目なのだろうか。

「えー、駄目って何が駄目なの?」

厳つい顔をしているゼルナイトだが、長い付き合いだ。わざわざ表情を作っているのはわかっている。なんでそんな顔を、わざわざしているのか。

「上着を摑んで可愛くねだっても通用しないと言っているだろう。駄目なものは駄目だ。ほら、早く三組に帰れ」

ゼルナイトは思うのだった。

どうせファニアのことだ、アルフレッド様を一目見たいからとかいう理由で、ここまで来ているのだろう。アルフレッド様にしろ、ファニアにしろ、周りの苦労を知りやがれ。

思わずため息が出てしまう。

それでも、ゼルナイトとすれば、なんだかんだと言いながらも、本当はファニアを三組まで送っていきたいと思うのだ。アルフレッドに常々過保護だと苦言を呈しているが、ゼルナイトも十分過保護なのだ。

しかし、ここでファニアと関わりがあると知られるのは得策ではない。今だったら、通りすがりに挙動不審な者たちを注意しているだけのように見えるだろう、たぶん。

チラリと視線を投げれば、ファニアの護衛たちが目立たないところに控えているのが見えた。自分たちだけで戻しても大丈夫だろう。


「……………信じられない、信じられないわ」

いきなり地を這うような声が聞こえてきた。驚いた俺が声の方を見ると、今までヒロインしていたサラが、ゼルナイトに険しい顔を向けている。

あんなにゼルナイトに恋い焦がれていたのに、どうしたんだサラ。

「どうして、どうしてファニアの〝きゅるるるん〟が効かないの。ファニアの〝きゅるるるん〟なのよ。おかしいじゃない。そんなことありえないわっ！」

サラは両手を握りしめ、ゼルナイトへと訴えかける。

サラ、厳し気な声を出してまで言っていることが、おかしいぞ。〝きゅるるるん〟ってなんなんだよ、〝きゅるるん〟って。

俺がいつ、そんなのをしたというんだ。

「フン。俺とファニアの付き合いが、どれだけ長いと思っているんだ。ファニアがどれだけ可愛いしぐさをしようとも、もう慣れてしまっている。それにファニアが可愛いのは当たり前なのだから、今更どうということはないな」

腕を組み、ただ真実を述べているかのような態度のゼルナイト。

一言いっておこう。

ゼルナイト、お前は間違っている。俺が可愛いのが当たり前って、なんだよそれは。いいか、俺は近いうちに、お前よりでかくなって、お前以上のマッチョになってやるんだからな。その時は、お前のことを可愛らしいと言ってやるからな。憶えていろよ。


「そんなことわかっているわよ。ファニアが可愛いのは当たり前。ファニアは存在自体が可愛い。いえ、むしろ可愛いという名前の生き物だと言った方が正しいわ。そんなことわかっているわ。それでも可愛いには際限なんかないはずよ。そうでしょう。それなのになんでファニアを抱っこしないのよ。ファニアにスリスリぐらいするでしょう。だってファニアの〝きゅるるん〟よ。〝きゅるるるん〟なのよっ!!」

サラは徐々にヒートアップして、声が大きくなっていく。

やめてサラさん。俺の羞恥心が口から飛び出すから。いたたまれなさすぎるから。

それにゼルナイト。お前は反対意見も言わずに、何頷いてんだよ。同意すんなっ！

「おーまーえーらー。黙って聞いていれば、俺のことをなんだと思っているんだよ。人を捕まえて可愛い生き物って。人を人外にするな。俺は小動物とは違うわっ」

俺だって言う時はビシッと言うからな。サラとゼルナイトを睨みつける。

「言っておくが、幼い頃のファニアは、それはそれは凶悪なぐらい可愛かったんだからな。今はアルフレッド様いわく色気が出てきているらしいが、まあ、俺はそうは思わんがな」

「く、悔しくない。悔しくなんかないんだから。ちびっ子ファニたんが見れなかったからって、羨ましくなんかないんだからっ」

ゼルナイトとサラは、俺の話を聞かない。それどころか、俺を見てもいない。

「お前らっ、俺の話を聞けっ!! 俺が可愛いなんて、どんだけ目が悪いんだよ。それにゼルナイトは言ったよな、俺よりサラの方が可愛いって、この前言ったじゃないかっ」

俺は地団駄を踏みそうになる。人を無視して話をするな。二人で、やれファニアが、こーして可愛かっただの、いや、あーした時の方が可愛かっただのと、盛り上がるな。

「ファニア、聞いて。私はれっきとした乙女ゲームのヒロイン。可愛いのは当たり前なの。顔だけで言えばファニアより可愛いわ。でもね、可愛いって、それだけじゃないでしょう。クルクル変わる表情や、すぐムキになるところとか、おせっかいのくせに押しが弱いところとか、ファニアはファニアだから可愛いの。もうね、決定的なの、断トツなのよ」

サラに両肩を摑まれ、諭される。

いや、どんなに世の中の真理みたいな言い方をしたって、俺は騙されないからな。

「ほう、よくわかっているじゃないか」

そこっ、ゼルナイト！　サラの話に同調するなっ。

「あなたとは意見が合いそうね」

サラとゼルナイトは、がっちりと握手を交わす。

おーい、お前ら何やってるんだよー。友情を深めてるんじゃないよー。夕日に向かって海岸を走りだしそうじゃないかぁ。

サラ、ゼルナイトへの思慕はどうした。

ゼルナイト、無骨系無愛想イケメンキャラはどうした。

俺は地団駄を踏むことにも飽きた。こいつらもう嫌だ。

疲れ果ててしまった俺なのだった。

◆◆◆

サラと俺は現在、生徒会室にいる。

前世の俺の価値観からいえば、ここは生徒会室じゃないな。なんじゃこりゃと思えるほどに、広くて豪華な部屋だ。その部屋の中央にドデンと置いてある三人掛けのソファーにサラと二人して座っている。あまりにもフワフワで、逆に座り心地が悪い。

チラリと視線を隣へ向ければ、サラも居心地悪そうに、お尻をモゾモゾさせている。

そして俺たちの目の前に座るのは生徒会長様。座っているからわかりづらいが、身長は高く、スラリとしたスタイルに黄色味の強い金髪を後ろに撫でつけた、インテリ風イケメンだ。

ゾイル＝ダノン生徒会長。

BLゲームの攻略対象者の一人で、ゲームの中では二番人気（一番はもちろんアル）だった。

平民の特待生でありながら、生徒会長の座に就くほどの実力者。まあ、平民とはいっても、家は国内で一、二を競う豪商であり、そこいらの貴族よりは、よっぽど金と権力はありそうだ。

主人公ルーイがゾイルを選んだ場合は、身分差に苦しむことなく、生き生きと婚家で働いているエンディングが流れる。めでたしめでたしでゲームが終わった後も幸せそうで、ゾイルルートは人気が高かった。

そんなBLゲームの中では人気者の生徒会長だったのだが、どうもおかしい。

チラリと隣のサラを窺うと、ウンザリとした顔をしている。サラいわく、生徒会長は乙女ゲームの攻略対象者の一人だというのだ。

いやいやいや、おかしいだろう。生徒会長はBLゲームの攻略対象者のはず。ちゃんと俺の記憶にも残っている。

もしかして、BLゲームと乙女ゲーム、共通の攻略対象者なのか？　そんなことありえるの？

そりゃあ生徒会長といえば、BLだろうと、乙女だろうと、攻略対象者になりがちだけど……学園に生徒会長は一人しかいないけど……。

兼任なの？

人手不足なの？

そんなことでいいの？

ゲームが変わってきている以前に、どんぶり勘定的になってきてないか？

「書けたかい？」

生徒会長は、俺たちの手元を覗き込む。

「はぁい」

サラが気の抜けた返事をする。俺は疲れて頭を上下するだけだ。

俺たちが生徒会室に呼ばれた理由。それは昨日、サラと二人で、第一校舎前の植え込みをグチャグチャにしてしまった罰を受けるためだ。公共物破損の実行犯として、生徒会にしょっ引かれたわけだ。

なぜバレた。

学園に提出する反省文と、美化委員会に提出するお詫びの文章を書かされることになったのだ。そしてなぜか、生徒会長様が別々の場所に提出するのは大変だろうと、生徒会室でまとめて書くようにと申し出てくれた。

というわけで、俺とサラは生徒会室で、ない知恵を絞り、なんとか文章をひねり出し、ちょっとヘロヘロになってしまっているわけだ。

「そういえばさ、悪役令嬢《ルクレツィア》にヒロイン《サラ》が突き飛ばされて、植え込みに倒れ込んで、生徒会長に助けられるっていう、イベントがあったわ」

「こっちは、悪役令息《ファニア》に、主人公《ルーイ》が教科書を植え込みに投げ捨てられて、植え込みの中に入り込んで拾っているところを生徒会長に注意されるっていうイベントがあった」

俺とサラは下を向いて、コソコソと話をしている。

生徒会長と関わりができてしまったが、これはイベントなのだろうか？　イベントならばBLと乙女のどちらのゲームのものなのか。俺もサラも見当がつかない。

「書き終わったみたいだね。お疲れ様。せっかくだから、お茶でも飲んでいくといいよ」

生徒会長はニコリと笑う。

ＢＬゲームの中では、融通の利かない真面目キャラで、ルーイとある程度親しくなってから初めて砕けた態度を取るようになるのがゾイルだ。ツンデレとは違うけど、デレた時とのギャップが萌えるキャラだったのに、目の前の生徒会長は、生真面目というよりも柔和《にゅうわ》な雰囲気だ。

今、生徒会室には生徒会長と俺たちしかいないせいか、手ずからお茶を入れてくれる。手際よく紅茶を入れ、小さな皿に盛られた、可愛らしいお菓子まで出してくれる。紅茶の甘い馥郁《ふくいく》とした香りが辺りに漂う。

小指の先ほどのコロリとしたお菓子は、可愛らしい絵柄の皿に、十粒ほど盛られている。

「こ、これは……」

お菓子を凝視する。

隣でサラもお菓子に気づき、息を呑んでいる。

震える指先で、お菓子を一粒つまみ、口に入れる。シャクリとやや硬めの食感とともに、懐かしい味が口の中に広がる。あまりにも懐かしくて、涙が出そうになる。憶えている。前世で食べていた〝あられ〟だ。

「ファニア、これあられ……」

「うん、あられだ」

二人で、感動に打ち震える。

生まれ変わって十六年以上が経っているのに、少しも忘れていなかった。懐かしい味。

感動に二人して手を取り合う。だって〝あられ〟があるということは、餅米があるということだ。そうなると、お餅もあるし、赤飯もある。おこわご飯だってあるはずだ。夢が広がっていく!!

「へえ、このお菓子のことを知っているだけじゃなくて、名前まで知っているんだ」

生徒会長が、驚きながら俺たちのことを見ていた。

あ、生徒会長がいることを、あられに気を取られすぎて忘れていた。

「随分前に食べたことがあるんです」

サラ、グッジョブ！　嘘じゃない。

「そうなんだ。このお菓子は、うちの商会が扱っている、とても遠い国の珍しいものなんだ」

ゾイルは思う。

この遠い東の国のお菓子は、この国にはないものだ。長い時間をかけて、この国まで運ばれてくる。この小さな皿に盛られた分だけで、一万ルイル（一万円）はする。

高い値段のものだが、珍しいお菓子を話のきっかけにできればと思い、供《きょう》したのだ。

この二人とは、ぜひとも関わりを持ちたい。そう思ったから。

まさか、これほど珍しいものを、二人が知っているとは、思いもしなかった。

「あの、これはどこに売っていますか。どこで手に入れることができますか？」

俺は、生徒会長に思わず聞いてしまう。返答によっては、このままダッシュで買いに行きたい。もちろん、全ての小遣いを投げうつ所存だ。

「これはね、とっても遠い国から輸入されたもので、うちの商会でも、入手するのは、なかなかに難しい希少品なんだ。売っているところはないだろうね」

生徒会長は、ちょっとすまなそうな顔をして答えてくれた。

そんな、ここまで希望に胸膨らませたのに、それを叩きつぶすのか。ひどい。

「ファニア……」

「な、なに？」

隣から聞こえてきたサラの思いつめたような声に、ちょっとビビった。

「決めたわ。私、この学園を卒業したら、冒険者になる」

「はぁ？」

「冒険者になって、その遠い国へ行くわ。待っていてねファニア。色々なものを持って帰ってきてあげる」

サラは、キラキラとした瞳をして、俺の手をガシリと握る。

「いや、この世界に冒険者とかいう職業はないだろう」

「え、そう？　じゃあ、キャラバン隊の一員になるわ。あっそうだ、生徒会長の商会のキャラバン隊に入れてもらうのが一番よね」

自分の将来をそんな簡単に決めていいのか。

でも、サラの気持ちはよくわかる。あられを一口食べただけで、前世への懐かしさが溢れ出したのだ。

俺もサラも、たぶん前世の人生を全《まっと》うしていない。老衰では死んでいないのだろう。どんな未練があるのか、詳細を思い出せない前世なのに、こんなにも望郷の念が強い。あられのある遠い国。どんな国なのだろうか。あられの他にも色々な懐かしいものがあるのかもしれない。

「俺もサラと一緒にキャラバン隊に入ろうかな……」

ぽつりと俺の口から言葉が滑り落ちる。

「はぁ？　何言ってるのよ、ファニアは近い将来、王子様と結婚して、王妃様になるんでしょう。キャラバン隊は私に任せときなさいよ」

「え、王妃……様？」

「ファニアって、アルフレッド様の婚約者なんでしょう？」

「う、うん」

目の前の生徒会長に聞かれないよう、小さな声で、二人でやり取りをする。

俺は、頭を殴られたような衝撃を受けた。俺が王妃様に？　アルとの将来を俺は何も考えていなかった……。

BLゲームのストーリーばかりに気を取られていた。強制労働所に行きたくないと、そればかりを考えていた。BLゲームがいつかは終わることを考えていなかった。

サラは、平民の自分が王族や貴族と一緒になったって上手くはいかないと、はじめから乙女ゲームには関わらないと宣言していた。それに好きなのはゼルナイトだと。

その上、学園を卒業したら、キャラバン隊に入ると言いだしている。

俺は？　俺はどうする？

グルグルと考えが回る。でも、何一つまともなことを考えられない。

「あははは、我が商会に、サラが来てくれるなら、大歓迎だよ」

生徒会長が、朗《ほが》らかに笑っている。

「学園を卒業したら、よろしくお願いします」

サラが生徒会長へ頭を下げている。

え、本気？　サラ、本気なの？

「また、生徒会室に遊びにおいで。その時は、また珍しい国のお菓子を出してあげるよ」

「よろこんでー！」

無事、お詫びの書類を提出した俺たちは、生徒会室を後にする。

生徒会長の言葉にサラが居酒屋の店員さんのような返答をしている。あれほど生徒会長と関わりを持つのが嫌だと言っていたくせに、あられに魂を売ってしまったのか。明日にでもまた生徒会室に行きそうだ。

俺はグルグルと考える。

俺はアルと一緒にいたい。それは絶対だ。でも、アルが王様になったら……。

見つからない答えを、ただ探し続ける俺だった。

◆◆◆

「は、陛下なんと言われたのですか？」

国王の執務室に呼ばれたアルフレッドは、我が耳を疑う。

人払いのされた執務室の中にいるのは、国王陛下とアルフレッドだけだ。宰相であるローライト公爵さえいない。

「お前とファニアとの婚約を解消する。そして、エイグリッド国の第一王女、カロリーヌを新たな婚約者とする」

エイグリッド国は、フリアリスト我《わ》が国《くに》と西側の国境を接する国で、フリアリストとさして大きさは変わらない。ただ、フリアリストより南に位置し、海に接する面を持っているため、自然の恵みが豊かで、経済面ではフリアリストよりも強い。その豊かな資金力を軍事に回している、なかなかに好戦的な国だ。

今までは国境を挟んでの小競り合いぐらいしかなかったが、これからのことを考えると、手を結ぶ必要がある。

「カロリーヌ姫は現在十五歳。来年、お前の婚約者として我が国の王立学園に留学してくる。そして、二年後の卒業と同時に結婚式を挙げる」

決定事項のような国王の物言いに、アルフレッドは異議を申し立てる。

「なぜですか。なぜ私なのですか。私ではなく、アンドリュー兄上の方がふさわしいではないですか」

「エイグリッド国からの条件は、カロリーヌ姫を国王の正妃にすることだ。だからアルフレッド、お前の妻となる」

「なおのこと、おかしいではないですか。エイグリッド国の条件が国王との婚姻だというのならば、アンドリュー兄上が相手のはずです。兄上が第一王子ではないですか」

「次代の国王は、お前だと決まっている」

「え？」

「ジェーンが嫁いできた時に、ジェーンが産んだ子が次代の国王になると密約を結んである。この密約があるからこそ、ソティス王国との不可侵条約が成立しているのだ。次の王はアルフレッド、お前と決まっている」

「そんな……」

アルフレッドは国王の言葉に驚きを隠せない。まさかそんな密約があったとは。

様々な思いがアルフレッドの心の中を駆け巡る。

自分が国王になることが決まっていたのなら、なぜ王太子になってはいないのか。当事者の自分さえ知らなかったのだ。筆頭公爵やアルガリーナ第二妃も知らなかったのだろう。密約になどしなければ、命を狙われることはなかったのに。

ファニアはなんのために、一生治ることのない障害を抱えることになったのか。

だが、ファニアが障害を負ったからこそ、自分は婚約者として、ファニアを縛りつけることができている……。今更ファニアを手放せと言うのか。

「お前は王家に生まれてきたということをもっと自覚しろ。これは決定事項だ。国の安寧と国民の安全を考えろ。それが王家に生まれてきた者の使命だ」

「私はファニアを手放す気はありません」

「フン。ならば側妃にでも、愛妾にでもすればよかろう。話はそれだけだ」

国王は、話は終わったとばかりに、手元のベルを鳴らす。隣の部屋に待機していただろう宰相が部屋に入ってくると、国王は、そのまま公務にとりかかる。

もう、アルフレッドに見向きもしない。一時呆然としていたアルフレッドだったが、国王へと一礼すると、部屋を後にする。

どうする。どうすればいい。

手放せと言うのか。自分がどれほどファニアを求めているか、わかっていないのだ。手放せるはずがない。ファニアを手放してしまったら、自分はどうなるか判らない。

ファニアの顔を思い浮かべる。ヘニャリと笑う、愛しい顔を。

正妃を他に置き、ファニアを側妃にすれば、ファニアはどうするだろうか。ファニアのことだ、決して不満を表には出さないだろう。穏やかな笑みを浮かべて、悲しみも、悔しさも、内に秘めてしまうのだ。

正妃を立て、自らは後ろへと下がるのだろう。そして決して俺の隣に並ぼうとはしない。

もしかしたら、俺の手の届かないところへと、逃げていってしまうかもしれない。

自分の考えにゾッとする。

駄目だ、ファニアがいなくなるなんて考えられない。この手から離れていってしまうなんて、許せない。

考えろ。考えるんだ。ファニアを手放さなくて済む、その方法を。

アルフレッドの瞳に、昏い光が灯った。

13．ある日曜日

今日は日曜日で、俺は王宮の自分の部屋で、ゴロゴロしている。アルはいつもの通り、公務が忙しいようで、朝食の席にさえ来なかった。

寂しい……。

暇を持て余している俺だが、本当だったら超多忙のはずだ。王子妃教育もあるし、王子妃以外の教育もたくさんある。ただ俺が拒絶して、受けていないだけだ。

学園に入学するまで、俺はＢＬゲームのストーリー通りに、ことは進んでいくと思っていた。ＢＬゲームでの俺の役柄は、悪役令息で、ゲームの終盤には断罪され、強制労働所に送られる。

だから、やっても意味のない王子妃教育なんか受けないと突っぱねていた。

十二歳で行儀見習いのため、王宮に住むようになっても、俺は誰の言うことも聞かなかった。アルは、そんな俺のことを何も言わず見守ってくれていた。

ただ、命にかかわるような身の護り方とか、危険回避のやり方とかは、強制的に習わされたけど。

　サラに言われて気がついた。

　俺は自分の将来なんて考えたことはなかった。目の前のBLゲームを回避することだけに必死で、BLゲームが終わった後のことなんか、まるで考えていなかったのだ。今の俺は、アルと結婚できない。王子妃として、あまりにも足りていない。今の俺ではアルの足手まといでしかないから。今からでも王子妃教育を受けた方がいいのだろうか……。

　ふと、ルーイの顔が頭を過る。

　アルと寄り添いながら図書室へと入っていったルーイのことを。アルとルーイがどういう関係なのか、俺にはまるでわからない。

　アルは俺のことを好きだと言ってくれた。その言葉を疑うことなんかない。それなのに、なんでこんなに不安なんだろう。

　俺はベッドの上でコロリと寝返りを打つ。行儀が悪いとはわかっているけど、起き上がる気力がない。

　せっかくの休日が、これじゃあ勿体ない。何か気分転換でもしようか。本を読む？　庭に出て花でも見る？　お菓子でも食べる？

　先日生徒会室で食べた〝あられ〟を思い出す。

　懐かしい味。

　落ち込んでいたからか、望郷の念が溢れてくる。また〝あられ〟を食べたいな……いや、あられじゃなくても、懐かしい味のものを食べたい。

　前世では、料理なんてしていなかった。外食かコンビニ飯が中心だった。それでも、インスタントラーメンや、卵かけご飯とかは作って（？）いた。

　そうだ！

　この世界でも、前世で俺が作っていた料理で、できるものがある。俺はベッドからガバリと起き上がると、枕元のベルを鳴らす。

　侍従の誰かが来てくれるかと思っていたら、侍従長のノーザットが来てくれた。

「ファニア様、御用をお伺いいたします」

　白いものが混じった髪は、七三にビシリと撫でつけられ、侍従のお仕着せには皺一つない。

　ピンと背筋は伸び、一分《いちぶ》の隙もない。それなのに優しい笑みを浮かべてくれている。

「あの、あのさ。料理を作りたいんだけど、厨房を借りてもいいかな？」

男の俺が趣味で料理を作りたいと言うのは、ちょっと恥ずかしい。それでも、懐かしい味を食べたかったし、もしかしたら、仕事中のアルに差し入れとして持っていけるかもしれない。

アルが仕事をしているアル専用の執務室に、俺は近づかない。アルの仕事の邪魔をしてはいけないと思うから。でも、でも、差し入れぐらいだったらいいよね。執務室に入っても、アルに差し入れを渡して、すぐに出ていくから。邪魔はしないから。

懐かしい味が食べたいという思いよりも、アルに差し入れをしたいという思いの方が強くなってきてしまった。

アルの顔をちょっと見るだけだったらいいよね。

「ファ、ファニア様が料理をされるのですか？」

「うん。手の込んだものは作れないけど……アルに差し入れをしたいんだ。ほらっ、アルは忙しくて朝食の場にも来れなかったから。何かつまんでいるとは思うけど、差し入れできればばって思って」

ちょっと恥ずかしくて、赤くなってしまった。

「くっ……なんて尊い。わかりました。このノーザットにお任せください。厨房も材料も、全て完璧に、ご用意させていただきます」

ノーザットはキリリと表情を引きしめる。

え、どうしたの。

俺が差し入れを作るのに、何をそんなに意気込んでいるの？　俺、そんなにすごいものは作れないよ。

「あの……俺、料理はそんなに得意じゃないから」

「何をおっしゃるのですか。殿下に差し入れをされたいという、その尊いお考え。お任せください。ノーザットは、ファニア様のお料理を完璧にサポートさせていただきます！」

ノーザットはみなぎっている。なんだか、みなぎっている。

ファニアは、自分の軽い考えがノーザットの何かに火を点《つ》けてしまったことに、おののいたのだった。

その一報は、すぐにアルフレッドに届けられた。

「な……んだと。ファニアが俺のために、手作りで差し入れだと……」

「はっ、ただ今ノーザットとともに厨房へと向かわれました」

ノーザットから遣わされた使者にアルフレッドは執務の手を止める。

「俺のために……はっ、駄目だ駄目だ駄目だっ！　包丁なんか持たせられるか。それにやけどをしたらどうするっ。そんな危険な目にあわせるなんてできない。どうしてノーザットは止めないんだっ」

慌てて執務室を飛び出そうとするアルフレッドに、使者は頭を深く垂れたまま答える。

「アルフレッド様に差し入れしたいと、おっしゃったからです」

「ぐっ」

「一目だけでもアルフレッド様のお顔が見たいから、差し入れをしたいとおっしゃったからです」

「ぐぐっ」

アルフレッドは、何かに耐えるように、自分の胸元を握りしめる。

「ファニアの……ファニアの安全に万全を期すように伝えろ」

「畏《かしこ》まりました」

頭を下げたまま、使者は執務室を後にする。

「いやぁ、ファニアの手料理が食べられるなんて、楽しみだねぇ」

アルフレッドの執務机にL字型に付けられた机でジェイドが、ご機嫌な声を出す。

日曜日にアルフレッドとともにいるのは、将来宰相職につくであろうジェイドだけだ。

バイルアットは本教会で神官長である祖父の手伝いをしているし、ゼルナイトは父親と一緒に騎士団で訓練をしている。

「お前に渡すと思っているのか。ファニアの差し入れは、俺だけのものだ」

「俺に凄んだって無理だと思いますよ」

絶対渡さないとジェイドを睨みつけるアルフレッドだが、ジェイドは笑って聞いちゃいない。ジェイドにはわかっているのだ、ファニアを溺愛している、あの二人が駆けつけないわけがないじゃないかと。もちろん自分も食べるけどね。

「さあさあ、ファニアが来るまでに、できるところまでは終わらせておきましょう」

ジェイドは、アルフレッドへ仕事を再開するよう促すのだった。

俺が前世で、たまに作っていたのは卵サンド。

卵サンドといっても、ゆで卵を潰して作るやつじゃない。ちょっぴり甘い厚焼き卵を挟む卵焼きサンドだ。卵焼きしか挟まない、卵サンド。

今生では公爵令息に生まれた俺にとっては、初めての厨房体験だ。卵を焼いて、パンに挟むだけ。お手軽クッキングだ。

それなのに、俺はもう泣きそうだ。

だって卵焼き器がないのだ。あの卵を焼いてクルクル巻く四角いフライパンが。今回の卵は巻かないが、厚焼き卵を作りたいのだ。丸いフライパンでどうしろと。

俺は初っ端から挫折しそうになってしまう。

「大丈夫でございます。丸いフライパンでもできますとも。多めの卵液を入れて厚焼き卵を焼きましょう。後で四角く切ればよろしゅうございます」

「そうかなぁ」

「そうでございますとも」

隣でノーザットが俺を励ましてくれる。

厨房の中では、少し離れたところで料理長が青い顔をして、こちらを窺っている。料理長の後ろには、数名の料理人たちが、真剣な顔をして立っている。彼らは、ノーザットの一言で、電光石火の動きを見せる。ノーザットがボウルと言えば、大小様々なボウルが出てくるし、菜箸《さいばし》と言えば、それこそ何十本もの菜箸が差し出される。俺の横に立ったノーザットは、まるで厨房を支配する魔王のようだ。

アルに差し入れをするとして、バイルアットやジェイド、ゼルナイトもいるはずだ。いくら差し入れとは言っても、食べ盛りの男性四人。大量に作る必要がある。

コンコンと卵を割って、ボウルの中に入れていく。

「はうっ」

隣でノーザットが自分の胸を押さえている。

「ノーザット、どうしたの?」

「いいえ、ファニア様が一生懸命卵を割られているのを見ていると、お可愛らしくて、胸がいっぱいになってしまいました」

なんじゃそりゃ。

ノーザットは、俺を小さい時から見ているから、自分の子ども? 孫? 的に見えているのかな。何気に視線を巡らせると、料理人たちも皆が皆、胸を押さえている。なぜ？

次に味つけだ。

砂糖に塩。隠し味の醤油や化学調味料はないので、この国独自の調味料を入れてみる。前世と味は変わってくるだろうけど、美味しくできる方がいいからね。

行儀は悪いけど、混ぜた卵液に小指をちょっと付けて味見。うん、焼く前だと全然わかんない。焼いてみるか。大きめのフライパンを借りて……。

「なりません、なりません。火を使うなど、危のうございます。ここにおります料理長のシートがファニア様のおっしゃるように卵を焼かせていただきます」

いきなりノーザットに止められた。

「修業の足りぬ身ではございますが、ファニア様にご満足いただけるよう、精一杯務めさせていただきます」

後ろから、青い顔をしたままの料理長がズイと近づいてくると、深々と頭を下げる。

王宮の厨房はプロ仕様になっているため、俺の身長ではコンロが高すぎて、使いづらい。それに前世では竈《かまど》なんか使ったことはなかったから、火加減のし方はわからない。それでも、他人に作ってもらったら、それは手作りとは言わないのでは？

「ありがとう。でも、やれるところはやらせて」

卵液をフライパンに入れるのはしてもらった。身長的にやりづらかったから。それでも焼くのは頑張った。横でノーザットと料理長が貧血を起こしそうになっていたけど、卵ぐらい焼けるよ。

フライパンが大きかったのと、竈の火加減が難しくて、焦げた卵焼きが大量にできてしまった。俺はそこまで大食漢じゃないので、焦げた卵焼きを消費するのに、明日一日かかりそうだ。それでも綺麗に焼けた卵焼きも、いくつかはできた。

さて、パンに挟めば出来上がりだ。

俺の横でノーザットが、料理人たちに『ファニア様にパンを一斤渡すだと ぉ。なぜスライスしない。ファニア様が手を切られたらどうするのだ』と、無言なのに目でものを言っていたことを俺は知らない。

「ふー、間に合ったようですね」

アルフレッドの執務室にバイルアットが入ってくる。

「ああ」

ゼルナイトも続く。

バイルアットは王都とはいえ、王宮からは離れた本教会にいたはずだ。ゼルナイトに至っては、王都から離れた演習場にいたのでは？

どんな手段を使えば、こんなに早く王宮まで来ることができるんだ？　魔術か、超能力か、お前ら人ならざる者だったのか？

「お前たち、今日は王宮には来ないと言っていたよな」

「ええ、今日は仕事なんかしませんよ。ファニアの手料理を食べに来ただけです」

「ああ」

王子の嫌味にしれっと答える側近たち。

「ファニアの手料理を、お前たちに渡すとでも思っているのか」

「嫌だなぁ、アルフレッド様ったら、もちろん食べるに決まっているじゃないですか」

「ああ」

バイルアットは、自分の主《あるじ》の言葉など、はなから聞いちゃいない。というか聞く気はない。

同じく執務室に入ってから単語以外話していないゼルナイトも同じ気持ちだ。


「ファニアの手料理なんて、初めてですよね。楽しみです」

「ファニアに料理ができるなんて知らなかった」

「俺はどんな消し炭が出ようとも完食してみせる」

側近たちは勝手に盛り上がっている。その横で、アルフレッドは、いかにしてファニアの手料理を独り占めするかをシミュレーションしている。

少しすると、侍従がファニアが来たことを伝えてきた。すぐに入室許可を出すと、小さなノックの音とともに扉からヒョコリとファニアが顔だけ出してこちらを窺う。アルフレッドの邪魔にならないか、気にしているのだろう。

「アル、今大丈夫？」

少し上目遣いでこちらを窺う様子は、可愛い。ただ可愛い。ひたすら可愛い。アルフレッドだけでなく、側近たちも自分の胸元を摑んで、可愛い攻撃に耐えている。

「もちろん大丈夫だよ。ファニアは遠慮なんかしなくていいんだ」

アルフレッドの返事にパアッと笑顔を見せながら、

ファニアは執務室の中へと入ってくる。手には大きなカゴを抱えているが、カゴが重いのか、少しよろけている。その後ろを、ノーザットが心配げについてきている。

「あのね、あのね、アルに差し入れを持ってきたんだ。今日は朝食にも来なかったから」

ヨイショと勢いをつけてカゴを、部屋の中央に置かれた応接セットのテーブルの上に置く。

「手が空いた時に食べてくれたら嬉しいいんだけど」

「いや、せっかくファニアが持ってきてくれたんだ、すぐに頂こう」

ファニアの元へと近づいていたアルフレッドは、ファニアを促して、三人掛け用のソファーに座る。

「ファニアの手作りなんて、楽しみですねぇ」

「わあっ、何を作ったの?」

「ありがたく頂こう」

ちゃっかり側近三人も、すでにソファーに座っている。ノーザットは、全員分の紅茶をテーブルに用意している。

「チッ」

「ん、どうしたのアル」

「いや、楽しみだと思って」

「あ、でも、初めて作ったし、そんなに手の込んだものでもないんだ。口に合わなかったら無理に食べなくてもいいからね」

考えてみれば、全員が高貴な人たちだった。毎日豪勢な食事をしているのに、素人《しろうと》のファニアが作った卵だけサンドなんて、お粗末すぎる。こんなものを持ってきて、今頃恥ずかしさが湧き上がってきた。

「あのっ、やっぱり、ほら、美味しくなさそうだから、持って帰るよ」

ファニアは、慌ててカゴに手をかけようとする。が、時すでに遅く、サンドイッチは皆に配られていた。

「ああ旨い。ファニア、ありがとう」

「ファニアの手作り、美味しーい」

「イケる、イケる」

「感無量だ」

皆が皆、笑顔でファニアに感想を述べる。アルフレッドは、隣に座るファニアの頭をポンポンと軽く叩く。

「本当?　お世辞とかじゃなくて?　気を遣わなくてもいいんだよ」

皆の感想にも、まだ信じられないファニアだったが、残念なことにファニアの問いに答える者はいなかった。

なぜなら、残りのサンドイッチの争奪戦が繰り広げられていたからだ。

「アルフレッド様ばっかり食べないでください」

「あ、それは狙っていたやつ」

「二つも一度に取るな」

「それは俺のだ手を離せ」

熾烈な戦いを続ける皆を見て、ファニアは自分の差し入れが、本当に皆に気に入ってもらえたと信じられたのだ。


「ぐふっ」

気を抜けない戦いの最中《さなか》、ゼルナイトがなぜか胸を押さえてうずくまった。

どうしたのかと皆がゼルナイトの視線の先を見ると、そこには、ピンと三角の小さな耳を立て、くるまったフサフサの尻尾を一生懸命に振るファニアが見えた……ような気がした。

皆が奪うようにして差し入れを食べてくれるのを見たファニアが、喜びを全身で表現していたのだ。

「か、可愛いぃぃ」


バイルアットが陥落した。

「それ、反則」

ジェイドが片膝をつく。

アルフレッドはというと、自分の隣のファニアを、ヒョイと抱える。そして、どこぞへと行こうとする。

「え、アルどうしたの？　降ろして」

ファニアが驚いて、降りたがっているが、聞いちゃいない。

「アルフレッド様、ファニアをどこに連れていこうとしているのですか」

バイルアットの声は低い。

「いや、これは仕方がないだろう」

「仕方がないことはありません。明日は月曜日なのですよ。またファニアに学園を休ませるつもりなのですか」

バイルアットは、許す気は一切ない。

ゴゴゴゴ……。

睨み合うアルフレッドとバイルアットの間で、何かが渦巻いている。

アルフレッドの背後には牙を剝く黄金の狼が、バイルアットの背後には、翼を広げた白鳥（メッチャ強そう）が。

いないのだが、死闘を繰り広げているように感じられる。

「こ、怖い……」

アルフレッドに抱かれたファニアはプルプルと震えている。


「ファニア様、お時間でございます」

いきなり現れたノーザットがアルフレッドの腕の中からファニアを奪い取る。

「何をする」

怒れるアルフレッドだが、ノーザットは澄ました顔だ。

「あ、違うの。俺がノーザットに頼んでいたんだ。ほら、アルのお仕事の邪魔をしちゃ駄目だから、時間が来たら教えてねって。アル、お邪魔しちゃってごめんね、お仕事頑張って。皆も、またね」

ノーザットにより、地に足がついたファニアは、皆に手を振ると、ノーザットとともに、さっさと執務室から出ていってしまった。

ファニアにすれば、邪魔にならないよう、気を遣ったのだろうが、その場に崩れるように膝をつき、項垂れるアルフレッドのことには気づかないのだった。

厨房では、ファニアの残した（後で取りに来ようと思っていた）焦げた卵焼きを巡って、調理人たちが死闘を繰り広げていることをファニアは知らない。

14. 来客

「ファニアーっ、守衛さんが呼んでるぞ。お客さんだって」

授業が終了したばかりの時刻。さて、ぼちぼち帰ろうかと、腰を浮かせた時だった。

「へ？」

声をかけてくれたクラスメートの方を見ると、教室の外から守衛さんが、こちらを窺っている。授業が終わるまで待っていてくれたのだろう。

「おー、守衛さんが来たってことは、外部からのお客さんってことだよなぁ」

「ということは、女性？」

「おお、ファニアも隅に置けないねぇ」

少し離れた席の三人組がこちらを見ながら勝手なことを言っている。以前、俺を悪役令息にはスペックが足りないと馬鹿にした奴らだ。赤毛のイルに、背は高いけど痩せすぎのトロア、ガッチリ型のアーロだ。

俺は奴らに冷たい視線を送った後、席を立つ。

「うわぁ、ファニアが俺に熱い視線をー」

「馬鹿言え、あれは俺に向かってのアイコンタクトなんだよ。守衛さんの用事が終わったら、俺と一緒に帰ろうってことだろう」

「お前らうるさいぞ、ファニアの視線は俺に注がれているんだからな」

……何を言っているのか。三バカは放っておこう。

俺は教室を出る。


「君がファニア君かい？　守衛室の方に君を訪ねて男性が来ているんだ。荷物を届けに来たそうだよ」

「荷物？」

守衛さんの言葉に首を傾げる。

学園に荷物が届いてる？

全然身に覚えがない。誰が俺に荷物を届けるというのだ。

だいたい俺は王宮暮らしだ。荷物を届けるなら、学園ではなく、王宮に届ければ済むことだ。この学園と王宮は、馬車で十分ほどしか離れてはいないのだから。わざわざ呼び出してまで、何を届けるというんだ？

三組に馴染みすぎてはいるが、俺はれっきとした公爵家子息。ちゃんと危機管理もできている。胡散くさい誘いに、簡単に乗るような俺じゃないのだ。

「わざわざ教室まで呼びに来ていただいて、ありがとうございます。ですが……」

「ああ、そうそう」

守衛さんは、自分のポケットに手を突っ込んで、何かを取り出している。俺の話を聞け。その前に、俺の話を遮るな。

「えーっと、送り主は『ティーカップ・プードル』だそうだ」

ポケットから取り出したメモを読み上げて、守衛さんの方が変な顔をしている。そりゃそうだ、プードルが荷物を送りつけるわけはないからな。

「うえぇ」

変な声が俺の口から漏れる。『ティーカップ・プードル』とは、俺の母上の隠語だ。本名を名乗りたくない時に使う名称なのだが、この名称を知っている人は、ごく少数だ。

わざわざこんな名称を使ってまで、母上は俺に何を届けようとしているのだ？

母上は、あまり物事を考えないで、人に迷惑をかけることがよくある。よーくある。

俺を巻き込まないでくれ。母上と関わりたくはないのだが、これを放置すると、面倒が倍になることは、今までの経験で身に染みている。

ふう。

俺は一つため息を吐くと、守衛さんについていくことにした。

「ん？」

俺の後ろに三バカがついてきている。なぜ？

「いやぁ、ほら、ファニアの彼女って、興味深いじゃないか。なぁ」

「そうそう、ぜひともご尊顔を見ておかないとね」

「俺たちを差し置いて、ファニアもやるよな」

「おーまーえーらーうるさいわっ。守衛さんは、ちゃんと男性だって言っていただろうが」

「「「えー」」」

「残念そうな声を出すなっ。ついてこなくていいから、な、ほら帰った、帰った」

俺は三バカにシッシッと手を振る。

「せっかくここまで来たんだから、最後まで付き合うよねー」

「「ねー」」

三人は頷き合っている。誰も付き合ってくれなんて言ってないぞ。俺は三バカのことは無視することにする。

結局は皆でゾロゾロと歩いていると、守衛室の前に一人の男性が佇んでいるのが見えてきた。けっこうガタイがいい。派手な赤い服が目を引く。

「ファニア君を連れてきたよ」

守衛さんが俺を指差して、赤服に説明している。

守衛さん、人を指差したら駄目だぞ。

「ありがとうございます。お届けの荷物なのですが、大きいので、馬車に乗せたままなので、門の近くに馬車を寄せてもいいですか」

赤服の言葉に守衛さんが頷くと、遠くに停まっている馬車に向かって、赤服は大きく手を上げる。

御者が気がついたのか、馬車はすぐに動き出し、どんどんと正門へと近づいてくる。

門には、大きな車止めが設置してあり、馬車が門をくぐり抜けることはできない。

それなのに、馬車のスピードはそのままに、門へと真っ直ぐに進んでくる。

「おいっ、止まれ、止まれぇっ！」

全然スピードを落とさない馬車に、守衛さんが慌てて手を振りながら大声を上げる。

あと少しで車止めにぶつかるという時に、馬車は急な方向転換をする。

ガギィィッ！

馬は訓練されているらしく、車体だけを車止めにぶつけるようにして、馬車は止まった。

「どうしたっ！」

「何事だっ！」

辺りに響いた大きな音に、守衛室の詰所から、守衛さんや護衛騎士たちが飛び出してくる。

「早く門を閉めろっ！」

剣を構えた護衛騎士の怒鳴り声に、守衛さんが慌てて門扉《もんぴ》を閉めようとするが、車体に押された車止めが門の中に入り込み、門扉を閉めることができない。

馬車からは、何人もの男たちが降りてきて、学園へと入ってくる。身なりや雰囲気が堅気《かたぎ》とはとても思えないし、手には得物《えもの》を持っている。

「学園へ入ることは許されないぞっ。止まれっ、止まれぇ……ぐわあっ」

赤服が守衛さんを殴り倒す。

いくら訓練を積んだ騎士たちとはいえ、多数の男たちに奇襲をかけられ、押され気味だ。

「ファニアッ！」

何が起こっているのかわからず、呆然としていた俺の腕を、いきなりイルが掴むと、校舎の方へと走り出す。赤服が俺へと迫ってきていた。

「早くここから逃げろっ」

「イルっ、頼んだぞっ」

トロアとアーロが赤服の進路を塞ぐように進み出る。

手にはどこに持っていたのか剣を握っている。

「邪魔をするなっ！」

「うるせー、俺たちが相手してやるって言ってるんだ。ありがたいと思えっ」

「そうそう、二人も相手してやるんだから、喜べよ」

赤服とトロア、アーロは、凄まじい打ち合いを始めた。

「え、何、何が起こってるの？」

「いいから走れっ！　大丈夫だっ。俺たちが絶対守る」

イルは俺を引っ張って走る。俺は後ろを振り向くこともままならないまま、ただ走る。

敷地が広い高級学園だから、校舎までが遠い。まだ距離がある。

騒ぎに気づいたのか巡回中の騎士たちがこちらに向かって走ってきているのが見えるが、まだまだ遠い。

足がもつれそうになるのをイルに引っ張られて、なんとか堪えて走る。息が切れる。苦しい。

「ファニアっ、走れっ！」

イルに握られていた腕を強く引っ張られる。遠心力が付いて、前へと押しやられる。

後ろを振り向くと、すぐ近くにまで赤服が迫ってきていた。そして、たくさんの男たちも、こちらへと向かって走ってきている。

トロアとアーロが倒れているのが目の端をかすめる。

「へっ、ここからは一歩も通さねぇよ」

俺の腕を離したイルが、赤服へと向かっていく。

どうしよう。何が起こっているのかまるでわからない。

俺は非力で、イルを助けることも、男たちに立ち向かうこともできない。

それでも、ここでイルの元へ戻ってはいけないことはわかっている。イルにトロア、アーロが必死に俺を護ろうとしてくれているのがわかっているから。みんなの足を引っ張ることだけは決して、してはいけない。

俺は校舎に向かって走る。振り返らないで必死に走る。涙が溢れてきたが、それを拭う暇なんかない。

ただ、走る。

この学園の生徒は王族・貴族が大多数を占めている。

遠くから来ている生徒は寮に入っているし、通いの者は自分の家が所有する馬車を使って通学する。歩いて通学する者などいないのだ。

寮へと帰る生徒は、正門への道は通らない。馬車を使う生徒たちは、馬車乗り場へと行く。今は、馬車乗り場が生徒たちで混雑しているはずだ。

だから、校舎から正門までの、この道には誰もいない。人っ子一人いない。徒歩で正門へ向かう者は誰もいないはずなのだ。

それなのに、俺が走るその先に、一人の生徒がいた。

「……え、ルーイ？」

ルーイがファニアの方へと歩いてきている。

王都に家があり、平民のルーイは徒歩で通学している数少ない、もしかしたら、たった一人の生徒かもしれない。正門を通って家に帰ろうと、こちらに向かってきているのだった。

「だめだっ。こっちに来ちゃいけない。だめだ――っ」

俺が叫ぶのと、赤服が俺の腕を取るのは一緒だった。

赤服が俺に何かをしたのか、俺は、そのまま気を失ってしまった。

ルーイはいつも通り、正門を通って自宅へ帰ろうとしていた。この学園は無駄に広いため、正門までは、けっこう歩かなければならない。

ふと正門の方へと視線を向けると、誰かがこちらへと走って向かってくる。ファニアの叫び声が響いてきた。

「え、ファニア、どうしたんだ？」

ファニアは必死で逃げていたみたいだが、目の前で赤い服を着た大柄な男に捕まえられ、何かされたのか、ぐったりと気を失った。

「おいっ、お前、ファニアに何をするんだっ」

ルーイは走ってファニアの元へと駆け寄ろうとして、誰かに腕を取られる。

「うわっ、離せ、離せっ」

身を捩って抵抗するルーイだが、ルーイもファニア同様、小柄で非力だ。ルーイを掴んだ男はびくともしない。

「お頭《かしら》、これどうします」

ルーイを掴んだ男は、赤服に問う。

続々と赤服の元へ男たちが集まってきている。怪我をした者も数名いるようで、他の者に肩を借りたりしているが、自力で歩いている。誰一人として欠けてはいない。後ろには、学園の守衛や騎士たちが倒れているのが見える。

「そうだなぁ、邪魔だから、殺しちまうか」

赤服はニヤニヤしながら、捕まえたもう一人の少年を見て、わざと残酷な言葉を吐く。

赤服たちは荒事のプロだ。守衛や騎士たちをわざわざ殺したりしない。優しいからとか矜持《きょうじ》があるからとかではない。ただ単に殺していると時間を取られるからだ。

依頼をこなし無事に逃げおおせる。これが絶対だ。一人でも捕まると、どんな情報が漏れるかわからない。そこから足が付く。だからこそ、わざわざ殺す手間をかけない。長居しない。依頼が達成できたなら、迅速に撤退するのだ。


「お頭、おかしかないですか」

「どうした」

「俺が摑んでいるガキの方が、平民に見えるんですが」

赤服と、少年の腕を摑んでいる男は、気を失っているファニアと、少年を見比べる。

間近で見たファニアは、どう見ても平民には見えない。二人を見比べると、違いは歴然としている。

ファニアも少年も同じ学園の制服を着ている。同じ制服のはずなのだが、色とデザインが同じなだけで、まるで違う物のように見える。

ファニアの制服は、一目見て最高級品とわかる光沢のある布地に、何度も仮縫いをしたであろう、見事な縫製をされている。ピッタリと身体にフィットしており、高級感に溢れている。

片や少年の制服は、既製品と言わんばかりの品物だ。布地も薄っぺらいし、少し大きいのか、肩幅が合っていない。一言で表すならば、安っぽい。

ファニアも少年も驚くほどに可愛らしい容姿をしてはいるが、ファニアは髪にしろ、肌にしろ、艶っつやのスベッスベだ。平民にはあるまじき手入れのよさだ。


「一年生の平民のガキって言われていたんだがな……」

赤服は、困惑して、ポツリと呟く。

赤服が受けた依頼は、王立フリアリスト学園の男子生徒を一人さらうこと。

名前はファニア。一年三組に在籍している平民。特徴としては、男にしては非常に可愛らしい外見をしているということ。

学園は、王族すら通う学校だけあって、警備にしろ情報管理にしろ、厳重にされていた。

外部から侵入するのには無理があるから下調べもできなかったし、ファニアという人物を事前に肖像画等で確認することもできなかった。

自分が仕えている人物から、呼び出し方法を指示され、正門へとファニアを呼び出し、拉致することには成功したのだが、自分が抱えているのが、本物のファニアなのか、赤服には確認する術《すべ》がないのだ。

まさか守衛が間違えた？

ファニアが気を失う前の様子からして、ファニアは少年と顔見知りのようだった。少年とクラスメートなのだろう。

三組に在籍し、男にしたら非常に可愛らしい外見をしている平民。もしかしたらこちらの方が依頼された少年なのではないだろうか。

「おい、お前の名前は何ていうんだ？」

「そんなの教えるわけないだろっ」

少年が猫のようにフーフーと威嚇する。赤服は思案の末、結論を出す。

「そいつも連れていくか」

少年の威嚇を歯牙にもかけず、男はひょいと担ぎ上げる。

「離せっ。離せって言ってるだろうがっ！」

少年の抵抗を無視して、そのまま男は歩きだす。

赤服は、部下全員を連れ、その場を後にする。二人に増えたが、さらった少年たちを指定された場所へ運べば依頼は完了だ。

赤服は思う。依頼の指示が薄っぺらい。もしかしたら依頼した本人も相手のことをよく知らないのかもしれない。そんな相手をよくさらわせようなどと考えつくものだ。

赤服は、自分にファニアをさらうよう命令した人物を思い浮かべる。自分の身分を笠に着て、我儘を押し通すことが当たり前になってしまっているお嬢様のことを。まあ、あのお嬢様には、因果応報の未来が待っているのだろうけれど。

自分が、お嬢様に雇われることになったのは、仕えている方がいて、その方からお嬢様に取り入るように指示があったから。まさかお嬢様から、こんな依頼をされるとは思いもしなかったが。


王立学園を襲った暴漢たちは、誰一人捕まることなく逃げおおせてしまった。守衛室に詰めていた警備騎士二名が重体。残りの一名と守衛二名、駆けつけた警備騎士三名、居合わせた男子生徒三名が重傷を負った。

死者は出ていない。ただ、一年生の男子生徒が二名、誘拐されたのか行方不明となっている。


目が覚めて一番に目に映ったのは汚い窓だった。

「ほえ?」

変な声が出てしまった。いつもの目覚めと違う。なんだか身体中が痛い。

「やっと目が覚めたか」

声の方に目を向けて……。

「えっ、ルーイ、なんでいるの?」

「なんでいるのじゃねぇよ。俺とお前は、賊にさらわれて、ここに閉じ込められているんだ」

「は?」

改めて周りを見回してみると、すごく汚い部屋だ。部屋というよりは、小屋? 狭い小屋の中に、ルーイと俺の二人だけがいる。

記憶をたどってみる。守衛室にいた赤服。いきなり襲いかかってきた大勢の賊たち。

「イル、トロア、アーロ……」

俺について守衛室に来てしまったばっかりに、あいつらは被害に遭ってしまった。賊たちは、明らかに俺を狙っていた。それなのに、あいつらは俺を護ったんだ、自分の身より俺を。

トロアとアーロが倒れていたのを目にした。一瞬だったが、二人の倒れた場所には、血が流れているのが見えた。

ポロリ。一粒涙がファニアの頬に零れる。

だが、それだけだ。

あいつらは絶対死んでなんかいない。俺は、あいつらに、まだお礼を言ってはいない。あいつらに会って、お礼を言って、暑苦しいぐらい看病をしてやる。だから、あいつらは絶対死んでなんかいない。

　ファニアは、自分の胸元をギュッと握りしめると、祈るように目を瞑る。


「ねぇ、俺たちがここに連れてこられて、どれくらい経つ？」

「いや、それほど時間は経ってない。ここに連れてこられて、すぐにファニアは目を覚ましたから。俺たちが入れられている小屋《ここ》も、学園からそんなに離れていないと思う。目隠しされていたから、場所の見当はつかないけど、そんなに長い間、馬車に乗せられてはいなかったから」

　ファニアの問いに、ルーイは答えると、自分の足を少し引っ張る。足に繋がった鎖がジャラリという音をたてる。

「あいつら準備万端じゃねーか。こんなものをちゃんと用意しているんだからな」

　ファニアとルーイの足には鎖がつけられ、その先は柱に結びつけられている。そこまで太い鎖ではないが、人の手では到底切れるものではない。

「ごめんな……」

「はぁ、なんでファニアが謝るんだよ。ファニアが依頼して、俺を拉致したわけじゃないだろう」

「うん。でも、賊が狙っていたのは俺で、ルーイは巻き込まれちゃったんだ」

「やっぱりファニアが謝る必要はないじゃないか」

「ありがとう」

「礼も必要ないよ」

　そっぽを向くルーイだが、その身体が小刻みに震えているのがわかる。当たり前だ、こんな場所に拉致されて、逃げ出さないように足に鎖までつけられている。

　これから何をされるかわからない。

　今まで平民として暮らしてきたルーイにとっては、こんな目に遭うなんて考えたこともなかっただろう。

「俺が護ってやれなくて、ごめん、ルーイ」

　前世を思い出してから、俺はBLゲームを回避しようと、色々なことを頑張ってきた。鍛錬《たんれん》も頑張ったけど、体質なのか遺伝なのか、どうしても俺は小柄で華奢なままだ。

　相手の隙をついて、なんとか逃げ出せればいいのだけれど。

「はあ、お前なんかに護ってもらわなくてもいいよ。ちびっ子が何言ってんだよ。ファニアは落ち着いているな……はぁ、俺はカッコ悪ぃ、こんなに震えてさ」

ルーイは自分の震える手を握りしめる。

「いや、ちびっ子って。ルーイとそんなに変わらないよ。ほぼ一緒だよ」

身長もそんなに変わらないよね。もしかしたら、俺の方が一センチぐらい高いかもしれないよ。

「俺は今まで、ファニアは、ただ可愛がられて、護られているだけだと思っていたんだ……。でもさ、違っていた。いざって時に、そいつのことってわかるよな。なあ、ファニアはさ、こんな時なのに、どうして人を思いやれるんだ?」

「は? 何言ってんの」

ルーイの問いに、俺は驚いて、素っ頓狂な声を出してしまった。

「たまたま俺がさらわれるところに居合わせて、こんな目にあっているのに、俺に文句も言わないで、逆に慰めてくれているのはルーイの方じゃないか」

「えっ、慰めてなんかいないからっ」

ルーイはプイと横を向く。安定のツンだ。

「へへ、ありがとう。俺はさ、アルたちに、すごく大切にしてもらっているんだ。だから、ただ護られてきたっていうのは正解だよ。予定ではムキムキになっているはずだったんだけどね」

俺はおどけて言ってみせる。ルーイは少し笑ってくれて、なんとか落ち着いてきたみたいだ。


バタンッッ!

勢いよく扉が開く。

いきなりの大きな音に、俺とルーイはビックリして抱き合ってしまった。

「まあっ、怯えて抱き合っているだなんて、なんて可愛らしいのかしら」

扉から現れたのは、ルクレツィア=デンハーグ。乙女ゲームの悪役令嬢であり、第一王子アンドリューの婚約者候補筆頭だ。

ルクレツィアは背後に二人の男を連れている。見ると二人とも学園の制服を着ている。知らない顔だから、上級生なのだろう。

男たちはファニアたちを見て、ニヤニヤとゲスい笑いを浮かべている。ルクレツィアも豪奢な羽の付いた扇で口元を隠しているが、その目は弓形に笑んでいる。乙女ゲームの悪役令嬢そのものの顔だ。

「まさかルクレツィア、お前が俺たちをこんな目に遭わせたのか……」

「まあっ、下賤の者は礼儀作法がなっていないわね。私《わたくし》の名前を呼ぶことを許しておりませんことよ。その上呼び捨てだなんて、万死《ばんし》に値しますわ」

ファニアの問いに、ルクレツィアは、つかつかとファニアに近寄りながら、その持っていた扇を畳むと、いきなりファニアの顔を殴った。

「ぐっ」

装飾品の多く付いた扇は固く、ファニアは後ろにのけぞってしまう。頬には装飾品で切れたのか、小さいが傷ができ、血が流れてくる。

「何をするんだっ」

ルーイがルクレツィアに食ってかかろうとするが、足の鎖が邪魔をして、ルクレツィアには届かない。

痛む頬に手を当て、ファニアはルクレツィアを見る。

まさかルクレツィアがこんなことをするとは、思ってもいなかった。ルクレツィアには、あの舞踏会会場で初めて会い、それ以降は会ってはいない。ほぼ接点がない相手だ。

それなのに、賊たちが狙っていたのはファニアだった。はじめからファニアが目的だったのだ。

どういうことだ？

「私がどんな辱《はずかし》めを受けたか、お前はわかっているの？　公爵令嬢である私が、舞踏会の会場で、皆の前で拘束されたのよ。まるで罪人のように、後ろ手で縛られて。どれほどみじめな思いをしたか。全部ぜんぶ、お前のせいよ。平民で卑しい身分のくせに、私を辱めるなど、許されることではないわっ」

屈辱を思い出したのか、ルクレツィアは扇を強く握りしめる。表情は、令嬢とは思えないほどに醜く歪んでいる。

あの舞踏会で、ルクレツィアは、集まっていた生徒たちの前で、手を後ろに縛られ、罪人として会場から連れ出された。

今まで筆頭公爵の孫として、高みにいた自分が、嘲笑の的になったのだ。

それ以来、学園では、周りの生徒たちから、陰口を叩かれているように思えて、ルクレツィアの怒りは収まらない。

当たり前のことをした自分が、なぜこれほどまでの侮辱を受けなければならないのか。それも、三組に在籍する平民のために。

アルフレッドがファニアのことを婚約者などと言ってはいたが、そんなはずはない。王族のアルフレッドが、平民の、しかも男を婚約者になどするはずはないのだから。つまらない冗談を言ったのだろう。

「俺に辱めを受けたっていうのなら、ルーイは関係ないだろうっ。ルーイを解放しろっ」

鎖に引き留められてルクレツィアには届かないが、ファニアは精一杯ルクレツィアの近くまで行く。関係のないルーイをこれ以上酷い目に遭わせるわけにはいかない。

「フン。そいつもアルフレッド殿下たちにチョロチョロとまとわりついて邪魔でしたの。ちょうどよくってよ。一緒に反省すればいいのですわ」

ルクレツィアにすれば、王族に高位貴族以外の者がまとわりつくのは、気に入らない。気に入らないというだけで、取り返しがつかないほどの残酷な行為を相手にしようとしているのに、ルクレツィアの考えは軽い。

「ルクレツィア、お前は自分がやっていることがわかっているのか。これは犯罪だぞ。今だったら、まだ間に合う。俺たちを解放しろ」

ファニアはルクレツィアをなんとか思いとどまらせようとする。

だがファニアにはわかっていた。ルクレツィアがやったことは、もう取り返しがつかないということが。

賊を学園に引き込んだことだけでも大罪だというのに、賊は守衛や騎士たち、そして生徒にまで手を出した。ルクレツィアが主犯だとするならば、許されることではない。

ルクレツィアは鎖で繋がれ、自由を失ったファニアやルーイを見下しながら笑みを浮かべる。絶対的な立場にいる満足げな笑みだ。

「罰を与えて差し上げるわ。まあ、下賤な身分のお前たちがどんなみじめな思いをしたとしても、私が受けた辱めには、遠く及ばないでしょうけれどね」

ルクレツィアは扇で口元を隠すと、後ろにいる男に目で合図を送る。男二人はにやけたまま前へと出てくる。

「私の知り合いを連れてきましたのよ。この方たちが、お前たちに罰を与えてくださるそうなの。この方たちは、最初はどんなに嫌がっている男の子でも、ちゃんと従順になるよう躾けることができるのですって。あなたたち平民が貴族、それも高位の方々に相手をしてもらえるなんて、ありがたいことで罰とはいえないかもしれませんわねぇ」

ルクレツィアは、さも楽しそうにコロコロと笑う。扇から出ている目は決して笑ってはいないが。

ルクレツィアは罰をファニアたちに与えるとは言っているが、本当の目的は、ファニアをアンドリューから引き離すことだ。

アンドリューがファニアに興味を持ち、色々とファニアのことを調べているのをルクレツィアは知っている。アンドリューの動きを、ルクレツィアは祖父である公爵の手まで借りて、調べ上げているのだから。

ルクレツィアは、未だアンドリューの婚約者にはなれていない。祖父や叔母であるアルガリーナ第二妃に頼み込んでも、アンドリューが〝うん〟とは、言わないのだ。

もどかしい思いをしていたルクレツィアだったが、今までアンドリューが、他の誰にも興味を示さなかったから、無理に手を回すことはしなかった。

それなのに……。

卑しい平民のくせに、自分が切望しているアンドリューの寵愛を奪おうというのか。

下賤な平民のくせに、自分の場所であるはずの、アンドリューの隣に居座ろうというのか。

許さない。許されるはずがない。

アンドリューに気づかれる前に、ファニアを処分してしまわなければならない。

簡単なことだ。穢《けが》してしまえばいい。今までも気に喰わない侍女や下位の同級生にしてきたようにすればいいだけのことだ。

「こんなことをして、ただで済むと思っているのか？貴族だろうと王族だろうと、犯罪に手を染めていいわけがないだろう。なぜこんなことをするんだっ」

「まあ、平民が私にお説教？　笑ってしまいますわ。わかっていないのは、お前の方よ。私たち貴族とお前たち平民は違うの。全てが違うのよ。お前たち平民は、私たち貴族に生かされているの。生きているのを許してもらっている立場なの。それがなぜ理解できないのかしら。頭が悪いこと。これだから下賤の者は嫌なのよ」

ルクレツィアは手に持っている扇を開いたり閉じたりしながら、その場に座り込んでいるファニアを見下ろす。ルクレツィアの言葉は本心なのだろう。ルクレツィアにすれば、それが常識なのだ。

ファニアの話は通じない。

ルクレツィアは、ファニアたちの怯える顔が見たいのだ。自分が連れてきた男たちに、ファニアたちが蹂《じゅう》躙《りん》され、泣き叫ぶ様が見たいのだ。

自分を犯罪者のように扱ったことへの罰を与えるために。二度とアンドリューとは会えなくさせるために。

ファニアは、助けが来ることを確信している。絶対にアルフレッドは来てくれる。だから、それまでなんとか自分たちで身を護らなければならない。


ここにはファニアたちを捕まえた赤服たちはいない。ルクレツィアと、制服を着た二人の男だけだ。この三人をどうにかすれば、この小屋から逃げられるだろう。

……だが、赤服たちが小屋の外にいたら？　ルーイの思い違いで、学園からとても遠いところに連れてこられていたら。アルたちに見つけてもらえるだろうか。

ファニアは頭を振る。悪い方へ考えては駄目だ。今はできることをやるんだ。ファニアはルクレツィアへと向き直る。

「賊を学園に引き込むなんて、お前一人で考えたことではないだろう？　だって令嬢のルクレツィアにすれば、どうやって荒くれ者たちと関わりを持てばいいのかなんてわからないはずだもんな。誰に何を吹き込まれ、手引きされた？　そいつはルクレツィアを利用しようとしているだけだ。そんな奴に乗せられたら駄目だ」

ルクレツィアの目をなんとか覚ますことができればとファニアは言い募る。

「フン。見苦しいわね。そんなことを言って気を引こうとしても、時間の無駄ですわよ」

自分は勝者だと思っているルクレツィアの態度は変わらない。ファニアの訴えは届かない。

「誰かが手を貸してやると言ったんだろう。屈辱を晴らしてやるとか、プライドを護ってやるとか、そんなことを言われて、話に乗せられてしまうなんて……。なんで使い捨ての駒にされようとしているのがわからないんだよ。ルクレツィアは騙されているんだ。今目を覚まさないと大変なことになってしまう」

可愛らしい外見のファニアを、ただ愛玩されているだけの存在だと思っていたルクレツィアは、ファニアの物言いに驚きを隠せない。

「ルクレツィアを唆《そそのか》した奴は誰？　本当の名前を知っているの？　居場所はわかっているの？　連絡はまだつくの？　もうルクレツィアの前からいなくなっているんじゃないの？　どこを探しても、もういないいんじゃないの？　そいつは証拠を残さずに、罪をルクレツィア一人にかぶせようとしているんだよ。もうやめようよ。こんなこと続けたら駄目だ。罪が重くなるだけだよっ」

「うるさいっ!!」

ファニアの言葉に、ルクレツィアは図星を指されたのか、激昂《げっこう》する。令嬢にはあるまじきことに、ファニアを足で蹴りつけた。

ハイヒールで肩を蹴りつけられたファニアは、呻《うめ》き声を上げてうずくまる。それでも、なんとか顔を上げ、ルクレツィアを睨《にら》みつける。

「お前に何がわかるというのっ！　私は傷つけられたのよ。大事な誇りを傷つけられたの。大勢の前で、罪人のような扱いを受けた私の屈辱がお前にわかるわけがないわっ」

「何が屈辱だっ。自分を悲劇のヒロインだとでも思っているのか？　お前はヒロインじゃない、貴族令嬢だ！　貴族令嬢ならばわかるだろう。貴族が罪を犯した時はどうなるか。罰は本人が受けるだけじゃ済まない、〝家〟が責任を取らなければならなくなる。デンハーグ家だけじゃない。本家や他の分家にまで累が及ぶ。お前の従兄というだけで、アンドリュー殿下までもが罪に問われるんだ。おまえはアンドリュー殿下の婚約者になりたいとあがいているのかもしれないが、殿下を窮地に追い込むことになると、なんでわからないんだよっ!!」

ファニアは叫ぶ。

アンドリュー殿下と会ったのは二回。たったそれだけだ。それでも優しい人だった。突き飛ばしたファニアのことを心配するような優しい人だったのだ。

ファニアの指摘にルクレツィアは一瞬動きを止める。まるで自分のしていることに、やっと気がついたように。

「わたく、し、は……」

ルクレツィアは何かを言おうとして、言葉が出ないのか、また口を閉ざす。

「まあまあ、ルクレツィア様。こんな下賤の者の話を真に受けてはなりませんよ。私たちが今から、こいつらが何も言えないように、ちゃんと躾けて差し上げますから。ルクレツィア様が憂えることはなんにも、ありはしないのです」

今まで黙っていた男が、ルクレツィアに向けて、安心させるように言葉をかける。

「そうですよ、ルクレツィア様。この下賤の者たちは、これから何も言えなくなるのです。ルクレツィア様がこんな者たちに関わったなど、誰にもわかりません。心配は一切ないのですよ」

学園の制服を着た男たちだが、まるで学生には見えない。荒《すさ》んだ生活を続けてきたような、薄汚れた雰囲気を纏っている。

「これほどの上玉だ、たっぷり楽しませてもらえるな」

「楽しむだけ楽しんで、飽きたら売り払えばいいからな」

男たちは思いつめたようなルクレツィアの横で、クスクスと笑いながら自分たちだけに聞こえるような小声で話し合っている。

「さあこれから先は、ルクレツィア様は見ない方がよろしいでしょう。私たちが、ルクレツィア様の受けた苦しみを、ちゃんとこの者たちにわからせてやりますから。それに、このことが外に漏れることはありませんよ。この者たちは、このことを外に話すことは、できなくなるのですからね」

男は笑んだまま、ルクレツィアの背中をそっと押す。そのままルクレツィアは小屋の扉の前へと連れていかれる。ルクレツィアは、のろのろと扉の取っ手に手をかける。

小屋の窓は小さいうえに酷く汚れていたため、小屋の中は薄暗かった。扉が開くにつれて陽の光が小屋の中へと入ってくる。

そして、ルクレツィアが扉を開ききった時、その向こうに、大勢の人がいることに気がついた。

大勢の人たちがルクレツィアを目指して駆けてくるのが見えたのだ。


ガッシャァーンッ！

小屋の窓が破られ、何人もの人が中へと飛び込んできた。扉からも大勢の人が雪崩れ込んでくる。

小屋にいた男たちの怒声。入り込んできた者たちの声。

ルクレツィアはもちろん、男たちもすぐに拘束された。それらのことをルクレツィアは、まるで夢の中の出来事のように感じていた。

ルクレツィアは腕を後ろに捻《ね》じ上げられ、跪《ひざまず》かされた。令嬢への扱いではなかった。まるで犯罪者のような扱いだ。

周りの者たちが、自分に何か声高に話しかけているようだが聞こえない。声は聞こえているが、理解できない。

跪かされたまま、視線をノロノロと上げると、そこにはアルフレッド第二王子がいた。その美しい顔を憤《ふん》怒《ぬ》の形相にして、ルクレツィアを睨んでいる。

王族ならば高貴な自分を助けてくれるはずだ。ルクレツィアはアルフレッドに手を伸ばそうとして、それができないことに困惑する。

ルクレツィアの腕は両方ともに拘束され、後ろで縛られているからだ。

なぜ？

ルクレツィアは、何が起こっているのか理解することを放棄している。わからないから。何が起こっているのか、受け入れられないから。

令嬢の自分に異性が触れるなんて、以《もっ》ての外《ほか》なのに。令嬢の自分がこんな汚れた床に跪かされることなど、あってはならないのに。

腕が痛いわ。

せっかく纏《まと》めてきたヘアスタイルが乱れてしまったじゃない。ドレスの裾が汚れているわ。ああ、侍女を連れてこなかったのがいけなかったのね。誰か早くお父様に連絡してくれないかしら。

ルクレツィアは、そのまま連行される。おぼつかない足取りで、フラフラと。

ただ一言『自分の部屋に戻って紅茶を飲みたいわ』
そんな言葉を残して。

雪崩《なだ》れ込んできた騎士の一人が剣の柄頭《つかがしら》で、ファニアとルーイにつけられていた鎖を断ち切ってくれた。

王宮に戻ってから、きちんと取り外してくれるらしい。

「アルッ！」

床に座り込んでいたファニアは、よろけながら立ち上がると、アルフレッドのもとへと駆けていき、迷わずに抱きつく。

「来てくれて、ありがとうっ」

アルフレッドが扉から小屋の中へと入ってきた時、ファニアは嬉しかった。自分を助けに来てくれたのだ。

不気味な男たちから何をされるのかと、恐怖に囚われていた時に、アルフレッドたちが来てくれた。

安堵に力が抜けていく。

アルフレッドに抱きついたまま、ズルズルと座り込みそうになっていると、アルフレッドに抱き上げられ、強く抱きしめられた。望んでいたから、嬉しくて、力の出ない腕でアルフレッドへとしがみつく。


「ごめん。ごめんファニア」

アルフレッドの声は震えている。


ルーイには気づかれてはいないが、ルーイには常に四名の護衛が付けられていた。それは学園の中だけではなく、ルーイが自宅にいる時も続けられている。

だから、学園から帰宅しようと、正門へと向かっていた時も、ルーイには護衛が付いていたのだ。

護衛たちは、ファニアとルーイが襲われた時、助けに入ることはしなかった。物陰にそのまま隠れていたのだ。賊の人数の多さに、自分たちだけでは、ファニアとルーイを助けることはできないと、とっさに判断したためだ。もちろんファニアとルーイに、命の危険が迫るようならば、すぐにでも飛び出していくつもりではあったが、確実に二人を助けるため、護衛たちは助けを呼びに行く者と、二人がどこに連れていかれるか見極める者に分かれることにした。

ファニアたちが襲われたことは、アルフレッドたちへと知らされた。アルフレッドは、すぐにファニアの元へと駆けつけたかった。

だが、それはできなかった。

今、アルフレッドがファニアの元へ行き、賊たちを捕まえたとしても、賊たちを裁くことは難しい。ましてや黒幕を引きずり出そうとしても、それは叶わないのだ。

アルフレッドたちが、自作自演で事件を起こしたと言われ、有耶無耶《うやむや》になって終わるだけだ。ファニアたちを襲わせた黒幕は、それほどの権力者だ。

だからこそ、こちらも権力《ちから》のある第三者が必要だった。事件の目撃者としての、第三者が。

アルフレッドは、学園の最高責任者である学園長を探し回り、見つけ出すと有無を言わさず、ファニアが囚われている場所へと引っ張っていった。

早く、早くファニアの元へ。一刻も早くファニアを助け出さないと。アルフレッドの焦燥感は強まっていく。

第二王子派の御大《おんたい》と呼ばれる黒幕は、ファニアを排除しようと動きだしたのだ。今までも、そういう動きはあった。だが、それは他の第二王子派の者たちが先走ってやっていたことだ。アルフレッドたちが先手を打って潰すことができていた。

それが、御大が動き出した途端、この体たらくだ。アルフレッドたちは、まんまと出し抜かれた。苦い思いがアルフレッドの胸に渦巻く。

御大はルクレツィアを使うことによって、筆頭公爵を完全に潰し、なおかつファニアを亡き者にしようとした。アルガリーナ第二妃に続き、今回の件で筆頭公爵までもが一線から退くことを余儀なくされたのだ。

第一王子派は、もう何もできない。完全に終わりだろう。

御大の思い通りだろうが、ファニアを排除しようなどと、俺は許さない。絶対に、そんなことはさせない。

それなのに、アルフレッドの思いとは裏腹に、ファニアを危険な目にあわせてしまった。

ファニアの温かい身体を抱きしめ、安堵と罪悪感、焦燥感……様々な感情がない交ぜになっていく。

「ファニアごめん。俺のせいだ」

アルフレッドの声は震えている。抱きしめられたままのファニアは身動きが取れない。それでもなんとか届いたアルフレッドの髪にキスを送る。

「ルーイと一緒に捕まった時、あいつらの目的は俺だ

って、すぐにわかったんだ。だから、巻き込まれたルーイに、申し訳なくて俺は謝った。そしたらさ、ルーイは謝るなって。お前が拉致を企てたわけじゃないのなら謝る必要はないって言ったんだよ」

ファニアの手は優しくアルフレッドの頬を撫でる。

「アルが謝る必要なんてないんだよ。それどころかアルは俺を助けに来てくれたじゃないか。すごく嬉しかったし、扉から入ってきたアルは、すっごく格好よかった。大好き」

ファニアはアルフレッドの好きなフニャリとした笑い顔をすると、アルフレッドの胸へと顔をグリグリと押しつける。

アルフレッドは、しばらくの間ファニアを抱きしめたまま動かなかった。

相手が誰であろうと絶対に、この愛しい存在を護ってみせる。アルフレッドは、ファニアを抱きしめる腕に力をこめるのだった。

15. お見舞い

あれからどうなったか、アルは詳しく教えてはくれない。

ただルクレツィアは、重い病気にかかり、田舎の保養地に病気療養のために移っていったらしい。回復が見込めないため学園は退学してしまった。

ルクレツィアの両親は娘を心配して、ルクレツィアの療養先にともに行ったそうだ。跡取りだった弟は、幼かったこともあり、子どものいない子爵家に養子に入ることが決まった。

筆頭公爵は歳を理由に公爵の位を息子夫婦に譲《ゆず》って引退しようとしたが、長男は娘のルクレツィアとともに、療養先に行ってしまったため、次男へと爵位を譲ることにした。しかし経験の浅い次男では、筆頭公爵の職務を担《にな》うことができないということで、領土の大半を王家に返上。筆頭公爵の位も返上した。

アンドリュー殿下に関しては、なんら変わりはないのだが、後ろ盾を完全になくしたことになる。王位継承は事実上不可能になったといえる。

ルクレツィアとともに小屋に来ていた二人の男は、学園の制服を着ていたが、現役の生徒ではなく、卒業生だったそうだ。ルクレツィアの取り巻きの兄弟だったらしく、素行が悪く、問題も多く抱えており、家を追い出されていた者たちだったらしい。どのような刑に処せられたのかアルは教えてくれないけれど、一生会うことはないと、ただそれだけ言っていた。

ルクレツィアを唆《そそのか》した誰かと赤服たちは、消えてしまっていた。一切の痕跡がなく、アルたちにもどうにもできなかったらしい。

俺とルーイが救出されてからすぐに、俺はイルたちの安否を尋《たず》ねた。三人とも重傷は負ったものの、命に別状はないと聞かされて、安堵のあまり、俺はギャン泣きしてしまった。

本当はすぐにでも、イルたちの見舞いに行きたかったのだが、なかなか実現しなかった。

俺一人でお見舞いに行くのは以ての外と言われたし、アルたちは事件の後始末でバタバタしていたからだ。

やっと念願叶って行くことができたのは、一週間ほど経《た》ってからだった。

三人は同じ病室にいた。

俺は感極まって、三人に抱きついたうえ、イルから順にホッペスリスリをしようとしたところで、一緒に来ていたアルに首根っこを摑まれて、イルから引き離された。

そーだよねー。野郎にホッペスリスリとか気色悪いよねぇ。お礼を言うはずが、嫌がらせをしたらいけない。反省反省。

「ありがとう。俺を護《まも》ってくれて、ありがとう。こんな言葉だけじゃ足りないけど、本当にありがとう」

生きていてくれて嬉しい。俺は恥ずかしいけど、ポロポロと涙を流しながら、頭を下げる。

「女神だ、女神がいる」

「尊すぎて、目が潰れる」

「可愛い、いや、美しい」

三人の反応はよくわからないが、俺は初志貫徹の男。ちゃんと暑苦しいぐらい看病をすることにする。

「はい、アーンして」

「せっかく生きながらえたのに、殺されたくはありません」

せっかく俺が擂《す》ったリンゴをスプーンで口元まで運んでいるのに、イルは冷たい。

「えー、リンゴ嫌だった？　ケーキの方がいい？」

イルのベッドの隣に置いた椅子に座って、イルにスプーンを差し出していたのだが、ちょっと遠い。いや決して俺がチビだということではない。

俺は面倒くさいから、イルのベッドの上によじ登ろうとして、またもアルに首根っこを掴まれて、イルから引き離された。

そーだよねー。病人のベッドに乗ったりしたら駄目だよねー。反省反省。


なんと、イル、トロア、アーロの三人は、ゼルナイトの直属の部下なんだと。学園内での俺の護衛として付けられていたらしい。

おいゼルナイト、学生のくせに部下がいるって、なんなの。上司なの？　偉いの？

「ですから、ファニア様が俺たちに感謝する必要はありません」

イルはそう言うけど、それがどーした。


「イル、トロア、アーロが俺を護ってくれたことに変わりはないよ。俺がこうして無事でいられるのも、三人のおかげだもん。ゼルナイトの部下だろうが、職務だろうが、あんなに大勢の賊に対して立ち向かってくれたじゃんか。俺を置いて逃げたってよかったのに」

「いえ……」

トロアが赤い顔をして、下を向いてしまった。

「それにファニア様って、なんだよ。喋《しゃべ》り方が変だよ。いつも通り喋ってよ」

「いえ、そういうわけには」

教室の中では、クラスメートとして、気安く話しかけてくれていたのに、いきなりの他人行儀に俺はむくれる。

「俺は知っているんだからな」

俺は膨《ふく》れた頬のままに思う。


舞踏会会場で恥知らずな行いをした公爵令息がいるという噂が流れた時、噂の主が誰なのか、皆は知りたがった。

学園から入学者一覧は正式に公開されている。

今年度入学した公爵家の子どもは四人。

ジュリア＝ジーザース。

フランソア＝アレガイナ。

ジェイド＝ローライト
ファニア＝アージニア。

女子生徒二人と男子生徒二人。

噂の主は男子生徒なのだが、ジェイド＝ローライトはアルフレッド王子の側近として有名な人物だ。人懐っこい雰囲気と、明るく気さくな態度で、身分の隔たりなく誰とでも、すぐに打ち解け、親しくなる。そんな人物だ。恥知らずな悪役令息なわけがない。

そうなると、噂の公爵家令息は、残りの一人、ファニア＝アージニアとなる。

しかし、誰一人としてファニア＝アージニア公爵令息のことを知らなかった。アージニア家は、古くから続く高位貴族で、その公爵家の子息のことを知っている者がいないなんてことが、あるのだろうか？　交流のある者がいないなんてことがあるのだろうか？　そのうえ、高位貴族が在籍するはずの一組にいないなんて……。

それでも公爵家の子息だというのならば、ファニア＝アージニア以外の選択肢は無い。


噂の恥知らずな悪役令息はファニア＝アージニアで決定してしまったのだ。

学園中にその噂が広がった時、俺はこのまま悪役令息になってしまうのだと思った。

皆にだんだんと嫌われていき、最後には断罪されるのだと。俺は暗い思いに囚われそうになってしまった。

そんな俺の憂いを吹き飛ばすように、イル、トロア、アーロは声高に言ってくれた。〝ファニア＝アージニアはファニアにあらず。ファニアは悪役令息ではない〟のだと。

クラス中の皆に聞こえるように、皆に知らしめるようにイルたちは、俺を護ってくれていた。身体はもちろうに。笑い飛ばして、噂を吹き飛ばしてくれたのだ。

ん、俺の心まで、護ってくれていたんだ。


「やっぱり、暑苦しいぐらい、看病するからねっ！」

「命の危険を感じるので、遠慮します」

「なんでーっ」

「ファニア様の後ろに大魔神がいるからです」

「ファニア様なんて呼ぶなー」

「うわぁっ、抱きつかないでくださいっ。俺は無実ですっ！」

「ぐわあっ。アル、首締まる。締まるから離して」

「ファニアッ、イルにベタベタするなっ」

「大丈夫だよ。トロアやアーロも、ちゃんと看病するよっ」

「違うっ、そうじゃないっ」

「「「お願いします。俺たちを巻き込まないでください」」」

イル、トロア、アーロがともに青い顔をしている。

俺はその日、見舞いに行って、見舞い相手の具合を悪くさせたのだった。なぜ？　首をひねる俺だった。


一緒に囚われたルーイだが、あの事件以降、学園には来ていない。

熱を出して寝込んでいるらしい。それはそうだろう。あんな目にあったのだ、トラウマものだと思う。俺は前世があって、ルーイよりは、おじさん（？）だから、少しは耐性があるけど、それでもすごいショックだった。

俺の場合はルーイとは逆で、誰かが側《そば》にいないとダメだった。だから、教室の中には人がいっぱいいて安心できた。アルたちからは止められたけど、次の日から学園に登校している。

問題は夜で、怖くて一人で眠ることができなくなってしまった。そんな俺のために、忙しいだろうに、アルは、俺が眠りにつくまで毎日手を繋いでくれていた。

事件から一週間が過ぎ、俺も落ち着いた。もう、アルに手を繋いでもらわなくたって眠れる。ただ寂しいだけだ。言わないけどね。

やっとイルたちのお見舞いに行けたから、次はルーイのお見舞いに行くことにする。

アルは忙しくて無理だったから、ジェイドとゼルナイトについてきてもらった（他にも騎士様たちが、大勢ついてきてくれている）。

いや、一人で行けるって言ったんだけど、誰一人聞いちゃくれなかったんだよねぇ。

ルーイの家は、大通りから一本入ったところにあった。

布地の卸問屋《おろしどんや》だそうで、一階が店舗、二階が住居になっているようだ。思ったよりも大きな建物だったけど、ちょっと……かなり古びていた。

「うわぁ、ファニアお前公爵令息だろう。なんで平民の家に来るんだよ」

「えー、せっかくお見舞いに来たのにぃ、追い出さないでよ」

俺を一目見たルーイは、ゲンナリとした顔をする。

いきなり行くのはまずかろうと、ちゃんと連絡を入れたんだけど、ルーイのご家族にすれば、高位貴族が何人も押しかけてくるんだから、そりゃあ慌てるよねえ。

玄関の前に家族&使用人の人たちが全員、頭を下げて待っていてくれた。気を遣わせてしまって申し訳ない。

「ま、しょうがないから入れよ」

一組で揉まれたからか、ルーイだけは、普通の態度だ。ご両親が青い顔をして『応接室にーっ』と、言っているが、ルーイは、素知らぬふりで、自分の部屋へ俺たちを通してくれた。

六畳ぐらいの、この世界にすれば、すごく狭い部屋だ。前世の記憶のせいで、どうしても広さは畳で換算してしまう。

それでも、男の子の部屋って感じで、好感が持てる。部屋の片隅に、脱ぎっぱなしの上着が落ちているのが、なお良し。

テーブルセットなんかないから、俺とジェイド、ゼルナイトはルーイのベッドへ腰掛けさせてもらっている。ルーイは俺たちの足元にクッションを置いて直に座っている。

「ねー、俺たち見舞いに来たのに、見舞い相手のベッドを占領したらだめだと思うんだ」

「はぁ、お貴族様を床に座らせるわけにはいかねえだろうが」

「いやぁ、そうなんだろうけどさぁ」

ルーイは元気そうで、もう熱はないようだ。寝込んではいなかったけど、見舞い客として、何か間違っていると思う。

「あ、俺さぁ、学園辞めることになったから」

「えっ！」

ルーイは軽い口調で、サラリと重大なことを言う。

「え、嘘、ホントに？」

「ホント。このまま学園にはもう行かないんだ」

ルーイはもう心を決めているのか、スッキリとした顔をしている。

「ちょっと待って！　え、えええ、どうしてぇ。あ、いやいや、あんなことがあったから、学園を辞めたいと思うのはわかるけど。わかるけどさぁ、でもでも主役。主役だからっ！　ルーイは主役なんだよ。ルーイがいなくなっちゃったら、ＢＬゲームはどうなるんだよっ」

俺は混乱してしまう。

だってＢＬゲームは学園の中で繰り広げられるんだ。主役がいなければ、ゲーム自体が成り立たないじゃないか。

「ど、どうしたファニア。お前が何を言っているのかさっぱりわからないんだけど」

俺の剣幕にルーイがドン引きしている。

「だって、だって、ルーイが学園を辞めるだなんて……どうして、なんでぇ。ゲームはどうなるんだよぉ。こんなエンドって、んん？　……もしや、俺が知らないだけで、ゲームが進んでいたりとかしているのでは？　な、なぁ、突然だけどさ、ルーイが好きな人って誰？」

思わずベッドから降りて、俺はルーイに迫ってしまう。

「うえっ。な、なんだよ、藪《やぶ》から棒に。いきなり恋バナっておかしくないか？」

床に直に座っていたルーイは、ジリジリとお尻で後ずさる。

「ルーイ。お前は努力して学園に入学したようなことを言っていたが、辞めてもいいのか？」

今まで口を開かなかったゼルナイトが、ルーイに迫る俺をヒョイとベッドへと戻す。俺は簡単にベッドに戻されて、なんだか面白くない。

俺だって、お前ぐらいデカくなったら、それぐらい簡単にできるようになるからな。

「えっとぉ、もういいっていうか。バレちゃったっていうか……」

なぜかルーイは赤くなって口ごもる。

なんだろう。いつも強気のルーイが、可愛いんだけど。

「失礼いたします」

ノックの音とともに、小さなテーブルを抱えた男性が入室してきた。男性は俺たちの前にテーブルを置くと、続いて入ってきた、使用人らしき人が持っていたトレイを受け取って、テーブルの上に、お茶とお菓子を置いてくれた。

使用人はそのまま戻っていったが、男性は俺たちに頭を下げる。

「ルーイの兄でローン＝イシスと申します。弟が大変お世話になっております」

赤茶色の髪を短く切った、体格のいい美丈夫さんだ。二十代の半ばぐらい？　ルーイとは歳が離れている感じだ。

「いえ、こちらこそ弟さんには、ご迷惑をかけてしまいました」

ジェイドが代表で挨拶《あいさつ》をする。

今回ジェイドはアルフレッドの名代《みょうだい》としての役目を担っている。

ルーイは学園内で起こった不祥事に巻き込まれた被害者だが、加害者が貴族。それも高位貴族だから、外部に事件のことを知られるわけにはいかない。

それでも学園側は、ルーイは被害者なのだからと、できる限りの情報開示をしているらしい。

たぶん、俺よりルーイの方が、事件の内情を知っているだろう。学園側の誠意に対して、ルーイのご家族も納得されているらしい。

「ルーイのお兄さん。ルーイは学園を辞めてしまうんですか？」

俺はまだ混乱中だ。

ＢＬゲームがいつかは終わるとはわかっている。だけどこんな形で終わるなんて、俺は想像もしていなかった。

「ええ、もう危ないまねをさせるわけにはいきませんので」

お兄さんは柔らかい表情で、隣のルーイを見る。ルーイは少し首を竦《すく》めて、お兄さんから目を逸《そ》らす。

ん、んん？　なんなの、この雰囲気。

お兄さんが『もぉ、ダメだぞぉ』ってな感じで、ルーイが『わかってるよぉ』と、返しているみたいな……二人の距離が近いんですけど。

お兄さんは、直に座っているルーイの隣に腰を下ろしたのだけど。男兄弟って、そんなに引っついて座るものなの？　お兄さんはなんで座っているのに、ルーイの腰に腕を回しているの？　俺の頭に？マークが何個も浮かんでしまっている。

「あ、兄貴、近いだろう」

「そうか？」

ルーイとお兄さんのやり取りも、なんだか甘い。

「ほら、事件の後に、俺や家族に学園が色々説明してくれたんだけど。その時に、俺に付いていた護衛が応援を呼びに行ってくれたって話になってさ。兄貴になんで俺に護衛が付いているんだって、突っ込まれて。んで、バレちまったんだ」

ルーイは頭をポリポリと掻く。

「まさか学園に入った目的が、我が家のためだったなんて、ルーイに申し訳なくて、不甲斐《ふがい》ない自分が情けなくて」

「違うっ！　兄貴が不甲斐ないなんてことないからっ。俺が勝手にやったことだから」

ルーイとお兄さんが、言い合っているのだが、なんだかイチャイチャしているように見えてしまう。見ているこちらの方が、恥ずかしいというか、いたたまれないというか……。

だが、俺には、二人が何を言い合っているのかわからない。

ルーイが学園に入った目的とか。どういうこと？

だって、学園に入学したのは、特待生だからだろ？

頭に？マークを付けながら、隣のジェイドに聞いてみた。だって、ルーイはイチャイチャするのに忙しそうで、声をかけづらかったから。

「ファニアってば、箱入りすぎ。特待生になろうとしたのが、家のためだって言っているんだよ」

ジェイドに残念な子を見る目で言われた。その上、『話が進まないから黙っていようねー』って、口を塞がれた。ムカつく。

ピコン！

俺の記憶の蓋《ふた》が開く。そして、今まで思い出せていなかったBLゲームのストーリーの一部が鮮明に蘇《よみがえ》る。

「あーっ、隠れ攻略対象者っ!!　そうだよ、そうなんだよ。なんで今まで思い出せなかったんだろう。ローン＝イシス。血の繋がらない主人公のお兄さん。攻略対象者たち全ての好感度を上げることなく、ゲームを進めていくと、やっと登場する隠れ攻略対象者っ！」

俺は口を塞いでいたジェイドの手を振り払って、お兄さんを指差して叫んでしまう。

今まで思い出すことの出来なかった隠れ攻略対象者の記憶を鮮明に思いだしたのだ。

「えーっ、ルーイってば、お兄さんが好きだったの？　そんでもって両想いになっちゃったの。え、そうなの？」

「な、何をっ」

ルーイは言葉が続かないのか、パクパクと口を開け閉めしている。真っ赤になったその顔が、答えのようなものだ。

「おい、何訳のわからないことを言っているんだ」

ゼルナイトとジェイドが不思議そうにこちらを見ている。

「きっとあれだよ、我が家のためにルーイが学園に入学したって、お兄さんが言ってたじゃん。でもルーイは、家よりも兄さんのためにーっとか、言っちゃったんじゃないの。んで、お兄さんも実は俺もルーイのことがって……」

「うわぁぁぁっ、やめろぉっ!!」

ウンウンと一人納得している俺に、ルーイが襲いかかってきた。俺の口を乱暴に塞ぐ。

ハハハ、ルーイ君忘れているのかい、俺ってば公爵令息だよ。高位貴族だよ。狼藉《ろうぜき》を働いちゃって、フレンドリーだな。

「そうかぁ、お兄さんが好きだったんだねぇ」

「だから、喋るなっ」

真っ赤な顔をしたルーイは、なおも俺に襲いかかってくる。

そんな俺たちのことを周りの者たちは、ポメラニアンとチワワが戯《たわむ》れていると言って、失礼にもホンワカ見ていた。止めろよ。


隠れ攻略対象者が血の繋がらない兄、ローン＝イシスだとわかった時、ゲームをプレイしていた腐《フ》なお嬢様たちは怒り狂った。

王子を振って、貴族の子息たちを振って、なんで平民と結ばれるのかと。主人公は玉の輿《こし》に乗って、幸せになるストーリーじゃないのかと。

だって、兄を選ぶと、いい生活は送れない。あまり繁盛していない商家を盛り立てていくことになるからだ。

でもさ、俺は一番幸せだと思うんだ。大好きな人と一緒に、大好きな両親と暮らしていけるんだ。生活は楽じゃないかもしれないけど、のびのびとルーイは生きていくんじゃないかなぁ。

「アルフレッド様から、今までの役目、ご苦労であったとの、お言葉と、こちらを預かってきました」

ジェイドが、ローンお兄さんに手紙のようなものを渡す。

「こ、これは……」

ローンお兄さんの手紙を持つ手は震えている。

「アルフレッド殿下からの紹介状だ。ジェーン正妃様が今度の夜会でお召《め》しになるドレスの生地を、イシス商会の品から選んでもいいとおっしゃっている」

王都とはいっても、下町にある商会の品を王妃様が身に着けるなど、ありえることではない。商会にすれば、どれほどの僥倖《ぎょうこう》だろうか。

王室御用達《おうしつごようたし》の御用商人のブランドが手に入るかもしれないのだ。アルフレッドからの紹介は今回一回限り。次回に繋げられるかは、自分たちの腕次第だ。

「ありがとうございます」

俺たちは、深々と頭を下げるローンお兄さんとルーイに見送られて、帰途に就いた。

学園を辞めるルーイには、なかなか会えなくなるだろうけど、これからは大好きなお兄さんと一緒に、幸せになっていくのだろう。

ＢＬゲームの主人公は、やっぱり幸せにならなくっちゃあね。俺は、そう思うのだった。

アルが倒れた。

あの事件から二週間ぐらい経った時だ。アルは寝る間もないほどに、事件の後始末や公務に追われていた。

皆、いつかはこうなると思っていたから止めていたけど、アルは聞く耳を持たなかった。

いくら若いとはいえ、限度がある。

短い睡眠をとった後、ベッドから起き上がれなくて、そのままダウンしてしまったのだ。まあ、人間気力だけじゃ、どうにもならないことってあるよね。

で、その一報を受けた俺は、大慌てでアルの部屋に向かったのだが、知らせに来てくれたジェイドは、『ただの睡眠不足だよ。寝かせておけば大丈夫。大病になる前に、休息がとれてよかったよ』とほっとしたような顔をして笑っていた。


アルの寝室は、カーテンが引かれていて、薄暗い。ベッドに近づいて、眠っているアルを覗《のぞ》き込む。

「目の下に隈《くま》がある。頑張りすぎなんだよ……」

疲れて眠っている顔は少々やつれているし、ちょっと眉間に皺《しわ》も寄っている。

そっとアルの頬に手を添える。その温かさにほっとする。わかっているのに、あまりにも整った貌は作り物めいて、生きているのか、ちょっと心配してしまったのだ。

頬に触れていた手は、そっとアルの唇を撫でる。

アルに起きる気配がないので、徐々に手の動きが大胆になっていく。唇を撫でた後、そっと首筋へと指を滑らせる。それから鎖骨へ……。

「ダメダメ。アルは疲れて寝ているんだから、もう触っちゃ駄目」

クスリと小さく笑う。このままじゃ痴漢しちゃいそうだ。

アルは忙しい。俺が一人じゃ眠れないと我儘《わがまま》を言ったから、俺が寝つくまで手を握ってくれていた。おかげでアルはもっと忙しくなった。

だからアルは倒れてしまったんだ。アルと触れ合いたいだなんて、そんな我儘は言えない。

「だけど……」

俺は上着を脱いで近くの椅子に掛けると、そっと掛布団を剝《は》いで中に滑り込む。横を向いて寝ているアルの胸に入り込むように身を寄せていく。

「アル大好き」

アルの匂いを堪能し、アルの温かさを堪能し、ベッタリと引っついて、アルを思い切り堪能する。顔をスリスリと思う存分、擦りつけ、満足すると、あまりの多幸感に眠気が襲ってくる。そのままウトウトしてしまう。

「夢か……」

アルの声が聞こえてきても、俺は半分夢の中だった。

「アル、起きたんだぁ。お休みなさい」

ますます強くアルの胸にグリグリと自分の額を擦りつけて、気持ちよく眠りに落ちていく。

「こんなに美味しい状況があるなんて。夢か、夢なのか」

アルがブツブツと独り言を言っているけど、俺は眠い。もう完全に意識を手放してしまう。

ん？

んん？

「いやぁ、んんっ。あ、何してぇ」

いきなり胸に甘い刺激が走って、閉じていた目が開いてしまう。

目に映ったのは綺麗《きれい》な金髪。

俺の胸に舌を這わせているアルの頭がドアップで見えた。

「ひあっ」

そのままチュッと、胸の頂《いただき》を強めに吸われ、高い声が出てしまう。

「やだぁ、アル、アルぅ」

「ああ、ファニアだ。本物だ」

いつの間にか上着はめくられて、ほぼ上半身裸だ。

アルを抱きしめたいのに、両手は頭の上でまとめて摑まれている。

アルは片手で俺の両手を摑んでいるけど、もう片方の手は自由が利くから、やりたい放題だ。俺の身体の至る所に舌を這わせながら、さわさわと撫で回す。

「あん、アル、くすぐったいよぉ」

少しズボンをずらして、おへそを舐められると、足に力が入って、シーツを蹴ってしまう。思わず腰が浮いてしまったところでアルがすかさず下着ごとズボンを抜き取る。

「ああ、夢のようだ。いやいや夢だと困る。ちゃんと堪能しないと……そうだ、堪能しなければ！　全身舐めるべきか……いや、それは当たり前だよな。ああ、最初にファニア自身を味わわなければ」

アルは何かブツブツと言いながら、俺の身体に唇を這わせていく。

俺の両手を摑んでいたアルの手が離れた。俺の手は自由になって、やっとアルに抱きつくことができる。

力の入らない両手をアルに伸ばそうとすると……パクリ。そんな擬音が付きそうな勢いで、アルは俺自身を銜《くわ》えた。

「やあっ。アル何をしてっ、あんんっ‼」

もう俺になすすべはない。ただただアルに翻弄されるだけだった。

「あれ、ファニアは？」

ゼルナイトが先ほどまでいたファニアがいなくなっていることに気づく。

「ああ、飛んで火に入《い》る夏の虫になりにアルフレッド様のところに行ったよ」

テーブルでお茶を飲んでいるジェイドがにこやかに答える。

王宮のアル専用執務室の控えの間だ。アルフレッドの側近たちは、王宮に顔を出すと、ここを休憩室として使っている。今もテーブルの上には、紅茶と茶菓子が乗っている。

「いいのか？」

ジェイドの隣の席に座って、優雅に紅茶を飲んでいるバイルアットにゼルナイトが気遣わしげな視線を送る。

「まあ、明日は土曜日ですし。半休ぐらいはいいでしょう」

慈母のような表情をバイルアットは浮かべている。

「アルフレッド様は婚約解消のことを、まだファニアには言えていないのだろう？」

「そうだと思うよ。今回のことはファニアも辛いだろうけど、それよりもアルフレッド様が暴走しそうで、俺は怖いよ」

ゼルナイトとジェイドは心配そうに話をしている。アルフレッドから側近たちに指示は出ている。アルフレッドがファニアを手放さなくて済むように、様々な策を弄《ろう》していかなければならない。これからは目の回る忙しさになるだろう。その努力を側近たちは惜しむつもりはない。

「だが……俺は、バイルアットが、ファニアとアルフレッド様が寝室をともにするのを容認するとは思わなかったな」

ゼルナイトが美しい微笑みを浮かべているバイルアットを不思議そうに見る。

「僕はファニアとアルフレッド様の仲は応援しているのですよ。ただ、愛娘を嫁に出す親の心境なんです」

「ブハッ。なんだよそれっ」

バイルアットの答えにジェイドが紅茶を吹き出しそ

うになる。

「僕はこの頃思うんです。ファニアのことを自分がお腹を痛めて産んだ子じゃないだろうかって」

ホウッ。小さなため息をバイルアットは吐く。

「うわぁっ。言うなよっ。絶対に他の奴らに言うなよ！」

慌ててゼルナイトがバイルアットへと詰め寄る。

「そうだ、絶対に言っちゃだめだからな」

ジェイドも大きな声を出して、バイルアットの口を押さえようと身を乗りだす。

「どうしたの二人とも。男の僕に子どもが産めるわけがないじゃない。軽い冗談だよ」

コロコロと笑うバイルアットだが、白皙《はくせき》の美貌はまるで女神のようだし、淡い金の髪は窓からの光を受け、バイルアット自身が輝いているように見える。

そう、まるで聖母のように。

「言うなよっ、信じるから。お前の信者たちは、その言葉をぜっったいに真に受けてしまうからっ」

「お前が男だろうが人外だろうが、お前の信者たちは信じるに決まっている。処女受胎とか、聖母誕生とか言い出すから。絶対に言うなよっ」


この部屋には護衛騎士を控えさせてはいない。侍女もいないため三人だけだ。

だからまだセーフだと言えるが、部屋から一歩外に出れば、バイルアットの信者がゴロゴロしている。護衛騎士だろうが、侍女だろうが、文官だろうが、大臣だろうが、どこにでもバイルアットの信者はいる。

そして、彼らは狂信的だ。

こんな話が本教会に伝わろうものなら、バイルアットは自業自得だとしても、ファニアは聖母の産んだ、神子様にされてしまう。

何もわかっておらず首を傾げるバイルアットに延々と説教をする側近二人なのだった。


BLゲームの主人公のルーイは、隠れ攻略対象者である兄ローンと結ばれた。そして学園も辞めてしまった。BLゲームの主人公はいなくなってしまったのだ。予定より随分《ずいぶん》早いがBLゲームは終了したと思っていいはずだ。

悪役令息の俺は、断罪されず強制労働所にもやられなかった。ＢＬゲームの呪縛から逃れられたんだ。やったーっ!!

アルに婚約破棄をされなかったし、こ、こ、恋人同士だし、このままずっと一緒にいられる……はず。

俺はアルから離れないし、アルも離さないって言ってくれている。

王子妃教育を、ずーっとサボっていて、今の俺はダメダメだけど、これからは頑張る。アルと一緒にいられるよう、アルの隣に立っても恥ずかしくないよう、死ぬ気で頑張る。

そして、乙女ゲームの方だけど、サラは攻略対象者の誰も選んでいないし、乙女ゲームには参加しないって言っている。主役がやる気がないからか、乙女ゲームは一切進展していない。

悪役令嬢もいなくなり、断罪は起こりようがない。

このまま乙女ゲームは終了するのだろうか？

自室のベッドの上で、ゴロゴロしながら色んなことを考える。昨日アルと仲良くしちゃったから、俺の腰は重だるくて使い物にならない。学園にはアルが休みの連絡を入れてくれたそうだ。

バイルアットには怒られるかもしれないけど、それでも昨晩のことを思い出して『クフフフ』と、だらしない笑い声が口から漏れてしまうし、顔の赤みが抜けない。

いやいやしっかりしろ俺。そんなことより、王子妃教育のスケジュールでも考えるか。


コンコン。

小さなノックの音とともにアルが扉から顔を出す。

愛しい人の出現に、俺は喜びを隠せない。

「アルッ！」

ベッドから立ち上がるとアルに走り寄り……は、できなかった。

いや、腰がね。

「ファニアッ、大丈夫か？」

「あ、大丈夫。ちょっと腰が……あ、全然大丈夫っ」

俺はなんとかアルのところまで行き着くと、ギュウとアルに抱きつく。アルの匂いは世界で一番いい匂いなので、堪能する。

そしてまとわりついたまま、居間へと移動して、ソファーに並んで座る。もちろん、ピッタリと引っついてね。

紅茶と茶菓子を置いて侍女が退出すると、部屋には二人きりになる。恥ずかしいけど、今からイチャイチャしてもいいだろうか？　いやぁ、俺もこの頃は大胆だね！

今まで俺はアルの隣にいたいって思っていた。でもそれは、どこか他人ごとにみたいに、いいかげんなところがあったと思う。けれど、あの事件があって、俺は何があってもアルの隣にいたいと思った。どんな困難なことがあっても、どんなに苦しいことがあっても、アルと一緒にいたいって心の底から思ったんだ。

だから、アルのことが大好きだっていうことを、恥ずかしいけど、少しは……頑張れる分は、アルに伝えていきたい。一緒にいようねって、離れないよって、伝えたいんだ。

「ファニア、話がある……」

「うん、何？　あ、そうだ俺も聞いてほしいことがあるんだ」

せっかくアルが来たのだから、王子妃教育の先生とか紹介してもらおう。一歩ずつでも努力をしないと。

意気込んでアルを見たが、なんだかおかしい。身長が低い分、俺はアルを仰ぎ見るような体勢になってしまうのだが、アルはこちらを見ていない。顔を逸らしている。

なんとか話しかけて、こちらを向いてもらっても、俺と目を合わせない。今までこんなことはなかったから、心がザワザワする。

なんだろう。

「ファニア……」

ゆっくりとアルは話し始めた。俺が一番聞きたくなかった話を。

アルが部屋にやってきてから、まだ四、五時間しか経っていないのに、俺は馬車に乗っていた。王宮からアージニア公爵家へと向かう馬車に。

俺は王宮を追い出されたんだ……違う。そんな恨みがましいことを言ってはいけない。

俺とアルは関係ない他人になってしまったから。

アルの婚約者じゃない俺は、王宮にいる理由がなくなってしまった。王宮にいることができなくなってしまったんだ。

ポロリ。

頬を涙が落ちる。

そして、それは止まらなくなって、だんだんと嗚咽《おえつ》まで漏れてしまう。馬車の中には俺一人しかいないけど、御者《ぎょしゃ》さんはいるし、馬車の周りには護衛騎士が何人も騎馬で付き添ってくれている。泣いているのがわかったら、心配をかけてしまう。

そうわかっているのに涙が止まらない。

俺とアルの婚約は解消された。

俺とアルの婚約は知る人ぞ知るっていうものだったから、婚約解消は公《おおやけ》に発表はされない。そして来年の春、この国に留学してくるエイグリッド国のお姫様とアルは婚約する。

二年の婚約期間を経て、お姫様が学園を卒業すると同時にアルとお姫様は結婚する。その時にアルは立太子するらしい。

いつの間にか話は決まってしまっている。俺は部外者になっていて、入り込む余地は全然なかった。

男の俺がアルの妃だというのは、王室にとって歪《いびつ》だとわかってはいた。理解していたけど、アルが好きだから、わからないフリをしていた。このままアルの側にいられればいいって、見ないフリをしていた。

涙が止まらない。

両手で口を押さえているけど、嗚咽が漏れ出てしまう。

アルは絶対に俺を手放さないって言ってくれた。アルを信じて待っていてくれって。強く抱きしめて、何度も愛していると言ってくれた。

俺はアルを信じている。アルは嘘を言わない。それでもアルは王子様で、国のことを一番に考えないといけないことはわかっている。

俺なんかのことよりも、国のことを考えなければいけないってわかっている。

今だけ、この馬車の中でだけ、泣かせてほしい。

公爵家に着いたら、ちゃんとするから。公爵家に帰るしかない俺だけど、跡取りになれないから、すぐにどこかにやられるだろう。

まるで予想はつかないけど、あのクソ親父のことだ、ろくなところにはやられないだろう。でも、アルといられないなら、誰のところにやられようと一緒だよな。

王宮からアージニア公爵家までの、ほんの十分ほどの間だけ、その馬車の中でだけ、俺は泣こうと思う。

今だけ、今だけだから。


ガコンッ！

馬車が大きく傾いた。

「誰だっ！」

「気をつけろっ！」

護衛騎士たちの大声が聞こえてくる。その他にも、聞き取れないだけで、たくさんの人たちの声や何かがぶつかるような音が聞こえてくる。

何かが起こっている。

馬車の中にいる俺は状況がわからない。閉まったままの窓の覆いを慌てて取る。外を窺《うかが》うと、護衛騎士たちが賊と思われる男たちと争っている。この馬車は襲われている？　なぜ？

ここは王都の中のはず。アージニア公爵家は大貴族だ、王都の中に屋敷はある。王都の中で襲ってくるなんて、そんなことがあるのか？

それに馬車の中には俺しかいない。俺を襲ってなんになる？


バダンッ！


馬車の扉が大きく開く。

扉から大柄な男が入ってきた。男には見覚えがあった。あの学園の守衛室にいた男。

「久しぶりだな」

赤服が俺の目の前にいた。

16．決意

馬車は何事もなかったように、走り出した。

「俺をどこに連れていくんだ？」

馬車の中には俺と赤服の二人だけ。悠然と対面に座る赤服を睨《にら》みつける。

「どこだと思う？」

楽しそうに答える赤服にムカつく。

「北の強制労働所……」

なぜそう思ったのか、勝手に俺の口から言葉が漏れる。ＢＬゲームは終了し、俺は断罪されることもなく、強制労働所にも行かずに済んだ。そう思っていたのに。

これからどこかに連れ去られると思うと、行く先はそこしか思い浮かばなかった。

「いやぁ、片道十日以上もかかるところに行きたかないですね。なんでそんなところに行きたいんですか?」

「別に行きたくなんかないよ」

ブスリと不機嫌な顔のまま横を向く俺を、赤服はクスクスと笑って見ている。

「俺がもっと酷いところに連れていくとは思わないんですか?」

「酷いところ?」

「そう、娼館とか」

「俺は男だから、商品にはならないだろう」

「いやいやいやいや、坊ちゃんほど可愛らしいと、引く手数多《あまた》ですよ」

「ふーん」

「おや、あまり心配していないみたいですね」

脅しをスルーする俺に、赤服が片眉を上げる。

「そんなことしないだろう。わざわざ俺を助けに来てくれたんだから」

「……」

赤服が驚いたように俺を見る。

俺が邪魔だというのなら、わざわざ誘拐しないで殺してしまえばいいのだ。こんな王都の中で事を起こすなど、リスクが高すぎる。

それなのに、事を起こしたのは、公爵家に帰る前に俺を誘拐する必要があったから。俺を助けるために誘拐する必要があったのだ。

俺を排除しようとしている第二王子派の御大《おんたい》から俺を護るため。

俺をアルから引き離すことに躊躇《ため》らいのない、御大とルドルフ＝アージニアの魔の手から守るため。

俺の実の父親から、護ろうとしてくれているのだ。

親父は第二王子派の筆頭なのだから。

それもアルの王位継承権の足枷である、ファニアを排除しようとする過激派だ。

笑ってしまう。親父は血を分けた息子への情よりも、家族の絆よりも、アージニア公爵家の利益を取ったのだ。アルを国王に祭り上げることによって、自分は筆頭公爵の地位を手に入れようとしている。

アルとの婚約が解消され、俺は王宮に留まる理由がなくなってしまった。今まで王宮に隠され、手を出せなかった俺が実家の公爵家に帰らなければならなくなったのだ。親父にすれば、願ったり叶ったりだ。

さすがに俺を殺しはしないだろうが、どこか遠くの領地に押しやるか、孫のいるようなババアの後添いとして、婿入りさせられるかもしれない。

二度とアルに会うことができなくされるのがわかりきっている。

だって、俺は、どんなことになっても、アルの手を離すつもりはないから。アルも俺のことを離さないと言ってくれたから。

親父にとっては、俺はアージニア公爵家の利益を損なう邪魔者だ。排除することに躊躇《ちゅうちょ》なんかしないし、手段も選ばないだろう。

だから俺が公爵家に帰るのを阻止する必要があった。そして、誘拐されて行方不明とすることが、親父の目を欺《あざむ》く、一番いい方法なのだ。

俺はただ護られて、ヌクヌクと生活をしてきたけれど、誰にどうやって護られてきたか、敵はどういう相手なのか、知ることは大事だとジェーン正妃様に教わった。それからは、誰が味方で誰が敵かを、自分なりに見極めるようにしている。

だから赤服は敵ではない。

赤服というよりは、赤服を使っている黒幕だな。

イルたちを見舞いに行った時、重傷だと聞いていたのにイルたちは元気だった。まだ入院はしていたが、ほぼ回復していた。わずか一週間で、重傷者がここまで回復するのだろうか？

その後すぐに重体だった警備騎士が自宅療養に切り替わったと聞いた。あれほどの数の賊に襲われたにしては被害が小さい。大勢で一気に押しかけることによって、抵抗できないようにして、被害を最小限に抑えたかのように思える。

たぶん、筆頭公爵様を潰すために、俺は餌にされたのだろう。ルーイの護衛はわざと放置されていたようだし、アルたちが来る時機も、見計らっていたのだろう。

ルクレツィアたちが気づいていなかっただけで、あの小屋の周りには、いや、へたをすれば小屋の中にさえ、監視の者たちはいたのかもしれない。俺は、安全な人質だったのだ。

今回の誘拐劇でも、俺を公爵家に送るために付き添ってくれていた護衛騎士たちは、酷い怪我は負っていないだろう。

親父は、筆頭公爵を潰すついでに俺を排除しようと、赤服たちを使ったのだろうが、赤服は違う人に仕《つか》えている。それも、もっと上の人物に。

赤服がどうやって親父に取り入ったのかはわからないが、親父は赤服の後ろにいる人物のことに気がついてはいないのだろう。自分が手の平の上で踊らされているだけだと、まるで気づいていないのだ。

ガゴン。

馬車が少しの振動を伴って止まる。

赤服が馬車に乗り込んできてから、一時間も経っていない。それも、追跡があるといけないから、目的地に真っ直ぐに向かってはいないはずだ。馬車の窓には覆いがかぶせられているからどの辺りを馬車が走っていたのかはわからない。それでも距離的には、王都の中、もしくは王都の近く。

「どうぞ、降りてください。エスコートは必要ですか?」

「女性じゃないからいらないよ」

赤服の茶化した声を無視して、扉へと手をかける。

扉から一旦出ようとして、そのままクルリと振り向いて赤服を見る。

「おじ様にお礼を伝えて」

俺の言葉に赤服は目を見開いたが、すぐにニヤリと笑うと頷《うなず》いた。

俺が馬車から降りるのを確認すると、赤服を乗せたまま、馬車は走り去ってしまった。誘拐までしたのに、あっさりしたものだ。

俺の母親は国王陛下の従妹《いとこ》にあたる。前国王の異母妹が俺の母方の祖母だ。

祖母は第六王女なうえに、側室にもなれない身分の低い愛妾の娘だったので、政治の駒《こま》にすらならず、そのまま恋愛結婚で、子爵家に嫁いだ。

そして生まれたのが俺の母親だ。

王家とは縁がないと思っていた子爵家だったが、ひょんなことから現国王、当時のアーノルド王太子が従妹に当たる俺の母親を溺愛するようになった。

王太子には婚約者がいたが、王位継承者は何人も妃を迎えられるし、従妹が妃になった前例もあるので、後宮に上げてもよかった。しかし、王太子の感情は、恋愛対象というよりは、愛玩動物に向ける愛情に近いものだったようで、二人は男女の仲になることはなかった。

もしかしたら子爵家でのびのびと育っている従妹を気苦労の多い後宮へ入れたくはなかったのかもしれない。

そして、国王にすれば、俺の母は未だに、ただただ可愛い溺愛対象の従妹だ。

俺は母一人で作ったと言われるほどに母に似ている。違うところといえば、俺はアルからたまにポメラニアンと呼ばれるが、母は陛下からプードル、それもカップに入っているやつと言われるぐらいか。なぜどちらも愛玩犬と言われるのかはわからないが。

陛下は俺のことも可愛がってくれている。

毒を飲んだばかりの頃は、自分の身に起こったことに悲観的になっていたから、陛下の思いに気付いちゃいなかったけど。

俺はアルとの婚約は、王家の思惑のために結ばれたものだと思い込んでいた。アルの命を護るために、俺は都合のいいコマとして使われているのだと。

だけど違っていた。

陛下は俺の身体が毒のせいで、公爵家の跡取りになれないと分かった時、公爵家にいたままだと、クソ親父から、どんな扱いを受けるか分からないからと、母の実家である子爵家に養子に出してくれようとしていた。

俺が成人して独り立ちする頃には、公爵までとはいかないが、爵位を上げてやるからと。

アルが罪悪感から婚約を受け入れたのではなく、陛下の反対を押し切ってまで、婚約を望んだのだと教えてくれたのも陛下だった。

アルの婚約者になった俺を、行儀見習いなんていう理由をつけて、王宮に留めてくれていたのも、陛下の配慮だった。

俺がアルの婚約者になった時、第二王子派のおじちゃんたちは、コッソリとため息を吐いていたらしい。

『可愛いもの好きは遺伝するんだ』って。

アルを止めたって無駄だからと、ジェイドの父親の宰相を始め、多くの第二王子派の人たちは俺を受け入れてくれている。親父と、少数の者たちだけが、強固に俺を排除しようとしているのだ。

陛下にすれば御大はいい駒だ。

王家に口出しをする筆頭公爵を排除するのに都合よく使われているのに気がついていないのだろう。御大にすれば、ルクレツィアに話を持ちかけて罪を犯させ、筆頭公爵に責任を取らせる形で引きずり下ろしたと思っているのだろうが、ルクレツィアの件が失敗すれば、御大ごと陛下は切り捨てようと思っていたはずだ。

御大もルクレツィアも、ただ踊らされていただけ。

同情をする気ははなからないが。

アルは俺の親父に対して、どうしても強く出ることができなかった。

俺の実の父親だから。

そんなこと気にしなくていいのに、アルはどうにかクソ親父に穏便に手を引いてもらいたいと思っているのだ。俺のために。俺がどんなに言っても、アルは俺のことを慮《おもんばか》る。俺があんなクソ親父を慕うことなんかないのに……。

俺は、目の前に建つ一軒家へと視線を向ける。

そんなに大きなものではないが、瀟洒《しょうしゃ》で高級感がある。ここにやられるだろうということは、赤服の態度から、うすうす予想はしていた。

馬車の音に、出てきた家令が俺を見て目を見開く。

そして満面の笑みを浮かべて頭を下げる。

「お帰りなさいませ」

家令の言葉とともに開かれた扉へと入っていく。

「ただいま」

そんな言葉とともに。

「ファニアちゃん、お帰りなさい。疲れたでしょう、お部屋の用意はできているわ」

俺に駆け寄りハグするのは、ジェーン正妃様。アルのお母上様だ。

アルの実母様だが、あまりアルとは似ていない。というか、アルが陛下に似すぎているのだ。

ジェーン正妃様は、ソティス王国の王女様だった方で、外国の方だけあって、この国では珍しい、バーガンディーと呼ばれる濃い赤色の髪に、もっと濃い赤色の瞳をされている。

体形は、ふくよかで、俺はジェーン正妃様に、いつも抱きつきたくなってしまうのだ。

この家は、ジェーン正妃様が食べ歩きをする時などに利用する家で、いわば隠れ家だ。王都の外れに位置している。

俺は、この瀟洒な家に、たまに遊びに寄らせてもらっていた。公爵家に帰れない俺に、『自分の家と思ってちょうだい』と、ジェーン正妃様は、いつもそう言ってくれていた。


国王陛下と閨《ねや》をともにしないようになったジェーン正妃様は、国王陛下とは戦友のような仲になっているのだそうだ。国政へは積極的に参加され、後宮よりも本宮の執務室にいることの方が多い方だ。いつもアルとともに忙しそうに公務に従事されている。


「今日はこちらにいらしていたのですか」

「さあさあ大変だったでしょう。お茶でも飲みましょう」

ジェーン正妃様は俺の手を取って、居間へと連れていってくれる。

「急に誘拐されて、ビックリしたでしょう。ごめんなさいね」

「いいえ、俺のためってわかっていましたから」

お茶を置いて侍女が部屋から出ていくと、ジェーン正妃様はいたずらが成功した子どものような笑顔を見せる。

「でも、陛下が赤服……誘拐犯たちを派遣してくれたのだと思っていました。もしかして、ジェーン正妃様の手の者だったのですか?」

「違うわ、陛下の私兵よ。ファニアちゃんとアージニア公爵の仲が悪いと、今頃気がついたカリーナが、ファニアちゃんを公爵家に戻さないでと、いつものように陛下に泣きついたのでしょうね。陛下はファニアちゃんをどこに送ろうかと迷っていらしたから、私がファニアちゃんといたいとお願いしたの」

ジェーン正妃様は俺が気を遣わないでいいよう、先回りして思いやってくれる。

カリーナとは俺の実母で、外見は俺とそっくりだが、性格はぜんぜん似ていない。

俺は前世持ちのひねくれ者だが、母上は、ただただ周りから愛され可愛がられてきた人だ。そのためなのか幼女がそのまま大人になってしまったような性格で、自分のことが一番大切。それによって周りに多大な迷惑がかかっても、気にしないというか、迷惑がかかっていること自体に気づかない。

俺のことも、気が向いたら可愛がるが、気が向くことがほとんどなくて、ほぼ放置だった。

今回だって、誰から話を聞いたのかはわからないが、息子を排除しようとする夫の暴走を止めようとする健気な妻という自分に酔っているだけだろう。

俺が生まれてから、ず――――っと、親父に疎まれていたことに、気づきもしていないのだろうから。どこに目玉が付いていたんだと思うけどな。

面倒くさいから、関わってきてほしくないけど、俺がジェーン正妃様の隠れ家にいる間は、母上がここに来ることはないはずだ。

今まで何度かジェーン正妃様に迷惑をかけて、怒られたことがあるらしいから。自分の非を認めるような性格じゃないし、真っ当に叱ってくれるジェーン正妃様のことが苦手なのだから。

「ファニアちゃんには、アージニア公爵の件が落ち着くまで、ここにいてもらいたいの。少し時間がかかるかもしれないけれど、我慢してちょうだい」

「いいえ、我が家のことでご迷惑をおかけして申し訳ありません」

「嫌だわ、ファニアちゃんったら、他人行儀な喋り方しないで。寂しくなっちゃうわ」

頭を下げる俺をジェーン正妃様が優しく抱きしめてくれる。

「で、でも、俺はアルと……」

俺は涙が溢《あふ》れそうになり、グッと堪《こら》える。

俺がジェーン正妃様に気にかけてもらういわれはなくなってしまったのだ。もう、俺とアルの婚約はなくなってしまったのだから。

「まあ、ファニアちゃんったら、心配しないで。あの執ちゃ……オホンオホン。ファニアちゃん大好きな息子が、ファニアちゃんと離れるなんてことはないわ」

ジェーン正妃様は、俺の零《こぼ》れてしまった涙を拭いてくれる。

「息子を信じてちょうだい。必ずファニアちゃんを迎えに来るから」

「ジェーン正妃様ぁぁ」

今まで泣けなかった分、ジェーン正妃様に縋りついて泣いてしまった。

「そうだ、ファニアちゃん。このゴタゴタが落ち着くまで、旅行に行かない？　引きこもるんじゃなくて、遊びに行きましょう！」

　俺が泣きやむのを待って、ジェーン正妃様が明るい声を出す。

「え、旅行？」

「そう、パーッと外国にでも行きましょう」

「で、でも、外国に行くとなると、けっこうな時間がかかりますよね。俺と一緒に行ってくれるのですか？　ご公務があるのでは……」

「そうよねぇ。それなんだけど、もういいかなぁって」

「ふえ？」

　お茶目にウインクをするジェーン正妃様の言葉に、俺は間抜《まぬ》けな声を出す。

「陛下と私《わたくし》は、戦友のような間柄だと思っているの。だから陛下のために、私は私なりに、公務を頑張ったわ。まあ、私はこんな体形になったから、表には出なくなったけれど、できる限りのことはしたわ。でもね、周りの人からすると、何年、何十年経とうと、私は外国から来たよそ者でしかないの。変わることはないのよ」

　ジェーン正妃様は、寂しそうに小さく笑う。

「もう二十年近くになるのですもの。ご奉公も終わっていいはずだわ。これからは楽しいことだけをやるのよ。ファニアちゃんと一緒にいれるわ。楽しみね」

「あの、あの、ご公務だけをお辞めになるのですよね」

　ジェーン正妃様の言葉に不安が押し寄せてくる。まさか……。

「あら、公務だけ辞めるなんて器用なことはできないわよ。離婚かしらねぇ」

「ええっ、り、離婚っ。そんなことができるのですか？」

「まあ、心配しなくてもいいわよ。私が離婚しようと、どこかに幽閉されようと、不審死しようと、生国が何かを言ってくるようなことはないわ。もう二十年も経っているのだもの」

　そう、息子が国王になるという密約のみ守られれば、ジェーンがどうなろうと、生国は気にはしない。なんら関わってくることはないだろう。

　ジェーンは、最後の言葉は飲み込んだ。ファニアに知らせる必要はないからだ。

「り、離婚だなんて、アルは、アルは知っているのですか？」

「さあ？」

「え……」

「大丈夫よぉ。アルフレッドも大きくなったし、自分のことは自分でできるわ」

ジェーン正妃様はあっけらかんと言う。

「それよりも、どこに行くのか決めましょう。私も長いこと公務に縛りつけられていたから、楽しみだわ。ちょっと長めの旅行にしましょうねっ。来年の春が過ぎた頃にでも帰ってくればいいわ」

ジェーン正妃様の言葉に胸が痛む。来年の春にアルは婚約する。それを見ないで済むように、春が過ぎるまで外国に行こうと言ってくれているのだ。

「ありがとうございます。せっかくのお誘いですが、俺は旅行には行きません。厚かましいのですが、俺はジェーン正妃様にお願いがあります」

「まあ、何かしら」

俺の改まった態度にジェーン正妃様はきちんと俺の方を向いてくれる。


「俺は今まで、ぼんやりと流されるままでした。周りから護られて、それを当たり前のように思って、何もしてこなかった。でも今度は逃げたくありません。自分の意志でアルを信じます。アルが迎えに来てくれるのを信じます。それに、ただ待つのは嫌です。俺は俺のできることをやりたいのです。ジェーン正妃様、俺に王子妃教育を受けさせていただけませんでしょうか。アルが迎えに来てくれた時、ちゃんと隣に立てるようになっていたいのです」

「まあ……まあまあ、ファニアちゃん。なんて健気でいい子なんでしょう。もちろんよ。あなたがそう望んでくれるのなら、いくらでもお教えするわ。ビシビシいくわよ。元が付くことになるでしょうけど王妃自らが教えるのだから、完璧な王子妃に仕上げてみせるわ。任せてちょうだい」

ジェーン正妃様は、その豊かな胸をポンと叩く。ジェーン正妃様のやる気がちょっと怖いが、頑張ろう。俺は俺のやれることを頑張る。そう決意したのだった。

ジェーン正妃様の隠れ家に匿《かくま》われてから、俺はジェーン正妃様からビシビシしごかれている。今までグータラしていた付けが押し寄せてきて、アップアップしている。その上、一番最初の王子妃教育が、ジェーン正妃様を『お義母様《かあ》』と呼ぶことだった。恥ずかしくて、なかなか呼べず、モジモジしている俺を『可愛らしいわぁ〜』と、お義母様が豊満な胸に、ぎゅうぎゅうと抱きしめてくるので、息ができなくて、死の予感がしたのだった。

王子妃教育はある意味、命がけだった。

この隠れ家に来てから、俺は学園には行っていない。親父から隠れているのだから、当たり前か。サラとも連絡は取れていない。乙女ゲームがどうなったか気にはなるが、主人公のサラがやる気がないので、進んでいないとは思う。

そして、アルとも連絡は取れていない。

へたに連絡を取って、ここがバレてしまうと、一緒にいるお義母様まで危険に巻き込んでしまうかもしれないからだ。もう何か月もアルとは会っていないし、声さえ聞いていない。

寂しくて涙が出そうだ。

「ファニアちゃん、そろそろお茶の時間にしましょうか」

「はい、お義母様」

午後の授業が終了し、今は休憩を取っている。

お義母様には、礼儀作法、食事のマナー、外国語、政治経済、刺繍《ししゅう》にダンス。ありとあらゆることを教えていただいている。本当に王妃となる方は、すごすぎる。そして、お義母様は、陛下と離婚はされなかった。

お義母様の生国、ソティス王国と少しでも軋轢《あつれき》が生まれることを嫌ってなのか、外聞を気にしてか、離婚はされなかった、そのかわり、お義母様は亡くなったことになってしまったのだ。

いきなり病に倒れて、死んでしまったことになったのだ。

新聞を読んだ時、あまりのショックに目の前が暗くなった。

「お、お義母様っ。お義母様が死んでしまいましたっ」

「まあまあファニアちゃん、落ち着いて。私はここにいますでしょう」

「で、ですが、新聞には」

「いいのですよ。離婚は外聞が悪いから、死んだことにしたのでしょう。その方がソティス王国にも顔が立ちますものね。とうの昔に縁の切れた王女だけれど、離婚だと外交的にちょっとは差し障《さわ》りがあったのでしょう。いいではないですか、私は晴れて自由の身になったのですもの」

清々したと言わんばかりの物言いに、それ以上何も言えなくなってしまった。

「ああ、私の喪は三月で明けるのね」

お義母様の言葉にズキリと胸が痛む。

我が国フリアリストでは、国王や王妃が亡くなると、国中が喪に服する。国民全てが暗い落ち着いた色の服を着て、ギャンブルや歌舞音曲が自粛される。

そうなると結婚式などの祝い事が全てできなくなってしまうし、どうしても国民に不満やストレスが溜まってしまう。だから喪の期間は三か月間に限定する。

王族も貴族も平民も全て三か月間、喪に服す。それ以上は引き延ばすことはない。

お義母様の喪が明けるのが三月。喪が明けると同時にアルの婚約が発表されるのだろう。

エイグリッド国のお姫様が我が国《フリアリスト》に留学に来られると、お義母様死亡を伝える新聞の下の方に載っていた。そして噂だが、と前置きをしたうえで、アルとお姫様は婚約するのだろうと記事は締め括《くく》られていた。

「あの……俺の親父はどうしていますか?」

俺は親父の暴走から身を守るために、お義母様の元に隠れているのだが、親父がどうしているか、わかっていない。

「ファニアちゃんのことを一生懸命探しているみたい」

お義母様も困り顔だ。

親父の目的はアージニア公爵家を筆頭公爵家にすること。そのためには、アルを国王にしなければならない。お姫様とアルの婚姻は、そのためには必要なことだ。

親父は俺の性格をよく知っている。俺がアルを諦めないということを。

お姫様がこの国へと向かっているとわかっているのに、俺はどうしてもアルのことを諦めきれない。

俺のことを愛していると言ってくれたアルのことを信じているから。

きっと親父は俺がお姫様とアルの婚姻を邪魔すると思っているのだろう。アルの国王への道を俺が塞ごうとしていると。

王宮から追い出された俺が、そんなことできるわけはないのに。

親父も、そのことに気づいて、俺を探すことを、すぐに諦めると思ったのに。

お義母様も、そう思って俺を匿ったんだと思うのだけど、俺はいつまで隠れていればいいの？　俺がいるから、お義母様は、せっかく王家から自由になれたのに、隠れ家から出ることもできない。旅行に行きたいと言っていたのに、それも実現できていない。

俺の王子妃教育を熱心にしてくれているけど、こんなに長く、お義母様を足止めしてまで習うなんて、お義母様に申し訳ない。

「……言いにくいのだけど、アージニア公爵が離婚しようとしているらしいの」

「ふぁっ!!」

お義母様の言葉に顎《あご》が外れるかと思った。

俺の親父と母上は、もちろん政略結婚だ。

恋愛結婚ならいざ知らず、普通は公爵家に子爵家の娘が嫁ぐこと自体ありえない。家の格が違いすぎる。国王陛下のゴリ押しだったと聞く。

当時、お義母様や側室たちがすでにいたのに、母上と国王陛下は男女の仲だと、まことしやかに噂が流れていたらしい。国王陛下は、そのせいで嫁の貰い手がないであろう自分の従妹を、自分の側近で独身だったアージニア公爵に押しつけたのだ。

見返りに、国王陛下のお気に入りとして、側近の中でも一番のお側仕えとなり、序列六位の公爵家は二位へと一気に躍り出ることになった。

ただ、これは前公爵との取引であり、当の親父は噂の令嬢を押しつけられただけだ。すぐに俺が生まれ、それと同時に前公爵夫妻は、息子に全てを譲り、田舎に引っ込んでしまった。

親父と母上の関係を俺は知らない。

俺の身体がこんなになって、公爵家を継げなくなったから、周りからは、新しい跡継ぎを作れと、うるさく言われていると思う。俺は一人っ子だったから、このままだと公爵家は途絶えてしまうからだ。

なぜ今になって親父は母上と離婚しようなんて言いだしたのだろうか。母上と離婚すれば、国王陛下の不興を買うのはわかり切っている。公爵家の序列も元に戻されるかもしれないし、第二王子派からも追い出されるだろう。

母上以外に好きな人ができ、その人との子どもを公爵家の跡継ぎにしたいのかもしれないが、国王陛下の不興を買ったら、それもどうなるかはわからない。親父の心がわからない。

なぜ執拗に俺を探しているのか。なぜ母上と離婚しようとしているのか。

逃げてばかりいないで、俺は真相を知るべきだ。親父に会う必要があるだろう。

そう決意したのだが、俺も馬鹿ではない。自分を害そうとしている人物にノコノコ会いに行ったりはしない。でも、このままでは埒《らち》が明かない。

どうしたものかと、うだうだと考えるだけで、手を打てないでいた俺に、向こうから連絡が来た。

親父と会って、話し合いをしないかと。それも国王陛下からだ。どうせ母上が、親父から離縁されそうだと泣きついたのだろう。

願ったり叶ったりだ。

俺は今までの疑問を解消するために同意した。

アルと俺の婚約が解消されたのに、親父が未だに俺を探しているのはなぜなのか、真実を聞くために。まあ、親の離婚問題は、どうでもいいのだが。

ただ、親父に会う条件として、俺と国王陛下、親父の三人だけで話がしたいと申し出た。あのクソ親父でも、国王陛下の前で俺を拉致することはないだろう。それに、あの泣いて縋って我儘を押し通そうとする母上なんぞを同席させたら、話し合いは、混乱はしても、解決するはずはないのだから。

お義母様は最後まで心配してくれた。

同席しようかとまで言ってくれた。でも、国王陛下も同席するので、場所は王宮になる。亡くなったことになっているお義母様が、再び王宮に行くことはできない。

お義母様は、うすうす気づいていることがあるみたいだ。まだ教えてはくれないけど。たぶん、俺が傷つくことなんだろうな。それでも俺は、親父と話をしようと思う。この隠れ家から出て、アルに会いに行きたいから。王子妃教育は頑張ったし、お義母様も褒めてくれた。俺はアルを信じているから、まだ待っている。絶対来てくれるって待っている。

だけど、お姫様が国を発《た》たれたって聞いた。三月にはこの国に到着される。到着したら、すぐにアルとお姫様の婚約が発表されるのだろう。

だから、その前にアルに会って、恨み言を言ってやるのだ。俺を捨てるのかって、詰《なじ》ってやる。王子妃教育を受けて待っているのに、なんで迎えに来てくれないんだって。泣いて縋って殴ってやるんだ。

そして、お祝いを言ってやる。

おめでとうって、幸せになってくれって。

俺はアルが好きだ。ずっとずっとアルが好き。これは一生変わらない。だからアルに幸せになってもらいたい。

綺麗なお姫様と結婚して、子どもが生まれて、王様になって。すごく幸せな未来がアルには待っているから。だから、俺はアルにおめでとうって言うんだ。アルの将来に何の憂いもないように。なんの禍根も残さないように。

四月になったら宮殿のバルコニーから二人揃って手を振る姿が見られるのだろう。婚約を発表する二人の姿が。

女々しいって言われるだろうけど、駄目だ。アルのそんな姿を見たら、きっと泣いて喚《わめ》いて、周りの人たちに迷惑をかけてしまう。優しいみんなを困らせてしまう。

だから、四月になる前に、俺はこの国を出ていく。お義母様と約束した外国旅行に出発する。お義母様は息子の晴れ姿を見たいだろうが、死んだことになっているから、見に行くことはできない。だから、俺に付き合ってくれる。

お義母様は笑って、費用は心配しないでいいと言ってくれたから、ちょっと長い旅行に行く。

急いで帰ってこなくてもいい。旅行先で気に入った場所があったら、そこに住んでもいいしな。もしかしたら、もう帰らないかもしれない。

それでもいいよな。だからきちんと決着をつけなきゃいけない。

17. 会合

陛下から連絡が来てから一週間後、俺は王宮へと赴いた。

私的な話だということで、今回は謁見の間ではなく、陛下の執務室でもなく、私室に通された。

俺は王宮で暮らしていたから王宮の豪華さには慣れていたつもりだったが、やはり陛下の部屋ともなると、豪華さも段違いだ。

足元に敷いてある絨毯《じゅうたん》から、天井に架けられているシャンデリアに至るまで、全てが超高級品すぎて、目がチカチカする。

気後れしている俺とは対照的に、重厚なソファーに平然と座っている中年男性が二人。中年男性というには、キラキラしすぎているが。

この国の国王陛下とアージニア公爵。俺の親父だ。

親父を見たのは数年ぶりだが、あまり変化はないようだ。

親父は、チェスナットブラウンの髪に、アンバーな瞳をした、なかなかに容貌の整った美中年だ。

綺麗に後ろへと撫でつけられた髪のせいか、陛下と同い年だと聞いているが、陛下よりは若干年上に見える。細身だが、筋肉はしっかりついているのか、痩せているようには見えない。

アルと生き写しの美貌の陛下と並んでいても、見劣りすることはない。

部屋には親父と陛下、そして俺。侍女は下がらせてある。部屋の中、扉の両側に護衛騎士が待機しているけれど、部屋が広いから、大きな声を出さない限り話の内容は聞こえないだろう。親父が暴挙に出た時は、間に合う距離だと思いたい。

「久しぶりだな」

「うん」

親父の言葉に一応は返事をする。

親父はなんだか、凪《な》いだ表情をしている。落ち着いているんじゃなくて、心が定まったというか、心の決着がついたというか……俺を排除しようと探し回っていた奴の表情じゃないよな。なんでこんな表情なんだろう。だって加害者だよ。

俺の心の中では加害者決定なんだから。まだ証拠がないので、お前が犯人だーっ！　とは言えないけど。俺の小さい頃からの待遇は、虐待として十分訴えられるはず。


俺はもう逃げない。

逃げないと決めたから、この場に来たんだ。親父になんと言われようと、陛下に理不尽な命令を下されようと、自分の力で決着をつけてみせる。

俺は、二人へと真っ直ぐに視線を向ける。


「あー、お前も色々と思うことはあるだろうが、なぜ離縁しようと思ったのか聞いてもいいか？　カリーナは離縁したくないと泣いていたぞ」

親父の表情とは正反対に、陛下の眉毛は下がっている。困ったというか、困惑しているというか、せっかくの美貌が台無しなのだ。とにかく陛下はまず親父に向かってそう言った。

それ？　最初がそれ？　わざわざ俺が来ているのに、最初に問うのが母上とのことかよ。

思わず俺は冷たい目を陛下に向けてしまうが、陛下も親父も俺のことは無視だ。わざわざ俺を呼んだのに、その態度はなんだよ。

「陛下から頂いたご縁が、このような形になってしまい、申し訳ございません。私の不徳のいたすところでございます。かくなる上は爵位を返上いた『わーっ、待てっ、待てっ』」

親父の言葉を陛下が遮る。

いきなりの親父の言葉に陛下も驚いているが、俺も驚いた。あの公爵家上等、筆頭公爵になるためには謀略もお手の物の親父が爵位返上!?　アージニア公爵家をなくすの!?　意味わかんない。

いったい親父に何があったんだよ。

「いったいどうしたのだ。急に、爵位の返上など、軽々しく言うものではないぞ」

「私には、もうこれしか……」

親父は花が萎《しお》れるように頭を垂れる。陛下の前だと親父はしおらしい。

公爵家の嫡男として、徹底的に教育されて育ったのか、親父は王家至上主義者だ。どんなに理不尽なことをされても、王家のためなら笑顔で耐える。それが親父というか、アージニア公爵家だ。

だから陛下にあんな母上を押しつけられたんだろうけどね。

「なんでもいいから申してみよ。不敬などとは言わぬ」

「はい……」

陛下からの言葉に親父は逡巡していたが、何を言っても不敬とは取らないとの言葉に、思いきったように、顔を上げる。

「陛下から次の子どもをと、お言葉を頂いておりますが、カリーナはもう子を産むことができません」

「なんと……」

親父の言葉に陛下は言葉を失う。

そりゃあ、カワイイカワイイと可愛がってきた従妹がいつの間にか、そんな身体になっていたなんて、ショックだろう。自分の息子のかわりに俺が毒を飲んで子どもができない身体になった時は、そんなに犯人に怒ったりしなかったよねぇ。俺は再度、冷めた視線を陛下に向ける。

俺は一人っ子だったから、今現在、公爵家の跡を継ぐ者がいない。今から子どもを作るか、養子を取らないと、アージニア公爵家は潰れてしまうのだ。心配した陛下が、子どもを作るよう親父に伝えていたらしい。

親父は四十代前半、お袋は三十代、頑張ればいけないことはない。

「いつの間にそのようなことになったのだ。病気をしたのか？」

「いえ……三度目の堕胎の時に、身体に無理が来たようです」

「なんだと、堕胎をさせたというのかっ！」

陛下が親父の言葉に怒りを表す。

アージニア公爵家は高位貴族なのに一人っ子で珍しいと言われていた。だいたいの貴族は跡取りを残すため子だくさんだからだ。一人っ子なのに、妻に堕胎をさせたというのなら、それは陛下の怒りを買っても仕方がない。可愛がっている従妹が堕胎のために子どもを産めない身体にされたというのならなおのことだ。

俺の冷めた目に気づいていない陛下は、怒りのために椅子から立ち上がって親父に詰め寄る。が、親父はそのままだ。まるで精気がないように、無表情のまま座っている。

「なぜそのような酷いことをカリーナに強要したのだ。

申し開きがあるのなら言ってみろ」

陛下は親父の胸元を掴む。親父はされるがままだ。まるで抵抗をしない。

「最初の堕胎の時は、庭師の青年が相手でした」

「え?」

親父が何を話し始めたのか、陛下は意味がわからず、親父の胸元を掴んだままだ。

「二度目の堕胎は護衛騎士が相手でした」

「ま、まさか……」

陛下は親父の胸を掴んでいた腕を離す。陛下に掴まれ乱れた胸元を直すでもなく、親父は淡々と話を続ける。

「それまでは公爵家の中の人間でしたが、三人目は舞踏会で知り合った相手のようで、名前すらわかりません」

「まさか、まさか、カリーナが、そんな……」

ないわー。これが真実なら、ないわ。

これは息子に聞かせる話じゃないよねぇ。

まあ、もともとそういうきらいのある母上ではあったけど、そこまで酷いとは……我儘はなんでも陛下に言えば通ると思っている母親が陛下に泣きついていないということは、それが真実だということだろう。

いやもう、離縁していいよ。ってゆうか、するべきだよ。母上は貴族の嫁を舐めてるよ。

「いや、だが、お前の子どもだということは……」

陛下は何かに縋るように親父に問う。

「私とカリーナは、寝室をともにしておりません。初夜の時に一度だけ。それ以外で私がカリーナに触れたことはないのです」

「えっ」

ゆっくりと親父の言葉の意味を理解した陛下が、カエルのような声を出す。

え、ちょっと待って、ちょっと待って、衝撃の内容が多すぎて、脳みそが処理しきれない。

まず、親父は初夜を済ませたからって、新妻を放置して、顧みなかったってこと?

母上は、親父に相手されなかったからって、不貞しまくりで夫以外の子どもをポンポン妊娠したってこと?

二人ともダメじゃん。もうめちゃくちゃだよ。

自分の両親が情けなさすぎる。

考えてみれば俺は両親が揃っているところを見たこ

とがない……違うか、家族で揃ったことがないんだ。

俺と母上の関係性は希薄だ。小さい頃は、乳母任せで、母上と会うことは、ほとんどなかった。母上は社交が好きで、家にいることがあまりなかったし、常に自分が可愛がられる側だったから、子どもを可愛がるという概念がなかった。

俺が十二歳で王宮に行儀見習いで住み込むようになってから、母上とは会っていない。親子の縁とか愛情とかは、全然ないのだ。他人にしか思えない。暴力を振るわれていた分、親父との方が関わりがあった。親父ともない方がよかったのだが。

「こんなことになってしまい、申し訳ありません」

親父は頭を深々と下げる。

「あ、いや……」

陛下は親父の態度に戸惑うというか、なんだか態度がおかしい。

考えてみたら、母上を親父に押しつけたのは陛下だ。親父抜きで前公爵と勝手に話を進めたと聞いている。公爵家とはいえ、国王からの話なら、断ることは出来なかっただろう。

俺がジジババの領地に遊びに行くたびに、ジジババは親父に酷いことをしたと悔やんでいたから、母上の所業を知っていたのかもしれない。

俺の両親はおかしい。おかしいけどさ、そうなったのはなぜだ？　誰のせいだ？

貴族が政略結婚をすることは多々ある。上位貴族になればなるほど、自分の意志には関係なく結婚させられる。でもそれは、キチンとした理由があるから我慢できる。納得する意味があるから、受け入れることができるんだ。

こんな陛下の思い付きだけで結婚させられて、家族になんかなれるわけはない。

諸悪の根源は、陛下じゃないか。

俺は、陛下へと視線を向けると、皮肉がこぼれだす。

「まさか陛下は母上可愛さに、親父に『カリーナを泣かせるようなことをするな』とか『カリーナの好きなようにさせろ』とか、うるさく言っていたりしませんよね。夫婦の生活というか、他人の家庭のことに口を挟んだり、まさかしていませんよねぇぇ」

俺は陛下を睨む。

親父の話からは、母上が反省したとか、心を入れ替えたとかは、まるで思えない。夫が口出しできない後ろ盾があるからだろう。

「あ、いや、まさかカリーナが、そんなことを……」

「言ってたんだぁ」

「いや、カリーナはいつも夫が冷たいとか、家庭で蔑《ないがし》ろにされているとか、泣いていてだな……」

まさか親父ではなく、俺が口を出すとは思っていなかったらしく、陛下はタジタジだ。

「ふーん、母上の話だけを鵜呑みにしてたんだぁ。そうかぁ、陛下って、国王までしているのに、そんな人なんだぁ。きっと親父に頭ごなしに忠告とか小言とかうるさく言っていたんだろうねぇ。親父の言い分とか、ひとつ言も聞いちゃいなかったんだろうねぇ」

「いや、ルドルフはなにも言わなかったし……」

陛下の声はだんだんと小さくなっていく。

陛下の態度から、そりゃあうるさく言ってたんだろうな。親父はなにも言わなかったんじゃなくて、なにも言えなかったんだろうよ。だって相手は国王陛下だし。

「じゃあさ陛下、母上が父上以外の人の子どもを産んで陛下に泣きついたら、陛下は許すの？　アージニア公爵家の血が一滴も入っていない子どもを跡取りにするの？　俺はこんな身体になって、アージニア公爵家を継げなくなったけど、その方がよかったの？」

「いや、そういうわけでは……」

俺はだんだん腹が立ってくる。不敬罪だろうが知ったことか。

「そういうわけじゃないって、じゃあどういうわけ。アージニア公爵家はめちゃくちゃだよ。けっこう歴史の古い、王家の忠臣だったのに。代々誠心誠意お仕えしてきたのに、結果がコレ。コレだよ！　陛下に好き勝手に口を出されて、結果、家は潰れてしまうなんて。どーすんの陛下。これって陛下のせいだよね！」

俺は責める。とことん責める。ここぞとばかりに責める。

二人が結婚しなかったら、ファニアは産まれてこなかった。俺は転生できなかったということだ。アルに出会えなかっただろう。

それでも、幼いファニアは、親父の暴力に怯え、母上のいない寂しさを堪える生活を強《し》いられていたんだ。なぜ幼いファニアが、こんな目に遭わなければならないんだよ。俺の心の中で溢れそうになっている怒りは、前世の記憶に目覚める前の幼いファニアの怒りだ。

それになんだかんだ俺だってアージニア公爵家に誇りを持っているんだ。ただ従妹が可愛いからというだけの理由で家が潰れるなんて許せない。

「いや……カリーナはいつも泣いていてだな。そうだ、カリーナは泣いていたのだ、夫に蔑ろにされていると言ってな。ルドルフ、なぜカリーナと寝所をともにしなかったのだ、カリーナも寂しかったのだろう」

陛下は話を逸らそうと必死だ。反論しない親父に話を振っていく。

「はじめは、すぐにカリーナの妊娠がわかりましたので……あとは、私は必要ないと」

親父は答えはするが、まるで精気がない。人形のように表情がない。

「なぜ必要ないなどと」

「カリーナの産んだ子がアージニア公爵家の跡を継ぐのであれば、私の子どもはいない方がいいと思いました」

「はあ、私の子とは？　カリーナの子はお前の子だろう。なぜ二人目、三人目を作らなかったのだ。いない方がいいわけはないだろう」

陛下は親父の言うことの意味がわからず不思議そうに親父の顔を覗き込む。親父はそろそろと顔を上げると、思いがけないことを話し出した。

「このたびは、エイグリッド国より姫君を迎え、アルフレッド殿下のご婚約が整ったとのこと、心よりお喜び申し上げます。これでアルフレッド殿下の王太子としての地位も盤石《ばんじゃく》となり、喜ばしいことです」

親父はいきなり、まるで関係のない話をしだし、深々と頭を下げる。

「いきなりどうしたのだ。アルフレッドの話は、相手がまだ到着すらしておらん。何も決まっていない。先の話だ」

陛下は親父の話を、手を振って遮る。陛下の問いに答えもせず、違う話をしだす親父に陛下も戸惑っているらしい。

「筆頭公爵も職を辞されました。これで陛下や殿下におかれましては、思う存分、政《まつりごと》ができることと存じます。私もこれで思い残すことはございません。カリーナと離縁し、爵位を返上しとう存じます」

親父の言葉に陛下はびっくりしているが、もっと驚いたのは俺だ。

「えっ、待って待って。親父は筆頭公爵になりたかったんじゃなかったの？　そのために裏で色々やってたんでしょう？」

筆頭公爵を引きずり下ろすために、俺は餌にされたんだよね？　けっこう危険な目に遭ったよ。それって筆頭公爵になりたかったからじゃないの？　公爵家のトップ、序列一位になりたかったからなんじゃないの？

どういうことだよ。

「何を馬鹿なことを。私のような若輩者が筆頭公爵になど、なれるわけがないだろう。筆頭公爵は陛下の治世に横やりを入れ、アルフレッド殿下をあろうことか排除しようなどと、だいそれたことをしようとしていたのだ。証拠もなく手をこまねいているしかなかったが、やっと追い落とすことができた。これで憂いはなくなった。私のような者は、陛下のお側にいるべきではないのだ」

親父は清々しい表情をしている。

え、親父がいい人になってる。まるで本当に陛下やアルのことを想っている忠臣みたいじゃないか。じゃあ俺に今までしてきたことはなんなんだよ。

「じゃあ、今まで散々、俺を排除しようとしていたのはなんだよ！　なかったとは言わせないっ。俺に対する仕打ちがなかったとは言わせないっ」

俺は叫ぶ。

親父が王家のことを想う忠臣だったとして、じゃあ俺への態度はなんだったんだよ。なかったことになんかさせない。

「ファニア。お前はアルフレッド殿下から手を差し伸べられたら、断ることができるのか？　いくら正妃様を迎えられたとしても、アルフレッド殿下から望まれて、お前は断ることができるのか？」

「あ……」

アルがもし俺に手を差し伸べてくれたなら。

アルには正妃様がいて、それなのに、俺に手を差し伸べてくれたなら、俺は、俺は、アルの手を拒むことができるだろうか……。

アルと婚約を解消する前、アルは俺の他には妃を迎えないと約束してくれていた。俺一人だけを愛してくれると言っていた。それなのに……。

「ファニア。お前がアルフレッド殿下のことを心の底からお慕いしているのはわかっている。アルフレッド殿下に手を差し伸べられたなら、お前は断りきれないだろう。それでは駄目なのだ。そうなる前に私がお前を殺《あや》めてやろう。私も一緒に逝くから、それで堪《こら》えろ」

「親父……」

アルに男の俺がまとわりつくと嫁いできてくれたお姫様の憂いになってしまうのはわかっている。エイグリッド国との関係を俺一人のために悪くすることはできない。

「いやいやいやファニア、なに納得しそうになっているんだ。親子で心中なんかするんじゃない。この国は同性での婚姻も認められているし、王族ならば複数の妻を娶《めと》ることも許されている。第二妃だろうが、側妃だろうが、なればいいではないか」

流されそうになっている俺を陛下が止める。ヤバい。親父と一緒に死にそうになってた。

「なりませんっ！」

親父の強い否定に、俺と陛下は抱き合うほどにビックリする。抱き合ったりはしないが。


「ファニア、お前は決してアルフレッド殿下の手を取ってはならない。せっかくアルフレッド殿下の王太子としての地位が固まったというのに、お前のせいで、アルフレッド殿下が後ろ指を差されるようなことになったらどうするのだっ」

「ルドルフよ、そんなに目くじらをたてるな。アルフレッドとファニアが思い合っているのなら、何も引き離すことはないではないか」

「なりません、なりませんっ」

陛下の取り成しに、親父は大きく頭を振る。親父はあまりにも頑《かたく》なだ。

「ファニア、よく聞け。お前は陛下の御子だ。お前とアルフレッド殿下は、血の繋がった、実の兄弟なのだ」

「「ふぁっ!?」」

「このことが世間に知られようものなら、アルフレッド殿下は畜生道に堕ちたと指を差されることになる。アルフレッド殿下とお前が結ばれることは、あってはならないことなのだっ！」

親父の言葉に愕然《がくぜん》とする。俺とアルが兄弟……本当に？

「カリーナの妊娠がわかった時に、私は気づいたのだ。

陛下が御子を妊娠しているカリーナをアージニア公爵家へと嫁がせたのは、アージニア公爵家の跡継ぎに、御子を据えようとされているのだと。だから私は自分の子どもを持つことを諦めた……それなのにファニアは跡継ぎになれない身体になってしまった。アージニア公爵家は、もう爵位を返上するしかない……」

「え、ええええ。俺が陛下の子ども？　本当に？」

俺は陛下へと視線を送る。

親父の爆弾発言に頭の処理能力が追いつかない。いったいどういうことだ。

「ちっ、違うぞ。私とカリーナはそのような関係ではないっ！　断じてファニアは私の子どもではないっ‼」

「大丈夫でございます。このことは私が墓場まで持っていきます。何も心配されることはないのです」

「だーかーらー違うと言っているだろうがっ。私はカリーナと寝所をともにしたことなどないっ！」

どんなに陛下が否定しても、暖簾《のれん》に腕押しだ。俺が陛下の子どもだということは、親父の中では、決定事項になっていて、覆《くつがえ》ることはなさそうだ。

俺がジジババのところに遊びに行った時、ババから聞かされた。

陛下が母上を親父に押しつけた時、世間の人々は、陛下が手を付けた母上を持て余し、自分の側近に押しつけたのだと噂したと。結婚後、すぐに妊娠が判明した母上が、これまた早産だったことから、親父はなおのこと、そう思い込んだのだろう。ババからは、遊びに行くたびに、俺はアージニア公爵家の息子なのだと言い聞かされてきた。まさか今頃、親父の口から否定されるなんて、思いもしなかった。

「違うのだっ。あの当時、カリーナは妻子ある男性と問題を起こしていてだな」

「おい陛下。はじめっから問題物件を押しつけているじゃないか」

「うおっ」

いきなり俺が話に参戦したからか、陛下が驚いている。親父への弁明に必死になりすぎて、俺の存在を忘れていたようだ。

「親父は俺を自分の子どもだと思わなかったから、俺に愛情をくれなかった。いっつも冷たい態度で、厳しかった。殴られたことだって何度もある。全部ぜんぶ陛下のせいじゃないかっ」

「あ、いや、まさかそんなことになっていようとは」

「いつもいつも陛下の耳に入るのは母上の泣き言だけ。親父や俺の言葉を聞いたことなんかなかったじゃないか。俺はアージニア公爵家の息子だっ。それなのに、親父は認めてくれない。どうしてくれるんだよ。俺から父親を奪いやがって」

「あ……すまない……」

陛下はやっとことの重大さがわかってきたようだ。

陛下にはいつも可愛がってもらっていた。でも、それは母上の子どもだから。母上が何か言えば、それが優先される。あくまでも母上ありきなのだ。

「俺の十六年間を返せっ。俺の父親を返せっ。アージニア公爵家をどうしてくれるんだっ！」

俺は泣いて陛下に殴りかかろうとするが、親父に止められた。

「ファニア、陛下になんということを。あまりにも不敬がすぎるぞ」

「親父は何でこんな目に遭わされて耐えているんだよ。陛下の愛人を押しつけられて、そのせいで自分の子どもを諦めて、あんまりじゃないかっ」

「なんという言葉を使うのだ、自重しなさい。いいかファニア、私たち臣民は国王に仕えるのが当たり前なのだ。そうしなければ国が成り立たない」

「だからって、やっていいことと悪いことがあるじゃないか。なんで俺と親父が犠牲にならなきゃいけないんだよ」

俺は涙を流し続ける。

「親父、陛下は母上と関係がなかったと言っている。俺は親父の子どもだ、それを認めてくれ」

親父は俺を自分の息子ではないと思って生きてきた。それも俺が生まれる前からだ。

俺はアージニア公爵家の息子だ。

それを親父に信じてほしい。陛下なんか関係ない。今、ここで俺のことを自分の息子だと親父が認めないと、俺は親父にとって、一生他人になってしまう。俺はアージニア公爵家の子どもではないことにされてしまうのだ。

「ファニア、急に色々なことを言われて混乱していると思う。今まで名乗り合うこともできず、陛下もお心を痛めていらしたはずだ」

「陛下は違うって言っているじゃないか。母上とは関係していないって」

「口では言えないこともあるのだ」

俺の訴えを、親父は信じようとはしない。

「ルドルフ、気づかなかったとはいえ、お前には酷いことをしてしまった。謝って済むことではないとわかっている。だが、信じてくれ。私はカリーナとは関係していない。ファニアはお前の子だ」

「陛下、私ごときのために頭を下げるなど、あってはならないことです」

親父には、俺の言葉も陛下の言葉も届いていない。仕方ないのかもしれない。十六年以上の歳月をそう思ってきたのだから。そう簡単に覆《くつがえ》せることではないのだろう。

俺はゴクリと唾を飲み込む。

ここまで来たならばしょうがない、俺は親父に認めてもらうために、最後の切り札を使うことに決めた。

しかし、これは俺に多大なるダメージを与える。使いたくない。使いたくはなかったが、親父の思い込みを打ち砕くためには、この方法しか残っていない。

ババがいつも言っていた、俺がアージニア公爵家の息子だという証拠……。

「親父。親父は俺が生まれる前から、俺のことを自分の子どもではないと思っていたんだろう。俺のことを疎ましいと感じていて、一切顧《かえり》みなかった。俺が生まれた時に見てくれていたら、一目でいいから見てくれていたら、親父は苦しまなくてよかったんだ……」

俺は椅子から立ち上がると、親父にクルリと背中を向ける。

「親父っ、見ろっ。俺がアージニア公爵家の息子だという証拠だっ!!」

俺は下着ごと、ズボンを下ろす。

下半身はスッポンポンだ。公道に出たら、わいせつ物頒布《はんぷ》等の罪ってやつで逮捕される案件だ。その上、お尻を親父によく見えるよう、少し身体を屈める。

「な、何をしているんだ。はしたないっ、早くズボンを穿《は》きなさいっ」

「ファニア、いきなりどうしたんだ」

親父と陛下が驚いた声を上げる。

いきなり息子がムスコをさらけ出したら、そりゃあ驚くだろう。まあ、お尻を向けているから、ムスコは見えていませんが。

「親父、ここだ、ここ。ここを見てくれ」

俺は左のお尻を指指す。

俺の左のお尻には、生まれた時から痣《あざ》がある。それも赤痣で丸を三つ重ねたような、独特な形のものだ。痣はちょっと膨れており、故意に入れ墨などで作ろうにも、作れるものではない。

この痣は代々アージニア公爵家の男子にのみ遺伝する。この痣こそが、アージニア公爵家の血を引くことを証明するものなのだ。俺は、よりによってお尻なんて恥ずかしい場所にあるが、親父は左の手の甲にある。

幼い頃、ババからいつも言われていた、アージニア公爵家の血を引く証拠だ。

母上は、初夜のたった一回で俺を身ごもったのだ。

「そ、その痣は……」

この痣の意味を、親父ももちろん知っている。

「まさか、まさか、まさか……」

「そうだよ、俺は親父の息子なんだっ」

俺はムスコを出したまま叫ぶ。親父に自分の息子だって認めてほしいから。俺がアージニア公爵家の息子だと認めてほしいんだ。

バダンッ!!

「ファニアッ、大丈夫かっ！」


俺が親父と会っていると知ったのだろう、アルが慌てたように部屋に入ってきた。

うん、なんとなく分かってた。フラグが立ってるって。でも言いたい。なんで今なんだよっ。よりによって、なんで今なんだよ――っ！

護衛騎士ぃ、仕事しろよっ、そんなに簡単に扉を開けられたら、お前らが立っている意味がないじゃんかぁっ。

「何をやっているんだ――っっ!!」

アルの絶叫が辺りに響き渡る。

お尻丸出しの俺。

俺の痣を見て、茫然自失の親父（お尻を凝視中）。

どうしていいかわからず、俺のお尻を見ている陛下。

固まる護衛騎士（俺がお尻を出した瞬間に、驚きで固まっていた）

パニックに陥《おちい》った俺は、ズボンを穿くという一番妥当な選択肢を選ばなかった。そのままアルに駆け寄ろうとしたのだ。

「アルっ！」

アルの方を振り向こうとして、下ろしたズボンで身動きが取れない。無理をして力任せに動いて、バランスを崩す。そのまま前のめりに倒れる。

この三つの動作を秒で行った。

うつ伏せに倒れ込んだから、俺のムスコは下敷きになって、皆に見えていない……はず。

動けない俺はジタバタしながらアルを仰ぎ見る。

「アルー、アルぅ」

俺は手を伸ばす。

だって、アルが目の前にいるんだ。もう何か月も会えていなかったアルが。ケツプリ状態だが、嬉しくてたまらない。アルを抱きしめたい。アルの匂いを嗅《か》ぎたい。

「いったいファニアに何をしていたんだっ。いくら親でも理由によっては、ただではおかない」

アルは激しく怒っている。

自分の父親だとはいえ国王陛下に喧嘩を売っている。

「ち、違うんだ。俺の尻は重大な証拠物件で、見せる必要があったんだ」

「庇《かば》うなっ。どんな必要があろうと、お前の尻を見ていいのは俺だけだっ」

慌ててアルを止めようとするが、アルの怒りは収まらない。

「お前ら、騒ぐよりも先に尻をしまえ」

アルの後ろからついてきていたゼルナイトが俺の尻に自分の上着をかけてくれる。ありがとう、ゼルナイト。俺はゼルナイトの上着で下半身を隠しながらズボンを穿く。なんとかズボンを穿き終えると上着をゼルナイトに返して、やっとアルに抱きつく。

「アル。アルだぁ」

「ファニア……」

抱きついて匂いをスンスン嗅いでいる俺をアルも抱きしめてくれる。

「父上、後でなぜファニアの下半身が露出していたのか、しっかり聞かせていただきますからね」

アルは今にも陛下を殺しそうな目をして睨みつけている。

陛下は俺と親父との話し合いで、グッタリしてしまっている。あまりにも情報量が多い上に、衝撃的だったからな。

「ファニア、行こう」

アルは俺の肩を抱いて連れ出そうとする。

さすがに陛下の前では姫抱っこはしないようだ。俺は姫抱っこされるのは恥ずかしくて嫌だ。嫌なのだが、なんだか物足りないように感じるのはなぜなのか。姫抱っこなんてされたくないんだ。本当に恥ずかしいし……。

「殿下……」

背を向けようとしたアルに、今まで呆然としていた親父が声をかける。

「お願いでございます。ファニアを連れていかないでください。ファニアと話さなければならないことがあるのです。私は、私は、ファニアに……。どうか殿下、ファニアと話をさせてください」

親父の萎れた姿にアルは驚いて目を見開く。

アルにすれば、御大と呼ばれ、尊大な態度を取っていた親父が、あまりにも弱々しい姿になっていることに、驚いたのだろう。

俺を排除しようと動いていたのは明白で、そんな親父のことを危惧して、わざわざこの部屋に押しかけてきてくれたのだ。そう簡単に俺を親父の手には渡せない。

アルは俺の肩に回した手を外さない。

「アル、俺も親父と話をしなければならないんだ。それにね、もう親父は俺を排除しようとは思わないんだよ。誤解も解けたんだ。俺と親父は今まで話し合いをしてこなかった。だから、ここまで拗《こじ》れちゃったんだ。アルが俺のために、ここまで来てくれて、俺は本当に嬉しい。すごく嬉しい。でも俺はアルとは行けない。親父と本当の親子になるために話さなければならないんだ」

俺の真剣な気持ちが伝わったのか、アルは「そうか」と言って、肩から腕を離してくれた。アルの温もりが離れて寂しい。何か月かぶりに会えたアルが離れていこうとするのが、すごく寂しい。

「親父と二人きりで話をさせてください」

俺は陛下に頭を下げる。

「わかった」

陛下のかわりにアルが返事をすると、陛下を引っ張って部屋を出ていってくれた。

部屋には俺と親父の二人きり。役に立たない護衛騎士が扉の両脇に立ってはいるけどねぇ。

俺は親父と本当の親子になるための話を始めるのだった。

18・制裁

「下がれ」

私の言葉に部屋の中にいた侍女や宦官たちが頭を下げながら部屋から出ていく。護衛女性騎士たちも部屋の外に出してある。

やっと部屋に一人きりになり、大きなため息を吐く。気が重い。

明日から……いや、もう今から、噂が飛び交うのだろう。

とうとう陛下が男にまで手を出したと。

もう一度ため息を吐くと、グルリと部屋を見渡す。ジェーン正妃がいた後宮が空いているからと、ここを使うことにしたのだが、あまり馴染《なじ》みはない。ジェーンとは数えるほどしか閨をともにしなかったから、この部屋を訪れたのもほんのわずかな期間だけだ。

ジェーンはアルフレッドを妊娠すると、後宮で大人しく待つ妃ではなくなった。執務を行う施政者となったのだ。ともに国を導く〝戦友〟とも言うべき間柄だった。どの妃とも違う、親密な相手だったといえる。

周りの者たちは私がアルガリーナ第二妃を寵愛《ちょうあい》していると言っていたが、そんなことはない。側妃たちへの対応は、全て同じようにしていたし、掛ける経費も皆同じだった。

何が違うかというと、アルガリーナが筆頭公爵の娘であること。実家から莫大な援助があったのだろう。他の妃たちよりも数段上等なドレスを着ていたし、宝飾品も見事なものだった。

閨も均等に訪れていたが、なぜかアルガリーナは、よく妊娠した。あっという間に四人もの子どもを産んでいた。だが、それだけだ。後宮で私をただ待っているだけの妃の一人だ。

ジェーンだけが、後宮から飛び出し、私と並んでくれた。そのジェーンが自分から離れていくなど、思ったことなどなかった。

自分でジェーンと離れると決意したのに、いつまでも未練がましい。

私には、相手への気遣いというか、相手を思いやる心が……欠けているのだろう。

自分が気づいていないだけで、この欠けた心のために犠牲になった者は少なくはないのかもしれない。

あの小さくて可愛らしいだけだと思っていたファニアのことを思い出す。『俺の父親を返せっ。アージニア公爵家をどうしてくれるんだっ！』涙でグシャグシャになった顔で、私に向かって叫んでいたファニアを。

ファニアの母、カリーナは、私にとって、ただの可愛い従妹という枠を越えることはなかった。従妹というよりはペットのような、可愛がるだけの対象。暇な時にだけかまう相手。ペットですら飼ったならば責任を持たなければならないのに、私のカリーナへの接し方は、ただ甘やかすだけで、社会常識を教えるということさえ、していなかった。

その上、泣かれると面倒くさいと、他の者に丸投げしていた。丸投げされたルドルフの人生をメチャクチャにしているなど、露《つゆ》ほども思っていなかった。

ルドルフとは学園の同級生だった。その時からの付き合いだ。学園では、ルドルフの意志とは関係なしに、私の側近として仕えることを強いられていたし、学園を卒業したら、その主《あるじ》から、お手つきと噂されている妻をあてがわれた。

自分の人生なんか少しも歩むことができていない。

私の側を離れたくなるのは仕方のないことだ。

ルドルフはアージニア公爵家の爵位を返上してまで、私から離れたいのだろう。

ジェーンに続いてルドルフまでもが私の側を離れていってしまうのか……。

三人で話し合った時に、やっと私は自分が酷いことをしていたと気づくことができたのだ。遅きに失したかもしれないが……。

気づいたからといって、今までルドルフが苦しんできた時間をなしにすることはできない。

あの後、ルドルフとファニアは二人きりで話し合ったらしい。

ルドルフは長い間ファニアのことを自分の子どもだとは思っていなかった。私がそう思わせるような態度を取ってしまっていたからだ。いくら気づいていなかったとはいえ、許されることではなかった。

ルドルフは、ファニアの痣を見て、初めて自分の子どもだと気づいたのだ。

後日ファニアが私のところに一人でやってきた。ルドルフやアルフレッドに内緒だと言って、奇妙な表情をしてやってきたのだ。

「おじ様……いえ、陛下にお願いがあって来ました」

「お前には酷いことをしてしまった。できる限りのことをしよう」

「ありがとうございます。いくつかあるのですが。一つ目は父上と母上の離縁を認めてくださいね」

「ああ、それはもちろんだ。カリーナには私から言い聞かせる」

「助かります。他の誰の言うことも聞きませんので、よろしくお願いします。二つ目は離縁後の母上を引き取ってください」

「ぐ……子爵家に戻るのではないのか?」

「子爵家は母上の弟である叔父上が跡を継いでいますが、引取りを拒否されました」

「しかし、実家であろう」

「叔父上の奥方と上手くいくわけがありませんから。奥方に離縁されたくないから、姉は引き取らないと、叔父上からきっぱり断られました」

「……」

「お願いできますよね。どなたかが随分と甘やかしたようで、我儘すぎて誰の手にも負えないと、引き取り手がないのです」

「……わかった、修道院にでも入れよう」

「脱走できないよう、よろしくお願いいたします」

ファニアは頭を下げる。

「ファニア」

「はい」

「母親に対して随分と他人行儀だな」

「そうですね、幼い頃は年に一度会えるかどうか。十二歳で公爵家《実家》を出てからは、一度もお会いしていませんん。あまり家族としての実感はありませんね」

私の問いに対して、ファニアは少し笑って、大人びた表情を見せる。

こんな表情もできるのかと、驚いてしまう。私は今まで、ファニアをカリーナと同じように、ただ可愛がればいいだけの存在と見ていた。やはり私は何も見えていなかったのだな。

「最後のお願いになります。父上の想いを受けてやってください」

「想い？」

ファニアが何を言っているのかわからず聞き返してしまう。

「そうなんですよ。いきなり思い出したんですけど、スピンオフでおじさん同士っていうのがあったんですよ。イケオジ祭りってやつですね」

「は？　ファニア、お前が言っていることが全然わからないのだが」

「いーんです、いーんです。こっちの話です。こんなところまでBLゲームだったなんて、驚きですよ。腐ったお嬢様方は、おじさん同士を絡ませて、何が楽しいんですかねぇ。まあ、それは置いといて。この前、親父と話した時に突っ込んで聞いたんです。はじめのうちは、すっごく否定していましたけど最後は渋々認めましたよ」

「？？？」

ファニアの口調がいきなりぞんざいになってきた。

それを咎《とが》めることはないのだが、早口でまくし立てるように言われていることが、何がなんだかわからない。

「親父ってば忍恋《しのぶこい》ですよ。学生の頃から、ずっと陛下のことが好きだったみたいです」

「え」

「あ、もちろん恋愛的にです。だから、陛下に言われたことや、されたことは、マゾ的に従順に受け入れて、陛下のためにぃぃって頑張っていたみたいですね。親父が第二王子派っていうのも、アルの方が陛下に似ているからっていう、ただそれだけの理由らしいですよ」

ファニアは、腕を組んでウンウンと頷いている。

「はぁ、ルドルフが私を、学生の頃から？　え、好き？」

今まで、そんなそぶりも、そんな雰囲気もまるでなかった。学生の頃からというのなら、いったい何十年前からだというのだ。

「親父が陛下を好きっていうのは、それはどうでもいいんですよ。個人の想いですからね。ただ陛下が親父に母上を押しつけたことで、親父の十七年は苦悩まみれですよ。これってば、酷いですよね。おかげでアージニア公爵家は断絶しそうですし」

「ああ……」

ファニアの話はわからないところが多くあるのだが、責められているのはわかる。そして私が悪いこともわかっている。

「親父には、新しい嫁を紹介してもらうとして、今までの償《つぐな》いを陛下にしていただこうかと」

「償い……」

「もちろん拒否してもらってもいいんです。陛下に命令なんてできませんしね。ただ、親父は母上を押しつけられて十七年、俺は生まれた時から十六年、苦しみましたからねぇ」

「ぐ……」

「陛下は配慮したと思っているかもしれませんが、俺が毒を飲んだ後、公爵家《実家》に帰れなかったのは、陛下のせいですからねぇ」

「ぐぐ……」

「親父は自分の子どもを諦めて、俺は実の父親に邪険にされて……はぁ、辛かったなぁぁ」

「ぐぐぐ……」

「だからね、陛下。親父の想いを受け入れてやってください。親父の苦しみに報いてやってください」

「いや、受け入れろと言われても、どうすればいいのか……」

「簡単ですよ、親父とHしてください」

「ぶふぁっ！」

「そうですねぇ、親父の十七年の苦悩を思って、最低十七回は閨をともにしてやってください。一年一回だなんて、お得ですよ」

「え、あ、はぁっ？」

あまりのことに、混乱して言葉が出てこない。

「ねえ、陛下。親父は俺を実の子だと……親父と血の繋がった子どもだと認めてくれました。でもね、子どもだと認めてもらえても、親子にはなれないんですよ」

「？」

ファニアは寂しそうに笑う。

「俺は殴られた痛みを憶えています。罵《のの》られた悔しさを憶えています。実の父親に排除されそうになった恐怖を忘れることはできません。それに、親父だって、幼い子どもを虐げたことを憶えているし、命を奪おうとしたことを忘れやしないでしょう。血が繋がった親子だとわかったからといって、今までのことがなかったことにはなりません。忘れることなんてできないんです」

淡々と告げるファニアの言葉に、私は何も返せはしない。流れた時間を巻き戻すことはできないのだから。

「いや、あのな、だからといって男相手には……ルドルフを抱けと言われても、いや、ちょっと……」

「あ、大丈夫ですよ。ただ寝っ転がっていれば終わりますから」

「まさかっ、私が男に抱かれろとっ！」

「じゃあ聞きますけど、陛下、親父に勃ちますか？」

「え……」

「無理でしょう。じゃあ、マグロになっててくださいよ」

「………」

そう言ってファニアはニンマリと笑った。今まで、可愛がってきたファニアの見たこともない笑顔だった。


ゆっくりと扉が開き、ルドルフが部屋へと入ってくる。

今から私を襲おうとしているのに、やたらと穏やかな顔をしている。

「陛下、ファニアが申し訳ありません。何を言ったのかはわかりませんが、どうか、子どもが言ったことだと、お許しください」

ルドルフが私の足元に跪《ひざまず》き、頭を垂れる。

そういえば、この頃は、こいつの眉間に皺が寄った顔しか見ていなかったことに気がついた。

「ファニアが、お前が私のことを恋愛という意味で好きだと言っていたが、どうなのだ？」

「はい。それは間違いありません。私は陛下のことを学生の頃からお慕いしておりました」

少しぐらい否定するのかと思ったら、すんなりと肯定した。

「えらく素直だな」

「息子に言われて観念いたしました。私は陛下のことをお慕いしすぎて、おかしくなっていたのです。いくら血が繋がっていないと思っていたとしても、自分の子を手にかけようなどと、正気の沙汰ではありませんでした」

「もう私のことを想うことはやめるのか」

「いいえ、やめようと思ってやめられるものではないのです。今までどれほど諦めようとしても駄目でした」

そう言ってルドルフは、はんなりと笑う。憑《つ》き物が落ちた。そう表現できそうな表情と態度だ。

「そうか、それで、お前は今からどうするのだ？」

「陛下に私の心の内を知られるなど、ご不快な思いをさせてしまい、申し訳ありません。これを最後として、陛下のお目に触れぬようにいたします」

「そうではない、今からだ」

「はい、領地の方で過ごそうかと思います」

「そうではないっ。ファニアから言われていただろうがっ！」

「……まさか、閨の話でございますか」

「そうだ」

「ファニアが言っておりましたが、まさか本気だったとは。陛下のお耳汚しをしてしまい申し訳ありません」

「お前、やる気はないのか」

「恐れ多いことでございます。冗談でもそのようなことは申しません」

「見てみろ」

私はルドルフの前に立ち上がる。

宦官たちに悪ノリで着せられた夜着は、スケスケで着ようが着まいが関係ないほどの逸品だ。その上、下着は着けていない。ルドルフが息を吞《の》むのがわかった。

「言っておくがな、私は宦官たちに、尻の穴まで洗われたのだぞ。まったく。今頃は面白おかしく噂が飛び交っていることだろうな」

「も、申し訳ござい……」

「ファニアがアルフレッドのかわりに毒を飲んだ時、私はファニアに褒美を与えると言ったのだ、何か欲しいものはないかと」

私はルドルフの謝罪を途中で遮る。

「ファニアは、自分は死にかけたのに何も望みはしなかった。ただ、アルフレッドが無事だったことだけを喜んだのだ。そんなファニアが私に償えというのだ。ルドルフ、お前に償えと。私はお前に酷いことをしたと思う。そしてファニアにも同じだけのことをした。それなのにファニアが望んだのは、お前の想いを叶えることだけだ」

ルドルフは驚きに目を見開くと、頭を下げる。まるで涙が浮かぶ顔を見られたくないように。

「これは私がファニアから与えられた罰だ。お前が何か思い煩《わずら》う必要はない。まあ、協力はしてもらうがな。なにせ私は今からマグロにならなければならないのだからな」

私はさっさとベッドへと向かう。

私の姿を見て、ルドルフが生唾を飲むのがわかった。

こんな親父のどこがいいのか、少し愉快になってきた。

十七回は相手をしろとファニアは言っていたからな。

それまでは、ルドルフが私の側を離れることは許さない。

私は忌々《いまいま》しい夜着を脱ぎ捨てるのだった。

19．旅立ち

「ファニアちゃん、準備は進んでいる？」

「はい。粗方《あらかた》終わりました」

最後の服をトランクに入れている俺に、お義母様が声をかけてくれる。

俺は今、旅行の準備をしている。お義母様と約束していた外国旅行へ出発するための準備だ。

親父と話し合い、俺が親父の実の子だということを親父に信じてもらった。俺とアルが血の繋がった兄弟だという親父の危惧は、事実無根だとわかり、親父が俺を排除する必要はなくなった。俺は、もう隠れている必要はないのだ。

親父は陛下の側で側近を続けてはいるが、筆頭公爵になる気はないと言っていた。それに、自分がいると、また不穏分子が活発化するからと、第二王子派も辞めてしまった。

だからと言って俺は公爵家には帰らなかった。お義母様にお願いして、この隠れ家に置いてもらっている。

生まれてからずっと親父に疎《うと》まれてきた。幼い頃は悲しかったし、振るわれる暴力に怯えていた。いくら血が繋がった親子だとわかり、確執がなくなったとはいえ、いきなり仲良くなんかなれない。

俺と親父の間に過ぎた十六年間がなくなるわけはないのだ。

俺は公爵家には帰らないし、親父も俺に帰ってこいとは言わない。それに俺は、もうすぐフリアリスト国《このくに》からお義母様と一緒に旅に出るから。この国に帰ってくる予定の立っていない、旅に出るのだ。

フリアリスト国《このくに》にとうとうエイグリッド国のカロリーヌ姫様が到着された。

四月の最初の日曜日にカロリーヌ姫様のお披露目《ひろめ》があり、その時に、国民へ向けたなんらかの発表があると、発表内容は明らかにされていないが、告示があった。

アルとお姫様に関する報告があるだろうと、国民たちは、喜んでいる。ジェーン正妃様の喪が明け、今までの暗い雰囲気を吹き飛ばすかのように、国を挙げての歓迎ムードに包まれているのだ。

俺は……俺は、喜ぶことができない。心の狭い奴だと笑われるかもしれないけど、どうしてもお祝いを言うことができない。

アルに会って、けじめをつけようと思っていた。縋りついて、詰って、殴りつけて。泣いて怒鳴って、終わりにしてやろうと思っていたのだ。

親父の誤解も解けて、俺は自由に行動できるようになった。アルは目が回るほど忙しいらしいけど、俺が会いに行けば会ってくれると思う。それなのに俺はアルに会っていない。会いたくて、会いたくてたまらないけど、アルに会っていないのだ。

変わってしまったから……状況が変わってしまったから。


この国は男女ともに十八歳が成人とされているが、結婚は十六歳から可能だ。貴族になると、それ以前の結婚も認められるが、結婚許可年齢までは白い結婚（性交渉不可）でないといけない。

カロリーヌ姫様は十六歳になられたばかりで、この国に来られるから、四月から王立学園に入学される。そして同時にアルと婚約を発表され、二年間の学園生活を経て、卒業と同時にアルと結婚する。国の通例として、王族、庶民にかかわらず、成人してからの婚姻が一般的だからだ。よっぽどの理由や事情がない限りは、成人してから婚姻する。

だから、俺は甘い考えを持っていた……。

国からの正式な発表は出ていなかったが、新聞でも、憶測として報じていたし、国民全てが、そう思い込んでいた。だが四月になり、お姫様が到着すると、話が変わってきたのだ。

お姫様の生国、エイグリッド国から、正式な申し出があったのだ。エイグリッド国での成人は男女ともに十六歳。カロリーヌ姫様はすでに十六歳であり、成人を迎えている。婚約し、学園で二年間、時間を過ごすよりも、即時に成婚すべき。両国にとって一日でも早い、条約の締結（王家同士の婚姻）を望む、と。

これはエイグリッド国では正式に発表されているとだと新聞で報道された。好戦的なエイグリッド国は、隣国と少しきな臭い状態になってきている。友好国を増やしたいのだろう。

もともとが婚姻のためにカロリーヌ姫様はやってくるのだ。婚約期間を設《もう》けないというエイグリッド国の主張も無下にはできない。

俺はこの話を新聞で読んで、目の前が真っ暗になった。アルが結婚してしまう。婚約と結婚では、全然違う。アルとは二度と会えなくなってしまう。

アルの隣にお姫様がいるのに、平気な顔でアルに会えるわけがないのだ。幸せそうな二人を見たら、俺はどうなってしまうのだろう。

陛下は俺にアルの第二妃になればいいと言う。第二王子派の仲の良いおじちゃんたちもそう言ってくれる。

無理だ。

俺には無理だ。アルが他の人の手を取っているのを隣で見ているなんて。俺の心の中に黒いものが湧き出てくる。

ああ、俺はやっぱり悪役令息なんだ。こんな醜《みにく》い心を持ってしまうなんて。だからアルに会いに行っていない。会えない。こんな心の俺はアルに会うことなんかできない。


「ファニアちゃん、どうしたの？」

お義母様の声にハッとする。荷造りの途中だったことを思い出す。

「すみません、ボーッとしていました」

「謝る必要なんかないわ。それよりファニアちゃん、言ったでしょう、そんなに衣類は必要ないのよ」

俺のトランクを見て、お義母様が頭を振る。

お義母様からは、旅行の準備を始める時から、衣類は最小限にと言われていた。

「旅行先に行ったら、向《む》こうの服を着ないと駄目よ。外国人だとわかると、よからぬ者たちが寄ってくるわ。服は向こうで揃えられるから、こちらから持っていく必要はないのよ。かさばるだけでしょう。それだったら、こちらの名産品をたくさん持っていく方がいいわ」

「はい、わかってはいますが、やはり下着類は持っていくべきかと」

「まあ、着の身着のままでもいいのよ。行く先々で購入した方が楽しいでしょう」

お義母様は楽しそうだ。今まで公務に縛られ、自由に外国になど行けなかったからだろう。

旅立つ日はアルとお姫様の結婚の日取りが発表されるのだろうその日。四月の第一日曜日に決まった。

宮殿のバルコニーにアルとお姫様が並んで立って、国民たちに向かって、手を振る日だ。

俺は、もっと早く旅立ちたかったのだが、お義母様の都合があった。お義母様は亡くなられたことになっているから、人に見られるわけにはいかない。いくら、国民の前に出ることが少なかったとはいえ、正妃として出なければならない行事はあったし、お義母様のことを知っている人は大勢いる。

生きたお義母様を見られるわけにはいかない。国が慶事に沸《わ》き、王宮に国民が集まっているどさくさに紛れて、こっそり旅立とう。そうお義母様は言われたのだ。

俺は、四月の第一日曜日にフリアリスト国《このくに》から旅立つことに決まったのだった。

アルから手紙が来た。

俺がお義母様の元に身を寄せていることは、お義母様からアルに連絡を入れたと言われていた。初めて届いた手紙は、正式なものではなかった。急いで出したものだろう。封蠟《ふうろう》もない。急いで書いたような走り書きで、日時と場所だけが記載された手紙。

この隠れ家の家令を務めるイグニーが受け取った。

「あの、ファニア様宛の、お手紙なのですが……」

困惑したような顔をしてイグニーが俺へと持ってきた。アルからの手紙を受け取って、俺はどうすればいいのかわからなくなった。指定の日付は四月の第一日曜日。旅行の出発日だ。

お義母様との旅行は船旅だ。船旅だとはいっても、フリアリスト国は海に面してはいない。いったん隣の国の港まで馬車で行き、そこから船に乗り換えることになっている。

この日に港に向かって出発しないと、船に乗り遅れてしまう。お義母様が予約してくれた船は豪華客船だから、次に寄港するのは半年後だ。その上、お義母様は教えてくれなかったが、船代は目が飛び出るほどに高いと思う。

アルの手紙を胸に考える。

この日付と場所は何を意味しているのだろう。俺に、この場所に来いと言っているのだろうか。他には何も書かれてはいない。

俺は、ただアルの手紙を胸に抱きしめているだけだ。考えがまとまらない。

実は俺から何度かアルに手紙を出したことがある。しかし返事は来ていなかった。今まで、なしのつぶてだったのに、なぜ今なのだろう。


「ファニアちゃん、どうしたの？」

俺の態度にお義母様が訝《いぶか》しそうにこちらを見ていた。

「いえ、なんでもないです」

俺はとっさに手紙を隠してしまう。隠す必要なんかないし、お義母様に見せるべきだ。それなのに、なぜか隠してしまった。

日曜日まで、もう日にちがないのに。
フ、と視線に気づき後方を見る。
イグニーが心配そうに俺のことを見ていた。イグニーは、手紙を俺に渡してから、ずっと悔やんでいるようだ。俺に手紙を渡したことを、お義母様に言わないでとイグニーに言ったから。俺に渡すのではなく、先にお義母様に渡した方がよかったと思っているのだろう。

今まで、俺がどんなに望んでもアルから手紙は来なくて、初めて来た手紙が、こんな暗号みたいなものだったから、訝しんでいるのかもしれない。

今、イグニーが手紙のことを喋ってしまったら、お義母様に知られてしまう。俺はイグニーが何かを言い出す前に、視線を外す。


「ねえ、聞いてちょうだい。マチルダが船酔いにはショウガの蜂蜜漬けがいいらしいって誰かから聞いてきたのよ。それで大量に持っていこうとしているの。あれほど荷物を少なくするようにって言っているのに。それに本当に、ショウガって効くのかしら？」

お義母様は首をひねっている。

マチルダとは、お義母様の乳母の子どもで、お義母様の乳姉妹にあたる。お義母様がフリアリスト国《が》に嫁いでこられた時に、侍女として一緒についてきた。お義母様より二歳年下で、結婚はせず、お義母様に、ずっと仕えている忠臣だ。

お義母様が食に目覚めてから、食べ歩きなども常に一緒なため、お義母様に負けず劣らずな体形をしている。お義母様とマチルダが二人揃っていると、俺は押しつぶされるのではないかと、少しだけだが、恐怖してしまう。

今回の旅行は、帰りの予定を決めてはいない。もしかしたら帰ってこないかもしれない。

お義母様は、マチルダと古参の侍女エイベ、同行を申し出た数名の侍女と護衛だけを連れていくことにしている。全員がお義母様直属の者たちだ。

この隠れ家は処分され、残りの使用人たちは十分な退職金を渡され解雇される。家令のイグニーは、もともとが陛下の侍従だったそうで、俺たちを見送った後、陛下の元へと戻るそうだ。全ての準備は整った。あとは出発するだけだ。

俺はふと疑問に思う。

「お義母様は差し障りなく出国できるのですか？　表向きは亡くなられているのですから、身分証明書がありませんよね？」

国境で、出国手続きができるのだろうか？

「これでも国政に今まで携わってきたのよ。身分証の一つや二つ、いつでも用意できるわ。出国手続きもできているわよ」

コロコロとお義母様は笑う。

俺の知らない間に、手続きは滞りなく済んでいるようだ。さすがお義母様だ。

「俺は出国に際して何か手続きは必要ですか？」

考えてみれば俺は未成年だった。保護者は親父になるのだろうか？　旅行に行くことすら言ってはいないが。

「ファニアちゃんの分も、こちらで処理は終わっているわ。心配いらないわよ」

お義母様の言葉に安堵する。

俺はお義母様に、いつもおんぶに抱っこだ。頼ってしまっている。

俺はなんの力もない学生（学校には行っていないが）で、ことを起こすには力不足だ。この手紙をどうするか。どうしたらよいのか。どんなアクションを取るべきか。いつもだったら、俺が手を伸ばして、一番に助けを乞うのはアルだった。

でも、今回はそういうわけにはいかない。自分の力でなんとかしなければ、考えなければならない。

お義母様の旅立ちの邪魔をしてはいけない。ポケットに入れた手紙をギュッと掴む。もう出発まで時間がない。俺も動かなければならない。

四月の第一日曜日に決着をつけよう。そして憂いをなくして旅立つのだ。


そして、運命の日がやってきた。

四月の第一日曜日、旅立ちに相応《ふさわ》しく天気は快晴だ。

「ファニアちゃんは二台目の馬車に乗ってちょうだい。私はマチルダとエイベと乗るわ。女子トークの中だとファニアちゃんも気を遣うでしょう」

お義母様は、朝からテンションが上がりっぱなしだ。マチルダとエイベも嬉しそうだ。

お義母様とマチルダは俺の体重の二・五倍。エイベは二倍強だ。同じ馬車に乗るのは、女子トークはともかく、馬車を引く馬さんの苦労を思うと、遠慮した方がいいだろう。

それに、アルから来た手紙のこともある。馬車を分けてもらえたことは、ありがたい。


「あら、マチルダったら、まだショウガはいらないわよ。まあ、エイベも、どうしてお菓子なんかを持っているの。今は持ってこなくていいのよ。二人とも手に持っているものを、荷物を積んだ馬車の方に置いてきなさい。さあさあ、早くみんな馬車に乗って。急いでちょうだい。ファニアちゃんは一人だけど大丈夫？」

「大丈夫です」

お義母様は、テキパキと指示を出しながら、それでも俺を気遣ってくれる。

俺たちは馬車へと乗り込む。

家紋など何も入っていない馬車だが、とても贅沢《ぜいたく》な作りで、長く乗っていても疲れないように、クッションや毛布なども準備されている。

「イグニー、今までありがとう。後のことはお願いね」

「奥様、勿体《もったい》ないお言葉です。後のことはお任せください」

お義母様は、皆が馬車に乗り込むのを見届けてから家令のイグニーへと声をかける。イグニーは、感極まったのか、涙を浮かべ、深々と頭を下げる。

「それじゃあね……まあっ大変！　私ったら、帽子を忘れてきてしまったわ。なんてことでしょう。皆にあんなに忘れ物をしないように言っていたのに、自分がしてしまうなんて。ごめんなさい、イグニー。居間のソファーの上に置いてあるはずだわ、取ってきてちょうだい、赤い薔薇《ばら》のコサージュが付いたやつよ」

「はいっ、ただ今っ」

最後の最後で、お茶目をしているお義母様を、馬車の窓から見ていた俺は、そのおかげで緊張が解けた。朝からテンパっていたのが、なんとか落ち着くことができた。

「奥様、これでございますかっ」

イグニーが帽子を持ってくる。

「ああ、それよ。ありがとう、イグニー。最後までバタバタしてしまったけど、行ってくるわね」

お義母様は帽子をかぶると、馬車に乗り込んだ。

馬車が出発する。

お義母様に一つお聞きしたい。荷物を減らすのではなかったのですか？　俺が数枚のパンツを持っていくことさえよしとはしなかったのに。この馬車の台数の多さはなんなのですか。人が乗っている馬車は三台だけですよね（お義母様たち、俺、侍女たちの三台に護衛騎士たちは騎馬だ）。

いったいこんなに何を持っていくのですか？　深々と頭を下げるイグニーの前を、何台もの馬車が通り過ぎていく。

馬車が出発して十分ほどして、その中の一台が、馬車の隊列から離れたのだが、騒ぐ者はいなかった。

一台の馬車はそのまま道を逸れ、他の馬車が国境へと向かうのに反し、林道へと進んでいくのだった。

「はぁ、やっと出発した……」

馬車には窓はあるが、外から中を見られないよう覆いがしてある。そのため、馬車が今、どの辺りを走っているのかはわからない。少し揺れが大きいようだが、大量のクッションもあるし、大丈夫だ。

今日は、朝からバタバタと忙《せわ》しなかったから、一人きりの馬車の中、やっとゆっくりできる……と、思ったのに。

「で、なんでお前が乗っているの？」

「つれないですねぇ」

先に乗り込んでいた赤服がクスクスと笑っている。馬車に乗り込んだ時に、赤服がいて、びっくりしてしまった。驚いて馬車から降りなかった自分を褒めてやりたい。他の者たちは、この馬車に赤服が乗っていることを知っているのだろうか。もしかしたら、御者や護衛騎士たちの中にも、赤服の配下が紛れ込んでいるのかもしれない。

「なあ、一つ聞いてもいいか」

「どうぞ、お答えできることには、お答えしますよ」

目の前の赤服に、色々と疑問は湧き上がるが、俺は一番気になったことを聞くことにする。

「なんで赤い服を着てないんだよっ！」

ビシリッ！　と赤服に指を突きつける。

赤服は今、黒っぽい制服のような服を着ている。なぜだ。なぜ赤い服を着ていないんだ。おかしいだろう。赤い服を着るべきだ。なんで今更、普通っぽい服を着ているんだよ。

「え、よりによって聞くのがソコですか。もっと聞きたいことがあるんじゃないですか。それに、俺が何色の服を着たっていいじゃないですか」

「ダメだダメだっ。俺の中では、お前は赤い服以外着ちゃいけないんだよ」

赤服は、呆れたような顔をしている。だが譲れない。赤服は赤い服を着るべきだ。

「今度から俺の前に出てくる時は、ちゃんと赤い服を着てくるように」

「なんなんですか、その貴族特有の命令口調は」

「決まり事だからいいんだよ」

「えー、なんだか理不尽ですねぇ」

反論は許さない。

それに、赤服は陛下の私兵だと、お義母様が言っていた。俺とお義母様が今日旅行に出発することを知った陛下が、護衛にと付けてくださったのだろう。もう俺が赤服を恐れることはない。


ガタン。

軽い振動とともに、馬車が止まったことがわかった。そんなに時間は経っていない。この馬車の最終目的地は隣国の港町だ。隣国までは、馬車で四日かかる。港から、今度は船に乗るのだ。

今は、休憩のために一旦馬車が止まったのだろう。

「降りますか？」

「ああ。身体を伸ばしたいからな。お前はこのまま乗っていろ」

「えー、トイレに行きたいから降りますよ」

「ふん、そうかよ」

赤服は俺の護衛をしてくれているのだろう。俺から離れる気はないようだ。

極力人目にはつきたくないので、上着のフードをかぶると、豪華な上着だが、少し大きいのか、フードをかぶると、顔が半分以上は隠れてしまう。

俺は扉に手をかける。ゆっくりと扉を開けると、馬車から降りた。


馬車から降りると、そこは林の中の開けた場所だった。

あんなに何台も連《つら》なっていた馬車は周りにはおらず、自分が降りた馬車一台だけ。フードをかぶったまま、辺りを見回す。

ザザザッ。

林の中からけっこうな数の男たちが出てきた。十人以上はいるんじゃないかな。手に手に得物《えもの》を持っている。

「俺一人のために、大げさだよねぇ。アルフレッド様はいないし。まあ、殿下は宮殿に缶詰なんだけどね」


俺が独り言《ご》ちていると、中央に老人が出てきた。見たことがある。

確か……ミーシット侯爵だったよな。侯爵って言っても引退しているから、元侯爵か。

「ノコノコと出てくるとはな」

「こんなところに呼び出して、どういうつもり」

「もちろん、アルフレッド殿下にお会いすることのできない場所へ行ってもらうためだ」

「旅行に行く途中だったんだけど。邪魔してまで、しなきゃいけないこと？」

「旅行に行こうが、戻ってこられてはかなわんからな。せっかくだから、戻ることのない遠いところへ旅立ってもらおうと思っておるだけだ」

クツクツとミーシットは笑う。

悪い人じゃないんだけどねぇ。ちょっと残念に思う。

「もうさ、いいんじゃない。ファニアをアルフレッド様の伴侶として認めてやりなよ。もう第二王子派の中では、ファニア容認派の方が多くなってきているのわかっているよね。アルフレッド様のファニアへの執着を見たらさ、認めるしかないと思うよ」

「うるさいっ！　男の伴侶など認めるわけにはいかん。

せっかくこのたびアルフレッド殿下の立太子の儀が正式に決まることになったのだ。それなのに男の伴侶など、子を成すことができないではないかっ。王家の血筋を絶やすというのかっ」

「いやいや、アンドリュー殿下もいらっしゃるし、なんなら第三王子のアーネスト殿下に第四王子のアイリィ殿下もいらっしゃるでしょう。そんなに簡単に王家の血は絶えないよ」

あの正妃に側妃を三人も持っている陛下は、王子四人、姫六人の子だくさんのパパだ。ただ、母親の権力が強いのが第一王子のアンドリュー殿下と第二王子のアルフレッド様のお二人だというだけだ。直系のお子様はうじゃうじゃいるのだ。

「違うっ!! アルフレッド殿下だけが、正当な王族であらせられる。アルフレッド殿下の御子でなければ、王家を存続させることはできないっ」

ミーシットの目は見開かれ、その顔は何かに憑りつかれたかのようだ。

こいつらは、アルフレッド様と口では言っているが、結局は陛下を慕いすぎている臣下たちなのだ。アルフレッド様が、あまりにも陛下に生き写しだから。


陛下の若い頃と変わらない姿形をしているから、アルフレッド様を推している。それだけなのだ。

アルフレッド様のことは、若い時の陛下だと思い込んでいるのだろう。だから、陛下（アルフレッド）の御子でないと、次の国王とは認めない。そのためには、アルフレッド殿下の子どもが必要で、子どもの産めない男の伴侶など認められないのだろう。

第二王子派のファニア排除派と言われる者たちは、自分の出世や立場など、なんとも思ってはいない。ただただ陛下を慕っている、決して陛下を裏切ることのない忠臣たちなのだ。

国を導く王となるには、ある種のカリスマ性が必要だとは思う。だが、あの陛下は人たらしすぎる。陛下に心酔しすぎる、ヤバい臣下が多すぎるのだ。

顔はいいんだけどねぇ。どこがいいんだか。俺の思いを、目の前のミーシットに知られたら、首を絞められそうだけど。

俺はフードを脱ぐ。俺の素顔を見ても、ミーシットは、驚いた様子もない。

「ミーシット侯爵、知っているか、アルフレッド様は、お前たちみたいな、ファニア排除派がいるから、第二王子派の者たちにファニアとの関わりを持たせることはなかった。それに、アルフレッド様が王宮の奥深くに大切に隠していたから、ファニアの姿形を知っている者は少ない」

ミーシットに変化はない。何も気づいていなさそうなミーシットにうんざりしながら話を続ける。

「ファニアとアルフレッド様は、今は離れ離れだけど、嫌って別れたわけじゃない。あの二人は未だに恋人同士だ。うんざりするほどイチャイチャのな。ファニアが言っていたけど、どんな走り書きでも、アルフレッド殿下の手紙の頭語は『愛しいファニアへ』かららしいよ。それに、どんなに乱れた字でも、どんなに急いで書いた字でも、ファニアがアルフレッド様の字を見間違うわけはないんだってさ。どんだけノロケを聞かされなきゃならないの。まあ、手紙でだったけどさ」

ミーシットは、俺が何を言いたいのか、だんだんわかってきたようだ。

ファニアは数度アルフレッド様へ手紙を出したらしい。だが返事は来なかった。ファニアが出した手紙に対して、アルフレッド様が返事を書かないことはありえない。睡眠時間がなくなろうと、公務に支障が出ようと、ファニアの手紙には、速攻で返事を書く。それがアルフレッド様だ。

アルフレッド様がファニアに婚約解消を告げた時、そりゃあアルフレッド様は荒れに荒れた。ファニアを抱きしめたまま、離れないと、散々ごねまくったのだ。俺たち側近が羽交い絞めにして、やっと引き離した。そんなアルフレッド様が、数か月離れただけで、ファニアに冷たくなるわけはないのだ。どんな理由があろうとも。

アルフレッド様に何度か出した手紙の返事が来ないことでファニアは考えた。隠れ家の中に敵がいると。信じられるのはジェーン元正妃様と、その側近マチルダとエイベだけ。外に連絡を取ろうにも、ジェーン元正妃様は外出することはできないし、ファニアが外出すれば、必ず敵に知られるだろう。

ファニアはエイベに手紙を託した。エイベはジェーン元正妃様のためのお菓子や食べ物を買うために、外出する。エイベはジェーン元正妃様の好みを熟知しているから、他の者には任せられないと、自分が直接町へと出向いているからだ。

ファニアはエイベに頼んだ。エイベがお菓子屋に手紙を渡し、お菓子屋が王宮へと手紙を届けるようにしてくれと。そして、アルフレッド様からの返事は、それを逆にして、エイベから直接ファニアへと届けられるようになった。

　敵はすぐにわかった。家令のイグニーだ。

　イグニーは、もともとは陛下の侍従。陛下に心酔している男だ。第二王子派のファニア排除派の手先と考えて間違いはない。

　ただ、ありがたいことに、イグニーは自分の身が可愛かった。ファニアを殺して殺人犯として、自分が捕まるのは避けたかった。旅行の出発の日に隠れ家から出たファニアを他の人にどうにかしてもらおうとしたのだ。

　ファニアもアルフレッド様も、ここで決着をつけることにした。今までは、ファニア排除派とはいえ、忠臣である者たちを処分することは、御大の存在もあり、難しかった。だが、ファニアが堂々と表を歩くためには、必要なことだ。第二王子派からファニア排除派を全て切り捨てる。アルフレッド様にすれば、ファニアに害なす者は、ただではおかない。ただそれだけなのだが。


「俺が一番言いたいのは、俺とファニアの身長差は、今じゃ十センチ以上あるってこと。俺はあんなにチビじゃねーし。どうして俺が馬車から降りてきた時点でわからないかなぁ」

「お前は……」

「何度かミーシット侯爵とは、お会いしたことはありましたよ。そんなに俺は印象が薄いですかねぇ。お久しぶりです。ローライト公爵の一子、ジェイドでございます」

　俺は慇懃《いんぎん》にミーシットに向け礼をしてみせる。

「ま、まさか……」

「大変だったんですよぉ。家令のイグニーにバレないよう、ファニアと馬車を乗り換えるのって。ジェーン元正妃様に一芝居打ってもらったんですが、セリフが、すんごい棒読みで、いつバレるかとヒヤヒヤしましたよ。イグニーが気づかずに、屋敷の中に帽子を取りに行ってくれた時には、ホッとしました」

　ジェイドは笑う。

　この話をジェーン元正妃様に持ちかけた時、ジェーン元正妃様はノリノリで承諾してくれた。ありがたかった。ありがたかったが、まさかジェーン元正妃様があれほどの演技下手とは思わなかったのだ。

「さあ、そろそろ決着をつけましょうか。今頃イグニーは別動隊が拘束しているはずです。今日で全てのファニア排除派はいなくなります。ファニア排除派の筆頭だったアージニア公爵様が辞められた時に、皆さんも辞めておけば、こんなことにはならなかったのに、残念です」

「何をベラベラと。お前にはわからないのか。真の王家を存続しなければならないということが。我々には、陛下の血筋をお守りしていくという使命があるのだっ」

ミーシットは周りにいる者たちにジェイドを処分するよう合図をする。ジェイドを処分した後は、ファニアを追って、ファニアを処分しなければならない。ファニアの行き先は国境だとわかっている。急げば間に合う。

目の前のジェイドを見る。ジェイドは笑顔を湛《たた》えたまま、その場に立っている。

おかしい。

なぜジェイドを拘束しない。なぜジェイドに斬りつけない。周りをグルリと見回し、ミーシットは驚愕に目を見開く。自分の連れてきた者たちは、全てが拘束されていた。いつの間に……。

声一つ上げる間もなく、猿ぐつわを噛まされ、両手を拘束されている。何十人ともいえる騎士たちが、ミーシットの周りを取り囲んでいた。

「ファニアを少しでも危険な目にあわせることがないようにと、俺が任されましたけどね。こう見えても俺は忙しいんですよ。早くしないと式典が始まってしまいますからね」

ジェイドはクルリとミーシットへと背を向ける。そして、乗ってきた馬車へとまた乗り込んだ。

ミーシットは、数名の騎士に拘束された。騎士たちは白地に蒼の刺繍が施された騎士服を身に纏っている。アルフレッド殿下の親衛隊であることに気づいたミーシットは、力尽き、その場に跪くのだった。


「降りますか？」

「ああ。身体を伸ばしたいからな。お前はこのまま乗っていろ」

「えー、トイレに行きたいから降りますよ」

「ふん、そうかよ」

赤服と無駄口を叩きながら馬車から降りる。

街道に沿って、少し広い場所が設けてあり、そこには全ての馬車が停まっている。いったい何台馬車がいるのだろうか。お義母様、何をそんなに持っていかれるのですか。

「ファニアちゃん」

お義母様の声に振り返る。

少し離れた場所で、馬車から降りたお義母様がこちらに向けて手を振っている。俺はお義母様の元へと走る。お義母様の横にはマチルダとエイベ。なぜか二人ともハンカチを目に当てている。泣いている？　お義母様へと視線を向けると、お義母様の目にも涙が浮かんでいる。

「お義母様っ、どうされたのですかっ！」

あの毅然《きぜん》としたお義母様が泣かれるなんて、いったい何があったのだろうか。

「ファニアちゃん、ここでお別れです」

「へ？」

お義母様は、俺の両肩に手を乗せて、俺の顔を忘れまいとするかのように、じっと見つめてくる。

「ど、どういうことですか？」

お母様は涙ぐみながらも、口元に優しい笑みを浮かべる。

「別れるとは言っても、いつでも会いに来てほしいわ。私《わたくし》は、この国を二度と訪れることはできないけれど、ファニアちゃんとアルフレッドは、いつでも私の元へ来られるのですからね。そのことを忘れないで」

お義母様の瞳から一粒涙がポロリと零れる。

「え、え、何をおっしゃっているのですか、俺はお義母様と一緒に旅に出るんですよ」

「ええ、ええ、そうだったらどんなに楽しいでしょうね。でも、私が楽しいからとファニアちゃんを連れ回したら、誰かさんから殺されそうだもの」

お義母様は、クスリと笑う。また一粒涙が零れる。

「ファニアちゃん、息子をよろしくね。まだまだ頼りないところがあるから、ファニアちゃんには苦労をかけるかもしれないけれど、どうぞ、手を離さないでいてやってちょうだいね」

「何を言って……だって、だって、アルには……」

俺はお義母様が言われていることがわからない。アルは今日、お姫様との結婚を発表するのだ。アルとお姫様にとって、俺は邪魔者以外の何ものでもないのだから。

「王宮での生活は大変だと思うわ、でもファニアちゃんなら大丈夫。しんどい時は、アルフレッドを殴っておけばいいわ。二人で解決していけばいいのよ」

お義母様がギュッと俺を抱きしめる。豊満なお義母様に抱擁《ほうよう》されると息ができない。

「「ファニア様ぁっ」」

お義母様の抱擁が解かれたと思ったら、号泣のマチルダとエイベにも抱きつかれた。二人とも、お義母様並みに豊満だ。息ができない。


「では、そろそろお連れします」

赤服が、俺の命が危ないのがわかったのか、マチルダとエイベから俺を引き剝《は》がしてくれた。やっと息が吸える。俺はそのまま赤服に担ぎ上げられる。

「なっ！　赤服っ、離せっ」

「俺の呼び名が赤服とはね。俺に無理やり赤い服を着せようとした意味がわかりました。時間が押しているんで、急ぎますよ」

抵抗も空《むな》しく、俺は元の馬車へと押し込まれる。

「ファニアちゃん、頑張ってねぇ」

「「ファニア様、お元気でぇ」」

お義母様たちの声を背中に、馬車の扉が閉められる。そして、すぐに馬車は出発する。

「どういうことだよっ。今から向かわないと、船に乗れないんだぞっ！」

俺は同乗した赤服に食ってかかる。馬車が動いているので、大人しく座ってはいるが。

「さあ、俺はあなたを連れてこいという命令を受けただけですので」

「誰に、どこにだよっ」

「守秘義務でぇす」

ヘラヘラと笑う赤服にムカつく。

「お前は陛下の私兵なんだろう。陛下がなんのために俺なんかを連れてこいって言ったんだよ」

「残念ながら、今回俺は下請けでしてね。陛下はノータッチです。あ、ファニア様の荷物ですが、ジェーン様がまとめて、王宮に送ってくださっていますので、パンツの心配はしないでください」

「はあ？」

俺の荷物が王宮へ？　旅行には、衣類だろうと小物だろうと、一切持っていくことを許されなかった。

本当に着の身着のままで旅行に行くことになっていたのだ。隠れ家にある荷物は全てイグニーに処分するように言い渡してきた。アルから貰った小物とか、服とか、手元に残しておきたいものが多くあったのだが、お義母様から、旅行には持っていくことを許さないと言われて、泣く泣く（本当に数日泣いていた）諦めたのだ。

その荷物が王宮へ？　なぜ、王宮なんだ。

「俺は、王宮へは行かない……」

「なぜですか、愛しいアルフレッド殿下がいらっしゃるでしょう」

「あと数時間で、アルはお姫様と一緒にバルコニーから手を振るんだよ。綺麗なお姫様との結婚の日取りを発表するんだ。そんなの見たくない……」

悔しいのに、俺の目には涙が浮かぶ。

赤服に言われるがままに、王宮に連れていかれて、見たくもないものを見せられるなんて。なぜそんなに残酷なことをされなきゃいけないいんだ。俺は行こうとしていた旅行さえ、行かせてもらえないのか。

「アルフレッド殿下からは手紙に何か書かれていなかったのですか？」

「今日、ジェイドと馬車を入れ替われとだけ」

「まあねぇ、第二王子派のこともあったし、エイグリッド国も面倒くさいですしねぇ。手紙は証拠として残りますから、書くに書けなかったんでしょうねぇ」

「なんだよ、その自分だけ全て知っているみたいな態度。ムカつくんだけど」

俺の膨れた顔を見て、赤服が吹き出している。

「そんなリスみたいな愛らしい顔をしても駄目ですよ。俺には何か言う権利もなく、言わない守秘義務もありますからね。ただ、急いでお連れするだけです。さあさあ、着いたみたいですよ」

赤服が言った通り、馬車は小さな振動とともに止まった。

「あと数時間しかないんですよ。ファニア様はお可愛らしいですが、もっともっと愛らしくなっていただかないとね」

赤服が何を言っているのかわからないが、ニヤニヤ笑っているから俺にとっては嫌なことだとはわかった。

「何を言っているんだ……」

「まあ、流れに身を任せておけばＯＫですから」

そのまま俺は赤服に手を摑まれる。

「離せ」

「痛くもないし、けっこう気持ちいいかもしれませんよ」

「やめろっ！」

俺の渾身の抵抗も赤服にとっては、なんともないのか、ヒョイと俺は担ぎ上げられ、馬車から降ろされる。

馬車を降りた場所は、王宮の裏手。王族がお忍びで出掛けたり、目立ちたくない時に使う裏口的な場所だ。

そこには、十人近い女性が待っていた。皆、同じようなお仕着せを着ている。お義母様が王妃様だった時のお付きの侍女たちだったたと思う。

後宮の侍女たちがなぜここに？

「お待ちしておりました。さあさあ時間がございません。お急ぎくださいませ」

赤服から解放された俺は、今度は侍女たちに寄ってたかって拘束されてしまった。そして、問答無用で素っ裸にされると、風呂に入れられ、洗われ、徹底的に磨き上げられた。

「まあ、なんてお綺麗な肌なんでしょう」

「このツヤツヤの髪を見てちょうだい」

「はぁ、こんなに可愛らしいのに、色っぽいだなんて」

侍女たちが何を言っているのか、サッパリわからない。俺は、ムダ毛処理をされ、マッサージをされ、何かを塗りたくられ、髪の毛をカットされ、結《ゆ》い上げられ……ようするに、もみくちゃにされ続けている。

はじめに診察台のようなものの上に転がされて、次に化粧台の前に座らされた。俺自身は動くことなく、ただされるがままだったのだが、疲労困憊だ。もう、げっそりだ。

「皆、手を休めている暇はありませんよっ。お披露目の時間が迫っていますっ」

「「「はいっ」」」

馬車から降りて、一番はじめに声をかけてきた侍女頭だろう女性の檄《げき》が飛ぶと、他の侍女たちもキリリと返答する。

もうね、俺は諦めた。侍女たちのされるがままだ。

アルたちのお披露目のバルコニーに一緒に立たされようとしていることは、どんなに鈍い俺でもわかる。

でも、なぜ俺を拉致してまで、バルコニーに立たせる必要があるんだ？　もしかして、アルの婚儀の発表とともに、第二妃として、紹介されるのだろうか。

嫌だ。絶対に嫌だ。

どうして俺の意見を誰も聞いてくれないんだ。

お義母様には置いていかれ、赤服には拉致され、そしてアルが他の人の手を取るのを見せつけられるのか……。

俺はどうにか逃げられないかと、視線を彷徨《さまよ》わせるが、扉には女性の護衛騎士が両側に立っている。この人たちも後宮から来ているようだ。


「さあ、出来上がりましたわっ」

「はうっ。なんてお可愛らしい」

「はぁあ、愛らしいのにお綺麗ですわ」

侍女たちの言葉に俺は化粧台の椅子から立ち上がる。そこまで長くない髪は結い上げられ、小さな宝石をちりばめた髪飾りがチリチリと俺の動きに合わせて小さな音を立てる。真っ白なタキシードは、全体に白銀の糸で刺繍が施され、光を反射している。上着の裾、両袖、ズボンの裾に細かく蒼の刺繍が入り、どれほどの手間をかけて作られたものかがわかる。一朝一夕に作れるものではないだろう。いったいいつから準備されていたのだろうか。

「……駄目だわ」

侍女長がため息とともにポツリと呟《つぶや》く。

「ど、どうしてですか。これほどお美しいというのに」

「そうです。こんなにお可愛らしいのに、何が駄目なのですか」

「これほど美しい方は、側妃様たちの中にもいらっしゃいませんのに」

侍女たちが口々に侍女長の言葉に反論する。

さっきから、可愛いだとか愛らしいだとか、皆さんご存じですか、俺は十六歳の男性なのですよ。それ全然褒め言葉じゃありませんから。

「皆が言いたいことはわかります。私もそう思っています。だからこそなのです。本日の主役はカロリーヌ姫様ですよ。ファニア様が主役を食ってしまってはなりません」

「「あ……」」

侍女長の言葉に、今気がついたと言わんばかりの声を漏らす侍女たち。いや、俺がお姫様を食ってしまうことなんかないから。逆に衣装負けして、滑稽《こっけい》に見えているかもしれないから。

「せめて、髪留めを外しましょう……」

「そんなぁ、これほどお似合いですのにぃ」

「もったいのうございますぅ」

「私も、これほどお似合いの髪留めを外すなど、したくはありません。ですが、本日の主役に恥をかかせるわけにはいかないのです」

「ううう……」

「ひどい……」

侍女長と侍女たちの言い合いを、ゲンナリとしながら、ただ見ている。

俺にどうしろと。


俺は侍女から髪留めを外され、再度髪の毛を整えられて、侍女長に連れられて、部屋を出る。侍女長だけだったなら、手を振り払って逃げられたのだが、前後に護衛騎士が付いている。それも、部屋の外には、男性の護衛騎士もいて、ゾロゾロと大勢を引き連れての移動だ。王宮の中なのに、護衛する必要があるのだろうか。

王宮に何年も住んでいたのだ、だいたいの場所は把握している。徐々にバルコニーに近づいていく。やっぱり俺はバルコニーに引きずり出されるようだ。

バルコニーの下に集まっているのだろう、国民たちの歓声が大きくなってくる。

バルコニーへの窓は大きく開かれ、陛下や本日の主役のお姫様の後ろ姿が見える。すでにバルコニーに出て、国民たちに手を振っている。熱狂的な歓声が、轟《とどろ》いている。

視線を動かすとアルの立ち姿が見えた。

お姫様を中心に陛下とアルが両脇に立っている。お姫様は後ろ姿しか見えないが、アルより少し低いぐらいの身長は、女性にしたら随分と高い。だが、ピシリと伸びた背筋が、とても美しい。十六歳になったばかりだとお聞きしているが、濃い青色のドレスはピッタリと身体にフィットした作りで、成人した女性なんだと改めて思い出させる。

俺はチビではないけれど、そんな方の側には寄りたくはない。侍女長にそっと背中を押されたが、俺は動くことができなくて、その場に立ち尽くす。

「ファニアッ！」

小さいが強い声で名前が呼ばれる。アルがバルコニーからこちらへと来てくれた。そのまま強く抱きしめられる。

「ああ、ファニアだ。やっとファニアを抱きしめられた」

そのまま頭に何度もキスをされる。

「アル……」

俺はアルに会うことができて、嬉しくて涙が零れそうだ。久しぶりのアルの胸の中で、強く抱きしめられ、アルの匂いに包まれて、幸せでたまらない。それなのに、すぐに腕を外される。物足りなくて見上げると、アルはグッと眉間に皺を寄せる。

「今は我慢だ、我慢するんだ……」

アルの口から呪文のような言葉が漏れているが、よく聞き取れない。

「さあ、お二人とも、早くバルコニーの方へ」

侍女長の言葉にアルは小さく頷くと、俺の肩を抱いたまま、バルコニーへと進んでいく。

「お、俺、バルコニーへは行きたくない……」

小さな声で抵抗をする。

「緊張しなくても大丈夫だ。俺が一緒にいるよ」

微笑みを浮かべるアルに俺が見ほれていると、そのままバルコニーへと連れ出されてしまった。


退出していたアルがバルコニーへと戻ってきて、その腕には、見たこともない少年を抱いている。国民たちは訝《いぶか》し気な視線を送ってくるんじゃないかと、俺は身を固くしていたが、なぜか期待を込めた眼差《まなざ》しを向けられている。

アルの態度が国民の前にいるというのに、あまりにもイチャイチャムードだからなのかもしれない。ピッタリと腰を抱き寄せ、愛おしそうに俺の頭にキスしている。

アルの陰に隠れて、お姫様から俺は見えないようだが、アルの態度はあまりにもあんまりだ。自分の妻になる人の横で、第二妃（予定）とイチャイチャするなんて、お姫様を侮辱している。俺はなんとかアルから離れようとするが、俺の動きにムッとしたアルが、もっと強く抱き寄せる。

もう、腰だけでなく、全身を抱きしめられたような形になってしまっている。


「静粛にっ!!」

宰相の声に、国民たちの熱狂的な歓声がピタリとやむ。辺りは水を打ったような静寂に包まれる。

「これより、国民の皆に対して、公示を行う」

宰相が高らかに声を張り上げた。

俺は、アルにしがみついてしまう。聞きたくない。両耳を塞ぎたいのだが、アルが俺の手を取り、甲にキスをしているから、塞ぐことができない。

「我が国の国王陛下であらせられるアーノルド＝ジーアイズ＝フリアリスト様と、エイグリッド国第一王女であらせられるカロリーヌ＝グオン＝エイグリッド様がこのたびご成婚の運びとなった。三か月後の七月吉日に婚姻の儀が行われる」

宰相ローライトの朗々たる声が響き渡る。

地響きのような歓喜の声。割れんばかりの拍手の音。バルコニーの下から、国民たちの熱気と喧騒が伝わってくる。


え……。

ええ……？

え――――っっ!!

「ア、アルッ。え、どうなって、えええアルッ、陛下が、陛下が結婚？　なんでぇ」

俺は混乱にまともに言葉も喋れないし、何がなんだかわからない。

「そうだよ。陛下とカロリーヌ姫が結婚する。カロリーヌ姫はこの国の国王と結婚するために来られたんだからね。もしかして、ファニアは、俺とカロリーヌ姫が結婚すると思っていたの？　ひどいなぁ、俺はファニアに必ず迎えに行くって言ったよね。愛しているのはファニアだけだって言ったよね」

「う、うん言った。聞いた。で、でも、婚約は解消だって」

「もともとが仮の婚約みたいなものだったから、一度リセットして、正式な婚約を結ぶためだよ」

「ほ、本当に。本当にアルはお姫様と結婚しないの？」

「そうだよ。俺はお姫様とじゃなくて、ファニアと結婚するよ」

「本当に？　本当に？」

俺はボロボロと涙を流す。こんなバルコニーで、国民たちの前なのに、どうしても堪えきれない。

「ファニア、ごめんな。情勢が不安定でどうしても伝えることができなかったんだ。苦しい思いをさせて、ごめん」

今まで、俺の緊張を和らげるためか、おどけたよう

な態度を取っていたアルが、真剣な顔をすると、抱きつく俺に頭を下げる。

「アル。俺はアルと一緒にいていいの？　アルの側にいてもいいの？」

涙でぐちゃぐちゃの顔のまま、アルに縋る。せっかく侍女たちが頑張ってくれたメイクや髪の毛がぐちゃぐちゃになっているかもしれない。それでも、俺はアルに縋ってしまう。

「もちろんだよ。ファニアと一緒にいるよ。ずっと一緒だよ。ファニアが離れていくと言っても許さないよ」

「アル……」

俺は、お義母様から徹底的に王子妃教育を叩きこまれた。頑張ったし、お義母様からも褒められた。それなのに、こんな大事な場面で感情が爆発してしまった。どんなことがあっても冷静にと、さんざん教わってきたのに……。

俺は、アルの胸にしがみついたまま、感情が高まりすぎて、過呼吸を起こして、気を失ってしまったのだった。

◆✦◆

気がついたのは、バルコニーでのお披露目が終わってしまってからだった。あんな醜態《しゅうたい》を晒したのに、誰一人俺を怒る人はいなかった。というか、久しぶりに会う幼友達たちと、涙の再会をしていたから、怒られる暇がなかった。

俺が目を覚ましてから、というか、バルコニー前で再会してから、俺の側にずっといてくれるアルが、説明してくれた。

我が国の西側と国境を接するエイグリッド国から戦争を回避し、友好関係を維持するために条約を結ぶ条件として、カロリーヌ姫との婚姻を打診された。エイグリッド国からの申し出は、自国の第一王女をフリアリスト国国王の正妃にすること。王女でも王位継承権があるエイグリッド国で、第一王女を嫁に出すことの意味は大きい。

それに今まで国境付近で小競り合いがある程度だったが、好戦的なエイグリッド国が、いつ攻め込んでくるかわからない状態だった。

だが、この条件を飲むにも、陛下にはジェーン正妃がいるし、次代の国王はアルフレッド第二王子と内々では決まってはいるが、まだ立太子さえしていない。

フリアリスト国としては、カロリーヌ姫が到着してからも、学園に入学させ、二年後の卒業時に婚姻を結ぶと時間稼ぎをしようとしたのだが、エイグリッド国は、婚姻を急かしてきた。

エイグリッド国は、絶大なカリスマ性のある現国王に譲位させ、年若いアルフレッドを国王にすることで、カロリーヌを通して、フリアリスト国をいいように操ろうと思っていたのだろう。

そうこうしているうちに、エイグリッド国からカロリーヌ姫が来ると知った第二王子派のファニア排除派が活発化してきた。

排除派にすれば、国王には譲位してもらうが、太上王になってもらい国の実権は握ったままにしてもらう。そして、アルフレッドとカロリーヌを結婚させ、子をもうけさせる。

排除派の面々は、勝手に盛り上がっていたが、国王は譲位する気はないし、アルフレッドもファニア以外の人と結婚する気はない。エイグリッド国と条約は結ぶが、エイグリッド国の言いなりにならないためにはどうすればいいのかを王族父子は考えたのだ。

まずアルフレッドに指示されたのが、第二王子派のファニア排除派をどうにかすること。御大と呼ばれていたアージニア公爵はファニアの父親であり、アルフレッドは、なかなかとどめを刺すことができなかった。

しかし、アージニア公爵と、その妻カリーナの離婚問題で、アージニア公爵は、ファニア排除派だけではなく、第二王子派自体を抜けてしまった。

そのままファニア排除派は瓦解《がかい》するかと思われたが、逆に直接ファニアに害をなそうとしてきた。このことでファニア排除派は、アルフレッドたちにより、ミーシット元侯爵を通じて芋づる式に一網打尽《いちもうだじん》にされることとなった。ファニア排除派は消滅したのだった。

次の問題として、国王はまだ四十代。それも前半だ、譲位など考えられない。それにアルフレッドがカロリーヌと婚姻を結ばないとするならば、現国王の正妃として迎えるしかない。しかし国王にはジェーン正妃がいる。国王は、生まれて初めて土下座した。ジェーン正妃に『死んでくれ』と頼んだのだ。

聡《さと》いジェーン正妃は、ともに国政に携わっており、今回のことも熟知していた。ジェーン正妃は二つ返事で了解したのだ。『あなたのためじゃないわよ。可愛い息子のためよ』そんな言葉を残して。

ジェーン正妃には、生涯生活の保障が約束された。

なんとか問題を片付けていったのだが、ジェーン正妃の抜けた穴は大きく、今までジェーン正妃が処理していた政務をアルフレッドが請け負うことになり、もともとが激務だったアルフレッドは、ファニアの元へ行く時間は一切なくなってしまった。

手紙は、いつ誰の手に渡るかもしれないので、詳しいことは一切書くことはできなかった。国王とカロリーヌ姫の婚姻を発表するまで、エイグリッド国に、横やりを入れさせないよう、秘密裏に事を進める必要があったのだ。そのため、ファニアは蚊帳《かや》の外で一人、気を揉むことになってしまった。

「ごめん、ファニア。心細かっただろう」

ベッドに上半身を起こしたファニアをベッドに腰掛けたアルフレッドが抱きしめる。

「ううん。アルがどれほど頑張ってくれたかわかるよ。アルありがとう、俺のために、俺の手を離さないために頑張ってくれて、ありがとう」

アルフレッドの目の下の濃い隈を見れば、どれほどアルフレッドが頑張ってくれたのかがわかる。ファニアのために、手を尽くしてくれたのかがわかる。抱きしめられていたファニアは、逆にアルフレッドへと抱きつく。

「ファニア」

アルフレッドの手がファニアの頬へ触れる。そのままファニアの唇へと自分の唇を重ねる。そしてすぐに離れた。軽い、触れるだけのキス。何か月も触れたくて、たまらなかったのに。

「アル……」

いつもは恥ずかしがって、怒ったフリをするファニアが、軽いキスでは物足りないのか、縋るような視線を送ってくる。アルフレッドは、滲《にじ》むような笑みを見せると、ベッドから立ち上がり、今度はファニアの前に片膝をつく。

「ファニア＝アージニア。どうかアルフレッド＝ガイシアス＝フリアリストと結婚してください。一生をかけて愛し守り抜くと誓います」

ファニアは目をパチクリさせて、アルフレッドを見る。

今までさんざん婚約だのなんだのと言っていたファニアだったが、わずか十二歳で結んだ婚約は、幼い心のままに、ファニアの中で結婚と結びついてはいなかった。

婚約の次に結婚があると、頭の中では理解できているし、カロリーヌ姫とアルフレッドの結婚話では気を揉んでいた。それなのに、自分に結婚の話が来るなどと、少しも考えていなかったのだ。

自分が悪役令息だと気づいてからの思い。

いくら国が認めているからといって、男同士でいいのかという思い。

将来国王になるかもしれないアルフレッドに子どもの産めない自分でいいのかという思い。

自分との婚姻を周りや国民たちが認めてくれるのかという思い。

様々な思いがファニアの中をグルグルと回る。

プロポーズに固まってしまい、動かないファニアにアルフレッドは怪訝な目を向ける。

「ファニア、なぜ返事をしてくれないんだ。悩んでいるの？　ファニアの返事は『はい』、『イエス』、『了解』、『ＯＫ』のいずれかを選んでいいよ」

なんだか、いつもとは違う、仮面をかぶったような笑顔を向けてくる。

「お、俺、今まで結婚とか考えてなくて。アルの隣にいつもいたいし、そのためにアルに恥をかかせたくないから、王子妃教育も頑張ったんだけど……そうか、王子妃って、アルと結婚した人のことだよね……そうか、そうか」

何かがストンとファニアの胸の中に落ちてくる。

それは、たった一つのアルフレッドへの思い。かけがえのない、変えようのない思い。ただ、アルフレッドを慕っていただけの思いなんかじゃなくて、愛しくて、護りたくて、助けたくて、嫉妬《しっと》に苛《さいな》まれて、ズルをしたくなるような。そんな綺麗なだけじゃない、様々な思い。

ファニアは、アルフレッドと視線を合わせる。

つい先ほどまでの、心もとない視線とは違い、しっかりとした意思を固めた、決然たる顔つきを向ける。

「アル。俺はアルを愛しています。アルの隣に一生いたい。他の誰にもアルを渡さない。アルを俺にください。俺と、結婚してください」

「ファニアッ!!」

喜色満面のアルフレッドに抱きしめられる。

「絶対幸せにする！」

「違うよぉ、二人で幸せになるんだよ」

ファニアの言葉に、アルフレッドは輝くような笑顔を返すのだった。

そっと二人は唇を合わせる。これから先、何が起ころうとも、二人が手を離すことはない。

そんな誓いのようなキスを交わすのだった。

20．それからの二人

あの誓いのキスをした日から何日経っても、ファニアはフワフワとした感覚が抜けない。

アルフレッドと離れないでいいということが、未だに信じられない。その上プロポーズまでされたのだ。

幸せでどうにかなりそうだ。

バルコニーで、七月に陛下とカロリーヌ姫の婚姻が行われると発表されたのを聞いた時、そのことにあまりに驚いてパニックになっていたファニアは、続けて発表されたことを聞き逃していた。来年の三月、アルフレッドが学園を卒業するのに合わせて、立太子の儀が行われるということを。

なぜバルコニーのお披露目に、王族ではないファニアが、引っ張り出されていたのか。来年のアルフレッドの立太子の儀と同時に、ファニアとの婚約が正式に発表される。このことは、今回のお披露目では発表されはしなかったが、ファニアがアルフレッドの隣に立つことで、婚約者候補だということを匂わせ、すでにロイヤルファミリーの一員として受け入れられていると、皆に印象づけるためのものだったのだ。

アルフレッドに肩を抱かれ登場し、陛下の結婚発表に感極まって泣き出すという、なんとも可愛らしい人だと、国民たちからいい印象を持たれているとは、ファニア本人はまるで気づいてはいないようだったが。

バルコニーで気を失い、目が覚めた後、気づけばファニアには帰る家がなかった。

アルフレッドにプロポーズをされたのだが、婚約は来年。結婚に至っては、まだいつになるかファニアには皆目見当がつかない。それまで、ファニアはどこにいればいいのか、本人ですらわからないのだ。ジェーン元正妃の隠れ家は処分されているし、和解はしても公爵家に帰るという選択肢はファニアにはないからだ。

　さて、どうしようかと思ったファニアだった。

　今までは王宮で生活をしていた。十二歳から王宮で行儀見習いとして生活しており、その時は王宮の客室の一つを使わせてもらっていたのだ。再度、陛下に同じ部屋を使わせてもらおうと、お願いしようとしたところ、アルフレッドに速攻で却下された。

　というか、バルコニーで気を失ったファニアが寝ていた部屋。目覚めて、今いる場所こそがファニアの部屋として、用意されたものだったのだ。

　新しい部屋は、アルフレッドの私室の隣。寝室が内扉で繋がっている王子妃の部屋だった。王子の正妃が住まう部屋だ。

　驚き、辞退しようとするファニアだったが、部屋の中には、ジェーン元正妃から旅行には持っていけないからと言われ、処分したと思っていたファニアの私物が、全て運ばれていた。ファニアが泣く泣く手放した品物が、綺麗に並べられていたのだ。

「これ……」

　ファニアの瞳にジワリと涙が浮かぶ。

　アルから初めて貰った花を押し花にしたものや、ジェイドから誕生日プレゼントだと言ってもらった謎の人形。ゼルナイトから小さい頃に奪い取った木刀に、バイルアットが編んでくれたミトンの手袋……手放さなきゃならないと、ベソベソと泣いていたものが全部揃っている。

　そしてテーブルの上に一通の手紙。

　ジェーン元正妃からのものだ。旅行が終わったら、ジェーン元正妃は海を渡った先のアッカイという小さな島国に新しく家を構えるらしい。魚が美味しく、お菓子の種類が豊富なその国に、若い頃から行きたかったのだと、手紙には綴《つづ》られている。新しい名前でちゃんと暮らしていくから、いつでも遊びに来てくれと書かれている。

　ファニアは号泣だ。

　ファニアが目覚めて以来、ずっと側にいてくれているアルフレッドが、ファニアの肩を抱く。アルフレッドにしても、母親にすぐには会えなくなってしまったのだ。

「できるだけ早く母上に会いに行こうな」

「うん」

涙が頬を伝っているけれど、笑顔でファニアは答える。

ファニアの笑顔を見ながらアルフレッドは思う。大変だった。本当に大変だった。何が大変だったかというと、時間に追われ、ファニアに会うことができなかったことだ。

その上、ファニアに害をなそうとする者たちがいたため、ファニアから会いに来てもらうこともできなかった。

第二王子派のファニア排除派や、エイグリッド国の動きを警戒し、隠れて事を進めたり、周りに気を配ったりと、一つ一つの行動に細心の注意を払ってきた。だがようやく排除派は瓦解し、全てを公にすることによって、エイグリッド国も横やりを入れることができなくなった。

アルフレッドに少しは余裕が出てきたのだ。それに、公務にも少しは慣れてきて、部下に仕事を回すこともできるようになってきた。ファニアとともにいることが可能になったのだ。

アルフレッドの美しい顔が脂下《やに》がりそうになり、慌てて引きしめる。だが、無理だった。

今いるファニアの部屋とアルフレッドの私室は、寝室の扉で繋がっている。これからは、毎晩ファニアとベッドをともにすることができるのだ。これを喜ばずして、何を喜ぶというのだ。

そっと隣に並ぶファニアの顔を覗き込む。アルフレッドの顔が近づいてきて、意図に気づいたファニアが顔を赤くする。可愛い。そのまま、そっとファニアの唇へと近づいていく……。

バタンッ。

いきなり扉が開き、あと少しで唇が触れ合いそうになっていたファニアは、驚いてアルフレッドから離れようとする。まあ、鋼鉄のアルフレッドの腕は、ファニアを離すことはなかったが。

「ファニアー、準備してきたよ」

喜色満面のバイルアットがノックもなしに入室してきた。もちろん護衛騎士がいたはずだ。私室の内側にはいないが、扉の外には立っていたはずだが、まるで役に立っていない。もしかして、全員がバイルアットの信者なのか？　一度人事を見直す必要があるな。アルフレッドは心の中で真剣に検討する。

「バイルアット、その抱えているものはなんだ？」

「え、見てわかりません？　枕ですよ」

「なぜ、枕を抱えてくる必要がある」

大きな枕を両手で抱えているバイルアットを見て、アルフレッドは嫌な予感がする。

「ああ、僕は自分の枕でないと眠れない質《たち》なんですよ。まあ、眠るつもりはないんですけどねぇ。

せっかくファニアと一緒にいられるようになったんですから、今日から夜通し語り明かすに決まっているじゃないですか」

バイルアットは、それはそれは麗しい貌で微笑む。

「わあっバイルアット、お泊りできるの？」

「もちろんだよ。今日からお泊りだよ～」

「ファニアっ、嬉しそうな顔をするな。バイルアットっ、泊まることは許さん」

無邪気に喜ぶファニアに、慈母のような微笑みを浮かべるバイルアット。そして一人猛るアルフレッド。

「ファニアと仲良く夜通しお喋りするのに、アルフレッド様の許可は必要ないと思いますが？」

「駄目だ駄目だ駄目だっ。今日からファニアは俺と一緒に眠るんだっ」

アルフレッドの強い言葉に、意味を理解したファニアは一気に顔を赤らめる。

「フン。婚約さえされていないアルフレッド様が何をおっしゃっているんだか」

バイルアットは自分の主《あるじ》を鼻で笑う。

「お、俺とファニアは恋人同士なんだぞ。バイルアットに邪魔される筋合いはないっ」

「言っておきますが、家《うち》の子が嫁に行くのは二年後ですよ。それまでは、好きにできるとは思わないでくださいね」

バイルアットが不敵に笑う。背後には翼を大きく広げた白鳥（メッチャ強そう）が見える。見えないが。

「俺は邪魔なんかされないからなっ」

アルフレッドは力強く反論する。が、背後に見える黄金の狼の耳は伏せられている。見えないが。

「アルフレッド様が勝てるわけないよな」

「まあ、ファニアは無邪気にバイルアットの味方をしそうだからな」

扉から顔だけ出したジェイドとゼルナイトが中を窺っている。二人の不毛な言い争いに参加する気はないからだ。

そんな二人だが、どちらも枕を持参しており、それを知ったアルフレッドが膝から崩れ落ちるのはすぐのことだった。

21. それからのクラスメート

「ファニアーッ！」

サラが大きく手を振りながらファニアへと向かって突進してくる。

サラと会えなくなって何か月も経つ。俺は学園に行けなかった時間が長すぎて、出席日数が足らず、留年になってしまったから、そのまま退学することにした。

アルたちは、俺が隠れ家にいた時も、できるだけ学園には通っていたそうだから、ちゃんと進級してそのまま通っている。

俺も本当は学園に通いたかったのだが、王子妃教育がまるで足りていなかった。ジェーンお義母様から習ってはいたけれど、そんなに短時間で身に付くような甘いものではない。

今まで長い間、婚約者だとは言っていたけれど、公にされていなかったから、王子妃教育もぜんぜんやっていなかった。甘えていた分の付けが回ってきてしまったのだ。

それに、出席日数の足りない俺は、学園を続けるなら、また一年をやり直すことになってしまう。それは仕方のないことなんだけど、正式な婚約者になった俺は、もう三組にいることはできない。次からは一組に在籍することになるのだ。

もとが公爵令息だから、クラスに馴染めないこともないだろうけど、警備面で問題が出てきてしまったのだ。アルたちとはもとより、イル、トロア、アーロの俺を護ってくれていた奴らとも学年が違ってしまい、俺の護衛をしてもらうわけにはいかなくなったのだ。

学園の中には〝影〟と呼ばれる見えない護衛の者たちがいるとは聞いたことはあるけど、アルはクラスの中にも護衛を付けたいらしい。でも、一組の高位貴族の生徒を護衛につけるとなると、それは護衛ではなく、側近という立場になる。ゼルナイトがアルの護衛だが側近なのと一緒だ。王子妃の側近となってしまうのだ。

学園内では、一番近い存在になる。

アルの中に、サラの悪夢が蘇ったらしい。強固にアルから復学を反対され、俺も中退を受け入れた。

でも、サラの悪夢ってなんなんだよ。アルはサラと会ったことは無いはずなのに。


「サラ、久しぶり。元気そうだね」

「元気よっ。元気だけが取柄だしね。ファニアも元気そうでよかった。いきなり学園に来なくなって心配したんだから」

「うん、心配かけてごめんね。ちょっとゴタゴタしてたんだ。でも、ひと段落したから大丈夫なんだけど、長期欠席になったから、留年しちゃってさ。また一年生からのやり直しはキツイから退学することにしたんだ」

「そうなんだぁ、残念。でもさぁ、退学って、王子様のごり押しでしょう」

「え？　う、うん」

「だよねぇ、あの王子様のことだから、ファニアが学園を卒業するのが一年延びるのが嫌なのよ。だって、今すぐにでもファニアを教会に連れて行って結婚を強行したい感じだもんねぇ」

サラはニヤニヤと意地悪そうな笑顔をこちらに向けてくる。

俺は顔が赤くなっていくのが自分でわかる。なんでサラにばれているんだろう。

そうなのだ。俺の留年が決まった時、アルは王子妃教育や警備の問題など、色々な理由を付けて俺に退学を勧めた。それでも幼馴染たちが取り成してくれようとしたんだけど、『卒業すれば、やっと婚約を公表できるのに、ファニアの卒業が延びて、公表が遅くなったらどうしてくれる！』とアルが叫んで、幼馴染たちはドン引きしてしまった。

そして、そんなアルを頬染めて見ている俺に気づいた幼馴染たちはアルを止めることやめてしまったうえに、俺にも復学するようにとは言わなくなってしまったのだ。

いや、頬染めてなんか俺は見てなかったけどな。アルが俺との将来を思ってくれているんだって、ちょっと感動したかもしれないけど、ちょっとだし。


俺とサラは今、王都の中にあるカフェに来ている。

サラに会いたいとアルに頼んだら、このカフェを勧めてくれた。王都で今一番人気のカフェで、可愛らしくデコレーションされたケーキがおススメらしい。このカフェは女性、それも若い女性をターゲットにしているらしく、可愛らしい内装に可愛らしい小物で溢《あふ》れている。お皿やカップも可愛らしい花柄だ。俺は男性だから、この店はちょっぴり恥ずかしいのだが、サラは流石乙女ゲームのヒロインというだけあって、とても似合っている。

とても似合っているのだが、今サラの眉間には、くっきりと縦皺が刻まれている。

「ないわぁー」

可愛らしいカップで、香り高い紅茶を飲みながら、サラが嫌そうな声を上げる。

「……うん、なんていうか、ゴメン」

「まあ、お宅のダンナが手を回しているんだろうけどねぇ」

サラは店内をグルリと見渡す。

俺はアルの婚約者予定だが、今はただの一般人だ。だから、目立つことや贅沢なことは極力したくない。それをアルには伝えているので、アルもちゃんとわかってくれている。そのため、俺とサラが落ち合うカフェを貸し切りなどにはしていない。

ただ、開店の時から、非番の護衛騎士が、この店を訪れているだけだ。店内満席になるほどに。

可愛らしい内装の店内は、マッチョで満員御礼だ。見渡す限りのマッチョだ。見知った顔がいるから、アルの親衛隊の騎士たちだとわかる。王子直属の騎士たちだから、貴族の子息なのだろう。イケメンが多いし、洗練されている。

だが、マッチョにかわりはない。せっかくの可愛らしい佇まいの店内が、暑苦しいし、息苦しい。俺の安全をアルが思ってくれたのだろう。ありがたいんだけど……騎士さんたち、変な仕事をさせてごめんなさい。

「ファニア、これ」

サラが小さな袋をテーブルの上に置く。両手で包めるほどの袋にリボンがかけてある。

「え、何？」

「開けてみて」

サラの言葉にリボンを解いて、中を見てみる。

「これ、大豆……大豆だよっ！　これ、大豆じゃないかぁっ!!」

丸いコロコロとした粒が袋に入っている。

あまりの驚きに俺は、我知らず大声を出していた。

「ちょっ、ファニアっ！　あ、なんでもないんですよー。大丈夫ですよー」

サラが周りに向かって、ヘコヘコと頭を下げている。俺が騒いだから、何事が起こったのかと、周りの騎士たちが椅子から立ち上がり、こちらを注目している。うわっ、腰の剣に手をかけている。

「ご、ごめんなさい。なんでもないんですよー。大丈夫ですよー」

俺もヘコヘコと周りに頭を下げる。

「サラ、この大豆」

「私は今、ゾイル生徒会長の実家、ダノン商会でアルバイトをしているの。あ、生徒会長っていっても、もう卒業したから、元生徒会長だね。その伝手《つて》で、この大豆を譲ってもらったのよ」

得意そうにサラが言う。

卒業したらダノン商会のキャラバン隊に入ると言っていたが、まさかそこまで本気だったとは。俺は、手の中の大豆を見る。大豆があるということは、海水《にがり》を使って、豆腐が作れるじゃないか。もしかしたら醤油が東の国にはあるかもしれない。夢が広がっていく！

「私もさ、もう学園をやめようかと思っているの」

「え、どうして？　せっかく特待生で学園に入れたのに」

「うん、そうなんだけど、ゾイルが卒業して、本格的に商会の仕事をやるようになったの。いつか東の国に行くことがあると思う。その時にはなんとかして一緒に連れていってもらうつもり。そのためには、キャラバン隊の仕事に慣れておく必要があって、近距離のキャラバン隊に何度か参加しておいた方がいいから、学園に行っている暇がないのよ」

真剣な表情のサラにビックリする。

「サラがそんなに真剣だなんて思ってなかった」

「そう？」

「そりゃあ、俺も前世の食べ物とか、品物とかあったら、速攻で全財産を叩《はた》いてでも買いたいとは思うけど、東の国まで行こうとは思わないもの」

俺の言葉にサラは少し寂しそうな顔をする。

「ファニアはさ、前世のことって割り切っているよね」

「へ？」

「前世の世界のことをどう思っている？　前世の世界に戻りたいとか思う？」

サラが話を変えてまで、何を言いたいのかがわからない。

「いや、俺は前世を思い出したって言っても、ＢＬゲームから逃れることばっかり考えていたから、戻りたいとかは思ったことはなかったな」

「そうだよねぇ」

「どうしたのサラ？」

「私はねぇ、駄目だったの。どうしても割り切れない。この世界にちゃんと生まれてきているのに、前世に戻りたいの。どうしても前世の世界に帰りたいの」

サラの言葉にビックリする。

俺もサラも異世界転移じゃない。転生している。生まれ変わっているのだ。帰るという言葉はおかしい。

「父さんも母さんも、こんなピンク頭な私を可愛がってくれた。町の人たちだって、誰一人として差別する人なんかいなかったわ。それなのに、私は前世を忘れることができない。前世の世界に戻りたくてたまらないの。もしかしたら前世の世界の品物がある東の国に何か手掛かりがあるかもしれない。そう思うといてても立ってもいられない。東の国に行かなきゃならないって思うの」

初めて聞くサラの思いに俺は言葉が出ない。

前世を憶えているということは異端だ。そうそう人に話せることじゃない。頭がおかしい人間と思われるのがオチだからだ。その中でサラはどれほど悩んできたのだろうか。

学園で前世を憶えている俺と会って、喜んでくれた。でも、考え方は全然違っていた。ＢＬゲームのことしか頭にない俺に、前世の世界に戻りたいという思いをサラは言えなかったのだと思う。

「やだファニアったら、そんな心配そうな顔しないでよ。大丈夫、東の国に行ったら、私のこの思いも落ち着くと思うの。それに商売で行くのよ。東の国で思いっきり懐かしい品物を買い込んで、ファニアにべらぼうに高く売りつけてあげるから安心して」

「わかった。俺はサラを応援するよ。でも、あんまり高く値段設定しないでよ」

「あら、未来の王子妃様が貧乏なわけないじゃない」

「残念だけど、未来だから、まだ貧乏なんだよ」

俺とサラは顔を寄せてウフフと笑う。

「頑張って。安全第一でね」

「わかっているわ。ファニアこそ、王宮でいじめられないでね」

俺とサラは握手を交わすと、笑顔で別れる。

乙女ゲームのヒロインだったサラの進んだ道は、もしかしたら生徒会長ルートなのかもしれない。乙女ゲームのことはわからないけど、ヒロインは自分の力で未来を切り拓いて、生き生きと生きていくのだろう。

サラともなかなか会えなくなるけど、次は、たくさんの商品を持って会いに来てくれるだろう。俺は小遣いを貯めて待っていようと思うのだった。

22. それからの親たち

「はぁ、何を言っているのだ」

フリアリスト国の国王であるアーノルド＝ジーアイズ＝フリアリストは、目の前に佇む男に胡乱《うろん》な目を向ける。

ジェーン元正妃が使っていた後宮の一室だ。部屋の中には護衛騎士すらいない。自分と男の二人だけだ。

「はい、本日をもちまして、閨をともにさせていただくのをご辞退させていただきとう存じます。本当は、こちらにも伺うべきではなかったのですが、私の心が弱く……」

そう言って苦しそうに下を向く男は、この国の公爵、ルドルフ＝アージニア。アーノルドの側近であり、学園時代からの友人とも言える。

まあ、友人とはいえ、色々あって、今では閨をともにする仲なのではあるが。

「まあ、お前も四十過ぎたオヤジを抱くのは嫌になったか」

「まさかっ!!　そのようなことはありえませんっ。陛下をこの手に抱けるなど、どれほど望外の喜びか」

アーノルドが言い終わらないうちに、ルドルフが言い募る。

主君大事のルドルフが、アーノルドの言葉を遮るようにして自分の意見を言うのは珍しいことだ。それほどにアーノルドのことを想っているのだろう。

ルドルフは学園時代からアーノルドに恋心を抱いて

いたと言っていた。二十年以上の片思いだ。

自分のどこに、そんな魅力があるのかとアーノルドは思うのだが。

「今日で何回目だ？」

「七回目になります」

「お前がなかなか応じないから、けっこう時間がかかっているな」

「申し訳ありません」

アーノルドの視線から逃れるように、ルドルフは下を向く。

ルドルフの息子であるファニアから、最低でも十七回は閨をともにするようアーノルドは約束させられている。しかし、目の前の男は、恐れ多いと、なかなかアーノルドの誘いを受け入れない。自分はマグロなのだから、そっちから色々としてもらわなければならないのに、難儀《なんぎ》なことだ。

チラリとアーノルドは自分のなりを見る。

ルドルフを閨に呼ぶと言うと、なぜか宦官たちが張り切る。張り切りすぎる。どこから調達してくるのか、男性の身体のサイズに合わせたこんな夜着を準備するのだ。回数を重ねるにつれてそれはグレードアップしていき、今アーノルドが着ている夜着は、なんとも面妖なものだ。

上下が分かれていて、フリフリのスケスケだ。その下に下着は着けていないので、モロ見えだ。ここまで見えているのなら、わざわざこんなヒラヒラしたものを着る必要はないだろうに。それに、なぜ男の自分に上部が必要なのか、アーノルドにはわからない。女性ではないので胸の膨らみがあるわけでもないのに、へそは出ているのに乳頭は隠している状態だ。必要があるのか？　アーノルドには謎だ。

「なあ、この格好をどう思う？」

ワザと両手で胸を強調するように挟み込み、ベッドに座ったまま、足を崩してみせる。

「いや、あの……」

「いいから申してみよ」

「はい……あの、すごく魅力的と言いますか、色っぽいと」

赤く顔を染めて、ルドルフは視線を外す。ふと、ルドルフの下半身を見ると、すでに兆《きざ》しているようだ。

まさか、こんなけったいな格好で色っぽいと思うなど。本当に自分のことを好きなのだなと、アーノルドは変に感心する。

「さて。では聞くが、なぜ、今日限りで私と閨をともにしないと言うのだ。私の側に侍《はべ》るのが嫌になったのか。咎《とが》めることはない。本心を申してみよ」

「侍ることが嫌などと、そのようなことは決してございません。ただ……このたび、私は妻を娶《めと》ることになりましたので」

「ほう、妻を。で、誰からの紹介だ？」

「ローライトが知り合いの娘をと……」

「ローライトねぇ」

ローライトはこの国の宰相を務めている公爵でアルフレッドの側近のジェイドの父親でもある。ルドルフとアーノルドとは学園の同級生だ。その頃からルドルフとともにアーノルドの側近の一人だった。

ローライトとルドルフは、今でも親しい間柄らしく、ルドルフが自分の息子のファニアを虐げていた時も、都度都度《つどつど》苦言を呈《てい》していたらしい。

アーノルドは思い出す。ローライトが自分に問うてきたのだ、『ルドルフを後宮に召し上げてはいかがですか』と。フリアリスト《この国》国は同性同士の婚姻も許されている。男ならば側妃になることはないが、愛妾として後宮に入れることは可能だ。

自分がルドルフと閨をともにしていることを知っている（隠すことなど無理だろう）ローライトは、ルドルフが学生の頃からアーノルドに恋心を抱いていたことを知っていたらしい。

しかしアーノルドは一笑に付した。周りは知らないだろうが、最初から回数が決まっている関係だ。それ以上の関係ではない。

アーノルドの返答を聞いて、ローライトはルドルフに妻を娶らせようと思ったのだろう。アージニア公爵家には現在、跡継ぎがいない。ルドルフが子どもを作るか、養子を取るしかないのだから。

「相手は誰だ？」

「ショーナ侯爵家の次女、キャシー嬢と聞いています」

「ああ、そうか」

アーノルドは納得がいったように頷く。

ショーナ侯爵家のキャシーは結婚三か月前に婚約者を馬車の事故で亡くした女性だ。その当時キャシーは十九歳。彼女にはなんの落ち度もないが、いくらなんでも婚約者が死んで、すぐに次の婚約者を見繕うわけにもいかず、喪が明けるのを待っていたら、二十歳を過ぎてしまった。

この国の女性、特に貴族の女性の婚期は早い。二十歳を過ぎて相手を探しても、そうそう思うような相手はいない。せいぜいが、すでに跡取りがいる家に後妻として入るか、何かしらの理由で嫁のきてがない、問題あり物件しかいない。

その点、アージニア公爵は、再婚のうえ二十歳以上年上ではあるが、貴族の中では最上位の公爵という位にいる人物であり、正妻として迎えてくれる。なんと言っても自分の産んだ子が公爵家の跡取りとなれるのだ。

これ以上の好条件はない。ショーナ侯爵家では、諸手を挙げての大歓迎だろう。

「ふーん。で、結婚するから私と閨をともにするのはやめるのか」

「……はい。結婚する私は陛下に相応しくはありません」

「そうか。では、今回が最後ということか？」

「いいえ、もう陛下に触れるような不敬はいたしません。本日はこのまま失礼いたします」

ルドルフは苦しそうに頭を下げる。

今日は、はじめからアーノルドの顔を見ようとはしない。

「おいおい、私のこの格好をどうしてくれるのだ。それに今回も尻の穴まで宦官たちに洗われたというのに」

アーノルドの言葉にルドルフが唾を飲むのがわかった。アーノルドはひっそりと笑う。

ルドルフが自分をどれほど欲しているのかがわかって。どれほど我慢をしているのかがわかって。

「では、これで最後というのはどうだ。私もファニアに言い訳をせねばならないからな」

「最後でございますか……」

「そうだ最後だ。これっきりということだ。最後だから、思い残すことのないよう努めるがよい」

アーノルドはそう言うと、マグロになるために、ベッドへと仰向けに倒れ込んだ。

ギシリ。

自分の横たわるベッドがルドルフの重みで揺れる。

グチュグチュという水音が辺りに響く。

「も、もう無理だ、ルドルフ。ぐあっ。あああっ」

後ろから容赦なく突き入れられ、アーノルドはのけぞる。反射的に逃げようとしたのに、掴まれた腰を引き寄せられ、なおさら繋がりが深くなり、アーノルドの口から、悲鳴のような声が漏れる。

「ああ、んっ、んぁっ」

もう、声も嗄《か》れてしまったのかもしれない。甲高い掠れたような、か細い声が絶え間なく零れるだけだ。

何度中に出されたかわからない。アーノルドの身体の中も外もドロドロだ。

今までの閨事が嘘のようだ。

今までだったら、アーノルドに負担をかけないようにと一度。それもルドルフは、アーノルドの中に自身を挿入するのを躊躇《ためら》い、なし崩し的に終わるのが常だったのだ。

最後と言われて、たがが外れたのかもしれない。必死でアーノルドを掻《か》き抱《いだ》いている。

「アーノルド様、アーノルド様っ」

いつもは陛下としか呼ばないルドルフが、学生の時のように名前を呼ぶ。なんとか体勢を変えたアーノルドは、力が出ない腕をルドルフへと伸ばす。

「お前はそんなに私のことが好きなのに、今更離れることができるのか？」

掠れた声のアーノルドの問いに、ルドルフは、縋りつくようにアーノルドの胸に顔を埋める。泣いているのか、汗なのか、ルドルフの頬は濡れている。

「ぐぅあっ」

いきなり片足を抱え上げられ、最奥《さいおう》まで貫かれる。

何度も貫かれた場所は、絡みつきながらルドルフ自身を飲み込んでいく。

もう無理だ。

四十過ぎてこれは無理だ。お前はなんでそんなに体力があるんだ？

アーノルドは意識を手放しながら、しみじみと思ったのだった。


アーノルドの目が覚めた時、青い顔をしたルドルフがベッドの脇に跪いていた。思わず吹き出しそうになったアーノルドだが、なんとか顔を引きしめる。

「申し訳ございませんでした」

ルドルフは、跪いたまま顔を上げない。

「まあよい。閨でのことをいちいち咎めたりはしない」

「ですが……」

「最後なのだから気にするな」

「最後……」

自分が最後だと言っていたくせに、ルドルフの瞳は傷ついた色を浮かべる。

「わた、し、は……」

ルドルフは自分の胸の辺りを摑むと苦しそうな声を出すが、何が言いたいのか、途方にくれたような顔をして、黙ってしまう。

「どうした。最後なのだから思ったことを申してみよ」

「私は……」

アーノルドを見つめたまま、ルドルフはハラハラと涙を流す。

四十を過ぎて、いい大人だというのに、ルドルフは未だ初恋を諦めきれない。腕の中に愛しい人を抱くことができたのだ。その幸せな思いがあるのだから、それで十分だ。それで十分なはずなのだ。

「私は、アーノルド様を、お慕いしております。愛しています。離れたくない。この腕の中で抱きしめる幸せをなくしたくない……」

アージニア公爵として、言ってはいけない言葉だ。それでも、ルドルフの本心が涙とともに溢れ出てしまった。

生まれた時から貴族として家のために生きていくことを強いられてきた。それが当たり前だと言い聞かされてきた。それを破ることも捨てることもできない。

それなのに……。

「そうか。フフフ、そうか」

ルドルフの真摯《しんし》な言葉に、アーノルドが満足そうに、笑みを零す。

「お前の本心が聞けてよかった。お前はなかなか心の内を見せないからな、わかりづらいのだ。ああ、これからは、私のことは名前で呼べ」

「え?」

いきなりなんの話をされているのかルドルフはわからず、涙の溜まったままの瞳で、アーノルドを見上げる。

アーノルドはローライトにルドルフを後宮へ召し上げろと言われた時に断った。その時にローライトから言われたのだ。『もし相手が私でしたら陛下はどうされますか?　ルドルフではなく、私が陛下を抱くと言ったらどうされますか』と。思わずローライトを殴りそうになってしまった。国王である自分を組み敷くなどと、どれだけの不敬を働こうというのだ。

「そういうことですよ。陛下は他人の心に疎くあられる。そして、ご自分の心にも疎いのです。よぉーくお考えください」

屈辱に怒るアーノルドに片目を瞑《つむ》りながらローライトは言ったのだ。


「ルドルフ、お前の縁談は潰しておいたから」

「は？」

「お前の弟の子ども、確かアーティーとか言ったな。その子を養子として迎えよ」

「え、は？」

「周りがなんと言おうとかまうな。私の五番目の娘ローラをアーティの婚約者とする。三歳年上だが、姉さん女房の方が上手くいくらしいからな」

「え、ええ、は？」

「これで、アージニア公爵家も安泰だ」

「へ、陛下、何を」

「名前で呼べと言っただろうが」


「ですが……」

ルドルフは何を言われているのか理解できないのか、目を白黒させてアーノルドを見ている。

「フフフ。ルドルフよ、私の処女を奪っておいて、やり捨てする気か」

「しょ、処女……」

ルドルフはアーノルドの言葉に、一気に顔を赤らめる。四十過ぎているのに可愛らしいものだ。アーノルドは笑みを浮かべる。

「まあな、私も考えたのだ。お前だったら許せることが、他の者だったら、絶対に許せないのはなぜかをな。ローライトに諭《さと》されないと気づかないとは、情けないことだがな。いいか、ルドルフ。私はお前を後宮に入れることはない。だが、お前が私の側を離れることは許さない。私の隣にいるのはお前だ。一生私に仕えよ。これは命令だ」

アーノルドの言葉に、ルドルフは驚きに目を見開く。そして、コクリと唾を飲み込むと、涙の溜まったままの瞳をアーノルドへと向ける。

その瞳には、強い光が灯《とも》っていた。

「ありがたき幸せにございます。身命を賭《と》してアーノルド様に仕えさせていただきます」

「違《たが》えることは許さん」

「はい、決して」

アーノルドの瞳をしっかりと捉えていたルドルフの瞳から、ポロリと一粒涙が落ちる。

そして、ルドルフは花開くように笑うのだった。

23．悪役令息の未来

「かぁたま、ん、ん」

ファニアに向けて、小さな手が一輪の花を差し出してくる。足元に咲いている雑草ともいえる小さな花だが、紫色の花はとても可愛らしい。

喋ることが、まだおぼつかない幼い息子のプレゼントにファニアは破顔する。

「母様にくれるの」

「そ、そ」

足元に咲く花に気づいた息子は、オムツでまん丸いお尻を地面に着けて、まだまだ不器用な手で一生懸命小さな花を摘《つ》んだのだ。

「トニー、ありがとう」

ファニアは、幼い息子から花を受け取ると、そのまま息子を抱き上げる。

もうすぐ二歳になる息子は、すくすくと成長しており、平均よりは大柄だ。華奢《きゃしゃ》なファニアには、ちょっと辛いものがある。

が、そこは母親なのだから、よろけてしまうが、踏ん張って抱っこする。周りにいる乳母や護衛騎士たちが、それはそれはハラハラとしているのだが、グッと堪えて見守ってくれている。

アンソニー＝ガイジナリ＝フリアリスト。ファニアとアルフレッドの養子（息子）だ。

生後一か月にも満たない頃からファニアとアルフレッドが育てている。ファニアやアルフレッドにすれば、実の子以外の何ものでもない。愛しい我が子だ。


国王陛下の第四側妃であるジアーナが妊娠した時、ジアーナの気鬱《きうつ》は随分と重いものになっていた。辺境伯の長女だったジアーナにとって、後宮の生活はとても苦しいものだったのだ。

だがそれは、後宮での人間関係に苦しめられたわけではない。ジアーナが後宮に入った当時はジェーン正妃がまだおり、年若いジアーナのことを気遣ってくれ、何くれとなく世話をしてくれた。陛下も他の側妃たちと差別するでもなく、平等に扱ってくれた。

ただただ、生家のある地への望郷だった。

広大な土地を馬で駆け、大空の下、何ものにも縛られることのない生活を送っていたジアーナにすれば、後宮での生活は、息の詰まるものだったのだから。

辺境伯の長女として、後宮に召し上げられることは生まれた時から決まっていたし、国のため、家のために生きていくことは、貴族の娘として当たり前のことだった。陛下との間に子も授かり、七年の間に二人の姫にも恵まれた。

それでもジアーナから、どうしても辺境の地に帰りたいという思いが消えることはなかった。それどころか、日に日にその思いは強くなっていった。

だんだんと生気がなくなり、思いつめていくジアーナの様子に、あまり周りに気を配らない陛下ですら気がついた（後宮管理官からの申し出もあった）。

陛下から辺境伯へと話が行き、ジアーナを生家へ戻そうということになった。ジアーナの娘たちは王族であるため、母親とともに辺境伯の元へ行くことはできないが、娘たちには、乳母や、ねえやたちがいるので大丈夫だろうということになった。距離的には遠いが、会えないわけではない。いつでも会いに来てよいと陛下も許可を出した。

そうやって生家へと帰る準備をしている時にジアーナの妊娠が発覚した。新しい命を宿したジアーナだったが、ジアーナの心に喜びは湧き上がらなかった。

それどころか、腹の子を疎ましく思ってしまったのだ。生家へと戻れると喜んだのに、一年近く帰ることができなくなってしまったのだから。一度喜んでしまった分、ジアーナの心は苛まれていった。

それでも陛下の子を蔑ろにするわけにはいかない。ジアーナはなんとか子を産んだのだが、子に乳をやることすらできなかった。ジアーナは、身体が復調するとすぐに後宮を後にしたのだった。

生まれた子は男の子で、陛下によりアンソニーと名づけられた。陛下の十一番目の子どもだ。そしてアンソニーは、結婚して四年目を迎えようとしていたファニアとアルフレッドの養子となったのだった。男だがファニアは『母様』となった。

「かぁたま、ん、ん」

ファニアに抱っこされたアンソニーは、ファニアの頬にキスをしたいらしく、ふくふくとした手を伸ばして、顔を寄せてくる。

「うぉっとぉ」

もともとが、なんとか抱っこしている状態だ。アンソニーに動かれると途端《とたん》に体勢が危うくなってしまう。なんとか踏ん張っているファニアのことなどおかまいなしに、アンソニーは上半身をバタバタと動かす。ファニアの頬に手を伸ばしているのに、届かないのがもどかしいのだろう。

「あ、ちょっ、トニー、動かないで」

このままだとアンソニーを落としてしまいそうだ。なんとか踏ん張っていると、いきなり腕の中が軽くなった。

「アルッ」

いつの間に来たのか、アルフレッドがアンソニーを抱っこしていた。

「トニー、母様を困らせたらいけないぞ」

「とぉたま、ん、ん」

アルフレッドに抱っこされたのが不満なのか、アルフレッドをペチペチとモミジの手で叩いている。

「トニーは本当に母様ベッタリだな」

「しょうがないよ、アルは公務で忙しいし」

口では不満を言っているアルフレッドだが、アンソニーに向ける瞳には、愛しさが溢れている。

アルフレッドは、立太子の儀を行ってから、ますます重要な公務を担うようになってきた。毎日忙しそうにしているが、ファニアや息子のことは、常に気にかけ、大切にしている。

ファニアもアルフレッドと結婚し、王子妃になり、徐々に公務や社交を担わなければならなくなってきた。

ほんの軽いものだが、それまで王宮の奥深くに隠されるようにして暮らしてきたファニアにとっては、なかなかハードルの高いものだった。

それでも、ジェーンお義母様から叩き込まれた王子妃教育の成果を発揮し、なんとかこなしていっている。

「やーよ、かぁたま」

アンソニーがファニアの方に行きたいと、両手を伸ばす。

「トニーは、もうおねむかな?」

ファニアは、アンソニーの頬を撫でると、キスを送る。そして、自分が抱くのではなく、ベビーベッドへ連れていくよう乳母へと伝える。アンソニーは、眠気が来て少しぐずっていたらしく、乳母に抱っこされ、大人しく連れていかれた。

「ファニアは俺にはキスしてくれないの?」

アルフレッドが自分の頬を指差しながら聞いてくるのに、ファニアは、顔を赤らめる。

「いつから赤ちゃんになったんだよ」

文句を言いながらでもファニアは、アルフレッドの頬へと顔を寄せる。アルフレッドが少し屈み、頬を向けると、ファニアは、アルフレッドの頬ではなく、耳へと唇を寄せる。

「今夜ベッドでね……うわぁっ、アルッ!」

ファニアの言葉を聞いた瞬間、アルフレッドはファニアを抱き上げた。ファニアをお姫様抱っこしたままアルフレッドは歩き出す。

「ちょっ、アルどうしたんだよ。どこに行くんだよ」

「ファニアが言ったからな、ベッドへ直行だ」

「今夜って言ったのに……」

あけすけなアルの言葉に、ファニアは赤くなった顔を隠すようにアルフレッドの胸に顔を押しつける。後ろからついてきている護衛騎士たちや、やれやれと諦め顔の文官たちを、恥ずかしすぎて見られないし、見られたくもない。

アルフレッドの腕の中、ファニアは思うのだ。

自分はBLゲームの悪役令息として転生して、あがいて、もがいて、それでも流されて……そして、今、こんなに幸せになれた。

愛するアルフレッドとともに人生を歩み、愛しい我が子もいる。アルフレッドと出会えてよかった。愛し合えてよかった。

BLゲームの悪役令息として転生した俺は、グレてしまったけれど、幸せになれた。悪役令息に転生してよかった。

アルフレッドの胸に赤い顔を隠しながら、幸せを噛みしめるファニアだった。

結ばれる絆、断ち切られる絆

BL game no sekai ni
tensei shita
akuyakureisoku wa
gurete shimaimashita

1

　王立学園を卒業したアルフレッドは、無事に立太子の儀を済ませた。ファニアとの婚約も、その時に正式に発表された。

　それまでのファニアは、第二王子の同性の婚約者候補だということで、知る人ぞ知る存在として、王宮の王子妃の部屋で秘匿《ひとく》されるようにして生活をしていた。

　だが、正式な婚約者となったため、徐々に公務や社交を担わなければならなくなってきた。

　まあ実際は、過保護なアルフレッドにより、ファニアが公務に携わることは、ほぼなかった。というか、携わることができないでいた。アルフレッドいわく『可愛らしいファニアに言い寄る奴が出てくるから』らしい。

　ファニアとしては、俺に言い寄ったところで、なんの利益にもならないのに、アルフレッドは何を勘違いしているのだろうか。そう思うのだった。

　そんなファニアの元に届いたのは、一通の招待状。

　正妃カロリーヌから王太子の婚約者に、お茶会の誘いだった。

　本宮でお茶会を開くので、ぜひとも参加してくれと書かれていた。

　だが……。

　今まで一切音沙汰なしだったのに、どうして？

　ファニアの頭の中には、疑問符が浮かんでしまう。

　カロリーヌのことは、チラリと見かけたぐらいで、正式に会ったことはない。面識などないのだ。

　ファニアは王太子アルフレッドの正式な婚約者だが、カロリーヌと顔合わせをまだしていない。婚姻までは正式な王族ではないということで、顔合わせをしていなかったのだ。


　カロリーヌの生国であるエイグリッド国は、この国の貴族たちからは好かれてはいない。いつ攻め込まれるかと気を許せない相手だったのだ。平和条約を結んだとはいえ、はいそうですかと、すぐに好意を持てというのは無理というものだ。

　それにカロリーヌが嫁いでくる時もゴリ押しだったせいで、なおのこと関わりを持ちたくないと思う者は多かった。

　諸事情を知らない国民たちは、ジェーン正妃が亡くなり、悲しみに沈む国王陛下に新しい妃が来たことに、歓迎ムードだった。

そんなカロリーヌからの招待状だが、無視するわけにもいかない。相手は正妃でこちらは王太子の婚約者。立場的にも断ることはできない。

ファニアは、気が進まないが、カロリーヌのお茶会に参加することになったのだった。


『渋い……』

ファニアは一口、口に含んだ紅茶を無理やり飲み込んだ。なかなか手に入らないエイグリッド国産の茶葉だと言われたが、渋くて後味が悪い。

これを飲み干さなければならないのかと思うと、憂鬱な気分になってしまうのだった。

お茶会が催されている王宮の庭は、薔薇が美しく咲き誇っている。国内で一番と謳《うた》われる腕の庭師が、そのプライドをかけ丹精込めて作り上げている庭だ。それはそれは美しい佇まいを見せている。

しかし、今はその花々を愛《め》でる者は、ファニアを含め一人もいない。ファニアは居心地の悪さに、モゾモゾと身じろぎしてしまう。

ファニアが重い腰を上げて、お茶会に参加してみれば、案の定、参加者は全て女性だった。いくら王太子の婚約者とはいえ、女性だけのお茶会の席は、いたたまれない。

参加人数が少ないのが、せめてもの救いか。

主催者の正妃カロリーヌに招待されたのは、王の側妃全員と高位貴族の令嬢二人、そして、ファニアだ。

だが、第二妃のアルガリーナは、病気療養のために実家に帰っているし、第四妃であるジアーナも気鬱だと言って、この席には来ていない。

結局、側妃では、第三妃のジェニアだけの参加となっている。

ファニアはチロリとカロリーヌへと視線を向ける。初めて間近で見るカロリーヌは、美しい女性だった。見事な銀髪を高く結い上げ、淡い緑色の瞳は、やや吊り上がっている。メリハリのある見事なスタイルで、濃い緑色のドレスがよく似合っている。身長はファニアよりも若干高いようだが、背筋がピンと伸びている分、実際より高く見えているのかもしれない。ハイヒールも履いているだろうから。

所作も美しく、年下とは思えないほどに落ち着いている。

ただ、主催者のカロリーヌは、無表情の上に、口数が少ない。必要なこと以外喋らない。招待客を放置ぎみだ。ホストとしては、いかがなものかとファニアは思ってしまうのだった。


「……」

「……」

「あの、皆様、どうされたのですか?」

それに、もっと困ってしまうのが、なぜかファニアに会った瞬間から、令嬢たちが石のように固まってしまっていることだ。

令嬢たちは下を向いて、動きを止めたまま、庭の美しい花々を見ることもなければ、お茶を飲むわけでもない。そして一言も喋らない。

ただ固まって座っているだけなのだ。

ファニアは再三、話しかけている。だが、石になった令嬢たちは答えない。

どうしよう……。

ファニアは途方にくれる。ファニアはホストではないので放置してもいいのだが、この令嬢たちは、ファニアの両隣に座っているのだ。

固まった令嬢たちを見つめているわけにもいかないので、結局ウロウロと視線を彷徨わせることになってしまう。そして、どうすることもできないまま、とうとう視線を伏せてしまった。

社交に不慣れなファニアにすれば、こういう場合どう対処すればいいのかわからない。

姑予定のジェーン元正妃から、茶会のマナーや、社交のレッスンも受けてはいたが、まさか招待されたお茶会の席で、相手が石のように動かなくなるなどという想定をしたことはなかったのだ。

もしや、一種のいじめなのだろうか。

固まった令嬢たちを前に、ファニアは困り果ててしまったのだった。


「初めてお会いしましたけど、なんてお可愛らしいのかしら」

そんなファニアに第三側妃のジェニアが惚れ惚れとしたように声をかけてきた。

ジェニアは三十代後半で、陛下との間に王子二人、王女一人をもうけている。王子を二人も産んではいるが、王位継承権争いには参加していない。

実家は侯爵家だが、台所事情が苦しく、後ろ盾にはなれないからだ。


ジェニアの気安げな態度は、困っているファニアにすれば、とてもありがたいものだ。

「皆様初めてファニア様とお会いして、目論見《もくろみ》が外れたのでしょう」

「？」

楽しそうに笑うジェニアの言葉の意味がわからずファニアは首を傾げる。

「ファニア様は元からお可愛らしい方だとお聞きしていましたのよ。でもアルフレッド王太子様の婚約者になられて、お可愛らしいだけじゃなくて、美しくて、艶まで出てこられたと噂でしたの。実際のファニア様とお会いしたら、噂以上でビックリしましたわ。

ねぇ皆様。太刀打ちできるわけがありませんわよねぇ」

「へ」


ジェニアは固まった令嬢たちに笑顔を向けている。

ただ、その笑顔がなぜか皮肉気だ。

そしてファニアは変な声が漏れてしまった。ジェニアは自分のことを社交辞令で褒めてくれているのだろうが、可愛いとか艶とか、自分には縁のない単語が飛び出し、面食らってしまったのだ。

「ジェニア様、何をおっしゃっているのですか、俺……私には過ぎた言葉です」

「まあ、本当のことを言ったまでですわ」

コロコロとジェニアは笑う。


ファニアの両側に座る令嬢たちを見ながらジェニアは思う。

なんと浅ましい。

アルフレッド殿下が立太子され、次代の国王になることが決まった。

そんなアルフレッドの正妃になるのはファニアだ。子の産めない男。

まだまだ取り入ることができる。そう令嬢たちは思っているのだろう。アルフレッドの子を産めば、正妃にはなれなくても、国母になることができるのだから。

その上アルフレッドは、まだ側妃を一人も迎えてはいない。

令嬢たちはアルフレッドに取り入り、なんとか側妃になりたいのだろう。そのために、ファニアを利用しようとしている。

お茶会でファニアと仲良くなって、アルフレッドに近づこうと思っている。ファニアを利用しようと考えているのだ。

令嬢たちは、アルフレッドとファニアの婚約を政略的なものだと思っているのだろう。同性同士の歪《いびつ》な婚姻など、本人たちが望んだものだとは、少しも思っていないのだ。

アルフレッドに取り入ることは、そんなに難しいことではないだろう、同性と婚約させられたアルフレッドに同情してみせさえすれば、簡単に親しくなれる……と思い込んでいるから。

ニヤリ。

ジェニアは美しく紅を引いた唇を吊り上げる。

あさましい思惑を隠して、ファニアを呼び出した令嬢たちは、どう思っただろう。アルフレッドが大切に隠し、守ってきたファニアを見て。

今ファニアには、ジェーン元正妃が後宮にいた時の侍女たちが仕えている。後宮で正妃に仕えていた侍女たちは、美のプロフェッショナルだ。

もともとが素晴らしく愛らしかったファニアに、侍女たちは、その腕前を遺憾なく発揮している。

艶っつやのスベッスベだ。

今のファニアは、眩《まぶ》しいほどの美しさだ。

そんなファニアを初めて見て、令嬢たちは固まってしまったのだろう。

もう、ファニアを利用しようなどとは誰も思わないはずだ。

だって、ファニアとともにいるアルフレッドに話しかけたとして、自分がファニアの引き立て役にしかなれないと気づいてしまったのだから。

「やあ、楽しそうだな。私も席に着いてもいいだろうか」

低く、それでいて美しい声に、全員が声のした方へと顔を向ける。石になっていた令嬢たちでさえ、呪縛が解けたように顔を動かす。

アルフレッド＝ガイシアス＝フリアリスト王太子が、

護衛騎士のゼルナイトを従えテーブルへと近づいてきたのだ。

「アルッ」

ファニアがパッと笑顔を浮かべ、席から立ち上がる。

今まで緊張していたのだろう、アルフレッドへ向ける笑みは、令嬢たちへと向けていた笑みとは全然違う。

花がほころぶという表現がピッタリとくる笑顔だ。

カロリーヌとジェニアもファニアに続いて立ち上がると、見事なカーテシーを取る。

固まっていた令嬢たちも、やっと気がついたのか慌てて立ち上がると、礼をしだしたが、どうしても先に礼を取った者たちに比べると、見劣りしてしまう。

(思ったよりも早い登場ね。それほどまでにファニア様のことが心配だったのね)

ジェニアは微笑ましく思う。

アルフレッドは、公務を放り出してまで、お茶会の場所へと急いでやってきたのだろう。

虎視眈々《こしたんたん》とファニアを引きずり下ろそうとしている令嬢たちの中に、大切なファニアを置くなど、気が気ではないから。


カロリーヌが驚きの表情を浮かべているのをジェニアは目の端で捉える。

自分が主催のお茶会に、呼びもしていないアルフレッドがやってきたのが意外だったらしい。カロリーヌもアルフレッドがファニアを溺愛しているのを知らなかったようだ。

アルフレッドは、そのまま近づいてくると、ファニアの頬をそっと撫でる。

そのしぐさがあまりにも愛おしいと言わんばかりで、ジェニアは少しだが、口から砂糖が零れそうになった。

アルフレッドの後方にいるゼルナイトにチラリと視線を向けると、ゼルナイトも口元に手を当てている。

ジェニアと同じ思いなのだろう。

わざとアルフレッドは、周りに見せつけるような態度を取っているのだろうが、ファニアの方はというと、違和感なく、ごく自然にアルフレッドの行為を受け入れている。まるで、それが当たり前だといわんばかりだ。

カロリーヌや令嬢たちは、そんな二人を驚きの目で見ている。

自分たちが想像していたのとは違うから。

二人は政略的な婚約ではなかったのか。同性同士の歪な婚約ではなかったのか。

お互いを見て微笑み合う二人が、あまりにもお似合いで、あまりにも幸せそうで、思惑が違っていたのだと、気づいてしまったのだ。

アルフレッドはそのままファニアの隣の席に座って……ではなく、立ち上がったままだったファニアをヒョイと抱えると、ファニアの席に座り、自分の膝の上にファニアを乗せてしまったのだ。

「アルッ！　何をするんだよ。降ろして、降ろしてっ」

小規模なお茶会とはいえ、正妃カロリーヌから招待を受けた社交の場なのだ。

そのカロリーヌや令嬢たちの前で、いきなり膝抱っこされ、ファニアは羞恥に真っ赤になる。慌ててアルフレッドから逃れようと、ポカスカとアルフレッドの胸を殴っている。

（やだ、何この可愛らしい生き物）

必死に抵抗しているらしいファニアを見ながら、ジェニアは萌え萌えしてしまう。

ファニアのしぐさがいちいち可愛らしい。あざといしぐさではなく、本気で抵抗しているところが萌える。その抵抗が、まるで効果がないところが、もっと萌える。

ジェニアは、ほのぼのと二人を見ていたが、ふと二人の後ろに控えているゼルナイトと目が合ってしまった。厳《いか》つい顔を保っているゼルナイトだが、ジェニアにはわかった。

ゼルナイトも、萌え萌えしているということが！

「ファニア、これは東ヨークナ領より朝イチで届けられたリンゴで作ったコンポートだよ。食べてごらん」

アルフレッドが席に着くと同時に、侍従が目の前にリンゴが載せられた皿を置く。侍従の流れるような動きに、先だって指示があったのだということが、窺い知れる。

アルフレッドはリンゴを、添えられたスプーンですくうと、ファニアの口元へと持っていく。

「むー」

ファニアは唸《うな》るだけだ。

ここでアルフレッドに苦情を言おうものなら、ここぞとばかりに開いた口にリンゴを突っ込まれることがわかっているからだ。

アルフレッドのやり口をファニアは嫌というほど知っている。ファニアが毒を飲んだ時、アルフレッドにさんざん介護されたのだから。

断固としてファニアは口を開けない。だってファニアは社交を頑張っていたのだ。それなのに、カロリーヌや令嬢たちが見ているこの状況で、なぜにこんなに恥ずかしい目にあわなければならないのか。

「ファニア、ほら口を開けて。そんなに口を噤んだままだと、閉じた口にキスしちゃうよ」

アルフレッドが笑顔のまま、恐ろしいことを言い出した。

ファニアはすぐさま口を開ける。

「アーン」

目一杯口を開ける。

ファニアの強い意志は、もろくも崩れ去る。目の前の王子様が有言実行、無言実行、とにかく実行の人物だと知っているから。

こんなに恥ずかしい目に遭っているのに。その上、公開チューまでされたら、恥ずか死ぬ。

羞恥で赤く染まった顔が、だんだんと青くなっていく。

目の前のイチャイチャは、いったいいつまで続くのかしら？　ジェニアは砂糖を吐きそうなのを、なんとか堪える。扇《おうぎ》で口元を隠せる女性でよかったと、つくづく思う。

昨日食べた、驚くほどに甘かったクッキーよりもずっと甘い。

「ああ、そろそろ時間だ、悪いがファニアを返してもらおう」

アルフレッドは、それだけ言うと、ヒョイとファニアを抱え上げ、そのまま縦抱っこにして歩き出す。

「途中で退席してごめんなさい。どうか皆様は、そのままお茶会を続けてください」

連れ去られながらファニアが慌ててジェニアたちへと言葉をかける。

なんとなく顔色が悪いようだ。

ジェニアは、笑顔をファニアに向けると頷いた。

カロリーヌはというと、あまりのことに驚いて、その場で固まってしまっていた。

お茶会の席に王太子が乱入してくるところまでは許

せるとしても、自分の婚約者とはいえ膝の上に乗せてデザートを食べさせたり、抱っこしたまま茶会を後にしたりと、王太子のあまりの所業に、目の前で起こったことが、信じられないのだった。

　それに主催者である自分を無視し続けた上に、一言も声をかけることなくそのまま退席してしまった。

　あまりにも馬鹿にしている。自分は王妃なのだ。王太子やその婚約者は自分に膝をつかなければならない立場なのに。

　それなのに……。

　国王陛下に苦言を呈さなければ。自分を馬鹿にするということは、カロリーヌの生国をも馬鹿にするということだ。

　カロリーヌはグッと扇を握りしめるのだった。


「大丈夫か?」

　いつもだったら人前で抱っこして退席することなど、暴れて嫌がるファニアが、大人しくしている。

　膝に乗せた時から徐々にファニアの体調が悪くなっていったのがわかった。

　最後の方は、たぶん自力では立てなかっただろう。アルフレッドはゼルナイトに目配せすると、急いで自室へとファニアを連れ帰った。

　ベッドの上に横たえられたファニアは、荒い息を繰り返している。

「熱い……」

　ファニアは服を脱ごうとして、襟元のボタンに指をかけているが、力が入らないようで、ボタンを外すことができないでいる。

「ファニア、少し服を緩めるよ」

「アル、熱い。なんだか変だよ……」

　ファニアは息をするのも苦しいのだろう、荒い息を吐きながら、なんとかアルフレッドへと話しかけてくる。

　いったい何があった?

　ファニアはまた毒を飲まされたというのか。アルフレッドの中に悔しさと、苦しさと、憤《いきどお》りが荒れ狂う。

　しかし今は、そんなことにかまってはいられない。ファニアを助けることが先だ。


「アルフレッド様っ、侍医を連れてきましたっ」

扉を壊す勢いでゼルナイトが入ってきた。後ろから息も絶え絶えの侍医がついてきている。

「ファニアを頼む。たぶん毒を飲まされた」

ファニアの手を握ったまま、身体をずらしてファニアを侍医に診てもらう。

侍医はファニアを色々と診察し、最後にファニアの吐息を嗅いで、その匂いを確かめているようだった。

「アルフレッド殿下、ファニア様はキコルを煎じたものを飲まされたのだと思います」

王宮の医師たちは、毒薬に精通している。

前回ファニアが毒を飲んだ時も、この侍医の手で助けられた。

「キコルとはどんな毒だ。ファニアは助かるのか？」

「キコルは媚薬となる木の実です。たぶんファニア様は、それほど多くを摂取されてはいません。一口か、多くて二口。命にかかわるような薬ではありません。ですが、キコルは非常に強い効き目を持っています。

媚薬とは無理やり性的な感覚を引きずり出されるのです。快感など、あるはずはないのです。酷く苦しまれるでしょう。それでも、身体に溜まる熱を放出してやらないと、それこそ苦しさで、精神がやられてしまうかもしれません。

アルフレッド殿下、どうかファニア様を助けて差し上げてください」

侍医はアルフレッドへ頭を下げる。

「わかった」

アルフレッドは、なんとか侍医にそう答える。

なぜ、ファニアがこんな目に遭わなければならないのか。胸の中に、怒りが渦巻く。

アルフレッドは、ゼルナイトに目配せすると、ゼルナイトは一つ頷く。犯人を捕らえることを託されたのだ。ゼルナイトの瞳の中にも、強い怒りが灯っている。

水分を多くとらせること、気を失っても、そのまま寝かせておいていいことなど、数点の注意をアルフレッドに告げると、侍医は退出していった。

部屋にはアルフレッドとファニアだけになった。

「アル、アル……おかしいんだ。俺の身体おかしいから、一人にして」

自分の身体の変化を恥ずかしがっているのか、ファニアはアルフレッドを遠ざけようとする。

もう、ベッドから起き上がることもできないのに。

「ファニア、愛している。俺がファニアに触れるのを許してほしい」

一刻も早くファニアを楽にしてやりたい。

それでも自分はファニアの嫌がることをするのかもしれない。そう思うと、アルフレッドに躊躇いが生まれてしまったのだ。

「俺もアルを愛してる。それに、俺に触れていいのはアルだけだよ」

苦しい息の下、ファニアがフワリと笑う。

そして、アルフレッドへと手を伸ばしてくるのだ。

この世の中に、自分を助けてくれるのは、アルフレッドしかいないと。

アルフレッドはファニアの衣類を全て取り去る。すでにファニア自身は固く立ち上がり、先走りで濡れそぼっている。

「アル、アル見ないで、恥ずかしい……」

身を捩《よじ》って身体を隠そうとするファニアだが、全身を覆う異常な感覚に、思い通りに身体を動かすことができないでいる。

「恥ずかしがることはないよ。ここには俺とファニアしかいないのだから」

アルフレッドは優しくファニア自身に手を添えると、熱を放出できるように、優しくさすっていく。

「いやぁ、アル、触らないで。おかしいから、今おかしいから、身体がおかしいからっ」

「大丈夫。我慢なんかしなくていいから」

すぐにファニアは吐精する。しかし薬のせいで、ファニア自身が萎《な》えることはない。

それからは、長い苦しみの時間が過ぎていった。

「いやだぁ、苦しいよぉ、アル助けて」

何度吐精しても収まらず、出すものがないファニアは、苦しみ続ける。

そして、初めての性行為の時から、アルフレッドに抱かれているファニアは、アルフレッドを欲しがった。

精を吐き出す時は、アルフレッドが身の内にいる時だと覚え込まされているからだ。

ファニアを穿《うが》つことは、ファニアの体力を消耗させる。

もともとが、華奢で体力がある方ではないのだ。それでなくても、吐精で疲れ果てている。

「やだぁ、アル、アルが欲しいよぉ」

こんな時でなければ、どれほどに嬉しい言葉だったか。

　それでも、ファニアの精神を壊さないために、何度か吐精させては、アルフレッドは、ファニアの後穴へと自身をあてがう。

　アルフレッドと繋がっている時は、ファニアは安心するのか、穏やかな表情を見せる。

「ねえ、アル動いて」

「ファニアは疲れているだろう」

「やだ、意地悪するなら、もうお水飲まない」

　体内の薬を薄めるためには、大量の水を飲ませないといけない。

　口移しで水を飲ませ続けているが、ファニアはプイと横を向く。

「わかった、ゆっくりとな」

「違う、いつもの。いつもみたいにして」

　今のファニアは正気ではない。それでも甘い痺れがアルフレッドを襲う。

　ファニアの身体を思い、折れそうになる鋼の意志をなんとか保つのだった。

　ファニアが意識を手放し、その間に侍医に診察を受ける。

　なんとか薬は抜けたようだが、体力の消耗が激しく、三日はベッドから出ることはできないようだ。

　それでも、後遺症はないらしく、一安心したアルフレッドだった。


　別室に移動すると、心配した側近たちが、すでに集まってきていた。ジェイドもバイルアットも怒りに顔を強張らせている。

　ゼルナイトから報告を受ける。

「犯人どころか、証拠一つ見つけることができませんでした。申し訳ありません」

「いや、ファニアに毒を盛ろうとした時点で証拠を残すようなことはないだろう」

　項垂《うなだ》れるゼルナイトに、アルフレッドは頭を振る。

「しかし、なぜファニアを狙ったのでしょうか？」

「ああ、それが俺にもわからない。一番疑わしいのはカロリーヌだが、あいつにはファニアを狙う動機はないだろう」

「それでしたら両隣にいた令嬢たちの方が疑わしいですね。アルフレッド様の婚約者の地位を欲しての犯行といえるでしょう」

「そうなんだが、あの二人の令嬢では犯行が難しい。お茶も供《きょう》された菓子も、どちらもカロリーヌが手配したもののようだし、サーブしたのもカロリーヌで、令嬢たちは一切手出ししていない」

「第三側妃のジェニア様はどうだ」

「それこそ、目的がわからないし、令嬢たちと同じで、手出しできる状態ではない」

「やはり、カロリーヌか……」

アルフレッドも側近たちも謎に頭を悩ませるのだった。

2

こんなはずではなかった。

全てが裏目裏目に出て、何も上手く進まない。

なかなか誘いに応じることのないファニアを、やっと茶会に引きずり出すことができたのだ。さっそくファニアの紅茶の中には媚薬を入れた。

生国から秘密裏に取り寄せた薬で、入手経路がバレないよう、回りくどい経路を使ったため、時間がかかってしまったが、一口飲みさえすれば、効果の出る、強い効き目のあるものだ。

どんなに子どものように見えてもファニアも男。媚薬を飲めば、理性や見境はなくなるだろう。

そのためにファニアの両側には相手になるよう令嬢たちを座らせた。令嬢たちでなければ、周りにいる侍女たちか、護衛のための女騎士たちでもかまわない。

誰にとびかかってもいいのだから。

見境なく女性に手を出したファニアは、アルフレッド殿下の婚約者から外され、重罰が下されるはずだったのに……。

まさか、ファニアに媚薬の効果が表れる前に、アルフレッド殿下がやってくるなど、思いもしなかったのだ。

そしてファニアを連れていってしまった。


カロリーヌは爪を噛む。

思い通りにならない。

自分は正妃として、この国に嫁いできたのに。最高位の妃として、この国の国王に嫁いできたのに。

この国の国王は正妃のカロリーヌを特別に遇するこ

とがない。

だが、決してカロリーヌが粗略に扱われているというわけではない。

同じ。

正妃だろうが、側妃だろうが、妃に対する国王陛下の態度や扱いはみな同じなのだ。

そこに国王陛下の私情は一切入っていない。

国王は妃たちを均等に順番に、決まったように扱うだけなのだ。

それは閨事でもそうで、国王陛下がカロリーヌの部屋を訪れるのは月曜日。週に一度。

火曜日が第二妃で水曜日が第三妃、木曜日が第四妃。週末は夜会など、夜遅くまでの公務が多いので妃の元へは訪れない。

現在、第二妃は体調を崩して、実家に戻っているので、火曜日はお休みということだ。

これらのことを教えてくれたのは第三妃のジェニア。明るく、あっけらかんとした性格で、カロリーヌにも親しく話しかけてくる。何もすることのない後宮で、ジェニアはお茶会と言っては、カロリーヌを誘って暇つぶしをしている。

カロリーヌとしては、色々なことを知ることができる、貴重な時間だ。

ある時、いつものようにジェニアとお茶をしていると、通りかかった国王陛下がお茶会の席に座るということがあった。

決まった曜日と時間にしか後宮を訪れない国王陛下にしては、とても珍しいことで、ジェニアは大喜びだった。

後で知ったのだが、第二妃が後宮に戻らないことが決まり、第二妃の宮を迎賓館《げいひんかん》へと変えるための下見だったらしい。

国王陛下には護衛や側近が多く付き従うが、後宮まで入れる者はいない。国王陛下以外の男性は後宮に入ることはできないのだから。

それなのに、国王陛下に男性が付き従っていた。宦官ではない男性が。

男子禁制の後宮の中で、国王陛下以外の男性を初めて見た。男性は国王陛下ほどではないが、端整な顔立ちをしている。国王陛下と同年代なのだろうか、若くはない。だが、決して老けているわけでもない。

妃たちのテーブルに着いた国王陛下の後ろに控え、お茶会に参加することはなかった。国王陛下も男性を妃たちに紹介したりはしない。

「アーノルド様、そろそろお時間です」

男性が、座っている国王陛下へと話しかけるのを見て、カロリーヌは驚きを隠せない。

何かが違う。雰囲気が違うのだ。

国王陛下を名前で呼んでいるうえに、距離が近い。まるでキスをするかのように国王陛下の耳元へと唇を寄せている。

幼い頃から王妃教育を徹底して叩き込まれたカロリーヌだから、表情を変えることはなかったが、国王陛下が席を立った後も胸のざわつきは収まらない。

自分には向けられたことのない、男性に向けられる国王陛下の眼差し。

違う。何かが違う。毎週閨をともにする国王陛下が自分に向ける視線とは、何かが違った。

「眼福《がんぷく》ですわねぇ」

ジェニアが含み笑いを零している。

「眼福？」

珍しく後宮に男性が入ってきたから、ジェニアは喜んでいるのだろうか？　カロリーヌは首を傾げる。

「カロリーヌ正妃様は、後宮で男性に会って驚かれたでしょう」

「ええ、そうですわね」

「陛下と一緒にいらした方はアージニア公爵様とおっしゃるのですわ。カロリーヌ正妃様はアージニア公爵様に初めてお会いになったからご存じないのね。アージニア公爵様が、なぜ後宮に入ることができるのかを」

「ええ、私は存じませんわ」

ジェニアはカロリーヌの答えに、ウフフと笑いを噛み殺す。

「アージニア公爵様は、陛下のご寵愛を受けていらっしゃるのよ。本当なら愛妾として後宮へ入るべきなのでしょうけど、お仕事がおありになるから、後宮に入ることをされないで、陛下のお側にいらっしゃるの。だからアージニア公爵様は後宮への立ち入りが許されているのよ。

陛下にすれば、初めての愛妾様だもの、後宮に入れてしまうよりも、お仕事にかこつけて、いつもお側にいてほしいのでしょうね。仲がよろしくて、見ているこちらまで嬉しくなってしまいますわ」

　ジェニアは楽しそうに微笑んでいる。

　ジェニアの言葉はあまりにも衝撃的すぎて、カロリーヌは意味をなかなか理解できなかった。

「ちょ、う愛？　まさか、あの方はどう見ても男性でしたわ」

「ええ、アーノルド様は立派な男性ですわよ。フリアリスト国《我が国》では、同性との婚姻も、愛妾として迎えることも許されているのよ。愛妾は、妃の位を持つことはないけれど、ちゃんと認められた立場よ」

「……まさか」

「ああ、心配しなくても大丈夫よ。陛下はとても公平な方だもの。愛妾にかまけて正妃や側妃を蔑ろにするような方じゃないわ」

　動揺するカロリーヌにジェニアは見当違いの答えを返す。

　フラフラとカロリーヌはお茶会の席を後にする。

　ジェニアにどんな言葉で暇《いとま》を告げたかも憶えていない。

　ただ、自分の宮へと帰る途中、木の陰でカロリーヌは吐いた。何度もえずいて、胃の中のものがなくなっても吐き続けた。

「汚らしい、汚らしい、おぞましい」

　カロリーヌの生国であるエイグリッド国では同性同士でのまぐわいは禁忌《きんき》とされている。

　人の道に外れた汚れた行いだとされている。

　外国《とつくに》にまで嫁いできて、こんな仕打ちを受けるなんて。畜生にも劣る男の妃にさせられるなんて。カロリーヌは怒りで胸が押しつぶされそうだ。

「なんてお可哀そうな姫様」

　付き添っていたばあやがともに涙を流している。

　お茶会には、ばあやの他に生国から連れてきている二人の侍女も付き添っていた。その侍女たちも泣いていた。

　カロリーヌは、フリアリスト国《このくに》の正妃となるべく嫁いできたのだ。

　エイグリッド国とフリアリスト国の両国で条約を結ぶ時、フリアリスト国の国王には、ジェーン正妃がいた。ジェーン正妃の生国であるソティス王国とフリアリスト国が密約を結んでいることをエイグリッド国は摑んでいたのだが、その条件は、ジェーンを正妃として迎え入れることだと思い込んでいた。

そうであればフリアリスト国は、ジェーンを蔑ろにはできない。ジェーンから正妃の座を奪い取ることはできないはず。

だからこそ、エイグリッド国は半ば脅すようにしてフリアリスト国と平和条約を結び、カロリーヌを正妃にするようにゴリ押ししたのだ。

国王の正妃としてカロリーヌを迎え入れることを条件に条約を結ぶということは、現国王陛下を玉座から引きずり下ろすことに他ならない。

未熟で世慣れぬ王太子を次代の国王に祀《まつ》り上げ、カロリーヌは正妃として、エイグリッド国に有利になるよう、若い国王を傀儡《かいらい》とする。そのためにカロリーヌはフリアリスト国に送り込まれるはずだった。

それなのに……。

フリアリスト国からは、まだ十六歳のカロリーヌを王立学園に入学させ、卒業を待って、立太子した王子と婚約させ、時期を待っての婚姻をと打診してきた。

しかし、時間がかかればかかるほど、フリアリスト国は何か手を打ってくるはずだ。エイグリッド国の思惑にも気がついているだろう。

エイグリッド国はカロリーヌは自国では成人済なので、早急に婚姻をするように申し入れた。

回答は思いもしないものだった。

フリアリスト国は簡単にジェーン正妃を暗殺したのだ。密約の内容が違っていたことに気がついた時には平和条約は結ばれてしまっていた。

カロリーヌがフリアリスト国に到着した途端、現国王との婚姻が発表されたのだ。

カロリーヌには、どうすることもできなかった。エイグリッド国のゴリ押しで、ここまで来たのだ。今更引くこともできなくなっていた。

カロリーヌは表向き純潔であった。しかし実際には、エイグリッド国から、ありとあらゆる性技を教え込まれて送り出されていた。物慣れない王太子相手ならば、カロリーヌの手練手管《てれんてくだ》によって、すぐに溺れてしまうはずだったのだ。カロリーヌの傀儡となるはずだった。

しかし、自分の夫となった国王陛下は、カロリーヌよりは二十歳以上も年上で、年若いカロリーヌのことなど、歯牙《しが》にもかけてはいなかった。

どんなにカロリーヌが身をくねらせ国王陛下に縋っ

ても、義務的に抱くだけ。カロリーヌに一切興味を示すことはなかった。

　カロリーヌは、どうすることもできなかったのだ。

「お可哀そうな姫様。あんなに何人も妃がいるうえに、同性の愛妾までいる汚らわしい相手に嫁がされるなど。本当だったらアルフレッド殿下が姫様のお相手でしたのに」

　ばあやの掠れた声がカロリーヌへと届く。

　そう、本当だったらカロリーヌはアルフレッドの妃となるはずだったのだ。

　会ったのはほんの数回。公式行事の時に、王妃と王太子として同席しただけ。

　だが、アルフレッドの美しさにカロリーヌは惹かれた。自分の夫になるはずだった若く美しい男性。

「私、聞きましたのよ。アルフレッド殿下の婚約者も男性なのですって」

　一人の侍女が言いだした言葉に皆が息を呑む。

「まあ、国王陛下だけではなくて、王太子様までもが畜生の行いを」

「なんて破廉恥《はれんち》な国なのでしょう。それも国王となられる王太子という立場ですのに、同性に現《うつつ》を抜かすなど」

　ばあやも侍女も非難の言葉を口にする。

　カロリーヌも、目まぐるしく変化する生活に慣れるのにいっぱいいっぱいで、あの美しいアルフレッドが同性の婚約者を持っていることを知らなかった。

「汚らわしい……」

　自分が惹かれていた分、嫌悪感が募る。

　だが、侍女が言ったように、なぜ王太子なのに、子のできない同性と婚姻しようというのだろうか。

「違うのですわ姫様。私が聞いた話ですと、アルフレッド殿下の婚約者は、アルフレッド殿下を庇う形で毒を飲み、身体に障害が残ってしまったそうですの。一生治ることのない障害なのだそうで、それを盾に、アルフレッド殿下に無理やり婚約を迫ったとのことですわ。相手が高位貴族の息子ということもあり、アルフレッド殿下は断ることもできずに、嫌々受け入れているそうですの」

　侍女の言葉にざわめきが起こる。

　いくら毒を飲み、身体に障害が残ったとはいえ、同性に婚約を迫るなど、なんとあさましい。それほど王家と関わりを持ちたかったのだろうか。

「姫様、まだ続きがあるのですわ」

嫌悪感も露《あらわ》に、顔をしかめているカロリーヌに、侍女は自分が聞いてきた話には、まだ先があるのだと言うのだった。

「どうも、アルフレッド殿下を庇って、婚約者になったというのは、表向きの話のようですの」

「表向き?」

「そうですわ。婚約者の名前は、ファニア＝アージニア。あのアージニア公爵の息子ですわ」

「!!」

カロリーヌは、あまりの驚きに、ただ侍女を見つめることしかできない。

まさかアルフレッドの婚約者は、あの男妾の息子ということなのだろうか。

「アージニア公爵は、自分の息子を王太子の婚約者にしたいばかりに、陛下に色仕掛けで迫ったそうですの。アルフレッド殿下は拒否されたそうですけど、陛下からの命令で、無理やり男と婚約をさせられたそうですわ」

「な、なんということ……なんてお可哀そうなアルフレッド殿下」

カロリーヌは、そういえばと思うのだ。

公式行事に参加する時、王太子の婚約者が同席したことはない。

いくら婚姻前とはいえ、正式に婚約者となっているのならば、公式行事には参加するものではないだろうか。

侍女が言う通り、無理やりの婚約なのだろう。アルフレッドは男の婚約者など嫌っているのだ。同席すらしたくないほど、嫌っているのだ。

「アルフレッド殿下がお可哀そう。無理やり同性から言い寄られるなど、さぞ嫌悪感を募らせていらっしゃることでしょう」

「いくら貴族の子息とはいえ、王太子殿下と無理やり婚約を結ぶなど、なんて酷い人なのかしら」

今まで非難していたばあやと侍女は、いきなり手の平を返してアルフレッドに同情を寄せる。

「納得しましたわ。本当でしたら姫様がアルフレッド殿下に輿入《こしい》れされるはずでしたのに、その婚約者がいるために姫様は、あんな国王陛下の妃にされてしまったのですね。なんて憎らしい。

姫様。ばあやにお任せください。ばあやが姫様とアルフレッド様の縁《えにし》を元通りにして差し上げますわ」

ばあやはカロリーヌの背中をいたわるように撫でる。

「どういうこと、ばあや」

「アルフレッド殿下にしがみつく婚約者とやらを、ばあやが排除して差し上げますわ。そうすれば元通り。姫様はアルフレッド殿下と婚姻されて、男児を産みさえすればいいのです。国母となって、この国とエイグリッド国の強い絆を結ぶことができますわ」

ばあやは、やっと心のモヤが晴れたかのように、穏やかな顔をしていた。


週に一度、義務的に抱かれているカロリーヌだが、未だに妊娠の兆《きざ》しはない。

それにカロリーヌが妊娠したところで、すでに四人もの男子がいる。自分の産んだ子が、王位を継ぐことなど、ありはしないのだ。

それならば、アルフレッドの子を産めばいい。

アルフレッドの子を産めば、次代の王を産むことができるのだから。


国王陛下に嫁いできて、正式な王妃になっているのに、王太子の妃にすげ替わるなど、できるはずはない。

ありえないことだ。

だが、エイグリッド国からの強い圧力を受け続けているのに、どうしようもない現状。

ばあやはこの時、すでに心が壊れていたのかもしれない。

本当ならば、カロリーヌは、ばあやを諫《いさ》めなければならなかったし、止めなければならなかった。

しかし、どちらもカロリーヌはしなかった。

カロリーヌ自身も、袋小路のような現状に心が壊れていたのかもしれない。


それからのカロリーヌは、国王陛下との閨を拒否した。現国王陛下との子どもができてはいけない。カロリーヌは、アルフレッドの子どもを産まなければならないのだから。この国の国母とならなければいけないのだから。

国王陛下からは、なんの沙汰もなかった。正妃が閨を拒絶しているのに、なんの反応もなかったのだ。

カロリーヌのプライドは傷つけられ、なおさら意固地になっていったのだった。

3

「ファニアの体調はどうだ？」

やっとファニアの意識が戻り、あとは体力の回復を待つだけとなった今日、アルフレッドは国王陛下から呼び出しを受けた。

ファニアが毒を飲まされ、正妃カロリーヌが一番の容疑者だということは、国王陛下に連絡を入れてある。

国王陛下としても、実の息子のように可愛がっているファニアが毒を飲まされたことに怒りを覚えているが、証拠がない今、自分の妃を罪に問うことはできない。もどかしい思いをしているのだった。

「やっと意識が戻りました。後遺症もないようで、胸を撫で下ろしています」

「そうか、それはよかった」

安堵する国王陛下の態度が少しおかしい。何かしら後ろめたいことがあるのか、アルフレッドと視線を合わせることがない。

国王陛下の斜め後ろに控えているファニアの父親、アージニア公爵の態度もおかしい。

看病のため、ファニアの側を一時《いっとき》も離れたくない自分をわざわざ呼び出したのだ、何かあるのだろう。

「父上、何か他に話があるのですか？」

思わず国王陛下とは呼ばずに問いかけてしまった。

「いや……体調の悪いファニアの耳には入れたくはないのだが、やはり知らせておいた方がいいと思ってな」

国王陛下の話は歯切れが悪い。その後ろでアージニア公爵も苦々しい顔をしている。

「カリーナが逃げた……」

「はあ？」

国王陛下の言葉の意味がアルフレッドには理解できなかった。

カリーナとはファニアの実の母親だ。

とても奔放《ほんぽう》で貞淑とはかけ離れた人物だと聞いている。

「逃げたとは、どういう意味ですか？」

「ルドルフはカリーナと離縁をしたのだが、カリーナの再三にわたる不貞行為のため、正式にカリーナと離縁をしたのだが、カリーナの実家からは引き取りを拒否されてしまった。そこで私にファニアから要請があり、行き場のないカリーナを修道院へと送ることになっていたのだが……」

　アルフレッドの質問に国王陛下は答えているのだが、だんだんと声が小さくなっていく。

「私の記憶では、アージニア公爵とカリーナ夫人の離縁は少し前の話なのでは？　今更修道院に送ることになったのですか」

「いや、離縁してすぐに修道院へとの話は決まっていたのだが、受け入れてくれる修道院がなかなか決まらなかったのだ。元が公爵夫人のカリーナだが、我儘が酷いからな、修道院の方も、どういう扱いをしていいかわからなかったのだろう」

　フウと国王陛下は一つ息を吐く。

　今まで散々従妹のカリーナを甘やかしていたのは国王陛下だ。今更厳しくされても、カリーナも納得はしなかっただろう。

「行く先の修道院が決まるまで、公爵家に軟禁していたのだが……その時に護衛騎士とできてしまったようだ」

「は？」

　思わず素っ頓狂な声が出てしまった。

「やっと受け入れてくれる修道院が決まって、送っていくことになったのだが、その途中で、護衛騎士と駆け落ちしてしまったのだ」

「駆け落ち……」

「護衛騎士は、まだ年若い青年だったから、金銭的にも裕福ではない。あの湯水のように金を使うカリーナとは、すぐに破局すると思う。

　私の手で修道院へと送られそうになったから、私の方へは近寄らないだろうし、ルドルフからも離縁されている……ファニアを頼って現れると思う」

　国王陛下は言いにくそうに言葉を続ける。

「ファニアを頼る……」

　アルフレッドはだんだんと腹が立ってくる。

　アルフレッドはファニアから聞いたことがあるのだ。カリーナは社交にうつつを抜かして、ほぼファニアの育児を放棄していたと。

　幼いファニアと会うのは年に数回。十二歳で毒を飲んで王宮に保護されて以降は、一度も会っていないと言っていた。

　ファニアが父親との確執で悩んでいた時、当事者の一人であるカリーナはパーティーや夜会に忙しく、ファニアを顧みることは一切なかったのだ。

そんなカリーナがファニアを頼るなど、腹立たしい限りだ。

「わかりました。気をつけます。ファニアをカリーナ夫人に会わせる気はありませんから」

アルフレッドの返事に、国王陛下もアージニア公爵も頷く。

カリーナをファニアに会わせようと思う者はこの中には誰もいないのだった。

しかし皮肉なもので、国王陛下にアルフレッドが呼ばれ、ファニアの側を離れることになったその時、タイミングの悪いことに侍従長のノーザットも所用のためにファニアの側を離れることになった。もちろんその間、ファニアの部屋には侍医がいたし、何人もの侍従や侍女も控えていた。護衛騎士もいたのだ。

だが、アルフレッドとノーザットが二人揃っていなかった、ほんの短い時間の間にファニアの前にカリーナは現れた。


誰に咎められることもなく、堂々と王宮に入り込んだカリーナは、侍医や侍従たちの目の前で、ファニアを連れ去り、行方不明となってしまったのだった。

4

「ねえ、俺が赤服に拉致られるのって、何度目かなぁ」

俺はウンザリと目の前に座る赤服に問いかける。

俺は赤服に拉致られて馬車に揺られている最中だ。

媚薬を盛られ、目が覚めたばかりの俺は体調が悪い。全身筋肉痛なうえに、疲労困憊なのだ。馬車の中、これでもかとクッションを置かれた座席に寝っ転がっている。

「私も、この仕事に就いて長いですが、こんなに何回も同じ人を拉致したことはないですねぇ」

赤服はクツクツと俺を見ながら笑っている。ムカつく。

今日の赤服は、落ち着いた黒に近い赤の上着を上品に着こなしている。最初に会った時はゴロツキの親玉みたいだったのに、雰囲気を変えることが上手い奴だ。

「で、俺をどこに連れていくつもりだ？」

「さあ、俺も知りませんね。ただ、俺と坊ちゃんは駆け落ちするらしいですよ」

「はぁ？」

「俺は今、カリーナ夫人に雇われている身なのですがね、カリーナ夫人から坊ちゃんと、愛の逃避行をするよう指示を受けています」

赤服は楽しそうに笑っている。ムカつく。


赤服はいなくなった母上を探す任務についていたらしい。っていうか、母上はいつの間に行方不明になっていたんだよ。

騎士と駆け落ちしたってぇ？　俺は頭を抱える。

あれほど陛下に責任を持って修道院に送れと言っておいたのに……今度陛下に会ったら、皮肉を言うどころか、怒鳴りつけてやる。


母上の捜索は困難を極めた……わけはなく、簡単に見つかったらしい。

駆け落ちをしたはずの母上は、堂々と王都にいたから。それも王都で一番の宿屋に連泊し、ショッピング三昧《ざんまい》だったらしい。いったいどこからそんな金が出ていたのか。

どうも、駆け落ちした騎士が払っていたらしいけど、まあ、三泊目あたりで、スッカラカンになって、母上を置いて逃げたそうだ。さもありなん。

駆け落ち初日に母上を見つけていた赤服だったが、母上の行動を見極めるため、泳がせていたらしい。そして、母上に近づき、使用人として雇われたそうだ。

赤服が言葉巧みに取り入ったのだろうが、駆け落ちして男に逃げられた状態で、使用人を雇うとか……。

母上は何を考えているんだよ、頭痛いわ。で、金のなくなった母上は、何を思ったのか王宮へと乗り込んだ。

「母上は陛下を頼ろうとしたの？」

何か困ったことがあれば、陛下を頼ればいいと思っている母上だ。いつものように陛下に泣いて縋れば思い通りになると思っていたのだろう。

「いえ、国王陛下には修道院に送られそうになったので、会おうとはされませんでしたよ。坊ちゃんにお金の無心をしようとしたのでしょうね。会おうとしたのは坊ちゃんにでした」

「いきなり俺の部屋に母上が押しかけてきて、そりゃあ驚いたけど、お金のため？　それなら一言いえばいいのに。俺を拉致する必要なんかなかったじゃんか」

母上が押しかけてきたのは今日だ。それも数時間前。

ガタイのいい男性を数名引き連れて、いきなり俺の部屋へとやってきたのだ。

問答無用で俺は拉致られて、そのまま馬車に押し込まれて今に至る。お金の話なんか一言もなかった。まあ、されたところで俺は金なんか持っていないのだが。

母上が連れていた男たちの中に赤服がいたのが不幸中の幸いだった。赤服が俺を抱き上げて馬車に乗せたのだが、他のマッチョだったら、病み上がり同然の俺は手荒く扱われて、相当なダメージを受けていただろうから。

母上は始終俺に何かを話しかけてきたが、自分の夢のような生活の話ばかりで、金の話も、肝心の俺をなんのために拉致したのかも、一切話さなかった。

赤服の話だと、このまま赤服とともに駆け落ちしなければならないらしい。あまりにも馬鹿にしている。腹が立ってしょうがない。

「だいたい母上はすでに公爵夫人ではないはずだろう。それなのになんで俺の部屋に入ってくることができたんだ？　王宮の警備はザルすぎる」

「坊ちゃんのためですよ」

「はぁ、俺の？　なんで？」

赤服の答えに、俺は驚いて声を上げてしまう。ここで俺のためと言われるなんて、思ってもいなかったからだ。

「アルフレッド殿下との婚姻を来年に控えた坊ちゃんの醜聞《しゅうぶん》になってはならないと、アージニア公爵は、カリーナ夫人との離縁を公表していません。王宮関係者どころか、一握りの人間しか、アージニア公爵とカリーナ夫人の離縁の話を知らないのです。王宮の多くの者たちにとって、カリーナ夫人は未だ公爵夫人のままなのですよ」

「え……」

俺は言葉を失う。

親父は離縁した事実を伏せたまま母上を修道院に送ろうとしていたのか。

体調不良のため王都を離れ、領地で静養しているとでも周りには言うつもりだったのだろうか。

「だから侍従や護衛騎士たちがいたのに、俺が連れていかれるのを誰も止めなかったのか……」

「侍従の中で知っているのは、ノーザットぐらいじゃないですかね。実の母親が連れていくのですから、誰も止めることはできなかったのでしょう」

俺は不思議だったのだ。いきなり現れた母上が、俺を連れ出すのに、誰一人として止める者がいなかったことが。

皆、心配そうな顔を浮かべていたが、止めなかった。そうか、止められなかったのか。

「俺を拉致したところで、母上には何も得はないだろうに……」

思わず独り言が漏れてしまう。

自分の母親だが、何を考えているのか、まるでわからない。

「カリーナ夫人は、数日前に一度坊ちゃんに会うために王宮を訪れているのですよ」

「え？」

俺の独り言へ返事をするように赤服が話しだす。

「カリーナ夫人は変に知恵が回るところはありますが、基本的に物事を深く考える方ではないです。王宮で坊ちゃんを呼び出すのに、アルフレッド殿下の正妃になる予定だからなのか、正妃に会わせろと言ったみたいです。

王宮関係者も公爵夫人を蔑ろにはできず、言葉通りに正妃に連絡を取ったのでしょう。もちろん連絡を受けたのはカロリーヌ正妃です。カロリーヌ正妃も高位貴族の夫人からの面会要請を無下にはできなかったのか、まさか間違いとは思わずに、面会に応じてしまった。そしてカロリーヌ正妃とカリーナ夫人は会ってしまったのです」

「はぁ？　なんだそれは」

驚く俺に、何がおかしいのか赤服はクックッと笑っている。ムカつく。

「お二人は気が合ったのでしょうね。それからカリーナ夫人はカロリーヌ正妃に匿われていましたよ。今日は、カロリーヌ正妃の元から坊ちゃんの部屋へと押しかけていますから」

赤服の言葉に俺は驚きに目を見開いてしまう。

「ちょっ、ちょっと待って、話が突飛すぎる。え、どういうこと？」

「カリーナ夫人とともにいた男たちも、馬車を用意したのも、全てカロリーヌ正妃ということですよ」

俺は混乱する。母上とカロリーヌ正妃が間違いで会ってしまったとしても、なぜカロリーヌ正妃が母上を匿ったうえに、手を貸す必要がある？

それにカロリーヌ正妃と母上の気が合うことなんか

あるのか?

　あの自分の欲望以外興味のない母上と、無表情でニコリともしないカロリーヌ正妃を思い出し、ありえないと首を振る。

「母上はカロリーヌ正妃に匿われていたって言うけど、それなのになぜ俺に会いに来たんだろう。新しいパトロンがいれば、わざわざ俺に会う必要なんかなかったろうに」

　俺が王宮で生活するようになってから、一度たりとも母上は俺に会おうとはしなかった。

　金のために会いに来たとは言っても、すでにカロリーヌ正妃がいるのなら俺は必要ないだろう。それに、拉致する意味がわからない。

「カロリーヌ正妃の指示ですよ。カロリーヌ正妃はカリーナ夫人のことを使い捨ての駒としか見ていません。そして、駒には働いてもらわないといけませんからね」

「駒? あの母上がなんの役に立つっていうんだ」

「こうやって坊ちゃんを拉致できているじゃないですか。カリーナ夫人は大いに役立っていますよ。坊ちゃんもうすうすはわかっているでしょう。カロリーヌ正妃に毒を盛られたって」

「それは……」

　俺は言い淀む、証拠もないのに犯人と断定するわけにはいかない。いくらそれが真実だと自分が思っていたとしても。

「カロリーヌ正妃は坊ちゃんを排除しようとしています。でも、坊ちゃんは大切に護られていて、なかなか手出しができない。そこにカリーナ夫人がやってきた。カロリーヌ正妃はカリーナ夫人を一目見て、自分の駒として使うことに決めたのでしょうね」

「でもなんで……俺はカロリーヌ正妃とは面識もなかったし、恨みを買うようなこともしてないと思うんだけど」

「まあ、モテる旦那を持つと奥さんは苦労するってことですよ」

「なんだよそれ」

　俺は思わず膨れてしまう。そんな俺を見て赤服はニヤニヤと笑っている。ムカつく。

「で、俺が坊ちゃんと愛の逃避行をすることになりました」

「まて、いきなり端折《はしよ》るな。まるで話がわからない」

「カロリーヌ正妃は、坊ちゃんを排除する大義名分が欲しいんですよ。坊ちゃんがアルフレッド殿下以外の男と駆け落ちしてしまったってね」

「そんな……カロリーヌ正妃はなんで俺を排除したいんだ？　国王陛下の正妃ともあろう方が」

俺は混乱する。カロリーヌ正妃の意図がわらない。

俺がアルフレッドと婚約を解消したとして、それがカロリーヌ正妃になんの関係があるというのだろうか？

「そうなんですよねぇ。俺はカリーナ夫人の使用人として、カリーナ夫人がカロリーヌ正妃とお茶をしている場に控えていたのですけど、二人の話を聞いていて、耳を疑いましたよ。

カロリーヌ正妃は、アルフレッド殿下と婚姻を結ぼうと思っているみたいですよ」

「はあっ？」

赤服の話に、俺は思わず大声を出してしまった。

「アルフレッド殿下がいながら不義密通した坊ちゃんを断罪して、婚約者の座から引きずり下ろし、その後釜に自分が座ろうっていう筋書きです」

「いや無理だろう……」

「俺もそう思いますよ」

赤服の話を信じることはできない。俺がアルの婚約者でなくなったとしても、正妃として国王と婚姻関係にあるカロリーヌ正妃が、アルの妃になることなど、ありえはしないのだから。

「女心って不思議ですよねぇ」

「いや、そんな話じゃないだろう」

赤服に思わず突っ込んでしまう。赤服の話は冗談ではなく、本当のことなのだろうか？　そんな荒唐無稽《こうとうむけい》な話のために、俺は苦しめられているのか？

「坊ちゃん、そろそろ馬車が到着します。残念ながら、最悪な場所です」

「え……」

赤服が覆いのされた窓の隙間から外を窺っている。

「アルフレッド殿下にもう一度会いたいなら、俺の指示に従ってください」

いつもの人を食ったような顔が苦々《にがにが》し気な顔つきになっている。

「降りればわかりますが、ウール川の船着き場が目的地のようです。王都から海に出るのは厳しいから、ここを選んだのでしょう。よく考えていますよ。

俺の部下がこの馬車を追ってきています。それに坊ちゃんの影もついてきているはずです。ただ船に乗せられれば、味方も助けようがありませんし、追ってもこられなくなります。船に乗せられたらアウトです」

ガタンッ。少し大きな振動とともに馬車が止まる。

赤服は俺を抱き上げる。俺の身体は、まだいつも通り動けるほどには回復していない。せめて赤服の邪魔にならないよう、俺は大人しく赤服へ両手を回すのだった。

5

赤服に抱きかかえられたまま、馬車から降りる。

赤服は俺を抱く体勢を縦抱っこに変えた。せめて片手だけでも使えるようにするためだろう。俺はしっかりと赤服に抱きつく。

「ファニアちゃん、待ってたわよぅ。遅かったじゃない」

母上が俺に手を振りながら小走りに近づいてくる。周りには十人ほどの体格のいい男たちがいる。もしかしたらエイグリッド国の者かもしれない。

母上は別の馬車で先にこの場所に着いていたようだ。俺の馬車は尾行を撒くために、遠回りしたに違いない。母上たちよりだいぶ遅く到着したらしい。

「母上、これは犯罪です。俺を今すぐ王宮に戻してください」

「これからどこに向かうかわかる？　エイグリッド国に行くのよぉ、楽しみねぇ」

「母上、俺は外国になんか行きません。早く帰してください。俺の意思に反してやっていいことではありません」

「安心していいのよ。エイグリッド国では、ちゃぁんと生活の面倒はみてくれるし、エイグリッド国の社交界にも参加できるのよぉ。楽しみねぇ」

母上は夢見る少女のように頬を染め、キラキラとした瞳を俺に向けてくる。

まるで話が通じない。前々からそうだったが、母上は人の話を聞かない。人の話を理解しない。自分の欲望を押し通すだけだ。

「母上だけエイグリッド国に行けばいいでしょう。俺は行きません」

「あら、ダメよぉ。これはファニアちゃんのためだもの」

「俺のため？　俺の意思を無視しているこれが俺のため？　どれだけ俺を馬鹿にしているのですか。俺はエイグリッド国になんか行きません」

「だって男同士なのよぉ。王太子殿下と婚姻したって上手くいくわけはないわぁ。ファニアちゃんが苦しむだけだものぉ。私はぁファニアちゃんを助けてあげているのよぉ」

　母上の言葉にグッと言葉に詰まる。

　それは、いつも俺が心の片隅で思っていたことだから。

「……そう母上が思っても、拉致するのは間違いです。今頃王宮は大変なことになっています。今すぐ俺を帰してください。エイグリッド国には、母上だけで行ってください」

「やだぁ、ファニアちゃんって反抗期ねぇ。エイグリッド国は、ぜひファニアちゃんと一緒にって言ってくれているのよぉ」

　母上の言葉に、俺はカッとなる。

　結局は俺のためだと言いながら、母上は俺をだしにするとしか考えていないのだ。俺をエイグリッド国に連れていけば、いい待遇で迎えてやると言われたのだろう。

　俺のことなんか、はなから思ってなどいない。自分の息子がどうなるかなど、考えてもいないのだ。

「母上は……」

「まったく、いつまで待たせるのですか」

　俺の言葉を遮るように、壮年の女性が近づいてきた。

　確か、カロリーヌ正妃のお茶会で見た。カロリーヌ正妃が〝ばあや〟と呼んでいた女性だ。

「早く船に乗せなさい。船を待たせているのですよ」

　イライラとばあやは周りの男たちに言いつけている。

「はぁい。さあファニアちゃん、船に乗りましょう。船の一番いい部屋を押さえてくれているのよぉ」

　母上は、ヒラヒラと俺に手を振りながら、一人で船の方へと歩いていく。母上に男たちは誰一人付き添わない。全員が、俺と赤服を見ている。

「フン。もう別の男に抱きついているなど、節操のない。男と駆け落ちしたと言われても、誰一人疑う者はいないでしょう」

　ばあやは俺と赤服を見て、眉をひそめている。

「ねえ、ばあやさん。こんなことをしてなんになる？　俺を排除してどうなるっていうんだ」

「うるさい。男妾の分際で話しかけてくるなど、汚らわしい。お前がいなくなれば、ようやく姫様とアルフレッド殿下は正しく結ばれることができるのです。お前がいるために、どれほど苦労させられたか」

俺はばあやに話しかける。目的がわからないから。

ばあやは気に入らないとばかりに眉を吊り上げるが、それでも無視はしないので、俺は話し続ける。

「カロリーヌ正妃様は、国王陛下と正式に婚姻を結んでいる。俺がいなくなったところで、カロリーヌ正妃様がアルフレッド殿下と結ばれることはないだろう」

「フン。カロリーヌ姫様は、アルフレッド殿下と婚姻するために、フリアリスト国へと輿入れされたのですよ。お前がいるために、あのような中年男に嫁がされて。なんてお可哀そうな姫様」

ばあやは感極まったのか、涙ぐんでいる。

ばあやの話に俺も赤服もあっけにとられる。

この婚姻ではカロリーヌを国王の正妃とすることが、エイグリッド国からのゴリ押しで決められたことだったはず。決してアルフレッドとの婚姻が前提ではなかった。それに当時のアルフレッドは立太子していなかったから、相手は第一王子のアンドリューだったかもしれないのだ。

「カロリーヌ姫様とアルフレッド殿下が婚姻されれば、すぐにカロリーヌ姫様は御子をお産みになる。正式なこの国の跡取りをです。

お前のような男妾では、子を産むことなどできはしないのに、なんて厚かましい。本当だったら、自分から身を引くのが当たり前でしょうに」

ばあやは勝ち誇ったように俺を見ている。

俺は……。

ポン。

赤服が俺の背中を優しく叩く。まるで励ましてくれているかのように。


「「ワア――――ッ!!」」

いきなり大勢の男たちがこちらに向かって走ってくる。手に手に得物を持ち、まるで威嚇《いかく》するように大声を上げている。

赤服の部下だろうか。もしかしたら赤服の合図を待っていたのかもしれない。

「しっかり摑まって」

周りのエイグリッド国の男たちが騒ぎに気を取られた隙を突き、赤服はそれだけ言うと、走りだした。

「待てっ！」

赤服の部下たちは、エイグリッド国の男たちに襲いかかる。不意を突いた形だが、赤服の部下は数が少なすぎる。無謀な行為だ。それでも向かってきてくれたのは俺を逃がすためなのだろう。

俺を抱え赤服は走るが、数人のエイグリッド国の男たちが追いかけてきている。どんなに頑張っても、俺を抱えているから、男たちはすぐに追いついてくる。

一人の男の手が俺へと伸びる。赤服は身を捩って俺をその背で庇う。

「ここは私たちがっ」

「頼む」

どこからか数人の男たちが出てきて、エイグリッド国の男たちと俺たちの間に立ちはだかる。

王宮でチラリと見たことがある、影たちのようだ。

赤服は俺を抱えて走り続ける。船着き場からどんどん離れていくが、船に乗っていた男たちも外の騒ぎに気がついたのか、ぞくぞくと船から降りてきているのが見える。

赤服の部下たちも影たちも、エイグリッド国の男たちに比べると数が少ない。大丈夫だろうか。

ただ俺は、赤服に抱えられ、逃げることしかできない。悔しくて涙が滲む。

「大丈夫ですよ、すぐに援軍が来ます」

赤服は俺を安心させるため、俺に声をかけてくれる。

「うん。ありがとう」

俺はもともと体調不良だったのが、だいぶ堪《こた》えてきている。意識が朦朧《もうろう》としてきたが、こんなところで気絶なんかしている場合ではない。気合を入れ直す。

坊ちゃんは俺になんとかしがみついている状態だ。そうとう身体が辛いのだろうが、一言も弱音を吐かない。少女のように可憐な外見はしているが、凛とした芯の通った性格をしている。坊ちゃんを外見で判断する者達は、決して気づきはしないだろうが。

少しでも楽になれるよう俺の胸に顔を付け、固定するようにして、抱きしめる腕に力を入れる。周りを見えないようにしているわけじゃない。その方が坊ちゃんの身体に負担がかからないだろうからと思ってだ。

坊ちゃんを助けるために駆けつけた王子様たちを見せないようにしているわけじゃない。

大勢の騎士たちを引き連れて、アルフレッド王太子が船着き場の入り口に現れた。馬から飛び降りると、自ら剣をもって、ゴロツキたちを蹴散らしている。遠目でもよくわかる、見事な太刀筋だ。

王子様ともあろう者が、こんな命の危険がある場所に来ていいはずはない、なぜ誰も止めないんだ。まあ、止められなかったというのが正しいのだろうが。

王子様の横で剣を振っているのは、たしかゼルナイトとかいう坊ちゃんの幼馴染の一人だったはず。それこそバッタバッタとゴロツキたちを切り捨てている。容赦ないな。腕前がよくても、度胸がない奴は多いが、ゼルナイトの太刀筋には迷いがない。

ロクな戦い方も知らないようなゴロツキたちに、数で押されていた。だが王子様たちが来たから、もう大丈夫だろう。俺は、坊ちゃんを抱いたまま、建物の陰へと入り込む。

「読みが甘かった俺の失態です。カリーナ夫人が、カロリーヌ正妃に唆《そそのか》されているのはわかっていたのですが、まさか直接坊ちゃんをさらうとは思ってもいませんでした。せいぜいカリーナ夫人が坊ちゃんをどこかに呼び出すか、カリーナ夫人を人質にして坊ちゃんに言うことを聞かせるか、そこらだと高《たか》を括《くく》っていました。こんな目に遭わせてしまい、申し訳ない」

赤服が俺に頭を下げる。

建物の陰に入り込むと、赤服は抱えていた俺をそっと降ろし、壁にもたれかからせてくれた。

「なんで謝るんだよ。赤服は俺を護ってくれているじゃないか。悪いのは、自分のことしか考えていない母上だし。狂った考えをしているエイグリッド国の人たちじゃないか」

俺は慌てて赤服の謝罪を止める。

赤服はもちろん悪くない。自分の身内が起こしたことに、俺の方がいたたまれない。

「エイグリッド国は関与していませんよ」

「え？」

「あの男たちは全員、金で雇われたゴロツキでしょう。誰一人エイグリッド国の言葉を話していませんでしたし、顔形もこの国のものです。それにエイグリッド国がカロリーヌ正妃やばあやの考えを知ったなら、関与するどころか、止めていたでしょう。

フリアリスト国《このくに》との平和条約は締結されていますし、現在エイグリッド国は隣の国との関係がこじれて、それどころじゃないですからね」

「そうなんだ……」

俺は納得する。

カロリーヌ正妃とばあやの考えは常軌を逸している。国同士で結ばれた婚姻をそんなに簡単に挿《す》げ替えたりできるはずはないのだ。

なぜあんな考えになったのか……。

「俺がアルの婚約者だからこうなったんだよな。カロリーヌ正妃たちの考えは狂っているけど、俺が男じゃなかったら、こんなことは起きてはいなかったと思う」

俺は赤服に顔を見られないよう、下を向く。

ずっと考えていた。

俺が男だから。

男なのにアルの婚約者になっているから。

王子妃の部屋で、アルや幼馴染たちから大切に護られていることは、よくわかっている。

それでも、令嬢たちが、俺をアルの婚約者の座から引きずり下ろそうとしていることを知っているし、アルの子どもを産めない出来損ないと面と向かって言われたこともある。

「坊ちゃんが気に病むことは何一つありませんよ。そうだ坊ちゃん、このまま俺と逃げましょうか？」

「は？」

赤服の言う意味がわからず、下げていた顔を赤服へと向ける。

「このまま俺と、愛の逃避行をしましょう。そうなるはずだったのですから、便乗しましょうか。俺はけっこう甲斐性はありますよ。坊ちゃんに生活の苦労なんかさせません。それに、男だというだけで、坊ちゃんにそんな苦しそうな顔をさせたりしませんよ」

いつもニヤニヤと意地悪い笑顔を向けてくる赤服が、真剣な瞳を俺に向けている。

俺は、そんなに苦しそうな顔をしていたのだろうか？

「俺は……」

自分の胸元をギュウと摑む。

アルの婚約者になって、苦しいことも多い。言われなくてもいい残酷なことを言われることもあるし、命を狙われることだってある。今だって危機迫る状況だ。

こんな時なのに自分自身がアルに相応しくないと思ってしまうことが一番辛い。

「それでも……それでも俺は、アルといたい。アルの隣に俺以外の人がいるのは嫌だ。俺は、俺は、アルが好きなんだ」

ポロリと涙が頬を濡らす。

赤服に縋りつくことはできないから、自分の袖口で乱暴に涙を拭う。

「だ、そうですよ」

俺の背中に向かって赤服が声をかける。

赤服は、いつもの皮肉気な顔に戻ってしまっている。

俺は限界に近い身体を無理やり動かすと、後ろを振り向く。

「アル……」

そこには、肩で息を切らした、汗まみれのアルが立っていた。

「ファニア」

そのまま動けない俺を、アルはゆっくりと抱き上げてくれる。

キユッと抱きしめられ、アルの匂いが俺を包み込む。

不安が取り除かれ、身体の力が抜けていく。

「遅くなってごめん。心細い思いをさせてごめん」

影たちは俺が拉致られたのをアルに知らせてくれたのだろう。

大勢の騎士たちをアルは連れてきてくれたろうから、争っていた赤服の部下たちや影たちは助けられただろう。

俺はホッとする。

「これからも様々な問題がファニアに降りかかってくると思う。王族の俺と結婚するばかりに、しなくてもいい苦労をするだろう。それでも無理なんだ。この手を離すことも、ファニアを他の者へと渡すことも。俺はファニアのことを愛している。どうか俺から逃げないでくれ」

アルは俺をギュウッと抱きしめる。ちょっと苦しい。せっかく俺に愛の告白をしてくれているのに、俺に顔を見せないためか、俺の肩口に顔を押しつけている。

「アル」

俺はアルの顔を両手で俺に向けさせる。

アルは泣きそうな心細そうな顔をしている。幼い頃は暴君王子様だったのに。懐かしく思い出してしまった。まあ、俺はすでに泣いてしまっているけど。

「俺もアルのことを愛しているよ。離れたりしない。アルが嫌がったって、離れないからね」

　アルに回していた腕に力を込める。

　そうしないとアルから離れそうだったから。


　俺の身体は限界を超えており、安心した俺は、そのままブラックアウトしてしまったのだった。

　それでも俺は、幸せそうな顔をしていたと思う。


　ばあやがファニアを排除するとカリーナ夫人を連れて出ていった。

　そして、その日以降、ばあやもカリーナ夫人も戻ってこない。

　カリーナ夫人のことは、ばあやが証拠隠滅のため、船に乗せたらすぐに始末すると言っていたからわかるが、なぜばあやは戻ってこないのか。

　まさか失敗したのだろうか。

　カロリーヌは心配になるが、カロリーヌが後宮から出ることはできない。ただ手をこまねいて、ばあやの帰りを待つしかない。

　次の月曜日、国王陛下のお渡りがあった。

　国王陛下との閨は拒んでいるはずなのだが、カロリーヌの意思を無視して国王陛下はカロリーヌの寝室へとやってきた。

　それもアージニア公爵を伴ってだ。自分の妃の寝室に愛妾を連れてくるなど、カロリーヌは反吐《へど》が出そうだった。

「お前のばあやが捕まった」

　国王陛下はただそれだけしか言わない。

　幼い頃から厳しい王妃教育を受けてきたカロリーヌは、動揺しそうになるが、なんとか表情を取りつくろう。

「なぜでございますか。ばあやを捕らえるなど、私を侮辱する行為でございます」

　カロリーヌの反論に、国王陛下は鼻で一つ笑う。

「カロリーヌ。ファニアに毒を盛ったこと。カリーナをそそのかし拉致したこと。その犯人がお前だという証拠はない。だから今は罰を与えない。ただ次はないし、今までと同じ生活ができるとは思うな」

国王陛下の言葉は淡々としている。

国王陛下につき従っているアージニア公爵はカロリーヌを憎々し気に睨みつけている。

国王の正妃に対して向けるべき視線ではない。

そういえばとカロリーヌは思い出す。アルフレッド王太子の婚約者がアージニア公爵の息子だということを。親子揃って王家におもねるとはあさましい。

そっとカロリーヌは視線を外すのだった。


ばあやはそのまま帰ってはこなかった。そして、自分が生国から連れてきた侍女たちも、いなくなってしまった。

自分に付けられたのは、全てがアーロイン領出身の侍女たち。

アーロイン領はこの国の西に位置する辺境伯領で、国境に位置している。平和条約を結ぶまで、アーロイン領とカロリーヌの生国エイグリッド国とは小競り合いが絶えなかった。死者すら出すこともあったのだ。

アーロイン領出身の彼女たちにすれば、カロリーヌは憎き敵国の王女に他ならない。

侍女たちはカロリーヌを決して蔑ろにはしない。決められた手順で決められた世話をする。

ただ、それだけだ。多少たりとも心を寄せることはない。

カロリーヌ付きになる時、侍女長は言ったのだ、

『私の父はアーロイン領にて騎士をしておりました。エイグリッド国の奇襲により命を落としております』と。

カロリーヌにできることはなくなってしまった。

後宮の部屋でただ生きている。それだけ。

公務の際、ただ人形のように着飾って席に座っているだけ。

カロリーヌに話しかける者はいない。ジェニアとのお茶会もなくなり、国王陛下の渡りもないままだ。

カロリーヌは思うのだ、私は何を間違ったのだろうかと。

その答えをカロリーヌが、知ることは一生ない。

レッツ！ お菓子作り

BL game no sekai ni
tensei shita
akuyakureisoku wa
yurete shimaimashita

1

本日は日曜日で、俺は王宮の王子妃の部屋でゴロゴロしている。行儀は悪いが、部屋には他に誰もいないから、よしとしておこう。

俺の婚約者であるアルは公務が忙しいようで、朝食の席にさえ来なかった。結婚式が近づいてきたからなのか、この頃は公務の量も徐々に多くなってきているようだ。

今までだったら、日曜日ぐらいは休めていたのに。

寂しい……。

暇を持て余している俺だが、本当だったら超多忙なはずなのだ。王子妃教育もあるし、王子妃以外の教育もたんとある。結婚式に向けての、もろもろの準備もあるから。

だけど、アルが日曜日ぐらいは休めるようにと配慮してくれている。だから俺には、本日はなんの予定も無い。

本当だったらアルと一緒に日曜日ぐらいは、い、い、イチャイチャしていたはずなのに……。


「ヤッホー、ファニア来たよー」

「バイルアットっ！」

この頃アルの公務が忙しくて、俺が寂しいと愚痴《ぐち》ったからか、バイルアットがちょくちょく遊びに来てくれるようになった。

ゼルナイトはアルの護衛のため、いつもアルと一緒だし、ジェイドもアルの仕事を補佐するため、文官としてアルと一緒にいる。

アルと俺は一緒にいられないのに、二人が羨ましいとか……思ってないから！

アルが多忙だということは、二人とも多忙だということだ。ゼルナイトやジェイドにも、この頃はなかなか会えない。寂しさも倍々だ。

せっかくバイルアットが来てくれたけど、俺はベッドの上で寝転がったままだ。バイルアットには失礼な態度だが、起き上がる気力がない。

「バイルアットー、皆に会いたいぃ」

ミノムシよろしくベッドの上から、バイルアットを見上げる。

「なんだろう、この可愛い生き物は。そうだねぇ、せっかくの休日が、これじゃあもったいないし、皆に会いに行こうか」

「えっ、いいの？」

「あいつらも休憩ぐらいするでしょう。その時に合わせて行けば大丈夫。差し入れでも持っていけば喜ばれるよ。まあ、皆ファニアが会いに行くだけで、大喜びだろうけどね」

バイルアットは、その美しい顔《かんばせ》でニコリと笑う。

「やったぁ！」

俺はガバリとベッドから起き上がると、枕元のベルを鳴らす。

侍従の誰かが来てくれるのかと思っていたら、侍従長のノーザットが来てくれた。

「ファニア様、ご用件をお伺いいたします」

白いものが混じった髪を七三にビシリと撫でつけ、侍従のお仕着せには皺一つない。ピンと背筋が伸び、一分《いちぶ》の隙もない。それなのに優しい笑みを浮かべてくれている。

「ねえノーザット、アルのところに行こうと思っているのだけど、差し入れを持っていきたいんだ。ほらっ、アルは忙しくて朝食の席にも来られなかったから、差し入れを渡したいなって。何がいいと思う？」

いつもは仕事の邪魔になったらいけないと、アルの執務室には近寄らない。

だけど、今回はバイルアットもいるし、いいよね。

差し入れを渡したらすぐに帰るから。アルの顔をちょっと、ほんのちょっとだけ見たら帰るから。仕事の邪魔はしないから。

自分自身に言い訳をする。

「差し入れでございますか。やはりお若い男性でございますので、サンドイッチなどの軽食がよろしいかと」

「そっかぁ、お肉がたくさん挟まったサンドイッチがいいかな」

「さようでございますね」

ノーザットの提案にそうだよねと俺は頷く。

前回は俺が作った卵焼きだけサンドを差し入れに持っていって、ちょっと恥ずかしかったから、今度はちゃんとしたものを持っていきたい。

皆は美味しいって言ってくれたけど、卵焼きだけのサンドイッチは、王族様や高位貴族様たちに食べさせていいものじゃなかった。俺の手作りっていうところがしょぼいよね。

「やだなぁファニア。差し入れっていったら手作りに決まっているじゃないか」

「へ？」

ノーザットとサンドイッチの具を決めようとしていた俺に、バイルアットがのんびりとした声をかけてくる。

「手作り……でも、俺は料理ってできなくて」

「前回のサンドイッチは美味しかったよ」

「だって、卵焼きだけのサンドイッチなんて、皆に悪いよ」

「えー、ファニアの手作りだからいいんじゃないか。どんなに贅沢なものより、ファニアが一生懸命作ってくれたものの方が百万倍美味しいに決まっているよ」

バイルアットがキッパリと言いきる。

本当だろうか。

俺に気を遣ってくれているのだろうけど、バイルアットの言葉が嬉しい。

俺が作ったものをアルや皆が食べてくれるのは、やっぱり嬉しい。

「そ、そうかなぁ。俺が作ったものの方がいいのかなぁ？」

「もちろんだよ」

「そっかぁ」

バイルアットが肯定してくれて、俺はニヘッと笑ってしまう。

「じゃあ、俺頑張って何か作るよ。何がいいかなぁ」

「前回はサンドイッチだったから、今回はスイーツがいいんじゃないかな」

「スイーツ？」

「そう。ケーキとかクッキーとか」

バイルアットの言葉に俺は考え込んでしまう。スイーツなんて作ったことはない。

今は公爵令息だから、厨房に入ったことも、前回のサンドイッチ作りの時までなかったし、前世では卵かけご飯を作るか、カップラーメンにお湯を入れることぐらいしかしていなかった。

「俺にできるかな……」

「大丈夫でございますとも。このノーザットがファニア様のお手伝いをさせていただきます。お任せください。厨房といい、材料といい、全て完璧にご用意させていただきます」

不安な俺にノーザットがアシストを申し出てくれる。

ノーザットはキリリと表情を引きしめている。

え、どうしたの。

ノーザットの申し出は、とても心強いけど、俺が差し入れを作るのに、何をそんなに意気込んでいるの？

「あの……俺、料理はそんなに得意じゃないし、スイーツを作るのは初めてだから、たいそうな物は作れないと思うよ」

「何をおっしゃるのですか、殿下に差し入れをされたいという、その尊いお考え。お任せください。ノーザットは、ファニア様のお料理を完璧にサポートさせていただきます！」

ノーザットはみなぎっている。

なんだか、みなぎっている。

前のめりにみなぎるノーザットに、俺は少々腰が引けてしまうのだった。

「もちろん僕も一緒に作るよぉ」

「ホントに？」

「僕も料理を作ったことはないから、楽しみだよ」

バイルアットの申し出に俺は安心する。いくら二人とも初心者だとしても、一人より二人の方がいいに決まっているもの。

俺はバイルアットに向けてニッコリと笑いかけるのだった。


ファニアとバイルアットの二人が、なんのスイーツを作ろうかと可愛らしく小首を傾げている横で、ノーザットの瞳が光る。

二人には知られないように、視線だけで合図を送ったのだ。合図を受けたのは、部屋の外で待機していた侍従二人。そっと扉から外れると、一人は厨房へと走り、もう一人はアルフレッドの執務室へと走る。

厨房へと向かった侍従Aは、料理長と筆頭パティシエを呼びつける。

「もうすぐ厨房《ここ》へ、ファニア様がいらっしゃいます」

侍従Aのいきなりの言葉に、料理長と筆頭パティシエは驚きを隠せない。

「ファ、ファニア様が……まさか、何かお食事に不具合があったのでしょうか。ファニア様のお嫌いなシイタケは、極力お出ししないようにしていたのですが……」

「もしやファニア様から、身長を高くするデザートをと望まれていたのに、満足する結果を出すことができなかったから、呆れられたとか……」

あああ、どうすればぁ。

料理長と筆頭パティシエはともに苦悩の表情を浮かべ、頭を抱える。

「お二方、そんなところで苦悩している暇はありません。ファニア様がこちらにいらっしゃると言っているでしょう。ファニア様は、アルフレッド殿下たちへの差し入れを手作りされるためにいらっしゃるのです。今回はスイーツを作られるそうです。早く準備を整えてください。ファニア様をお待たせしてはいけません。不備がないようにしてくださいね」

それだけ言うと、侍従Aは来た時と同じように、あっという間に厨房を後にした。

「ファニア様が厨房へ……差し入れを作られるのか。ゆ、夢のようだ」

「なんということだ。ファニア様が厨房へいらっしゃるなんて。ファニア様を間近で見ることが……いや、もしかしたら、お手を取って料理をお教えできるかもしれない」

二人は呆然と呟いていたが、ハッと気がついたように自分の隣を見る。

「わ、私は料理長なのだから、私がファニア様をご指導するべきだな。前回、卵だけサンドを作られた時も私がお手伝いをさせていただいたのだから」

「はっ！　何を寝ぼけたことを。侍従殿の言葉を聞いていなかったのか。今回ファニア様はスイーツを作られると言われたではないか。スイーツ作りをお教えできるのは、筆頭パティシエである私にほかならない。私がファニア様をご指導させていただくっ」

料理長と筆頭パティシエは睨み合う。二人の間には火花が飛び散っている。見えないが。

「お二方とも、ファニア様がいらっしゃるというのに、何をやっているのですかっ。早く準備をしなければっ!!」

副料理長が悲鳴のような声を上げる。

厨房はファニア様ご来訪に上を下への大騒動となるのだった。


かたや侍従Bが向かったのは、アルフレッドの執務室だった。

執務室の中、アルフレッドは、書類仕事を黙々とこなしている。

公務が徐々に増えてきており、ファニアとの時間が減ってきているのは身を切られるほどに辛いのだが、ファニアとの結婚式のための諸々の準備だと思うと、顔がにやけてくるアルフレッドだった。

「やだやだ、書類見てにやけるって、どんだけ変態なの」

「元がムッツリなのだから、仕方がないのでは」

執務室の中には、アルフレッドの他には幼馴染の二人、ジェイドとゼルナイトしかいない。他に誰もいないとはいえ、自分の主君に対して、言っていい言葉ではない。不敬以外の何ものでもないセリフに対して、アルフレッドは何かを言うことはない。というか聞いちゃいない。


「な……んだと。ファニアが俺のために、手作りで差し入れだと……」

「はっ、ただ今バイルアット様、ノーザットとともに厨房へと向かわれました」

ノーザットから遣わされた従者Bの言葉にアルフレッドは執務の手を止める。

「俺のために……はっ、駄目だ駄目だ駄目だっ！　お前の話では、オーブンを使うそうじゃないか、やけどをしたらどうするっ。そんな危険な目にあわせるなんてできない。どうしてノーザットは止めないんだっ」

慌てて執務室を飛び出そうとするアルフレッドに、侍従Bは頭を深く垂れたまま答える。

「アルフレッド殿下に差し入れをしたいと、ファニア様がおっしゃったからです」

「ぐっ」

「朝食も食べていないアルフレッド殿下に何か召し上がってほしいと。それに、一目だけでもアルフレッド殿下のお顔が見たいと。そうおっしゃったのです」

「ぐぐっ」

アルフレッドの心の中に、微笑むファニアの顔が蘇る。ファニアが自分のために……何かに耐えるように、胸元を握りしめる。

「ファニアの……ファニアの安全に万全を期すように伝えろ」

「畏《かしこ》まりました」

なんとかそれだけを言葉にするアルフレッドに、深く頷いた侍従Bは、執務室を後にするのだった。

「いやぁ、ファニアの手作りが食べられるなんて、楽しみだねぇ」

アルフレッドと侍従のやり取りを隣で見ていたジェ

イドがご機嫌な声を出す。その横でゼルナイトもウンウンと頷いている。

「はあ？　お前たちに渡すと思っているのか。ファニアの差し入れは俺だけのものだ」

「凄んだって駄目だよ。食べるに決まっているでしょう」

絶対渡さないとジェイドを睨みつけるアルフレッドだが、ジェイドは笑って相手にしていない。

その横でゼルナイトも、何を当たり前のことを、という顔でアルフレッドを見ている。

「さあさあ、ファニアが来るまでに、できるところまでは終わらせておきましょう」

ジェイドは、アルフレッドへ仕事を再開するよう促すのだった。


「クッキーにしようか」

「そうだね。クッキーだったら、プレーンとかチョコ味とか、バリエーションを増やせるからいいねぇ」

何を差し入れするか二人は短い話し合いで決めた。こんなことで時間を取られるわけにはいかない。初心者二人が作るのだから、調理に時間がかかることはわかっている。ファニアとバイルアットは頷き合うと、ノーザットとともに厨房へと向かうのだった。

二人は気づいてはいないが、天井裏では大勢の人々が、二人の行動に注目していた。

〝影〟と呼ばれる者たちだ。

様々な情報を収集したり、対象者を陰ながら護衛したりと、決して表舞台に出ることはないが、様々な任務を任されている。

そんな影たちがファニアの部屋の天上裏でひしめき合っているのだ。本当ならば、人に知られることなく活動しなければならないのだが、それは無理というものだ。

なぜなら影の数が多すぎるから。

ファニアには、アルフレッドから数人の影が付けられている。身辺警護を主な目的としてなのだが、影たちにはわかっている。浮気防止だということが。

それに、正式に王宮からも影がついている。こちらも準王族となるファニアの身辺警護が主な目的だが、王族として、あるまじき行為をした場合も、国王へと直接連絡が行くようになっている。

その他にも、アージニア公爵家やジェーン元正妃からなど、様々なところから影は派遣されてきているのだ。

その上、今回は、バイルアットの影たちもやってきているので、天井裏は満員御礼だといえる。ぎゅうぎゅう詰めだ。

そんな彼らは、全員が同じようなタグを首から下げている。

タグは色違いで、王家関係は金色。教会関係は銀色。その他にも色々な色が割り振られている。

このタグがないと、ファニアの部屋の天井どころか、王宮にすら入り込むことはできない。

王宮内で影たちが活動をするためには、タグの申請をするところから始めなければならないのだ。

タグを受け取ることができた者たちには、様々な制約が課せられる。

もちろん、ファニアにその存在を知られてはいけない。姿を見られてもいけないし、足音など、音を立ててもいけない。

次に、影同士で争ってはいけない。ファニアの部屋の天井裏を血で汚すことなど、あってはならないことなのだ。

そして、ファニアとアルフレッドが甘い雰囲気になったならば、速やかに部屋から撤退すること。少しでも退出が遅くなることがあれば、すぐにタグは奪い取られてしまう。

その他にも、細々とした決まり事がある。

これら全てを管理しているのはノーザットだ。

侍従長のノーザットは、アルフレッドやファニアに関わる影たちの管理も行っている。決まり事を守れない影は、ノーザットから処分されることとなる。どんなに訓練を積み、手練《てだ》れの影だといっても、ノーザットに敵《かな》うことはない。許可なく王宮に、それもアルフレッドやファニアの側に近づこうものなら、ノーザット率いる侍従軍団により、二度と日の目を見ることのできない処遇を受けることになる。

ノーザットは、七三にビシリと撫でつけられた髪を一筋も乱すことなく、影たちを処分するのだった。

規律をきちんと守っている影たちだったが、重大な情報を摑んでしまった。

「手作りのクッキー……」

誰とはわからないが、ポロリと言葉が漏れていた。

隠密の影として、声を出すなど、あってはならないことだ。だが、それほどの衝撃だったのだ。

『必ずや手に入れなければ……』

『御前の元へお届けしなければ』

『主様へお渡ししてみせる』

影たちは、自分の主君を思い、熱い心を滾《たぎ》らせる。

そして三々五々自分たちの主《あるじ》の元へと大急ぎで戻るのだった。


王宮がファニアに付けている影は国王陛下に直に目通りすることが許されている。

午前中の執務を終わらせ、休憩を取っている国王陛下の元へと影が現れた。影の胸には金色のタグが揺れている。

「ほう、ファニアが手作りでクッキーを」

アーノルドは、影からの報告に少し考え込む。アーノルドにとって、ファニアは従妹の子どもにあたる。従妹ともども可愛がってきたが、この頃少し思いが変わってきた。従妹の子に変わりはないのだが、自分の恋人であるルドルフの一人息子でもあるため、実の子どものように思えてきたのだ。

アーノルドは十人もの子だくさんだが、妃たちの確執もあり、親子関係が密とは言いにくい。その点ファニアは、ルドルフの件で文句を言いに来たり、アルフレッド絡みで文句を言いに来たりと、アーノルドと接することが多いうえに、ルドルフと恋人になるきっかけを作ってくれた恩人とも言える。その上、国王陛下を相手にしているとは思えない物言いと態度を取ってくるのだ。

アーノルドにすれば、どんなに無礼な態度を取られても、ファニアは可愛いポメラニアンにしか見えていないので、ますます可愛く思えるのだった。

自分の恋人であるルドルフは、幼い頃から自分の子どもではないと思っていたファニアを虐待していたらしい。そして、決して口には出さないが、真実がわかった今、深く後悔しているし、ファニアに償いたいと思っている。

ルドルフの心の中に、ファニアを息子として受け入れ、愛おしいという思いも芽生えてきているようだが、その思いをファニアが受け入れないということもよくわかっている。

そのように親子関係がこじれてしまった原因は自分にあるのだから、手助けしたいとは思うのだが、へたに関わると、なおさらこじれさせてしまいそうで、どうしようもないのが現状だ。

「ファニアの手作りならルドルフも喜ぶだろう。手に入れろ」

「御意」

アーノルドの言葉に影は一つ頷くと、音もなくその場からいなくなるのだった。


「なんだと、バイルアットきゅんがクッキーを手作りするだと……」

一言でいうならば豪華な部屋だ。広々とした部屋の中には、豪奢な家具が配置され、壁に掛けられた絵画は、有名な画家の作品だと、すぐにわかる見事なものだ。

その部屋の中央に置かれた革張りのソファーには、壮年の男性がゆったりと座っている。ジルフレッド＝ジーニアス＝フリアリスト。白い物が多く混じってはいるが、王族の特徴である濃い金髪と蒼い瞳を持つ。

先代の国王であり、現在の太上王である。まだ六十代であり、矍鑠《かくしゃく》とした美丈夫だ。

目の前で膝をつく影からの報告を食い入るように聞いている。影の胸には銀色のタグが揺れている。

「バイルアットきゅんの、バイルアットきゅんの手作りのクッキー。手に入れろ……よいかっ、手に入れろ。絶対に手に入れるのだっ!!」

ソファーから立ち上がり、拳を握りしめ、影へと命令する。

「御意っ！」

影も力強く返事を返す。

「まあまあ御前様、落ち着いてくださいい。血圧が上がってしまいますよ」

ソファーの横に立っていた人物がジルフレッドを諌《いさ》める。

銀に染まった髪に品のいい髭を蓄え、五十代後半から六十代の前半に見える。柔らかく落ち着いた雰囲気を醸《かも》し出している男性は、サイラス＝ザイード。

フリアリスト王立学園の学長を務めている。子どもの教育に情熱を傾け、少しの妥協も許さない。学園にはどんな権力も介入させない断固たる姿勢を貫いている。教育に己の情熱と人生全てをかけているといえる人物だ。ただ、バイルアットに頼まれると、新入生のクラスを簡単に変えてしまうというクズな一面もある。

　この壮年の二人は、国教の熱心な信者だ……とは表向きで、バイルアットの熱狂的なファンといえる。

　この王都の外れに建つ太上王専用の国教信者の館は、正確には『バイルアットきゅんファンクラブ』の総本山だといえるのだった。

　影はバイルアットの手作りクッキーを手に入れるため、音もなくその場から退出するのであった。


　元正妃であるジェーンは、病《やまい》で死んだことになっているが、今も元気に暮らしている。

　フリアリスト国から旅立ち、アッカイという小さな島国に居を構えているのだ。

　そんなジェーンの元に定期的にアルフレッドやファニアの近況を報告したり、手紙を届けたりするのは影の仕事だ。どんな些細なことでもアルフレッドとファニアのことを報告するとジェーンは、喜んでくれるのだ。それはそれは喜んでくれるのだ。

「必ず、奥様にファニア様手作りのクッキーをお届けする！」

　影は決意を胸に、厨房へと向かうのだった。

　様々な場所で様々な人々が、ファニアとバイルアットの手作りクッキーを狙っているなど、当事者である二人は知る由もない。


　いったい王宮の厨房には何人のパティシエがいるんだよ、と思ったファニアだったが、筆頭パティシエなる人物から、クッキー作りを習うことになった。

　腰に巻くタイプのエプロンをバイルアットとともに着けて、いざクッキー作り開始だ。

「ああ、アルフレッド殿下にお見せできないなどと……これほどお可愛らしいのにぃ」

　俺とバイルアットのエプロン姿に、なぜかノーザットが胸を押さえている。一人盛り上がって何か呟いているけど、早くクッキーを作りたいから、スルーの方向で。

俺とバイルアットはともに料理初心者だから、そんなに手の込んだものは無理だ。だからプレーンのものと、チョコチップクッキーの二種類を作ることにした。失敗してもいいように、材料は多めに準備してもらったのだけど……。

小麦粉やバター、卵などが、綺麗に並べられている。小麦粉はふるいに掛けられて、分量も測られて、重さごとに何種類か用意されている。バターに至っては、湯せんで溶かされたものだ。そのまま置いてあるのは卵ぐらいか。

「これじゃあ、手料理って言えないよ」

俺はフグ並みに頬を膨らませる。

「まあまあ、これからやらなきゃならない工程もあるんだから、膨れないで」

バイルアットに宥《なだ》められてクッキー作りを始める。

材料を混ぜて、こねて、伸ばして、型を取っていく。

前世で小さい頃にやった粘土遊びを思い出す。

「ねーねーファニア。ジェイドの分を別にしていいかな。僕が直接渡したいんだ」

クッキー生地の塊を一つ持ち、恥ずかしそうにバイルアットが俺へと話しかけてくる。うっすらと頬を染めたその姿は、天使が降臨したかのような美しさだ。

「え、ジェイド？　ええっ、もしかしてバイルアットってば、ジェイドのことが好きなの!?」

いつも仲の良い幼馴染たちだが、まさかバイルアットがジェイドのことを、そんな風に思っているなんて、少しも気づかなかったのだ。

バイルアットは、はにかんだように微笑む。

「ファニアの誘拐事件の時、後処理が忙しすぎてアルフレッド様が倒れたでしょう。あの時、アルフレッド様を慰撫《いぶ》するために、ジェイドが、ファニアのことを『飛んで火に入る夏の虫』にしやがったのを憶えてる？」

「え？」

バイルアットの言葉に、俺は記憶を引っ張り出す。けっこう前のことだけど、あの時のことを思い出してしまい、頬が徐々に熱くなってくるのがわかる。

「まったく、うちの子に何してくれちゃっているんだか。このクッキーには塩しか入れないから、間違えて食べないようにね」

柔らかな笑みを浮かべるバイルアットは、麗しい女神にしか見えない。

手に塩入りクッキーを持っていても。

「えっとぉ、お手柔らかに?」

止めることのできないヘタレな俺だった。


さて、型抜きしたクッキーを焼こうという時になって、ノーザットと筆頭パティシエが騒ぎだした。

「なりません、なりません。オーブンを使うなど、危のうございます。ここにおります筆頭パティシエのアランがオーブンの作業はいたします」

いきなりノーザットに止められた。

筆頭パティシエのアランも心配げな顔をして、こちらを窺っている。

生まれてこのかたオーブンなんか使ったことはないし、前世みたいにボタン一つでOKというわけでもない。

それでも、他人に作ってもらったら、それは手作りとは言わないのでは?

「ありがとう。でも、やれるところはやらせて」

天板にバイルアットと一緒にクッキーを並べると、分厚い鍋つかみを手にはめてオーブンの扉を開ける。

横でノーザットと筆頭パティシエが貧血を起こしそうになっていたけど、オーブンの扉を開けるぐらい誰でもできるよ。


綺麗でたおやかなバイルアットだが、大雑把《おおざっぱ》なところがある。俺もそうだが、俺は男らしいのだから仕方がない。二人して細かいことを気にしないのだ。

クッキーを型で抜くまではよかったけど、焼くのが失敗続きだった。

オーブンの温度管理や焼き時間など、適当にやってしまい、大量の失敗作を作ってしまったのだ。オーブンの扉を開けたり、天板を取り出したりするたびに、隣にいるノーザットと筆頭パティシエが倒れそうになっていたから、それも失敗の一因だと思う。

差し入れにはできない焦《こ》げや割れのあるクッキーが、差し入れの倍以上の量、できてしまった。

「うわぁ、この失敗作を食べるのに何日かかるかなぁ」

「材料は同じなんだから、味は美味しいはずだよ。二人で食べれば大丈夫」

「そうだね」

俺とバイルアットは綺麗にできた分のみを、用意してもらった籠に入れる。

失敗作は二人で手分けして食べれば、いつかは消費できるはずだ。失敗作はそのまま厨房に置かせてもらって、差し入れ分だけを持ってアルの元へと行くことにした。

ファニアとバイルアットがアルフレッドの執務室へと向かった後、厨房の中では、残されたクッキーを巡り、調理人たちと影たちによって熾烈な戦いが繰り広げられていたことなど、二人は知る由もないのだった。

2

控えていた侍従が、ファニアの来訪を伝えてくる。すぐに入室許可を出すと、小さなノックの音とともに扉からヒョコリとファニアが顔だけを出してこちらを窺う。アルフレッドの邪魔にならないか、気にしているのだろう。

「アル、今大丈夫？」

少し上目遣いでこちらを窺う様子は、可愛い。ただ可愛い。ひたすら可愛い。

アルフレッドだけではなく、側近たち二人も自分の胸元を摑んで、可愛い攻撃に耐えている。

「もちろん大丈夫だよ。ファニアは遠慮なんかしなくていいんだ」

アルフレッドの返事にパアッと笑顔を見せながらファニアは執務室の中へと入ってくる。手には大きな籠を抱えている。その後ろからバイルアットと、ノーザットがついてきている。

「あのね、あのね、アルに差し入れを持ってきたんだ。今日は朝食にも来なかったから。バイルアットと二人で作ったんだよ」

ヨイショと籠を、部屋の中央に置かれた応接セットのテーブルの上に置く。

「手が空いた時に食べてくれたら嬉しいんだけど」

「いや、せっかくファニアが持ってきてくれたんだ、すぐにいただこう」

ファニアの元へと近づいていたアルフレッドは、ファニアを促して、三人掛け用のソファーに座る。

「へえ、今度はクッキーを作ってくれたんだ」

「ありがたくいただこう」

「ファニアの手作りじゃなくて、僕とファニアの共同作業ですよ」

ちゃっかり側近三人もソファーに座っているし、仕事の早いノーザットは、全員分の紅茶をテーブルに用意している。

「チッ」

「ん、どうしたのアル」

「いや、楽しみだと思って」

「あ、でも、初めて作ったし、そんなに上手くできなかったんだ。失敗作も入っているかもしれないから、無理に食べなくてもいいからね」

一応失敗作は籠には入れないように選んできたが、入っていたらどうしよう。ファニアは心配げに籠の中を覗き込んでしまう。

「うん、旨い」

「へぇ、チョコチップが入ったやつがある。イケる、イケる」

「感無量だ」

皆が皆、笑顔でクッキーを食べている。

「本当?」

ファニアの不安そうな問いに、アルフレッドは、隣に座るファニアの頭をポンポンと軽く叩く。

アルフレッドの笑顔に、ファニアもパアッと笑顔になる。

「ジェイド、これ俺だけで作ったんだ、食べてみて」

バイルアットが、柔らかく微笑みながら、皿に並べたクッキーを差し出す。

もしこれがバイルアットの信者相手だったなら、信者は幸せのあまり、天国なりパライソなり、極楽浄土なりに旅立っているだろうが、そこは幼馴染。バイルアットの麗しい顔《かんばせ》も見慣れてしまっているし、優しい微笑みが胡散臭いことなんて、重々承知している。

「えー、メチャクチャ怪しいんですけどぉ」

「酷ーい。僕が一生懸命、ジェイドのために作ったのにぃ」

「いやいや、怪しいどころか、確信的に何か企んでいるだろう」

バイルアットとジェイドは真ん中にクッキーの乗った皿を挟んで、押し合いをしている。

「おい、せっかくバイルアットが作ってくれたのだから、食べてみればいいだろう」

見かねたのかゼルナイトがクッキーを手に取ると、パクリと一口で食べてしまう。

「あっ!」

声を出したのはファニアだった。

バイルアットとジェイドの攻防をヘタレなファニアは、ハラハラとしながら、ただ見ていることしかできなかったのだ。

塩入りクッキーを食べてしまったゼルナイトを心配そうに見ている。

「旨い！」

「「へ⁉」」

ゼルナイトは嬉しい驚きに目を見開いており、ファニアはもとより、製作者のバイルアットは驚愕に口を開けてしまっている。

「いやぁ、甘いのはどうしても苦手で、ファニアに差し入れしてもらったクッキーは、食べることができなかったんだ。さすがバイルアット。こんな旨いクッキーは初めて食べたぞ」

ゼルナイトはニコニコと皿の上のクッキーを何枚も食べている。あの仏頂面がデフォのゼルナイトの笑顔は珍しい。

それほどに美味しいクッキーだったのか……。

ジェイド、ファニア、そして製作者のバイルアットも、恐る恐るクッキーを口に入れてみる。


「うげっ、なんじゃこりゃぁ」

「しょっぱーい」

「こんなの、こんなの……」

「お前ら何を言っているんだ、こんなに旨いじゃないか」

身悶える三人をよそに、ゼルナイトだけは、クッキーをモリモリ食べている。


「お前ら全員バカ……」

アルフレッドだけが、紅茶を飲みながら、その光景を見ているのだった。


ジェーン元正妃から、ファニアの元へと遣わされている影、リッツは悲嘆に暮れていた。

とうとう最後までファニア様の手作りクッキーを手に入れることができなかったのだ。

一番の手練れは銀のタグを付けた教会関係の影だった。どんなにリッツが向かっていっても、軽くいなされ、クッキーに手が届くことはなかった。

そして、影とは関係ない料理長も侮《あなど》れない敵だった。

長年包丁を使っているだけあって、太刀筋鋭く、リッツは身をかわすのが精一杯だったのだ。

自分の不甲斐なさに涙が溢れてくる。

ジェーン奥様は自分が届ける、ファニア様やアルフレッド様からの手紙を、それはそれは楽しみにされている。そしてそれを届けた自分ごときにも気を遣ってくださるのだ。

それなのに自分は……。

しっかりしなくては。落ち込んでいたリッツは、気持ちを切り替える。せめてファニア様とアルフレッド様の様子を事細かにジェーン奥様にお伝えできるようにしなくては。

ぎゅうぎゅう詰めのファニアの部屋の天井裏でリッツは自分の両手で頬を叩いて気合を入れるのだった。


「リッツいる？」

部屋に戻ってきたファニアの第一声だった。

影は原則として人前に出てはいけない存在だ。だが、リッツだけはジェーン元正妃との文通要員として、ファニアやアルフレッドの前に出ることが許されている。その上、名前まで呼んでもらえるのだ。

このことが他の影たちから妬《ねた》まれ、そこまで劣ってはいないリッツがクッキーを手に入れることができなかった原因なのだった。

「はっ、御前に」

天井裏からスルリとリッツはファニアの前に跪く。

影たちが自分の部屋の天井裏にいることを、ファニアは知っているし、なんとも思っていない。本当ならば驚くだろうし、嫌がるだろう。だが、腐ってもファニアは公爵令息。影が自分の周りにいることは生まれた時から当たり前のこととして育ってきている。高位貴族ならばそれが普通なのだった。

「これを、お義母様に渡して」

ファニアから手渡されたのは綺麗にリボンが掛けられた小さな袋。

「あんまり上手くはできなかったけど、ファニアの手作りですって伝えてね」

「!!」

震える手でリッツは袋を受け取る。

「ジェーン奥様に必ずお届けいたします」

深く頭を下げると、また天井裏へと消えていく。

その頬に、涙が光っていることにファニアが気づくことはなかった。

あとがき

はじめまして八重です。

この度は、拙作をお手に取っていただき、ありがとうございます。

このお話は、ムーンライトノベルズというサイトに2020年7月から掲載させていただいたものです。とても思い入れの強いお話です。

私はお話を書き始める時には、ストーリーを何も考えずに書き始めてしまうという、恐ろしいタイプの書き手でして、案の定、16歳編の途中から、ネタが何も思い浮かばず、何を書けばいいのか分からなくなり、非常に苦しみました。

ありがたいことに、沢山の方が応援して下さり、ランキングでは上位に入ることができました。

そんな時に、この状態です。

皆様からブックマーク登録をいただき、評価のポチを押していただき、逃げるに逃げられない状態にしていただいたことで、なんとか連載を続けていけたのだと思います。

この頃いただいた感想には、本当に後ろ向きの返事をしており笑ってしまいます（現在も掲載されているので、見ることができます）。

皆様から押し上げていただき、なんとか完結までたどり着くことができました。本当に感謝しかありません。

そんな無謀な作品ですが、株式会社リブレ様から、書籍化のお話をいただきました。その時は信じられずに、何度もいただいたメールを読み返して、一人で踊っておりました（喜びの舞です）。

その上に、なんとコミカライズまでしていただけるとのことです。

２０２２年に奏ユミカ先生により、ＭＡＧＡＺＩＮＥ　ＢＥ×ＢＯＹで連載スタートです。

奏先生には、素敵すぎる表紙やイラストを描いて頂いたうえに、コミカライズまでお願いできて、まるで夢のようです。

どうぞ、コミカライズされた『ＢＬゲームの世界に転生した悪役令息は、グレてしまいました』も手に取ってやってください。よろしくお願いいたします。


途中で悩みに悩んだこの作品ですが、ネットの中だけではなく、世の中に出ることができました。

応援してくださった皆様、出版にご尽力いただいた関係者の皆様のおかげです。

本当にありがとうございます。心からお礼を言わせていただきます。

２０２１年初夏

八重

初出一覧

BLゲームの世界に転生した悪役令息は、グレてしまいました

※上記の作品は「ムーンライトノベルズ」(https://mnlt.syosetu.com/)掲載の「BLゲームの世界に転生した悪役令息は、グレてしまいました」を加筆修正したものです。

結ばれる絆、断ち切られる絆　書き下ろし

レッツ！ お菓子作り　書き下ろし

弊社ノベルズをお買い上げいただきありがとうございます。
この本を読んでのご意見、ご感想など下記住所「編集部」宛までお寄せください。

リブレ公式サイトで、本書のアンケートを受け付けております。
サイトにアクセスし、TOPページの「アンケート」から
該当アンケートを選択してください。
ご協力お待ちしております。

「リブレ公式サイト」
https://libre-inc.co.jp

BLゲームの世界に転生した悪役令息は、グレてしまいました

著者名　八重

発行日　2021年7月19日　第1刷発行

発行者　太田歳子

発行所　株式会社リブレ
〒162-0825 東京都新宿区神楽坂6-46
ローベル神楽坂ビル
電話03-3235-7405(営業)　03-3235-0317(編集)
FAX 03-3235-0342(営業)

印刷所　株式会社光邦

装丁・本文デザイン　楠目智宏(arcoinc)

Printed in Japan
ISBN978-4-7997-5338-5